射鵰英雄傳

金庸

THE EAGLE-SHOOTING HEROES

2

九陰真經

齊白石「要知天道酬勤」

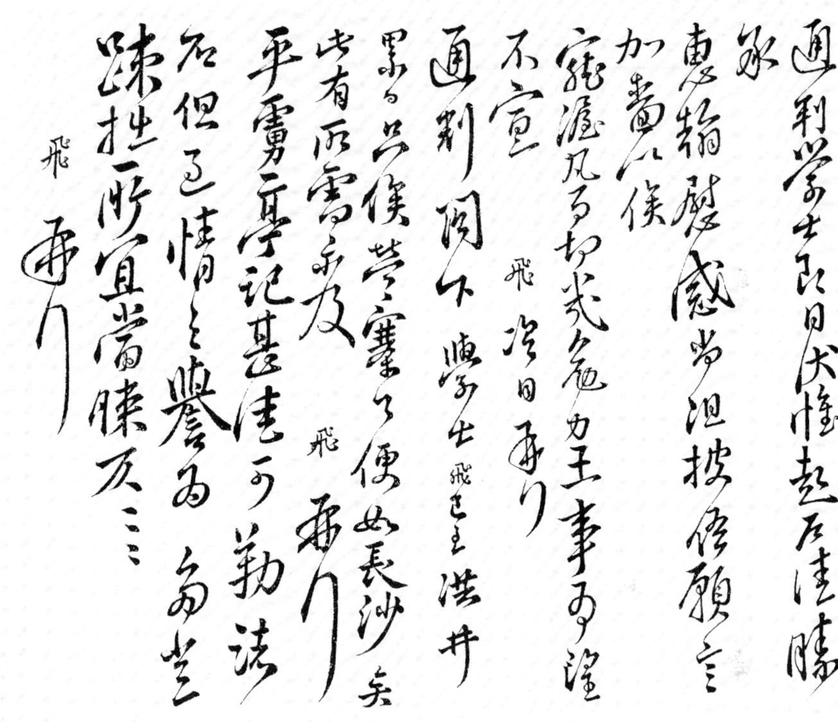

右頁圖／八大山人「雙鷹圖」：朱耷（一六二六年生，卒年不詳），明宗室，江西人，明亡後出家為僧；號八大山人、雪個等，署名「八大山人」四字似「哭之笑之」，意為哭笑不得。其畫氣勢雄闊，凝重渾厚，清初寫意派大畫家。

上圖／「岳飛尺牘三通」：宋時收入秘帖，清書法家王鐸獲原搨摹勒流傳，後刻於岳飛廟壁。

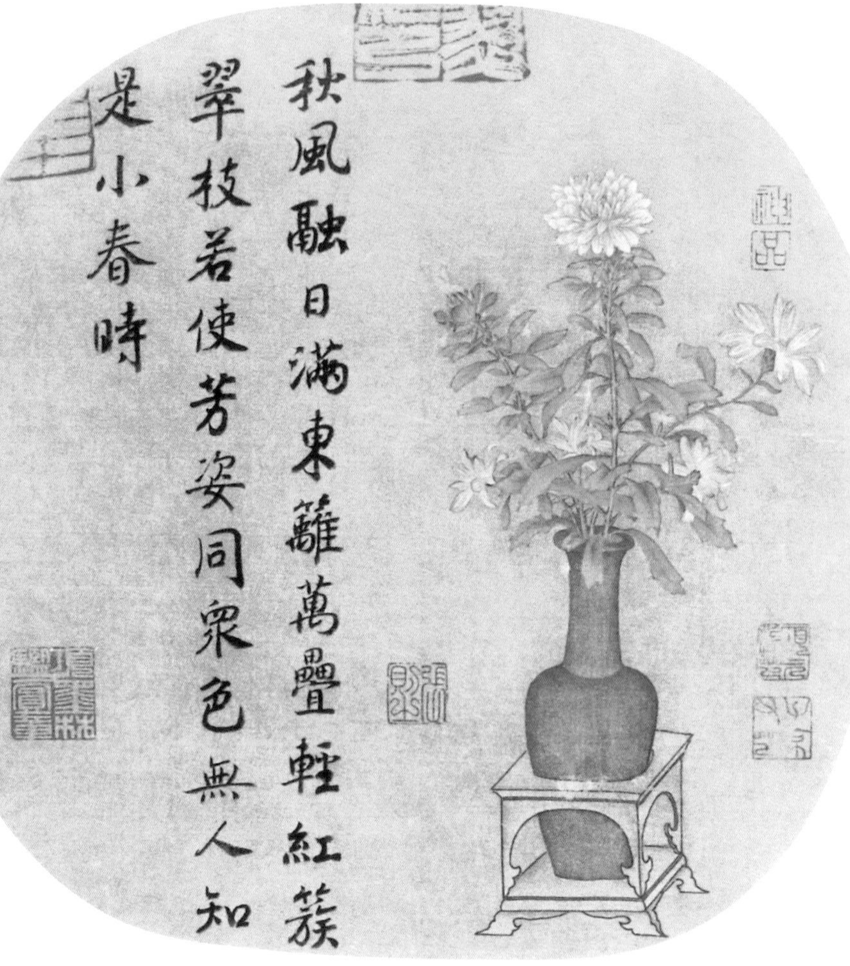
秋風融日滿東籬萬疊輕紅簇
翠枝若使芳姿同衆色無人知
是小春時

上圖／「膽瓶花卉圖」：姚月華作，宋寧宗（趙擴）題字。姚月華為寧宗時女畫家，身世不詳。郭靖生於宋寧宗慶元六年（公元一二〇〇年），即金章宗承安五年。寧宗逝世時郭靖二十五歲。

左頁圖／宋文治「太湖之濱」：宋文治，當代畫家，江蘇太倉人。

上圖／唐寅「採藥圖」（好像是黃藥師）。

左頁圖／金章宗題字：題於傳為顧愷之所繪的「女史箴圖卷」上，現藏倫敦大英博物館。金章宗名完顏璟，趙王完顏洪烈（史上並無其人，但章宗的兒子都是「洪」字輩）的父親。章宗詩文均佳，書法學宋徽宗瘦金體，極為神似。此畫題字向來誤以為宋徽宗所書，後來考定為金章宗筆。

長夏殘餘偶閱顧愷之女史圖因寫幽蘭一枝取其寫寵相同之意云爾
來青軒御識

歡不可以黷寵不可以專專實生慢愛極則遷致盈必

大江之東水為國喜閭巷浸穩
豪農澤浸中有山
七十三夫揠君大
居真一夫揠山人默
敢荷典我一筆為
難識書棚彼
讀生人壽者夕卿
面無懇毛今我畫
子所居景堙橋
也屬馳名利人
光東樺掃塵
膜弥相願匕君
老水上秀餘
魚業苦同白
方昌罣寅

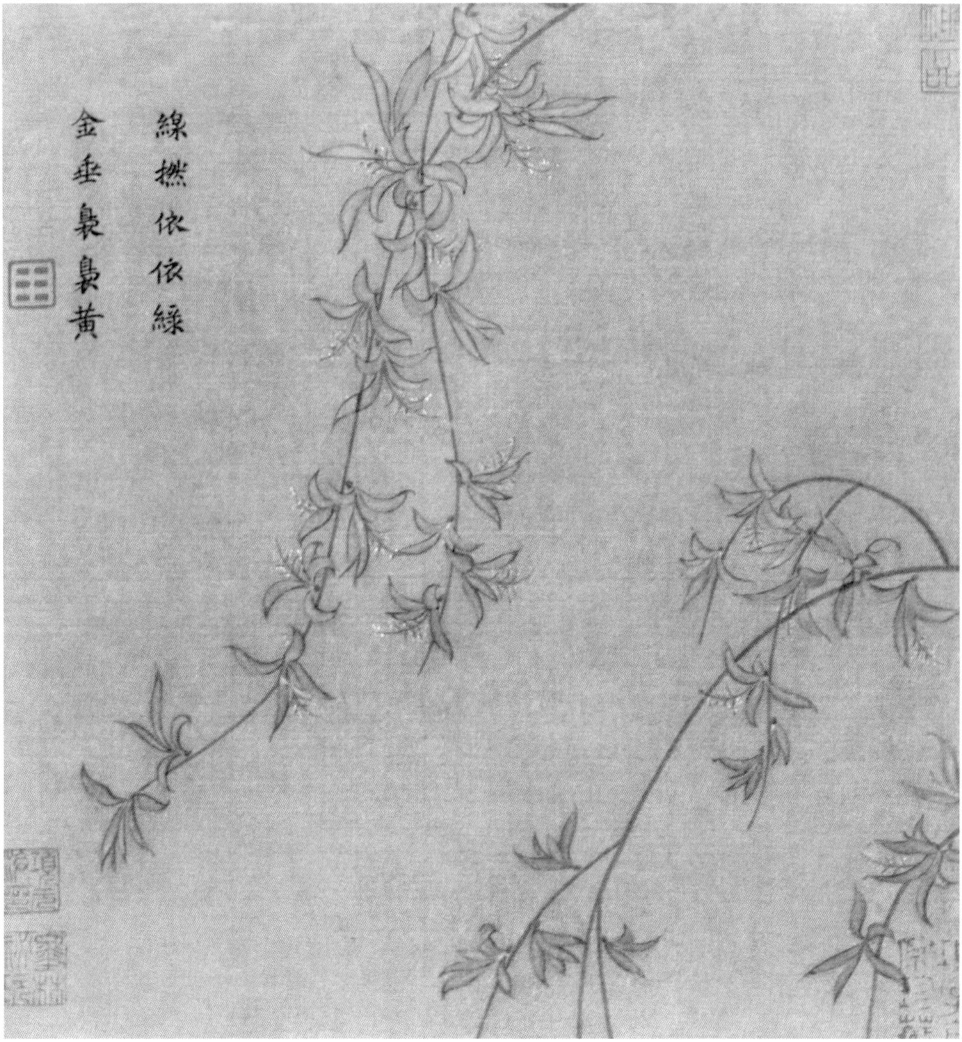

右頁圖／唐寅「震澤煙樹」：震澤即太湖。

上圖／「垂楊飛絮圖」：作者不詳，楊后題。楊后，宋寧宗后，浙江會稽人。題字印章是八卦中的「坤卦」，意為皇后。楊后之妹為宮中藝文供奉，工詩善畫，當時稱「楊妹子」，又稱「楊娃」，此畫或為楊妹子所繪，也可能是出於楊后手筆。

齊白石「鐵拐李」（好像是洪七公）。

宋寧宗像。故宮南薰殿藏畫。

圖一

圖三

圖二

圖四

圖一／宋「靖康元寶」錢。

圖二／金官印：「行軍第三萬戶之印」，鑄於明昌七年，早於郭靖誕生四年。於郭靖之時此印自必仍在使用。「萬戶」是軍長、總司令級的高級軍官。

圖三／宋官印：「鄜延路兵馬鈐轄之印」。宋代「鈐轄」總管軍旅、屯戍、營房、守禦之政令，相當於今軍區司令。

圖四／金國文字篆書官印。

圖一

圖二

圖三

圖一／岳飛官印：杭州岳忠武墓祠藏，印文為「武勝定國軍節度使開府儀同三司湖北京西路宣撫使兼營田大使岳飛印」。岳飛任此官職時年三十七歲。

圖二／金官印：「多乇摑山謀克之印」。「謀克」是金軍的軍官名稱，約相當於今之團營長；有時為民政官，相當於縣長。

圖三／金章宗「泰和重寶」錢：金泰和元年至八年，時郭靖兩歲至九歲。

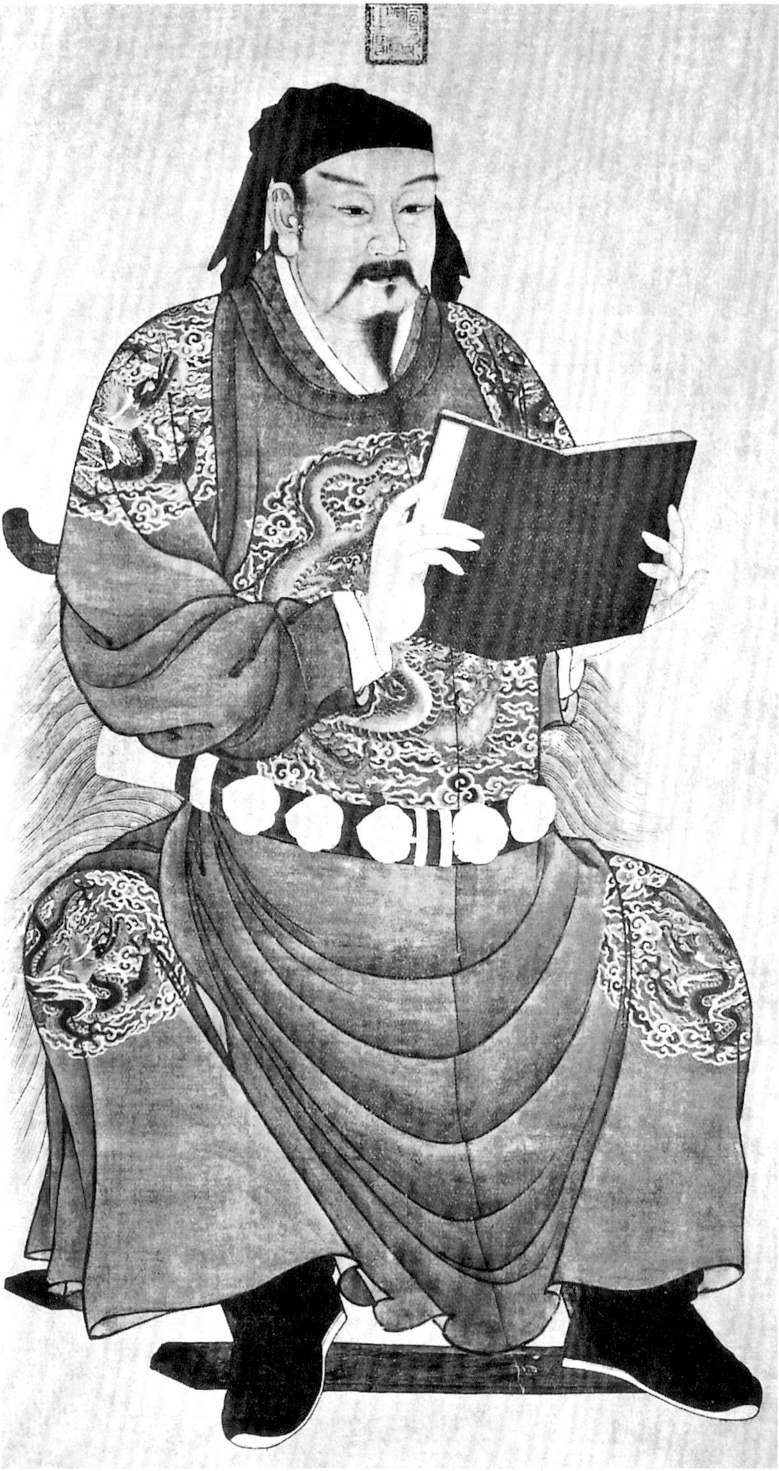

岳飛像：原藏故宮。

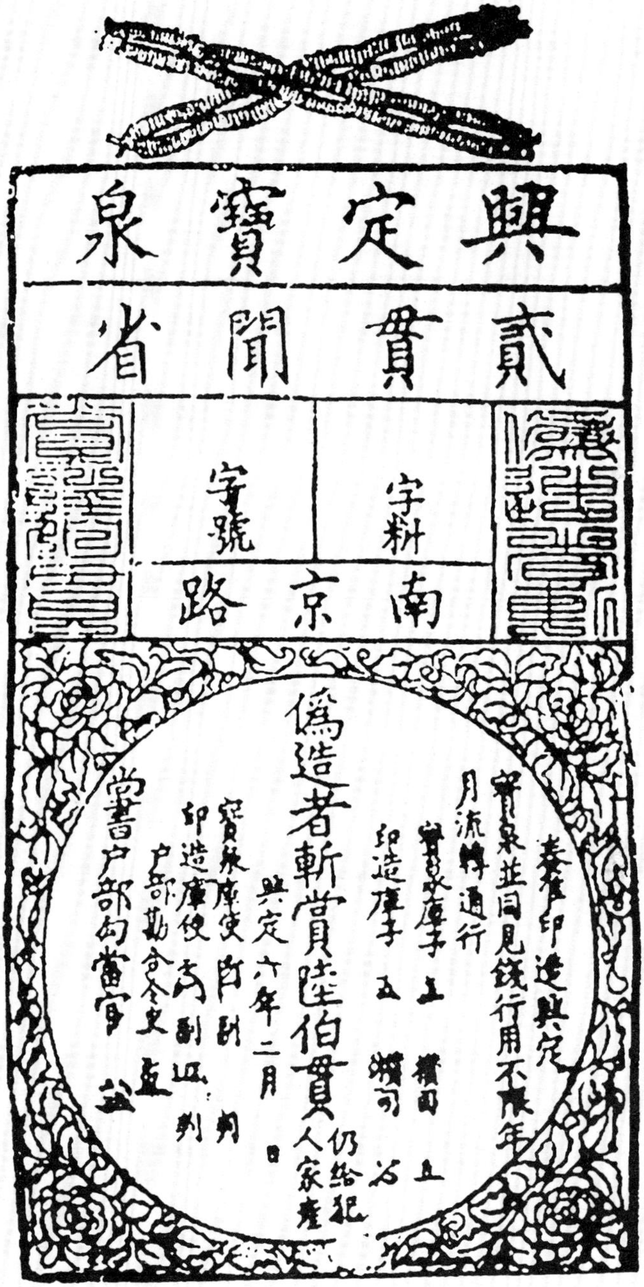

金宣宗「興定寶泉」鈔票：金興定元年至六年，時郭靖十八歲至二十三歲，這類鈔票他一定曾經使用。

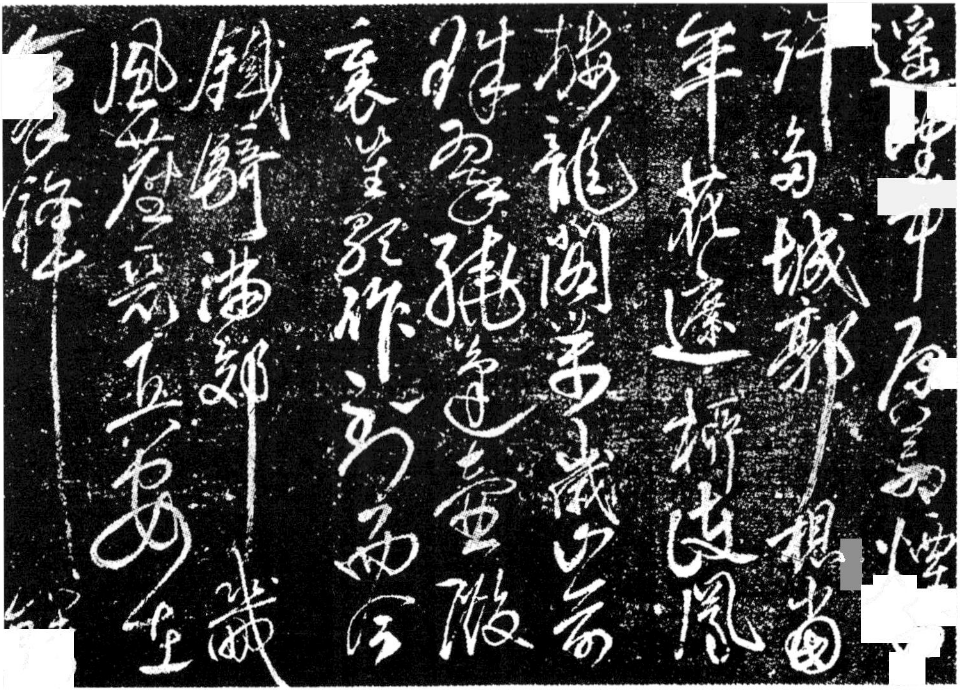

岳飛的書法。

射鵰英雄傳

2

九陰真經

金庸 著

目錄

第十一回
長春服輸

到第八天上，郭靖竟然攀上了崖頂，伸手將黃蓉也拉了上去。兩人在崖上歡呼跳躍，喜悅若狂，手挽手的又從瀑布中溜了下來。

沙通天見師弟危殆，躍起急格，擋開了梅超風這一抓，兩人手腕相交，都感臂酸心驚。這時左邊嗤嗤連聲，彭連虎的連珠錢鏢也已襲到。梅超風順手把侯通海身子往錢鏢上擲去，「啊唷」一聲大叫，侯通海身上中鏢。黃蓉百忙中叫道：「三頭蛟，恭喜發財，得了這麼多銅錢！」沙通天見這一擲勢道十分勁急，師弟撞到地下，必受重傷，倏地飛身過去，伸掌在他腰間向上一托。侯通海猶如紙鷂般飛了起來，待得再行落地，那已是自然之勢，他一身武功，這般摔一交便毫不相干。只不過左手給這股勢道甩了起來，揮拳打出，手臂長短恰到好處，又是重重的打在三個肉瘤之上。

梅超風擲人、沙通天救師弟，都只是眨眼間之事，侯通海肉瘤上剛剛中拳，彭連虎的錢鏢又已陸續向梅超風打到，同時歐陽克、梁子翁、沙通天從前、後、右三路攻來。

梅超風聽音辨形，手指連彈，只聽得錚錚錚錚一陣響過，數十枚錢鏢分向歐陽、梁、沙、彭四人射去。她同時問道：「甚麼叫做攢簇五行？」郭靖道：「東魂之木、西魄之金、南神之火、北精之水、中意之土。」梅超風道：「啊喲，我先前可都想錯了。甚麼叫做和合四象？」郭靖道：「藏眼神、凝耳韻、調鼻息、緘舌氣。」梅超風喜道：「原來如此。那甚麼叫五氣朝元？」郭靖道：「眼不視而魂在肝、耳不聞而精在腎、舌不吟而神在心、鼻不香而魄在肺、四肢不動而意在脾，是為五氣朝元。」

「和合四象」、「五氣朝元」這些道家修練的關鍵性行功，在「九陰真經」中一再提及，然而經中卻未闡明行功的法門，梅超風苦思十餘年而不解的秘奧，一旦得郭靖指點而恍然大悟，教她如何不喜？當下又問：「何為三花聚頂？」她練功走火，關鍵正在此處，是以問了這句話後，凝神傾聽。郭靖道：「精化為氣、氣化為神……」

梅超風留神了他的話，出手稍緩。前後敵人都是名家高手，她全神應戰，時候稍長都要落敗，何況心有二用？郭靖剛只說得兩句，梅超風左肩右脅同時中了歐陽克和沙通天的一掌，她雖有一身橫練功夫，也感劇痛難當。

黃蓉本擬讓梅超風擋住各人，自己和郭靖就可溜走，那知郭靖卻被她牢牢纏住，變作了她上陣交鋒的一匹戰馬，再也脫身不得，心裏又著急，又生氣。梅超風再拆數招，已全然落於下風，情急大叫：「喂，你那裏惹了這許多厲害對頭來？師父呢？」這時心情甚是矛盾，既盼師父立時趕到，親眼見她救護師妹，隨即出手打發了這四個厲害的對頭，但想到師父的為人處事，又不禁毛骨悚然，但願永遠不再遇到他。

黃蓉道：「他馬上就來。這幾個人怎是你的對手？你就是坐在地下，他們也動不了你一根寒毛。」只盼梅超風受了這奉承，要強好勝，果真放了郭靖。那知梅超風左支右絀，早已有苦難言，每一剎那間都能命喪敵手，如何還能自傲托大？何況她心中尚有不少內功的疑難要問，說甚麼也不肯放開郭靖。

再鬥片刻，梁子翁長聲猛喝，躍在半空。梅超風覺到左右同時有人襲到，雙臂橫揮出去，猛覺頭上一緊，一把長髮已被梁子翁拉住。黃蓉眼見勢危，發掌往梁子翁背心打去。梁子翁右手迴撩，勾她手腕，左手卻仍拉住長髮不放。梅超風揮掌猛劈。梁子翁只覺勁風撲面，只得鬆手放開她頭髮，側身避開。

彭連虎和她拆招良久，早知她是黑風雙煞中的梅超風，後來見黃蓉出手助她，罵道：

「小丫頭，你說不是黑風雙煞門下，撒的瞞天大謊。」黃蓉笑道：「她是我師父？教她再學一百年，也未必能夠。」彭連虎見她武功家數明明與梅超風相近，可是非但當面不認，而且言語之中對梅超風全無敬意，不知是甚麼緣故，不禁大感詫異。

沙通天叫道：「射人先射馬！」右腿橫掃，猛往郭靖踢去。梅超風大驚，心想：「這小子武藝低微，不能自保，只要給他們傷了，我行動不得，立時會被他們送終。」一聲低嘯，伸手往沙通天腳上抓去，這一來身子俯低，歐陽克乘勢直上，一掌打中她背心。梅超風哼了一聲，右手一抖，驀地裏白光閃動，一條長鞭揮舞開來，登時將四人遠遠逼開。

彭連虎心想：「不先斃了這瞎眼婆子，要是她丈夫銅屍趕到，麻煩可大了！」原來陳玄風死在荒山之事，中原武林中多不知聞。「黑風雙煞」威名遠震，出手毒辣，無所不至，縱是彭連虎這等兇悍之徒，向來也是對之著實忌憚。

梅超風的毒龍銀鞭本是厲害之極，四丈之內，當者立斃，但沙通天、彭連虎、梁子翁、歐陽克均非易與，豈肯就此罷手？躍開後各自察看鞭法。突然之間，彭連虎幾聲唿哨，著地滾進。梅超風舞鞭擋住了三人，已顧不到地下，耳聽郭靖失聲驚叫，心想大勢去矣，左臂疾伸，向地下拍擊。

黃蓉見郭靖遇險，想要插手相助，但梅超風已將長鞭舞成一個銀圈，卻那裏進得了鞭圈？然見她單手抵擋彭連虎，實在招架不住，形勢極為危急，只得高聲大叫：「大家住手，我有話說。」彭連虎等那裏理睬？

她正待提高嗓子再叫，忽聽得圍牆頂上一人叫道：「大家住手，我有話說。」黃蓉回頭看時，只見圍牆上高高矮矮的站著六個人，黑暗之中卻看不清楚面目。彭連虎等知道來了旁人，但不知是友是敵，此時惡鬥方酣，誰都住不了手。

牆頭兩人躍下地來，一人揮動軟鞭，一人舉起扁擔，齊向歐陽克打去。那使軟鞭的矮胖子叫道：「採花賊，你再往那裏逃？」

郭靖聽得語聲，心中大喜，叫道：「師父，快救弟子！」

這六人正是江南六怪。他們在塞北道上與郭靖分手，跟蹤白駝山的八名女子，當夜發覺歐陽克率領姬妾去擄劫良家女子。江南六怪自是不能坐視，當即與他動起手來。歐陽克武功雖高，但六怪十餘年在大漠苦練，功夫已大非昔比。六個圍攻他一人，歐陽克吃了柯鎮惡一杖，又被朱聰以分筋錯骨手扭斷了左手的小指，只得拋下已擄到手的少女，落荒而逃，助他為惡的姬妾卻被南希仁與全金發分別打死了一人。六怪送了那少女回家，再來追尋歐陽克。那知他好生滑溜，遶道而行，竟是找他不著。六怪知道單打獨鬥，功夫都不及他，不敢分散圍捕，好在那些騎白駝的女子裝束奇特，行跡極易打聽，六人一路追蹤，來到了趙王府。

黑夜中歐陽克的白衣甚是搶眼，韓寶駒與南希仁一見之下，立即上前動手，忽聽到郭靖叫聲，六人都是又驚又喜，朱聰等凝神再看，見圈子中舞動長鞭的赫然竟是鐵屍梅超風，她坐在郭靖肩頭，看來郭靖已落入她掌握之中。這一下自是大驚失色，韓小瑩當即挺劍上前，全金發滾進鞭圈，一齊來救郭靖。

彭連虎等忽見來了六人，已感奇怪，而這六人或鬥歐陽、或攻鐵屍，是友是敵，更是分不清楚。彭連虎住手不鬥，仍以地堂拳法滾出鞭圈，喝道：「大家住手，我有話說。」這一下吆喝聲若洪鐘，各人耳中都是震得嗡嗡作響。梁子翁與沙通天首先退開。

柯鎮惡聽了他這喝聲，知道此人了得，當下叫道：「三弟、七妹，別忙動手！」韓寶駒等聽得大哥叫喚，均各退後。

梅超風也收了銀鞭，呼呼喘氣。黃蓉走上前去，說道：「你這次立的功勞不小，爹爹必定喜歡。」雙手向郭靖大打手勢，叫他將梅超風身子擲開。

郭靖會意，知道黃蓉逗她說話是分她之心，叫道：「三花聚頂是精化為氣，氣化為神，神化為虛，好好記下了。」梅超風潛心思索，問道：「如何化法？」忽覺身子騰空而起。卻是郭靖乘她凝思內功訣竅之際，雙手使力，將她拋出數丈，同時提氣拔身，向後躍開。他身未落地，只見明晃晃、亮晶晶，一條生滿倒鉤的毒龍銀鞭已飛到眼前。韓寶駒叫聲：「不好！」軟鞭倒捲上去，雙鞭相交，只覺虎口劇震，手中軟鞭已被毒龍鞭強奪了去。

梅超風身子將要落地，伸手一撐，輕輕坐下。她聽了柯鎮惡那聲呼喝，再與韓小瑩等一過招，知是江南七怪到了，心中又恨又怕，暗想：「我到處找他們不到，今日卻自行送上門來，若是換了另日，那正是謝天謝地，求之不得，但眼下強敵環攻，我本已支持不住，再加上這七個魔頭，今日是有死無生了。」牙齒一咬，打定了主意：「梁老怪等和我並無仇怨，今日決意與七怪同歸於盡，拚得一個是一個。」手握毒龍鞭，傾聽七怪動靜，尋思：「七怪只來了六怪，另一個不知埋伏在那裏？」她可不知笑彌陀早已被她丈夫害死。

江南六怪與沙通天等都忌憚她銀鞭厲害，個個站得遠遠地，不敢近她身子四五丈之內，一時寂靜無聲。

朱聰低聲問郭靖道：「他們幹麼動手？你怎麼幫起這妖婦來啦？」郭靖道：「他們要殺我，是她救了我的。」朱聰等大惑不解。

彭連虎叫道：「來者留下萬兒，夜闖王府，有何貴幹？」柯鎮惡冷冷的道：「在下姓柯，我們兄弟七人，江湖上人稱江南七怪。」彭連虎道：「啊，江南七俠，久仰，久仰。」

沙通天怪聲叫道：「好哇，七怪找上門來啦。我老沙正要領教，瞧瞧七怪到底有甚麼本事。」他聽得七怪的名字，立即觸起四徒受辱之恨，身形一晃，搶上前來。他見柯鎮惡眼瞎、韓小瑩是個女子、全金發身材瘦削、韓寶駒既矮且胖、朱聰卻又文謅謅的不似武林人物，只有南希仁氣概軒昂，他不屑與餘人動手，呼的一掌，逕向南希仁頭頂劈下。南希仁把扁擔往地下一插，出掌接過，數招一交，便見不敵。韓小瑩挺著長劍，全金發舉起秤桿，上前相助。

彭連虎大喝一聲，飛身而起，來奪全金發手中的秤桿。全金發秤桿上的招數變化多端，見彭連虎夾手來奪兵刃，當下秤桿後縮，兩端秤錘秤鉤同時飛出，饒是彭連虎見多識廣，這般怪兵刃倒也沒有見過，使了招「怪蟒翻身」避開對方左右打到的兵刃，喝道：「這是甚麼東西？市儈用的調調兒也當得兵器！」全金發道：「我這桿秤，正是要秤你這口不到三斤重的瘦豬！」彭連虎大怒，猱身直上，雙掌虎虎風響，全金發那裏攔阻得住？韓寶駒見六弟勢危，他雖失了軟鞭，但拳腳功夫也是不凡，橫拳飛足，與全金發雙戰彭連虎。但以二對一，兀自抵敵不住。

柯鎮惡掄動伏魔杖，朱聰揮起白摺扇，分別加入戰團。柯朱二人武功在六怪中遠超餘人，以三敵一，便佔上風。

那邊侯通海與黃蓉也已鬥得甚是激烈。侯通海武功本來較高，但想到這「臭小子」身穿軟蝟甲，連頭髮中也裝了厲害之極的尖刺，拳掌不敢碰向她身子，更是再也不敢去抓她頭髻。黃蓉見他畏怯，便仗甲欺人，橫衝直撞。侯通海連連倒退，大叫：「不公平，不公平。你脫下刺蝟甲再打。」黃蓉道：「好，那麼你割下額頭上三個瘤兒再打，否則也不公平。」侯通海怒道：「我這三個瘤兒又不會傷人。」黃蓉道：「我見了噁心，你豈不是大佔便宜？一、二、三，你割瘤子，我脫軟甲。」侯通海怒道：「不割！」黃蓉道：「你還是割了，多佔便宜。」侯通海怒道：「我不上你當，說甚麼也不割！」

歐陽克見戰況不利，尋思：「先殺了跟我為難的這六個傢伙再說。那妖婦反正無法逃走，慢慢收拾不遲。」他存心要炫耀武功，雙足一點，展開家傳「瞬息千里」上乘輕功，斗然間已欺到了柯鎮惡身旁，喝道：「多管閒事，叫你瞎賊知道公子爺的厲害。」右手近身出掌，柯鎮惡抖起杖尾，那知右腦旁風響，打過來的竟是他左手的反手掌。柯鎮惡低頭避過，一杖「金剛護法」，猛擊過去，歐陽克早在另一旁與南希仁交上了手。他東竄西躍，片刻之間竟向六怪人人下了殺手。

梁子翁的眼光自始至終不離郭靖，見歐陽克出手後六怪轉眼要敗，當下雙手向郭靖抓去。郭靖急忙抵擋，卻那裏是他對手，數招一過，胸口已被拿住。梁子翁右手抓他小腹。郭靖情急中肚子疾向後縮，嗤的一聲，衣服撕破，懷中十幾包藥給他抓了去。梁子翁聞到氣息早知是藥，隨手放在懷裏，第二下跟著抓來。

郭靖奮力掙脫他拿在胸口的左手五指，向梅超風奔去，叫道：「喂，快救我。」梅超風心想：「玄門內功之中，我還有許許多多未曾明白。」當下喘氣道：「過來抱住我腿，不用怕這老怪。」郭靖卻知抱住她容易，再要脫身可就難了，不敢走近，只是繞著她身子急奔。

梁子翁見郭靖已進了梅超風長鞭所及的範圍，仍然緊追不捨，只是提防長鞭襲擊。梅超風聽明了郭靖的所在，銀鞭抖處，驀地往他雙腳捲去。

黃蓉雖與侯通海相鬥，但佔到上風之後，一半心思就在照顧郭靖，先前見他被梁子翁拿住，只是相距過遠，相救不得，心中焦急無比，後來見他奔近，梅超風長鞭著地飛來，郭靖無法閃避，情急之下，飛身撲向鞭頭。梅超風的銀鞭遇物即收，乘勢迴扯，已把黃蓉攔腰纏住，將她身子甩了起來。黃蓉在半空喝道：「梅若華，你敢傷我？」

梅超風聽得是黃蓉聲音，吃了一驚：「我鞭上滿是尖利倒鉤，這一下傷了小丫頭，師父更加不能饒我。一不做，二不休，左右是背逆師門，殺了小丫頭再說。」抖動長鞭，將黃蓉拉近身邊，放在地下，滿以為鞭上倒鉤已深入她肉裏，那知鞭上利鉤只撕破了她外衫，並未傷及她身子分毫。黃蓉笑道：「你扯破我衣服，我要你賠！」梅超風聽她語聲中毫無痛楚之音，不禁一怔，隨即會意：「啊，師父的軟蝟甲自然給了她。」心中一寬，便道：「是我的不是，定要好好賠還給小妹子一件新衫。」

黃蓉向郭靖招手，郭靖走近身去，離梅超風丈許之外站定。梁子翁忌憚梅超風厲害，不敢逼近。

那邊江南六怪已站成一個圈子，背裏面外，竭力抵禦沙通天、彭連虎、歐陽克、侯通海的攻擊，這是六怪在蒙古練成的陣勢，遇到強敵時結成圓陣應戰，不必防禦背後，威力立時增強半倍。但沙、彭、歐陽三人武功實在太強，六怪遠非敵手，片刻間已然險象環生。不久韓寶駒肩頭受傷。他知若是退出戰團，圓陣便有破綻，六兄弟和郭靖性命難保，只得咬緊牙關，勉力支持。彭連虎出手最狠，對準韓寶駒連下毒手。

郭靖眼見勢危，飛步搶去，雙掌「排雲推月」，猛往彭連虎後心震去。彭連虎冷笑一聲，揮掌掠開，只三招間，郭靖便已情勢緊迫。黃蓉見他無法脫身，情急之下，忽然想起了「匹夫無罪，懷璧其罪」那句話來，大聲叫道：「梅超風，你盜去了我爹爹的『九陰真經』，快快交給我去送還爹爹！」

梅超風一凜，卻不回答。歐陽克、沙通天、彭連虎、梁子翁四人不約而同的一齊轉身向梅超風撲去。四人都是一般的心思：「九陰真經是天下武學至高無上的秘笈，原來果然是在黑風雙煞手中。」這時四人再也顧不到旁的，只盼殺了梅超風，奪取九陰真經到手。

梅超風舞動銀鞭，四名好手一時之間卻也欺不進鞭圈。黃蓉見只一句話便支開了四名強敵，一拉郭靖，低聲道：「咱們快走！」

便在此時，忽見花木叢中一人急步而來，叫道：「各位師傅，爹爹有要事請各位立即前去相助。」那人頭頂金冠歪在一邊，語聲極為惶急，正是小王爺完顏康。

彭連虎等一聽，均想：「王爺厚禮聘我等前來，既有急事，如何不去？」當即躍開。但對九陰真經均是戀戀不捨，目光仍是集注於梅超風身上。完顏康輕聲道：「我母親……母親給奸人擄了去，爹爹請各位相救，請大家快去。」原來完顏洪烈帶領親兵出王府追趕王妃，奔了一陣不見蹤影，想起彭連虎等人神通廣大，忙命兒子回府來召。完顏康心下焦急，又在黑夜之中，卻沒見到梅超風坐在地下。

彭連虎等都想：「王妃被擄，那還了得？要我等在府中何用？」隨即又都想到：「原來六怪是行調虎離山之計，將眾高手絆住了，另下讓人劫持王妃。九陰真經甚麼的，只好以後再說。這裏人人都想得經，憑我的本事，決難獨敗羣英而獨吞真經，還是日後另想計較的為是。」當下都跟了完顏康快步而去。

梁子翁走在最後，對郭靖體內的熱血又怎能忘情？救不救王妃，倒也不怎麼在意，只是人孤勢單，只得恨恨而去。郭靖叫道：「喂，還我藥來！」梁子翁怒極，回手一揚，一枚透骨釘向他腦門打去，風聲呼呼，勁力凌厲。

朱聰搶上兩步，摺扇柄往透骨釘上敲去，那釘落下，朱聰左手抓住，在鼻端一聞，道：「啊，見血封喉的子午透骨釘。」

梁子翁聽他叫破自己暗器名字，一怔之下，轉身喝道：「怎麼？」朱聰飛步上前，左掌心中托了透骨釘，笑道：「還給老先生！」梁子翁坦然接過，他知朱聰功夫不及自己，也不怕他暗算。朱聰見他左手袖子上滿是雜草泥沙，揮衣袖給他拍了幾下。梁子翁怒道：「誰要你討好？」轉身而去。

郭靖好生為難，就此回去罷，一夜歷險，結果傷藥仍未盜到；若是強去奪取，又不是敵人對手，正自躊躇，柯鎮惡道：「大家回去。」縱身躍上圍牆。五怪跟著上牆。韓小瑩指著梅超風道：「大哥，怎樣？」柯鎮惡道：「咱們答應過馬道長，饒了她的性命。」

黃蓉笑嘻嘻的並不與六怪廝見，自行躍上圍牆的另一端。梅超風叫道：「小師妹，師父呢？」黃蓉格格笑道：「我爹爹當然是在桃花島。你問來幹麼？想去桃花島給他老人家請安嗎？」梅超風又怒又急，不由得氣喘連連，停了片刻，喝道：「你剛才說師父即刻便到？」黃蓉笑道：「他老人家本來不知你在這裏，我去跟他一說，他自然就會來找你了。放心好了，我不會騙你的。」

梅超風怒極，雙手一撐，忽地站起，腳步蹣跚，搖搖擺擺的向黃蓉衝去。原來她強練內功，一口真氣行到丹田中竟然回不上來，下半身就此癱瘓。她愈是強運硬拚，那股真氣愈是阻塞，這時急怒攻心，渾忘了自己下身動彈不得，竟發足向黃蓉疾衝，一到了無我之境，一股熱氣猛然湧至心口，兩條腿忽地又變成了自己身子。

黃蓉見她發足追來，大吃一驚，躍下圍牆，一溜煙般逃得無影無蹤。梅超風突然想起：「咦，我怎麼能走了？」此念一起，雙腿忽麻，一交跌倒，暈了過去。

六怪此時要傷她性命，猶如探囊取物一般，但因曾與馬鈺有約，當下攜同郭靖，躍出王府。韓小瑩最是性急，搶先問道：「靖兒，你怎麼在這兒？」郭靖把王處一相救、赴宴中毒、盜藥失手、地洞遇梅等事略述一遍，楊鐵心夫妻父子等等關目，一時也未及細說。朱聰道：「咱們快瞧王道長去。」

楊鐵心和妻子重逢團圓，說不出的又喜又悲，抱了妻子躍出王府。

他義女穆念慈正在牆下焦急等候，忽見父親雙臂橫抱著個女子，心中大奇：「爹，她是誰？」楊鐵心道：「是你媽，快走。」穆念慈大奇，道：「我媽？」楊鐵心道：「悄聲，回頭再說。」抱著包惜弱急奔。

走了一程，包惜弱悠悠醒轉，此時天將破曉，黎明微光中見抱著自己的正是日思夜想的丈夫，實不知是真是幻，猶疑身在夢中，伸手去摸他臉，顫聲道：「大哥，我也死了麼？」楊鐵心喜極而涕，柔聲道：「咱們好端端地……」

一語未畢，後面喊聲大振，火把齊明，一彪人馬忽刺刺的趕來，當先馬軍刀槍並舉，大叫：「莫走了劫持王妃的反賊！」

楊鐵心見四下並無隱蔽之處，心道：「天可憐見，教我今日夫妻重會一面，此時就死，那也是心滿意足了。」叫道：「孩兒，你來抱住了媽。」

包惜弱心頭驀然間湧上了十八年前臨安府牛家村的情景：丈夫抱著自己狼狽逃命，黑夜中追兵喊殺，此後是十八年的分離、傷心、和屈辱。她突覺昔日慘事又要重演，摟住了丈夫的脖子，牢牢不肯放手。

楊鐵心眼見追兵已近，心想與其被擒受辱，不如力戰而死，當下拉開妻子雙手，將她交在穆念慈懷裏，轉身向追兵奔去，揮拳打倒一名小兵，奪了一枝花槍。他一槍在手，登時如虎添翼。親兵統領湯祖德腿上中槍落馬，眾親兵齊聲發喊，四下逃走。楊鐵心見追兵中並無高手，心下稍定，只是未奪到馬匹，頗感可惜。

三人回頭又逃。這時天已大明，包惜弱見丈夫身上點點滴滴都是血跡，驚道：「你受傷了麼？」楊鐵心經她一問，手背忽感劇痛，原來剛才使力大了，手背上被完顏康抓出的十個指孔創口迸裂，流血不止，當時只顧逃命，也不覺疼痛，這時卻雙臂酸軟，竟是提不起來。包惜弱正要給他包紮，忽然後面喊聲大振，塵頭中無數兵馬追來。

楊鐵心苦笑道：「不必包啦。」轉頭對穆念慈道：「孩兒，你一人逃命去吧！我和你媽就在這裏……」穆念慈甚是沉著，也不哭泣，將頭一昂，道：「咱們三人在一塊死。」包惜弱奇道：「她……怎麼是我們孩兒？」

楊鐵心正要回答，只聽得追兵愈近，猛抬頭，忽見迎面走來兩個道士。一個白鬚白眉，神色慈祥；另一個長鬚如漆，神采飛揚，背上負著一柄長劍。楊鐵心一愣之間，隨即大喜，叫道：「丘道長，今日又見到了你老人家！」

那兩個道士一個是丹陽子馬鈺，一個是長春子丘處機。他二人與玉陽子王處一約定在中都聚會，共商與江南七怪比武之事。師兄弟匆匆趕來，不意在此與楊鐵心夫婦相遇。丘處機內功深湛，駐顏不老，雖然相隔一十八年，容貌仍與往日並無大異，只兩鬢頗見斑白而已。他忽聽得有人叫喚，注目看去，卻不相識。

楊鐵心叫道：「十八年前，臨安府牛家村一共飲酒殲敵，丘道長可還記得嗎？」丘處機道：「尊駕是……」楊鐵心道：「在下楊鐵心。丘道長別來無恙。」說著撲翻地就拜。丘處機急忙回禮，心下頗為疑惑，原來楊鐵心身遭大故，落魄江湖，風霜侵蝕，容顏早已非復舊時模樣。

楊鐵心見他疑惑，而追兵已近，不及細細解釋，挺起花槍，一招「鳳點頭」，紅纓抖動，槍尖閃閃往丘處機胸口點到，喝道：「丘道長，你忘記了我，不能忘了這楊家槍。」槍尖離他胸口尺許，凝住不進。丘處機見他這一招槍法確是楊家正宗嫡傳，立時憶起當年雪地試槍之事，驀地裏見到故人，不禁又悲又喜，高聲大叫：「啊哈，楊老弟，你還活著？當真謝天謝地！」楊鐵心收回鐵槍，叫道：「道長救我！」

丘處機向追來的人馬一瞧，笑道：「師兄，小弟今日又要開殺戒啦，您別生氣。」馬鈺道：「少殺人，嚇退他們就是。」丘處機縱聲長笑，大踏步迎上前去，雙臂長處，已從馬背上揪下兩名馬軍，對準後面兩名馬軍擲去。四人相互碰撞，摔成一團。丘處機出手似電，如法炮製，跟著又手擲八人，撞倒八人，無一落空。餘兵大駭，紛紛撥轉馬頭逃走。

突然間馬軍後面竄出一人，身材魁梧，滿頭禿得油光晶亮，喝道：「那裏來的雜毛？」身子晃動，已竄到丘處機跟前，舉掌便打。丘處機見他身法快捷，舉掌擋格，拍的一聲，兩人各自退開三步。丘處機心下暗驚：「此人是誰？武功竟然如此了得？」

豈知他心中驚疑，鬼門龍王沙通天手臂隱隱作痛，更是驚怒，厲吼聲中，掄拳直上。丘處機不敢怠慢，雙掌翻飛，凝神應敵。戰了十餘合，沙通天光頭頂上被丘處機五指拂中，留下了五條紅印。他自己雖然見不到紅印，但頭頂熱辣辣的微感疼痛，知道空手非這道士之敵，當即從背上拔出鐵槳，器沉力勁，一招「蘇秦背劍」，向丘處機肩頭擊去。丘處機施開空手入白刃之技，要奪他兵刃。可是沙通天在這鐵槳上已有數十載之功，陸斃猛虎，水擊長蛟，大非尋常，一時竟也奪他不了。

丘處機暗暗稱奇，正要喝問姓名，忽聽得左首有人高聲喝道：「道長是全真派門下那一位？」這聲音響如裂石，威勢極猛。丘處機向右躍開，只見左首站著四人，原來彭連虎、梁子翁、歐陽克、侯通海已一齊趕到。丘處機拱手道：「貧道姓丘，請教各位的萬兒。」

丘處機威名震於南北，沙通天等互相望了一眼，均想：「怪不得這道士名氣這樣大，果然了得。」彭連虎心想：「我們已傷了王處一，與全真派的樑子總是結了。今日合力誅了這丘處機，正是揚名天下的良機！」提氣大喝：「大家齊上。」尾音未絕，已從腰間取出判官雙筆，縱身向丘處機攻去。他知對方了得，一出手就使兵刃，痛下殺手，上打「雲門穴」，下點「太赫穴」。這兩下使上了十成力，竟無絲毫留情之處。

丘處機心道：「這矮子好橫！身手可也當真不凡。」刷的一聲，長劍在手，劍尖刺向彭連虎右手手背，劍身已削向沙通天腰裏，長劍收處，劍柄撞向侯通海脅肋要穴的「章門穴」，一招連攻三人，劍法精絕。沙彭二人揮兵刃架開，侯通海卻險被點中穴道，好容易縮身逃開，但臀上終於給重重踹了一腳，俯身撲倒，說也真巧，三個肉瘤剛好撞正在地下。梁子翁暗暗心驚，猱身上前夾攻。

歐陽克見丘處機被沙通天和彭連虎纏住，梁子翁又自旁夾攻，這便宜此時不揀，更待何時？左手虛揚，右手鐵扇咄咄咄三下，連點丘處機背心「陶道」、「魂門」、「中樞」三穴，眼見他已難以閃避，突然身旁人影閃動，一隻手伸過來搭住了扇子。

原來馬鈺一直在旁靜觀，忽見同時有這許多高手圍攻師弟，心下甚是詫異，但見歐陽克鐵扇如風，疾攻師弟，當即飛步而上，逕來奪他鐵扇。他三根手指在鐵扇上一搭，歐陽克便感一股渾厚的內力自扇柄上傳來，心下驚訝，立時躍後退開。馬鈺也不追擊，說道：「各位是誰？大家素不相識，有甚麼誤會，儘可分說，何必動粗？」他語音甚是柔和，但中氣充沛，一字字盡都清晰明亮的鑽入耳鼓。沙通天等鬥得正酣，聽了這幾句話不禁都是一凜，一齊罷手後躍，打量馬鈺。

歐陽克問道：「道長尊姓？」馬鈺道：「貧道姓馬。」彭連虎道：「啊，原來是丹陽真人馬道長，失敬失敬。」馬鈺道：「貧道微末道行，『真人』兩字，豈敢承當？」

彭連虎口中和他客套，心下暗自琢磨：「我們既與全真教結了樑子，日後總是難以善罷。這兩人是全真教主腦，今日乘他們落單，我們五人合力將他們料理了，將來的事就好辦了。只不知附近是否還有全真教的高手？」四下一望，只楊鐵心一家三口，並無道人，說道：「全真七子名揚當世，在下仰慕得緊，其餘五位在那裏，一起請出來見見如何？」

馬鈺道：「貧道師兄弟不自清修，多涉外務，浪得虛名，真讓各位英雄見笑了。我師兄弟七人分住各處道觀，難得相聚，這次我和丘師弟來到中都，是找王師弟來著，不意卻先與各位相逢，先算有緣。天下武術殊途同歸，紅蓮白藕，原本一家，大家交個朋友如何？」他生性忠厚，全沒料到彭連虎是在探他虛實。

彭連虎聽說對方別無幫手，又未與王處一會過面，見馬鈺殊無防己之意，然則不但能倚多取勝，還可乘虛而襲，當下笑咪咪的道：「兩位道長不予嫌棄，真是再好沒有。兄弟姓三，名叫三黑貓。」馬鈺與丘處機都是一愣：「這人武功了得，必是江湖上的成名人物。三黑貓的名字好怪，可從來沒聽見過。」

彭連虎將判官筆收入腰間，走近馬鈺身前，笑吟吟的道：「馬道長，幸會幸會。」伸出右手，掌心向下，要和他拉手。馬鈺只道他是善意，也伸出手來。兩人一搭上手，馬鈺突感手上一緊，心想：「好啊，試我功力來啦。」微微一笑，運起內勁，也用力揑向彭連虎手掌，突然間五指指根一陣劇痛，猶如數枚鋼針直刺入內，大吃一驚，急忙撒手。彭連虎哈哈大笑，已倒躍丈餘。馬鈺提掌看時，只見五指指根上都刺破了一個小孔，深入肌肉，五縷黑線直通了進去。

原來彭連虎將判官筆插還腰間之時，暗中已在右手套上了獨門利器毒針環。這針環以精鋼鑄成，細如麻線，上生五枚細針，餵有劇毒，只要傷肉見血，五個時辰內必得送命。這毒針環戴在手上，原本是在與人動手對掌時增加掌上的威力，教人中掌後挨不了半天。他又故意說個「三黑貓」的怪名，乘馬鈺差愕沉吟之際便即上前拉手，好教他不留意自己手上的花樣。武林中人物初會，往往互不佩服，可是礙著面子卻不便公然動手，於是就伸手相拉，似乎是親近親近，實則便是動手較量，武功較差的被揑得手骨碎裂、手掌瘀腫，或是痛得忍耐不住而大聲討饒，也是常事。馬鈺只道他是來這套明顯親熱、暗中較勁的江湖慣技，怎料得到他竟然另有毒招，兩人同時使力，剎那間五枚毒針刺入手掌，竟是直沒針根，傷及指骨，待得驀地驚覺，左掌發出，彭連虎早已躍開。

丘處機見師兄與人好好拉手，突地變臉動手，忙問：「怎地？」馬鈺罵道：「好奸賊，毒計傷我。」跟著撲上去追擊彭連虎。丘處機素知大師兄最有涵養，十餘年來未見他與人動手，這時一出手就是全真派中最厲害的「三花聚頂掌法」，知他動了真怒，必有重大緣故，當即長劍揮動，繞左迴右，竄到彭連虎面前，刷刷刷就是三劍。

這時彭連虎已將雙筆取在手裏，架開兩劍，還了一筆，卻不料丘處機左手掌上招數的狠辣殊不在劍法之下，反手撩出，當判官筆將縮未縮的一瞬之間，已抓住筆端，往外急崩，喝道：「撤手！」這一崩內勁外吐，含精蓄銳，非同小可，不料對方也真了得，手中兵刃竟然未給震脫。丘處機跟著長劍直刺，彭連虎只得撤筆避劍。丘處機右劍左掌，綿綿而上。彭連虎失了一枝判官筆，右臂又是酸麻難當，一時折了銳氣，連連退後。

這時沙通天與梁子翁已截住馬鈺。歐陽克與侯通海左右齊至，上前相助彭連虎。丘處機勁敵當前，精神大振，掌影飄飄，劍光閃閃，愈打愈快。他以一敵三，未落下風，那邊馬鈺卻支持不住了。他右掌腫脹，麻癢難當，毒質漸漸上來。他雖知針上有毒，卻料不到毒性竟如此厲害，知道越是使勁，血行得快了，毒氣越快攻心，當即盤膝坐地，左手使劍護身，以內力阻住毒素上行。

梁子翁所用的兵刃是一把掘人參用的藥鋤，橫批直掘、忽掃忽打，招數幻變多端。沙通天的鐵槳更是沉重凌厲。數十招之後，馬鈺呼吸漸促，守禦的圈子越縮越小，內抗毒質，外擋雙敵，雖然功力深厚，但內外交征之下，時候稍長，大感神困力疲。

丘處機見師兄坐在地下，頭上一縷縷熱氣裊裊而上，猶如蒸籠一般，心中大驚，待要殺傷敵人，前去救援，但被三個敵手纏住了，那能緩招救人？侯通海固然較弱，歐陽克卻內外雙修，出招陰狠怪異，武功尤在彭連虎之上。瞧他武學家數，宛然便是全真教向來最忌憚的「西毒」一路功夫，更是駭異。他心中連轉了幾個念頭：「此人是誰？莫非是西毒門下？西毒又來到中原了嗎？不知是否便在中都？」這一來分了精神，竟爾迭遇險招。

楊鐵心自知武功與這些人差得甚遠，但見馬丘二人勢危，當即挺起花槍，往歐陽克背心刺去。丘處機叫道：「楊兄別上，不可枉送了性命！」語聲甫畢，歐陽克已起左腳踢斷花槍，右腳將楊鐵心踢倒在地。

正在此時，忽聽得馬蹄聲響，數騎飛馳而至。當先兩人正是完顏洪烈與完顏康父子。

完顏洪烈遙見妻子坐在地下，心中大喜，搶上前去，突然金刃劈風，一柄刀迎面砍來。完顏洪烈側身避開，見使刀的是個紅衣少女。他手下親兵紛紛擁上，合戰穆念慈。

那邊完顏康見了師父，暗暗吃驚，高聲叫道：「是自家人，各位別動手！」連喚數聲，彭連虎等方才躍開。眾親兵和穆念慈也各住手。完顏康上前向丘處機行禮，說道：「師父，弟子給您老引見，這幾位都是家父禮聘來的武林前輩。」

丘處機點點頭，先去察看師兄，只見他右掌全黑，忙捋起他袍袖，只見黑氣已通到了上臂中部，不由得大驚：「怎地劇毒如此？」轉頭向彭連虎道：「拿解藥來！」彭連虎心下躊躇：「眼見此人就要喪命，但得罪了小王爺可也不妥。卻救他不救？」馬鈺外敵一去，內力專注於抗毒，毒質被阻於臂彎不再上行，黑氣反有漸向下退之勢。

完顏康奔向母親，道：「媽，這可找到你啦！」包惜弱凜然道：「要我再回王府，萬萬不能！」完顏洪烈與完顏康同時驚問：「甚麼？」包惜弱指著楊鐵心道：「我丈夫並沒有死，天涯海角我也隨了他去。」

完顏洪烈這一驚非同小可，嘴唇向梁子翁一努。梁子翁會意，右手揚處，打出了三枚子午透骨釘，射向楊鐵心的要害。

丘處機眼見釘去如飛，已不及搶上相救，而楊鐵心勢必躲避不了，自己身邊又無暗器，情急之下，順手抓起趙王府一名親兵，在梁子翁與楊鐵心之間擲去。只聽得「啊」的一聲大叫，三枚鐵釘全打在親兵身上。梁子翁自恃這透骨釘是生平絕學，三枚齊發，決無不中之理，那知竟被丘處機以這古怪法門破去，當下怒吼一聲，向丘處機撲去。

彭連虎見變故又起，已決意不給解藥，知道王爺心中最要緊的是奪還王妃，忽地竄出，來抓包惜弱手臂。

丘處機颼颼兩劍，一刺梁子翁，一刺彭連虎，兩人見劍勢凌厲，只得倒退。丘處機向完顏康喝道：「無知小兒，你認賊作父，胡塗了一十八年。今日親父到了，還不認麼？」

完顏康聽了母親之言，本來已有八成相信，這時聽師父一喝，又多信了一成，不由得向楊鐵心看去，只見他衣衫破舊，滿臉風塵，再回頭看父親時，卻是錦衣玉飾，丰度俊雅，兩人直有天淵之別。完顏康心想：「難道我要捨卻榮華富貴，跟這窮漢子浪跡江湖？不，萬萬不能！」他主意已定，高聲叫道：「師父，莫聽這人鬼話，請你快將我媽救過來！」丘處機怒道：「你仍是執迷不悟，真是畜生也不如。」

彭連虎等見他們師徒破臉，攻得更緊。完顏康見丘處機情勢危急，竟不再出言勸阻。丘處機大怒，罵道：「小畜生，當真是狼心狗肺。」完顏康對師父十分害怕，暗暗盼望彭連虎等將他殺死，免為他日之患。又戰片刻，丘處機右臂中了梁子翁一鋤，雖然受傷不重，但已血濺道袍，一瞥眼間，只見完顏康臉有喜色，更是惱得哇哇大叫。

馬鈺從懷裏取出一枚流星，晃火摺點著了，手一鬆，一道藍燄直沖天空。彭連虎料想這是全真派同門互通聲氣的訊號，叫道：「老道要叫幫手。」又鬥數合，西北角不遠處也是一道藍焰沖天而起。丘處機大喜，叫道：「王師弟就在左近。」劍交左手，左上右落，連使七八招殺手，把敵人逼開數步。馬鈺向西北角藍焰處一指，道：「向那邊走！」楊鐵心、穆念慈父女使開兵刃，護著包惜弱急向前衝，馬鈺隨在其後。丘處機揮長劍獨自斷後，且戰且走。沙通天連使「移步換形」身法，想閃過他而去搶包惜弱過來，但丘處機劍勢如風，始終搶不上去。

行不多時，一行已來到王處一所居的小客店前。丘處機心中奇怪：「怎麼王師弟還不趕出來接應？」剛轉了這個念頭，只見王處一拄著一根木杖，顫巍巍的走過來。師兄弟三人一照面，都是一驚，萬料不到全真派中武功最強的三人竟會都受了傷。

丘處機叫道：「退進店去。」完顏洪烈喝道：「將王妃好好送過來，饒了你們不死。」丘處機罵道：「誰要你這金國狗賊饒命？」大聲叫罵，奮劍力戰。彭連虎等眼見他勢窮力絀，卻仍是力鬥不屈，劍勢如虹，招數奇幻，也不由得暗暗佩服。

楊鐵心尋思：「事已如此，終究是難脫毒手。可別讓我夫婦累了丘道長的性命。」拉了包惜弱的手，忽地竄出，大聲叫道：「各位住手，我夫妻畢命於此便了。」回過槍頭，便往心窩裏刺去，噗的一聲，鮮血四濺，往後便倒。包惜弱也不傷心，慘然一笑，雙手拔出槍來，將槍柄拄在地上，對完顏康道：「孩兒，你還不肯相信他是你親生的爹爹麼？」湧身往槍尖撞去。完顏康大驚失色，大叫一聲：「媽！」飛步來救。

丘處機等見變起非常，俱各罷手停鬥。

完顏康搶到母親跟前，見她身子軟垂，槍尖早已刺入胸膛，當下放聲大哭。丘處機上來檢視二人傷勢，見槍傷要害，俱已無法挽救。完顏康抱住了母親，穆念慈抱住了楊鐵心，一齊傷心慟哭。丘處機向楊鐵心道：「楊兄弟，你有何未了之事，說給我聽，我一力給你承辦就是。我……我終究救你不得，我……我……」心中酸痛，說話已哽咽了。

便在這時，眾人只聽得背後腳步聲響，回頭望時，卻是江南六怪與郭靖匆匆趕來。江南六怪見到了沙通天等人，當即取出兵刃，待到走近，卻見眾人望著地下一男一女，個個臉現驚訝之色，一轉頭，突然見到丘處機與馬鈺，六怪更是詫異。

郭靖見楊鐵心倒在地下，滿身鮮血，搶上前去，叫道：「楊叔父，您怎麼啦？」楊鐵心尚未斷氣，見到郭靖後嘴邊露出一絲笑容，說道：「你父當年和我有約，生了男女，結為親家……我沒女兒，但這義女如我親生一般……」眼光望著丘處機道：「丘道長，你給我成就了這門姻緣，我……我死也瞑目。」丘處機道：「此事容易。楊兄弟你放心。」

包惜弱躺在丈夫身邊，左手挽著他手臂，惟恐他又會離己而去，昏昏沉沉間聽他說起從前指腹為婚之事，奮力從懷裏抽出一柄匕首，說道：「這……這是表記……」又道：「大哥，咱倆終於死在一塊，我……我好歡喜……」說著淡淡一笑，安然而死，容色仍如平時一般溫宛嫵媚。

丘處機接過匕首，正是自己當年在牛家村相贈之物，匕首柄上刻著「郭靖」兩字。楊鐵心向郭靖道：「盼你……你瞧在你故世的爹爹份上，好好待我這女兒……」郭靖道：「我……我不……」丘處機道：「一切有我承當，你……安心去罷！」楊鐵心本來只道再也找不著義兄郭嘯天的後人，這才有穆念慈比武招親之事。這一天中既與愛妻相會，又見到義兄的遺腹子長大成人，義女終身有託，更無絲毫遺憾，雙眼一閉，就此逝世。

郭靖又是難過，又是煩亂，心想：「蓉兒對我情深義重，我豈能另娶他人？」突然轉念，又是一驚：「我怎麼卻把華箏忘了？大汗已將女兒許配於我，這……這……怎麼得了？」這些日來，他時時記起好友拖雷，卻極少念及華箏。朱聰等雖覺此中頗有為難，但見楊鐵心是垂死之人，不忍拂逆其意，當下也未開言。

完顏洪烈千方百計而得娶了包惜弱，但她心中始終未忘故夫，十餘年來自己對她用情良苦，到頭來還是落得如此下場，眼見她雖死，臉上兀自有心滿意足、喜不自勝之情，與她成婚一十八年，幾時又曾見她對自己露過這等神色？自己貴為皇子，在她心中，可一直遠遠及不上一個村野匹夫，不禁心中傷痛欲絕，掉頭而去。

沙通天等心想全真三子雖然受傷，但加上江南六怪，和己方五人拚鬥起來，勝負倒也難決，既見王爺轉身，也就隨去。

丘處機喝道：「喂，三黑貓，留下了解藥！」彭連虎哈哈笑道：「你寨主姓彭，江湖上人稱千手人屠，丘道長失了眼罷？」丘處機心中一凜：「怪不得此人武功高強，原來是他。」一眼見師兄中毒甚深，非他獨門解藥相救不可，喝道：「管你千手萬手，不留下解藥，休得脫身。」運劍如虹，一道青光向彭連虎刺去。彭連虎雖只賸下一柄判官筆，卻也不懼，當即揮筆接過。

朱聰見馬鈺坐在地下運氣，一隻右掌已全成黑色，問道：「馬道長，你怎麼受了傷？」馬鈺嘆道：「這姓彭的和我拉手，那知他掌中暗藏毒針。」朱聰道：「嗯，那也算不了甚麼。」回頭向柯鎮惡道：「大哥，給我一隻菱兒。」柯鎮惡不明他用意，便從鹿皮囊中摸出一枚毒菱，遞了給他。朱聰接過，見丘彭兩人鬥得正緊，憑自己武功一定拆解不開，又道：「大哥，咱倆上前分開他兩人，我有救馬道長的法子。」柯鎮惡點了點頭，朱聰大聲叫道：「原來是千手人屠彭寨主，大家是自己人，快快停手，我有話說。」一拉柯鎮惡，兩人向前竄出，一個持扇，一個揮杖，把丘彭二人隔開。

丘處機和彭連虎聽了朱聰的叫喚，都感詫異：「怎麼又是自己人了？」見兩人過來，也就分開，要聽他說到底是怎麼樣的自己人。

朱聰笑吟吟的向彭連虎道：「江南七怪與長春子丘處機於一十八年前結下樑子，我們五兄弟都曾被長春子打傷，而名震武林的丘道長，卻也被我們傷得死多活少。這樑子至今未解……」轉頭對丘處機道：「丘道長，是也不是？」丘處機怒氣勃發，心想：「好哇，你們要來乘人之危。」厲聲喝道：「不錯，你待怎樣？」

朱聰又道：「可是我們與沙龍王卻也有點過節。江南七怪一個不成器的徒兒，獨力打敗了沙龍王的四位高足。聽說彭寨主與沙龍王是過命的交情。我們得罪了沙龍王，那也算得罪了彭寨主啦。」彭連虎道：「嘿嘿，不敢。」朱聰笑道：「既然彭寨主與丘道長都跟江南七怪有仇，那麼你們兩家同仇敵愾，豈不成了自己人麼？哈哈，還打甚麼？那麼兄弟跟彭寨主可不也是自己人了麼？來，咱們親近親近。」伸出手來，要和他拉手。

彭連虎聽他瘋瘋顛顛的胡說八道，心道：「全真派相救七怪的徒弟，他們顯是一黨，我可不上你的當。要想騙我解藥，難上加難。」見他伸手來拉，正中下懷，笑道：「妙極，妙極！」把判官筆放回腰間，順手又戴上了毒針環。

丘處機驚道：「朱兄，小心了。」朱聰充耳不聞，伸出手去，小指輕勾，已把彭連虎指上毒針環勾了下來。彭連虎尚未知覺，已和朱聰手掌相握，兩人同時使勁，彭連虎只覺掌心微微一痛，急忙掙脫，躍開舉手看時，見掌心已被刺了三個洞孔，創口比他毒針所刺的要大得多，孔中流出黑血，麻癢癢的很是舒服，卻不疼痛。他知毒性愈是厲害，愈不覺痛，只因創口立時麻木，失了知覺。他又驚又怒，卻不知道如何著了道兒，抬起頭來，只見朱聰躲在丘處機背後，左手兩指提著他的毒針環，右手兩指中卻揑著一枚黑沉沉的菱形之物，菱角尖銳，上面沾了血漬。

須知朱聰號稱妙手書生，手上功夫出神入化，人莫能測，拉脫彭連虎毒針環，以毒菱刺其掌心，於他只是易如反掌的末技而已。

彭連虎怒極，猱身撲上。丘處機伸劍擋住，喝道：「你待怎樣？」

朱聰笑道：「彭寨主，這枚毒菱是我大哥的獨門暗器，中了之後，任你彭寨主號稱『連虎』，就算你連獅連豹、連豬連狗，連盡普天下的畜生，也活不了兩個時辰。」侯通海道：「彭大哥，他在罵你。」沙通天斥道：「別多說，難道彭大哥不知道？」朱聰又笑嘻嘻的道：「好在彭寨主有一千隻手，我良言相勸，不如斬去了這隻手掌，還剩下九百九十九隻。只不過閣下的外號兒得改一改，叫作『九九九手人屠』。」彭連虎這時感到連手腕也已麻了，心下驚懼，也不理會他的嘲罵譏諷，不覺額現冷汗。

朱聰又道：「你有你的毒針，我有我的毒菱，毒性不同，解藥也異，你如捨不得這『千手人屠』的外號，反正大家是自己人，咱哥兒倆就親近親近，換上一換如何？」彭連虎未答，沙通天已搶著道：「好，就是這樣，拿解藥來。」朱聰道：「大哥給他罷。」柯鎮惡從懷裏摸出兩小包藥，朱聰接過，遞了過去。丘處機道：「朱兄，莫上他當，要他先拿出來。」朱聰笑道：「大丈夫言而有信，不怕他不給。」

彭連虎左手伸入懷裏一摸，臉上變色，低聲道：「糟了，解藥不見啦。」丘處機大怒，喝道：「哼，你還玩鬼計！朱兄，別給他。」朱聰笑道：「拿去！我們是君子一言，快馬一鞭，說給就給。全真七子，江南七怪，說了的話自然算數。」

沙通天知他手上功夫厲害，怕又著了他道兒，不敢伸手來接，橫過鐵槳，伸了過來。朱聰把解藥放在槳上，沙通天收槳取藥。旁觀眾人均各不解，不明白朱聰為甚麼坦然給以解藥，卻不逼他交出藥來。沙通天疑心拿過來的解藥不是真物，說道：「江南七俠是響噹噹的人物，可不能用假藥害人？」

朱聰笑道：「豈有此理，豈有此理。」把毒菱還給柯鎮惡，再慢吞吞的從懷裏掏出一件件物事，只見有汗巾、有錢鏢、有幾錠碎銀子、還有一個白色的鼻煙壺。彭連虎愕然呆了：「這些都是我的東西，怎麼變到了他身上？」原來朱聰右手和他拉手之際，左手妙手空空，早已將他懷中之物掃數扒過。朱聰拔開鼻煙壺塞子，見裏面分為兩隔，一隔是紅色粉末，另一隔是灰色粉末，說道：「怎麼用啊？」

彭連虎雖然悍惡，但此刻命懸一線，不敢再弄奸使詐，只得實說：「紅色的內服，灰色的外敷。」朱聰向郭靖道：「快取水來，拿兩碗。」

郭靖奔進客店去端了兩碗淨水出來，一碗交給馬鈺，服侍他服下藥粉，另用灰色藥粉敷在他掌上傷口，另一碗水要拿去遞給彭連虎。朱聰道：「慢著，給王道長。」郭靖一怔，依言遞給了王處一。王處一也是愕然不解，順手接了。

沙通天叫道：「喂，你們兩包藥粉怎麼用啊？」朱聰道：「等一下，別心急，一時三刻死不了人。」卻從懷裏又取出十多包藥來。郭靖一見大喜，叫道：「是啊，是啊，這是王道長的藥。」一包包打開來，拿到王處一面前，說道：「道長，那些合用，您自己挑罷。」王處一認得藥物，揀出田七、血竭等四味藥來，放入口中咀嚼一會，和水吞下。

梁子翁又是氣惱，又是佩服，心想：「這骯髒書生手法竟是如此了得。他伸手給我拍一下衣袖上的塵土，就把我懷裏的藥物都偷了去。」轉過身來，提起藥鋤一揮，喝道：「來來來，咱們兵刃上見個輸贏！」朱聰笑道：「這個麼，兄弟萬萬不是敵手。」

丘處機道：「這一位是彭連虎寨主，另外幾位的萬兒還沒請教。」沙通天嘶啞著嗓子一一報了名。丘處機叫道：「好哇，都是響噹噹的字號。咱們今日勝敗未分，可惜雙方都有人受了傷，看來得約個日子重新聚聚。」彭連虎道：「那再好沒有，不會會全真七子，咱們死了也不閉眼。日子地段，請丘道長示下罷。」丘處機心想：「馬師兄、王師弟中毒都自不輕，總得幾個月才能完全復原。譚師哥、劉師哥他們散處各地，一時也通知不及。」便道：「半年之後，八月中秋，咱們一邊賞月，一邊講究武功，彭寨主你瞧怎樣？」

彭連虎心下盤算：「全真七子一齊到來，再加上江南七怪，我們可是寡不敵眾，非得再約幫手不可。半年之後，時日算來剛好。趙王爺要我們到江南去盜岳飛的遺書，那麼乘便就在江南相會。」說道：「中秋佳節以武會友，丘道長真是風雅之極，那總得找個風雅的地方才好，就在江南七俠的故鄉吧。」丘處機道：「妙極，妙極。咱們在嘉興府南湖中煙雨樓相會，各位不妨再多約幾位朋友。」彭連虎道：「一言為定，就是這樣。」

朱聰說：「這麼一來，我們江南七怪成了地頭蛇，非掏腰包請客不可。你們兩家算盤可都精得很，千不揀、萬不揀，偏偏就揀中了嘉興，定要來吃江南七怪的白食。好好好，難得各位大駕光臨，我們這個東道也還做得起。彭寨主，你那兩包藥，白色的內服，黃色的外敷。」這時彭連虎已然半臂麻木，適才跟丘處機對答全是強自撐持，再聽朱聰嘮嘮叨叨的說個沒了沒完，早已怒氣塡膺，只是命懸人手，不敢稍出半句無禮之言，好容易聽到他最後一句話，忙將白色的藥粉吞下。柯鎮惡冷冷的道：「彭寨主，七七四十九天之內不能喝酒，不能近女色，否則中秋節煙雨樓頭少了你彭寨主，可掃興得緊哪。」彭連虎怒道：「多謝關照了。」沙通天將藥替他敷上手掌創口，扶了他轉身而去。

完顏康跪在地下，向母親的屍身磕了四個頭，轉身向丘處機拜了幾拜，一言不發，昂首走開。丘處機厲聲喝道：「康兒，你這是甚麼意思？」完顏康不答，也不與彭連虎等同走，自個兒轉過了街角。

丘處機出了一會神，向柯鎮惡、朱聰等行下禮去，說道：「今日若非六俠來救，我師兄弟三人性命不保。再說，我這孽徒人品如此惡劣，更是萬萬不及令賢徒。咱們學武之人，品行心術居首，武功乃是末節。貧道收徒如此，汗顏無地。嘉興醉仙樓比武之約，今日已然了結，貧道甘拜下風，自當傳言江湖，說道丘處機在江南七俠手下一敗塗地，心悅誠服。」

江南六怪聽他如此說，都極得意，自覺在大漠之中耗了一十八載，終究有了圓滿結果。當下由柯鎮惡謙遜了幾句。但六怪隨即想到了慘死大漠的張阿生，都不禁心下黯然，可惜他不能親耳聽到丘處機這番服輸的言語。

眾人把馬鈺和王處一扶進客店，全金發出去購買棺木，料理楊鐵心夫婦的喪事。丘處機見穆念慈哀哀痛哭，心中也很難受，說道：「姑娘，你爹爹這幾年來怎樣過的？」

穆念慈拭淚道：「十多年來，爹爹帶了我東奔西走，從沒在一個地方安居過十天半月，爹爹說，要尋訪一位……一位姓郭的大哥……」說到這裏，聲音漸輕，慢慢低下了頭。

丘處機向郭靖望了一眼道：「嗯。你爹怎麼收留你的？」穆念慈道：「我是臨安府荷塘村人氏。十多年前，爹爹在我家養傷，不久我親生的爹娘和幾個哥哥都染瘟疫死了。這位爹爹收了我做女兒，後來教我武藝，為了要尋郭大哥，所以到處行走，打起了……打起了……『比武……招親』的旗子。」丘處機道：「這就是了。你爹爹其實不姓穆，是姓楊，你以後就改姓楊罷。」穆念慈道：「不，我不姓楊，我仍然姓穆。」丘處機道：「幹麼？難道你不信我的話？」穆念慈低聲道：「我怎敢不信？不過我寧願姓穆。」丘處機見她固執，也就罷了，以為女兒家忽然喪父，悲痛之際，一時不能明白過來，殊不知不能明白過來卻是他自己。穆念慈心中另有一番打算，她自己早把終身付託給了完顏康，心想他既是爹爹的親生骨血，當然姓楊，自己如也姓楊，婚姻如何能諧？

王處一服藥之後，精神漸振，躺在床上聽著她回答丘處機的問話，忽有一事不解，問道：「你武功可比你爹爹強得多呀，那是怎麼回事？」穆念慈道：「晚輩十三歲那年，曾遇到一位異人。他指點了我三天武功，可惜我生性愚魯，沒能學到甚麼。」王處一道：「他只教你三天，你就能勝過你爹爹。這位高人是誰？」穆念慈道：「不是晚輩膽敢隱瞞道長，實是我曾立過誓，不能說他的名號。」

王處一點點頭，不再追問，回思穆念慈和完顏康過招時的姿式拳法，反覆推考，想不起她的武功是甚麼門派，愈是想著她的招數，愈感奇怪，問丘處機道：「丘師哥，你教完顏康教了有八九年吧？」丘處機道：「整整九年零六個月，唉，想不到這小子如此混蛋。」王處一道：「這倒奇了！」丘處機道：「怎麼？」王處一沉吟不答。

柯鎮惡問道：「丘道長，你怎麼找到楊大哥的後裔？」

丘處機道：「說來也真湊巧。自從貧道和各位訂了約會之後，到處探訪郭楊兩家的消息，數年之中，音訊全無，但總不死心，這年又到臨安府牛家村去查訪，恰好見到有幾名公差到楊大哥的舊居來搬東西。貧道跟在他們背後，偷聽他們說話，這幾個人來頭不小，竟是大金國趙王府的親兵，奉命專程來取楊家舊居中一切家私物品，說是破凳爛椅，鐵槍犂頭，一件不許缺少。貧道起了疑心，知道其中大有文章，便一路跟著他們來到了中都。」

郭靖在趙王府中見過包惜弱的居所，聽到這裏，心下已是恍然。

丘處機接著道：「貧道晚上夜探王府，要瞧瞧趙王萬里迢迢的搬運這些破爛物事，到底是何用意。一探之後，不禁又是氣憤，又是難受，原來楊兄弟的妻子包氏已貴為王妃。貧道大怒之下，本待將她一劍殺卻，卻見她居於磚房小屋之中，撫摸楊兄弟鐵槍，終夜哀哭；心想她倒也不忘故夫，並非全無情義，這才饒了她性命。後來查知那小王子原來是楊兄弟的骨血，隔了數年，待他年紀稍長，貧道就起始傳他武藝。」

柯鎮惡道：「那小子是一直不知自己的身世的了？」

丘處機道：「貧道也曾試過他幾次口風，見他貪戀富貴，不是性情中人，是以始終不曾點破。幾次教誨他為人立身之道，這小子只是油腔滑調的對我敷衍。若不是和七位有約，貧道那有這耐心跟他窮耗？本待讓他與郭家小世兄較藝之後，不論誰勝誰敗，咱們雙方和好，然後對那小子說明他的身世，接他母親出來，擇地隱居。豈料楊兄弟尚在人世，而貧道和馬師哥兩人又著了奸人暗算，終究救不得楊兄弟夫婦的性命，唉！」

穆念慈聽到這裏，又掩面輕泣起來。

郭靖接著把怎樣與楊鐵心相遇、夜見包惜弱等情由說了一遍。各人均道包惜弱雖然失身於趙王，卻也只道親夫已死，到頭來殉夫盡義，甚是可敬，無不嗟嘆。

各人隨後商量中秋節比武之事。朱聰道：「但教全真七子聚會，咱們還擔心些甚麼？」馬鈺道：「就怕他們多邀好手，到時咱們不免寡不敵眾。」丘處機道：「他們還能邀甚麼好手？這世上好手當真便這麼多？」

馬鈺嘆道：「丘師弟，這些年來你雖然武功大進，為本派放一異彩，但年輕時的豪邁之氣，總是不能收斂……」丘處機接口笑道：「須知天外有天，人上有人。」馬鈺微微一笑，道：「難道不是麼？剛才會到的那幾個人，武功實不在我們之下。要是他們再邀幾個差不多的高手來，煙雨樓之會，勝負尚未可知呢。」丘處機豪氣勃發，說道：「大師哥忒也多慮。難道全真派還能輸在這些賊子手裏？」馬鈺道：「世事殊難逆料。剛才不是柯大哥、朱二哥他們六俠來救，全真派數十年的名頭，可教咱師兄弟三人斷送在這兒啦。」

柯鎮惡、朱聰等遜謝道：「對方使用鬼蜮伎倆，又何足道？」

馬鈺嘆道：「周師叔得先師親傳，武功勝我們十倍，終因恃強好勝，至今十餘年來不明下落。咱們須當以此為鑑，小心戒懼。」丘處機聽師兄這樣說，不敢再辯。江南六俠不知他們另有一位師叔，聽了馬鈺之言，那顯是全真派頗不光采之事，也不便相詢，心中卻都感奇怪。王處一聽著兩位師兄說話，一直沒有插口，只是默默思索。

丘處機向郭靖與穆念慈望了一眼，道：「柯大哥，你們教的徒弟俠義為懷，果然好得很。楊兄弟有這樣一個女婿，死也瞑目了。」

穆念慈臉一紅，站起身來，低頭走出房去。王處一見她起身邁步，腦海中忽地閃過一個念頭，縱身下炕，伸掌向她肩頭直按下去。這一招出手好快，待得穆念慈驚覺，手掌已按上她右肩。他微微一頓，待穆念慈運勁抗拒，勁力將到未到之際，在她肩上一扳。鐵腳仙玉陽子王處一是何等人物，雖然其時重傷未愈，手上全無內力，但這一按一扳，正拿準了對方勁力斷續的空檔，穆念慈身子搖晃，立時向前俯跌下去。王處一左手伸出，在她左肩輕輕一扶。穆念慈身不由主的又挺身而起，睜著一雙俏眼，驚疑不定。

王處一笑道：「穆姑娘別驚，我是試你的功夫來著。教你三天武功的那位前輩高人，可是只有九個手指、平時作乞丐打扮的麼？」穆念慈奇道：「咦，是啊，道長怎麼知道？」王處一笑道：「這位九指神丐洪老前輩行事神出鬼沒，真如神龍見首不見尾一般。姑娘得受他的親傳，當真是莫大的機緣。委實可喜可賀。」穆念慈道：「可惜他老人家沒空，只教了我三天。」王處一嘆道：「你還不知足？這三天抵得旁人教你十年二十年。」穆念慈道：「道長說得是。」微一沉吟，問道：「道長可知洪老前輩在那裏麼？」王處一笑道：「這可難倒我啦。我還是二十多年前在華山絕頂見過他老人家一面，以後再沒聽到過他的音訊。」穆念慈很是失望，緩步出室。

韓小瑩問道：「王道長，這位洪老前輩是誰？」王處一微微一笑，上炕坐定。丘處機接口道：「韓女俠，你可曾聽見過『東邪、西毒、南帝、北丐、中神通』這句話麼？」韓小瑩道：「這倒聽人說過的，說的是當世五位武功最高的前輩，也不知是不是。」丘處機道：「不錯。」柯鎮惡忽道：「這位洪老前輩，就是五高人中的北丐？」王處一道：「是啊。中神通就是我們的先師王真人。」江南六怪聽說那姓洪的竟然與全真七子的師父齊名，不禁肅然起敬。

丘處機轉頭向郭靖笑道：「你這位夫人是大名鼎鼎的九指神丐之徒，將來又有誰敢欺侮你？」郭靖脹紅了臉，要想聲辯，卻又訥訥的說不出口。

韓小瑩又問：「王道長，你在她肩頭一按，怎麼就知她是九指神丐教的武藝？」

丘處機向郭靖招手道：「你過來。」郭靖依言走到他身前。丘處機伸掌按在他肩頭，斗然間運力下壓。郭靖曾得馬鈺傳授過玄門正宗的內功，十多年來跟著六怪打熬氣力，外功也自不弱，丘處機這一下竟是按他不倒。丘處機笑道：「好孩子！」掌力突然鬆了。郭靖本在運勁抵擋這一按之力，外力忽鬆，他內勁也弛，那知丘處機快如閃電的乘虛而入，郭靖前力已散，後力未繼，被丘處機輕輕一扳，仰天跌倒。他伸手在地下一捺，隨即跳起。眾人哈哈大笑。朱聰道：「靖兒，丘道長教你這一手高招，可要記住了。」郭靖點頭答應。

丘處機道：「韓女俠，天下武學之士，肩上受了這樣的一扳，若是抵擋不住，必向後跌，只有九指神丐的獨家武功，卻是向前俯跌。只因他的武功剛猛絕倫，遇強愈強。穆姑娘受教時日雖短，卻已習得洪老前輩這派武功的要旨。她抵不住王師弟的一扳，但決不隨勢屈服，就算跌倒，也要跌得與敵人用力的方向相反。」

六怪聽了，果覺有理，都佩服全真派見識精到。朱聰道：「王道長見過這位九指神丐演過武功？」王處一道：「二十餘年之前，先師與九指神丐、黃藥師等五高人在華山絕頂論劍。洪老前輩武功卓絕，卻是極貪口腹之欲，華山絕頂沒甚麼美食，他甚是無聊，便道談劍作酒，說拳當菜，和先師及黃藥師前輩講論了一番劍道拳理。當時貧道隨侍先師在側，有幸得聞妙道，好生得益。」柯鎮惡道：「哦，那黃藥師想是『東邪西毒』中的『東邪』了？」

丘處機道：「正是。」轉頭向郭靖笑道：「馬師哥雖然傳過你一些內功，幸好你們沒師徒名份，否則排將起來，你比你夫人矮著一輩，那可一世不能出頭啦。」郭靖紅了臉道：「我不娶她。」丘處機一愕，問道：「甚麼？」郭靖重複了一句：「我不娶她！」丘處機沉了臉，站起身來，問道：「為甚麼？」

韓小瑩愛惜徒兒，見他受窘，忙代他解釋：「我們得知楊大爺的後嗣是男兒，指腹為婚之約是不必守了，因此靖兒在蒙古已定了親。蒙古大汗成吉思汗封了他為金刀駙馬。」

丘處機虎起了臉，對郭靖瞪目而視，冷笑道：「好哇，人家是公主，金枝玉葉，豈是尋常百姓可比？先人的遺志，你是全然不理的了？你這般貪圖富貴，忘本負義，跟完顏康這小子又有甚麼分別？你爹爹當年卻又如何說來？」

郭靖很是惶恐，躬身說道：「弟子從未見過我爹爹一面。不知我爹爹有甚麼遺言，我媽也沒跟我說過，請道長示下。」

丘處機啞然失笑，臉色登和，說道：「果然怪你不得。我就是一味鹵莽。」當下將十八年前怎樣在牛家村與郭楊二人結識、怎樣殺兵退敵、怎樣追尋郭楊二人、怎樣與江南七怪生隙互鬥、怎樣立約比武等情由，從頭至尾說了一遍。郭靖此時方知自己身世，不禁伏地大哭，想起父親慘死，大仇未復，又想起七位師父恩重如山，真是粉身難報。

韓小瑩溫言道：「男子三妻四妾，也是常事。將來你將這情由告知大汗，一夫二女，兩全其美，有何不可？我瞧成吉思汗自己，一百個妻子也還不止。」

郭靖拭淚道：「我不娶華箏公主。」韓小瑩奇道：「為甚麼？」郭靖道：「我不喜歡她做妻子。」韓小瑩道：「你不是一直跟她挺好的麼？」郭靖道：「我只當她是妹子，是好朋友，可不要她做妻子。」

丘處機喜道：「好孩子，有志氣，有志氣。管他甚麼大汗不大汗，公主不公主。你還是依照你爹爹和楊叔叔的話，跟穆姑娘結親。」不料郭靖仍是搖頭道：「我也不娶穆姑娘。」

眾人都感奇怪，不知他心中轉甚麼念頭。韓小瑩是女子，畢竟心思細密，輕聲問道：

「你可是另有意中人啦？」郭靖紅了臉，隔了一會，終於點了點頭。韓寶駒與丘處機同聲喝問：「是誰？」郭靖囁嚅不答。

韓小瑩昨晚在王府中與梅超風、歐陽克等相鬥時，已自留神到了黃蓉，見她眉目如畫，丰姿綽約，當時暗暗稱奇，此刻一轉念間，又記起黃蓉對他神情親密，頗為迴護，問道：「是那個穿白衫子的小姑娘，是不是？」郭靖紅著臉點了點頭。

丘處機問道：「甚麼白衫子、黑衫子，小姑娘、大姑娘？」韓小瑩沉吟道：「我聽得梅超風叫她小師妹，又叫她爹爹作師父……」

丘處機與柯鎮惡同時站起，齊聲驚道：「難道是黃藥師的女兒？」

韓小瑩拉住郭靖的手，問道：「靖兒，她可是姓黃？」郭靖道：「是。」韓小瑩一時茫然無言。柯鎮惡喃喃的道：「你想娶梅超風的師妹？」

朱聰問道：「她父親將她許配給你麼？」郭靖道：「我沒見過她爹爹，也不知她爹爹是誰。」朱聰又問：「那麼你們是私訂終身的了？」郭靖不懂「私訂終身」是甚麼意思，睜大了眼不答。朱聰道：「你對她說過一定要娶她，她也說要嫁你，是不是？」郭靖道：「沒說過。」頓了一頓，又道：「用不著說。我不能沒有她，蓉兒也不能沒有我。我們兩個心裏都知道的。」

韓寶駒一生從未嘗過情愛滋味，聽了這幾句話怫然不悅，喝道：「那成甚麼話？」韓小瑩心中卻想起了張阿生：「我們江南七怪之中，五哥的性子與靖兒最像，可是他一直在暗暗喜歡我，卻從來只道配我不上，不敢稍露情意，怎似靖兒跟那黃家小姑娘一般，說甚麼『兩個心裏都知道，我不能沒有她，她不能沒有我』？要是我在他死前幾個月讓他知道，我其實也不能沒有他，他一生也得有幾個月真正的歡喜。」

朱聰溫言道：「她爹爹是個殺人不眨眼的大魔頭，你知道麼？要是他知道你偷偷跟他女兒相好，你還有命麼？梅超風學不到他十分之一的本事，已這般厲害。那桃花島主要殺你時，誰救得了你？」郭靖低聲道：「蓉兒這樣好，我想……我想她爹爹也不會是惡人。」韓寶駒罵道：「放屁！黃藥師惡盡惡絕，怎會不是惡人？你快發一個誓，以後永遠不再和這小妖女見面。」江南六怪因黑風雙煞害死笑彌陀張阿生，與雙煞仇深似海，連帶對他們的師父也一向恨之入骨，均想黑風雙煞用以殺死張阿生的武功是黃藥師所傳，世上若無黃藥師這大魔頭，張阿生自也不會死於非命。

郭靖好生為難，一邊是師恩深重，一邊是情深愛篤，心想若不能再和蓉兒見面，這一生怎麼還能做人？只見幾位師父都是目光嚴峻的望著自己，心中一陣酸痛，雙膝跪倒，兩道淚水從面頰上流下來。

韓寶駒踏上一步，厲聲道：「快說！說再也不見那小妖女了。」

突然窗外一個清脆的女子聲音喝道：「你們幹麼這般逼他？好不害臊！」眾人一怔。那女子叫道：「靖哥哥，快出來。」

郭靖一聽正是黃蓉，又驚又喜，搶步出外，只見她俏生生的站在庭院之中，左手牽著汗血寶馬。小紅馬見到郭靖，長聲歡嘶，前足躍起。韓寶駒、全金發、朱聰、丘處機四人跟著出房。郭靖向韓寶駒道：「三師父，就是她。她是蓉兒。蓉兒不是妖女！」

黃蓉罵道：「你這難看的矮胖子，幹麼罵我是小妖女？」又指著朱聰道：「還有你這骯髒邋遢的鬼秀才，幹麼罵我爹爹，說他是殺人不眨眼的大魔頭？」

朱聰不與小姑娘一般見識，微微而笑，心想這女孩兒果然明艷無儔，生平未見，怪不得靖兒如此為她顛倒。韓寶駒卻勃然大怒，氣得唇邊小鬍子也翹了起來，喝道：「快滾，快滾！」黃蓉拍手唱道：「矮冬瓜，滾皮球，踢一腳，溜三溜；踢兩腳……」郭靖喝道：「蓉兒不許頑皮！這幾位是我師父。」黃蓉伸伸舌頭，做個鬼臉。韓寶駒踏步上前，伸手向她推去。黃蓉又唱：「矮冬瓜，滾皮球……」突然間伸手拉住郭靖腰間衣服，用力一扯，兩人同時騎上了紅馬。黃蓉一提韁，那馬如箭離弦般直飛出去。韓寶駒身法再快，又怎趕得上這匹風馳電掣般的汗血寶馬？

等到郭靖心神稍定，回過頭來，韓寶駒等人面目已經看不清楚，瞬息之間，諸人已成為一個個小黑點，只覺耳旁風生，勁風撲面，那紅馬奔跑得迅速之極。

黃蓉右手持韁，左手伸過來拉住了郭靖的手。兩人雖然分別不到半日，但剛才一在室內，一在窗外，都是膽戰心驚，苦惱焦慮，惟恐有失，這時相聚，猶如劫後重逢一般。郭靖心中迷迷糊糊，自覺逃離師父大大不該，但想到要捨卻懷中這個比自己性命還親的蓉兒，此後永不見面，那是寧可斷首瀝血，也決計不能屈從之事。

小紅馬一陣疾馳，離燕京已數十里之遙，黃蓉才收韁息馬，躍下地來。郭靖跟著下馬，那紅馬不住將頭頸在他腰裏挨擦，十分親熱。兩人手拉著手，默默相對，千言萬語，不知從何說起。但縱然一言不發，兩心相通，相互早知對方心意。

隔了良久良久，黃蓉輕輕放下郭靖的手，從馬旁革囊中取出一塊汗巾，到小溪中沾濕了，交給郭靖抹臉。郭靖正在呆呆的出神，也不接過，突然說道：「蓉兒，非這樣不可！」黃蓉給他嚇了一跳，道：「甚麼啊？」郭靖道：「咱們回去，見我師父們去。」黃蓉驚道：「回去？咱們一起回去？」

郭靖道：「嗯。我要牽著你的手，對六位師父與馬道長他們說道：蓉兒不是妖女……」一面說，一面拉著黃蓉的小手，昂起了頭，斬釘截鐵般說著，似乎柯鎮惡、馬鈺等就在他眼前：「師父對我恩重如山，弟子粉身難報，但是，但是，蓉兒……蓉兒可不是小妖女，她是很好很好的姑娘……很好很好的……」他心中有無數言辭要為黃蓉辯護，但話到口頭，卻除了說她「很好很好」之外，更無別語。

黃蓉起先覺得好笑，聽到後來，不禁十分感動，輕聲道：「靖哥哥，你師父他們恨死了我，你多說也沒用。別回去吧！我跟你到深山裏、海島上，到他們永遠找不到的地方去過一輩子。」郭靖心中一動，隨即正色道：「蓉兒，咱們非回去不可。」黃蓉叫道：「他們一定會生生拆開咱們。咱倆以後可不能再見面啦。」郭靖道：「咱倆死也不分開。」

黃蓉本來心中淒苦，聽了他這句勝過千言信誓、萬句盟約的話，突然間滿腔都是信心，只覺兩顆心已牢牢結在一起，天下再沒甚麼人、甚麼力道能將兩人拆散，心想：「對啦，最多是死，難道還有比死更厲害的？」說道：「靖哥哥，我永遠聽你話。咱倆死也不分開。」郭靖喜道：「本來嘛，我說你是很好很好的。」

黃蓉嫣然一笑，從革囊中取出一大塊生牛肉來，用濕泥裹了，找些枯枝，生起火來，說道：「讓小紅馬息一忽兒，咱們打了尖就回去。」

兩人吃了牛肉，那小紅馬也已吃飽了草，兩人上馬從來路回去，未牌稍過，已來到小客店前。郭靖牽了黃蓉的手，走進店內。

那店伴得過郭靖的銀子，見他回來，滿臉堆歡的迎上，說道：「您老好，那幾位都出京去啦。跟您張羅點兒甚麼吃的？」郭靖驚道：「都去啦？留下甚麼話沒有？」店伴道：「沒有啊。他們向南走的，走了不到兩個時辰。」郭靖向黃蓉道：「咱們追去。」

兩人出店上馬，向南追尋，但始終不見三子六怪的蹤影。郭靖道：「只怕師父們走了另一條道。」於是催馬重又回頭。那小紅馬也真神駿，雖然一騎雙乘，仍是來回奔馳，不見疲態。一路打聽，途人都說沒見到全真三子、江南六怪那樣的人物。

郭靖好生失望。黃蓉道：「八月中秋大夥兒在嘉興煙雨樓相會，那時必可見到你眾位師父。你要說我『很好，很好』，那時候再說不遲。」郭靖道：「到中秋節足足還有半年。」黃蓉笑道：「這半年中咱倆到處玩耍，豈不甚妙？」郭靖本就生性曠達，又是少年貪玩，何況有意中人相伴，不禁心滿意足，當下拍手道好。

兩人趕到一個小鎮，住了一宵，次日買了一匹高頭白馬。郭靖一定要騎白馬，把紅馬讓給黃蓉乘坐。兩人按轡緩行，一路遊山玩水，樂也融融，或曠野間並肩而臥，或村店中同室而居，雖然情深愛篤，但兩小無猜，不涉猥褻。黃蓉固不以為異，郭靖亦覺本該如此。

這一日來到京東西路襲慶府泰寧軍地界，時近端陽，天時已頗為炎熱。兩人縱馬馳了半天，一輪紅日直照頭頂，郭靖與黃蓉額頭與背上都出了汗。大道上塵土飛揚，黏得臉上膩膩的甚是難受。黃蓉道：「咱們不趕道了，找個陰涼的地方歇歇罷。」郭靖道：「好，到前面鎮甸，泡一壺茶喝了再說。」

說話之間，兩乘馬追近了前面一頂轎子、一匹毛驢。見驢上騎的是個大胖子，穿件紫醬色熟羅袍子，手中拿著把大白扇不住揮動，那匹驢子偏生又瘦又小，給他二百五六十斤重的身子壓得一跛一拐，步履維艱。轎子四周轎帷都翻起了透風，轎中坐著個身穿粉紅衫子的肥胖婦人，無獨有偶，兩名轎夫竟也是一般的身材瘦削，走得氣喘吁吁。轎旁有名丫鬟，手持葵扇，不住的給轎中胖婦人打扇。黃蓉催馬前行，趕過這行人七八丈，勒馬回頭，向著轎子迎面過去。郭靖奇道：「你幹甚麼？」黃蓉叫道：「我瞧瞧這位太太的模樣。」

凝目向轎中望去，只見那胖婦人約莫四十來歲年紀，髻上插一枝金釵，鬢邊戴了朵老大紅絨花，一張臉盆也似的大圓臉，嘴闊眼細，兩耳招風，鼻子扁平，似有若無，白粉塗得厚厚地，卻給額頭流下來的汗水劃出了好幾道深溝。她聽到了黃蓉那句話，豎起一對濃眉，惡狠狠地瞪目而視，粗聲說道：「有甚麼好瞧？」黃蓉本就有心生事，對方自行起釁，正是求之不得，勒住小紅馬攔在當路，笑道：「我瞧你身材苗條，可俊得很哪！」突然一聲吆喝，提起馬韁，小紅馬驀地裏向轎子直衝過去。兩名轎夫大吃一驚，齊叫：「啊也！」當即摔下轎槓，向旁逃開。轎子翻倒，那胖婦人骨碌碌的從轎中滾將出來，摔在大路正中，扠手舞腿，再也爬不起來。黃蓉卻已勒定小紅馬，拍手大笑。

她開了這個玩笑，本想回馬便走，不料那騎驢的大胖子揮起馬鞭向她猛力抽來，罵道：

「那裏來的小浪蹄子！」那胖婦人橫臥在地，口中更是污言穢語滔滔不絕。黃蓉左手伸出，抓住了那胖子抽來的鞭子順手一扯，那胖子登時摔下驢背。黃蓉提鞭夾頭夾腦的向他抽去，那胖婦人大叫：「有女強盜啊！打死人了哪！女強人攔路打劫啦！」黃蓉一不做、二不休，拔出蛾眉鋼刺，彎下腰去，嗤的一聲，便將她左耳割了下來。那胖婦人登時滿臉鮮血，殺豬似的大叫起來。

這一來，那胖子嚇得魂飛魄散，跪在地下只叫：「女大王饒命！我……我有銀子！」黃蓉板起了臉，喝道：「誰要你銀子？這女人是誰？」那胖子道：「是……是我夫人！我……我們……她回娘家……回娘家探親。」黃蓉道：「你們兩個又壯又胖，幹麼自己不走路？要饒命不難，只須聽我吩咐！」那胖子道：「是，是，聽姑娘大王吩咐。」

黃蓉聽他管自己叫「姑娘大王」，覺得挺是新鮮，噗哧一笑，說道：「兩個轎夫呢？還有這小丫鬟，你們三個都坐進轎子去。」三人不敢違拗，扶起了倒在路中心的轎子，鑽了進去。好在三人身材瘦削，加起來只怕還沒那胖婦人肥大，坐入轎中卻也不如何擠迫。這三人連同郭靖和那胖子夫婦，六對眼睛都怔怔的瞧著黃蓉，不知她有何古怪主意。黃蓉道：「你們夫妻平時作威作福，仗著有幾個臭錢便欺壓窮人。眼下遇上了『姑娘大王』，要死還是要活？」這時那胖婦人早就停了叫嚷，左手按住了臉畔傷口，與那胖子齊聲道：「要活，要活，姑娘大王饒命！」

黃蓉道：「好，今日輪到你們兩個做做轎夫，把轎子抬起來！」那胖婦人道：「我……我只會坐轎子，不會抬轎子！」黃蓉將鋼刺在她鼻子上平拖而過，喝道：「你不會抬轎子，我可會割鼻子。」那胖婦人只道鼻子又已給她割去，大叫：「哎唷，痛死人啦！」黃蓉喝道：「你抬不抬？」那胖子先行抬起了轎槓，說道：「抬，抬！我們抬！」那胖婦人無奈，只得矮身將另一端轎槓放上肩頭，挺身站起。這對財主夫婦平時補藥吃得多了，身子著實壯健，抬起轎子邁步而行，居然抬得有板有眼。黃蓉和郭靖齊聲喝采：「抬得好！」

黃郭二人騎馬押在轎後。直行出十餘丈，黃蓉這才縱馬快奔，叫道：「靖哥哥，咱們走罷！」兩人馳出一程，回頭望來，只見那對胖夫婦兀自抬轎行走，不敢放下，兩人都是忍不住哈哈大笑。

黃蓉道：「這胖女人如此可惡，生得又難看，本來倒挺合用。我原想捉了她去，給丘處機做老婆，只可惜我打不過那牛鼻子。」郭靖大奇，問道：「怎麼給丘道長做老婆？他不會要的。」黃蓉道：「他當然不肯要。可是他卻不想想，你說不肯娶穆姑娘，他怎地又硬逼你娶她？哼，等那一天我武功強過這牛鼻子老道了，定要硬逼他娶個又惡又醜的女人，叫他嘗嘗被逼娶老婆的滋味。」

郭靖啞然失笑，原來她心中在打這個主意，過了半晌，說道：「蓉兒，穆姑娘並不是又醜又惡，不過我只娶你。」黃蓉嫣然一笑，道：「你不說我也知道。」

正行之間，忽聽得一排大樹後水聲淙淙。黃蓉縱馬繞過大樹，突然歡聲大叫。郭靖跟著過去，原來是一條清可見底的深溪，溪底是綠色、白色、紅色、紫色的小圓卵石子，溪旁兩岸都是垂柳，枝條拂水，溪中游魚可數。

黃蓉脫下外衣，撲通一聲，跳下水去。郭靖嚇了一跳，走近溪旁，只見她雙手高舉，抓住了一尾尺來長的青魚。魚兒尾巴亂動，拚命掙扎。黃蓉叫道：「接住。」把魚兒拋上岸來。郭靖施展擒拿法抓去，但魚兒身上好滑，立即溜脫，在地上翻騰亂跳。

黃蓉拍手大笑，叫道：「靖哥哥，下來游水。」郭靖生長大漠，不識水性，笑著搖頭。黃蓉道：「下來，我教你。」郭靖見她在水裏玩得有趣，於是脫下外衣，一步步踏入水中。黃蓉在他腳上一拉，他站立不穩，跌入水裏，心慌意亂之下，登時喝了幾口水。黃蓉笑著將他扶起，教他換氣划水的法門。

游泳之道，要旨在能控制呼吸，郭靖於內功習練有素，精通換氣吐納的功夫，練了半日，已略識門徑。當晚兩人便在溪畔露宿，次日一早又是一個教、一個學。黃蓉生長海島，自幼便熟習水性。黃藥師文事武學，無不精深，只水中功夫卻是遠遠不及女兒。郭靖在明師指點之下，每日在溪水中浸得四五個時辰，七八日後已能在清溪中上下來去，浮沉自如。

這一日兩人游了半天，興猶未盡，溯溪而上，游出數里，忽然聽得水聲漸響，轉了一個彎，眼前飛珠濺玉，竟是一個十餘丈高的大瀑布，一片大水匹練也似的從崖頂傾倒下來。

黃蓉道：「靖哥哥，咱倆從瀑布裏竄到崖頂上去。」郭靖道：「好，咱們試試。你穿上防身的軟甲罷。」黃蓉道：「不用！」一聲吆喝，兩人一齊鑽進了瀑布之中。那水勢好急，別說向上攀援，連站也站立不住，腳步稍移，身子便給水流遠遠沖開。兩人試了幾次，終於廢然而退。郭靖很是不服，氣鼓鼓的道：「蓉兒，咱們好好養一晚神，明兒再來。」黃蓉笑道：「好！可也不用生這瀑布的氣。」郭靖自覺無理，哈哈大笑。

次日又試，竟然爬上了丈餘，好在兩人輕身功夫了得，每次被水衝下，只不過落入下面深瀑，也傷不了身子。兩人揣摸水性，天天在瀑布裏竄上溜下。到第八天上，郭靖竟然攀上了崖頂，伸手將黃蓉也拉了上去。兩人在崖上歡呼跳躍，喜悅若狂，手挽手的又從瀑布中溜了下來。

這般十餘天一過，郭靖仗著內力深厚，水性已頗不弱，雖與黃蓉相較尚自遠遜，但黃蓉說道，卻已比她爹爹好得多了。兩人直到玩得盡興，這才縱馬南行。

這日來到長江邊上，已是暮靄蒼茫，郭靖望著大江東去，白浪滔滔，四野無窮無盡，上游江水不絕流來，永無止息，只覺胸中豪氣干雲，身子似與江水合而為一。觀望良久，黃蓉忽道：「要去就去。」郭靖道：「好！」兩人這些日子共處下來，相互間不必多言，已知對方心意，黃蓉見了他的眼神，就知他想游過江去。

郭靖放開白馬韁繩，說道：「你沒用，自己去吧。」在紅馬臀上一拍，二人一馬，一齊躍入大江。小紅馬一聲長嘶，領先游去。郭靖與黃蓉並肩齊進。游到江心，那紅馬已遙遙在前。

天上繁星閃爍，除了江中浪濤之外，更無別般聲息，似乎天地之間就只他們二人。再游一陣，突然間烏雲壓天，江上漆黑一團，接著閃電雷轟，接續而至，每個焦雷似乎都打在頭頂一般。郭靖叫道：「蓉兒，你怕麼？」黃蓉笑道：「和你在一起，不怕。」

夏日暴雨，驟至驟消，兩人游到對岸，已是雨過天青，朗月懸空。郭靖找些枯枝來生了火。黃蓉取出包裹中兩人衣服，各自換了，將濕衣在火上烤乾。

小睡片刻，天邊漸白，江邊農家小屋中一隻公鷄振吭長鳴。

黃蓉打了個呵欠醒來，說道：「好餓！」發足往小屋奔去，不一刻腋下已挾了一隻肥大公鷄回來，笑道：「咱們走遠些，別讓主人瞧見。」兩人向東行了里許，小紅馬乖乖的自後跟來。

黃蓉用蛾眉鋼刺剖了公鷄肚子，將內臟洗剝乾淨，卻不拔毛，用水和了一團泥裹在鷄外，生火烤了起來。烤得一會，泥中透出甜香，待得濕泥乾透，剝去乾泥，鷄毛隨泥而落，鷄肉白嫩，濃香撲鼻。

第十二回

亢龍有悔

完顏康恍然而悟：「她是對我說，我們兩人之間並無血統淵源。」伸手去握住她的右手，微微一笑。穆念慈滿臉通紅，輕輕一掙沒掙脫，也就任他握著，頭卻垂得更低了。

黃蓉正要將雞撕開，身後忽然有人說道：「撕作三份，雞屁股給我。」

兩人都吃了一驚，怎地背後有人掩來，竟然毫無知覺，急忙回頭，只見說話的是個中年乞丐。這人一張長方臉，頦下微鬚，粗手大腳，身上衣服東一塊西一塊的打滿了補釘，卻洗得乾乾淨淨，手裏拿著一根綠竹杖，瑩碧如玉，背上負著個朱紅漆的大葫蘆，臉上一副饞涎欲滴的模樣，神情猴急，似乎若不將雞屁股給他，就要伸手搶奪了。郭黃兩人尚未回答，他已大馬金刀的坐在對面，取過背上葫蘆，拔開塞子，酒香四溢。他骨嘟骨嘟的喝了幾口，把葫蘆遞給郭靖，道：「娃娃，你喝。」

郭靖心想此人好生無禮，但見他行動奇特，心知有異，不敢怠慢，說道：「我不喝酒，您老人家喝罷。」言下甚是恭謹。那乞丐向黃蓉道：「女娃娃，你喝不喝？」

黃蓉搖了搖頭，突然見他握住葫蘆的右手只有四根手指，一根食指齊掌而缺，心中一凜，想起了當日在客店窗外聽丘處機、王處一所說的九指神丐之事，心想：「難道今日機緣巧合，逢上了前輩高人？且探探他口風再說。」見他望著自己手中的肥雞，喉頭一動一動，口吞饞涎，心裏暗笑，當下撕下半隻，果然連著雞屁股一起給了他。

那乞丐大喜，夾手奪過，風捲雲殘的吃得乾乾淨淨，一面吃，一面不住讚美：「妙極，妙極，連我叫化祖宗，也整治不出這般了不起的叫化雞。」黃蓉微微一笑，把手裏剩下的半邊雞也遞給了他。那乞丐謙道：「那怎麼成？你們兩個娃娃自己還沒吃。」他口中客氣，卻早伸手接過，片刻間又吃得只賸幾根雞骨。

他拍了拍肚皮，叫道：「肚皮啊肚皮，這樣好吃的雞，很少下過肚吧？」黃蓉噗哧一笑，說道：「小女子偶爾燒得叫化雞一隻，得入叫化祖宗的尊肚，真是榮幸之至。」那乞丐哈哈大笑，說道：「你這女娃子乖得很。」從懷裏摸出幾枚金鏢來，說道：「昨兒見到有幾個人打架，其中有一個可闊氣得緊，放的鏢兒居然金光閃閃。老叫化順手牽鏢，就給他牽了過來。這枚金鏢裏面是破銅爛鐵，鏢外撐場面，鍍的倒是真金。娃娃，你拿去玩兒，沒錢使之時，倒也可換得七錢八錢銀子。」說著便遞給郭靖。郭靖搖頭不接，說道：「我們當你是朋友，請朋友吃些東西，不能收禮。」他這是蒙古人好客的規矩。

那乞丐神色尷尬，搔頭道：「這可難啦，我老叫化向人討些殘羹冷飯，倒也不妨，今日卻吃了你們兩個娃娃這樣一隻好雞，受了這樣一個天大恩惠，無以報答。這……這……」郭靖笑道：「小小一隻雞算甚麼恩惠？不瞞你說，這隻雞我們也是偷來的。」黃蓉笑道：「我們是順手牽雞，你老人家再來順口吃雞，大家得個『順』字。」那乞丐哈哈大笑，道：「你們兩個娃娃挺有意思，可合了我脾胃啦。來，你們有甚麼心願，說給我聽聽。」

郭靖聽他話中之意顯是要伸手幫助自己，那仍是請人吃了東西收受禮物，便搖了搖頭。黃蓉卻道：「這叫化雞也算不了甚麼，我還有幾樣拿手小菜，倒要請你品題品題。咱們一起到前面市鎮去好不好？」那乞丐大喜，叫道：「妙極！妙極！」郭靖道：「您老貴姓？」那乞丐道：「我姓洪，排行第七，你們兩個娃娃叫我七公罷。」黃蓉聽他說姓洪，心道：「果然是他。不過他這般年紀，看來比丘道長還小著幾歲，怎會與全真七子的師父齊名？嗯，我爹爹也不老，還不是一般的跟洪七公他們平輩論交？定是全真七子這幾個老道不爭氣，年紀都活在狗身上了。」丘處機逼迫郭靖和穆念慈結親，黃蓉心中一直惱他。

三人向南而行，來到一個市鎮，叫做姜廟鎮，投了客店。黃蓉道：「我去買作料，你爺兒倆歇一陣子吧。」

洪七公望著黃蓉的背影，笑咪咪的道：「她是你的小媳婦兒罷？」郭靖紅了臉，不敢說是，卻也不願說不是。洪七公呵呵大笑，瞇著眼靠在椅上打盹。直過了大半個時辰，黃蓉才買了菜蔬回來，入廚整治。郭靖要去幫忙，卻給她笑著推了出來。

又過小半個時辰，洪七公打個呵欠，嗅了兩嗅，叫道：「香得古怪！那是甚麼菜？可有點兒邪門。情形大大不對！」伸長了脖子，不住向廚房探頭探腦的張望。郭靖見他一副迫不及待、心癢難搔的模樣，不禁暗暗好笑。

廚房裏香氣陣陣噴出，黃蓉卻始終沒有露面。

洪七公搔耳摸腮，坐下站起，站起坐下，好不難熬，向郭靖道：「我就是這個饞嘴的臭脾氣，一想到吃，就甚麼也都忘了。」伸出那只剩四指的右掌，說道：「古人說：『食指大動』，真是一點也不錯。我只要見到或是聞到奇珍異味，右手的食指就會跳個不住。有一次為了貪吃，誤了一件大事，我一發狠，一刀將指頭給砍了……」郭靖「啊」了一聲，洪七公嘆道：「指頭是砍了，饞嘴的性兒卻砍不了。」

說到這裏，黃蓉笑盈盈的托了一隻木盤出來，放在桌上，盤中三碗白米飯，一隻酒杯，另有兩大碗菜肴。郭靖只覺得甜香撲鼻，說不出的舒服受用，只見一碗是炙牛肉條，只不過香氣濃郁，尚不見有何特異，另一碗卻是碧綠的清湯中浮著數十顆殷紅的櫻桃，又飄著七八片粉紅色的花瓣，底下襯著嫩筍丁子，紅白綠三色輝映，鮮艷奪目，湯中泛出荷葉的清香，想來這清湯是以荷葉熬成的了。

黃蓉在酒杯裏斟了酒，放在洪七公前面，笑道：「七公，您嚐嚐我的手藝兒怎樣？」洪七公那裏還等她說第二句，也不飲酒，抓起筷子便挾了兩條牛肉條，送入口中，只覺滿嘴鮮美，絕非尋常牛肉，每咀嚼一下，便有一次不同滋味，或膏腴嫩滑，或甘脆爽口，諸味紛呈，變幻多端，直如武學高手招式之層出不窮，人所莫測。洪七公驚喜交集，細看之下，原來每條牛肉都是由四條小肉條拼成。

洪七公閉了眼辨別滋味，道：「嗯，一條是羊羔坐臀，一條是小豬耳朵，一條是小牛腰子，還有一條……還有一條……」黃蓉抿嘴笑道：「猜得出算你厲害……」她一言甫畢，洪七公叫道：「是獐腿肉加兔肉揉在一起。」黃蓉拍手讚道：「好本事，好本事。」郭靖聽得呆了，心想：「這一碗炙牛條竟要這麼費事，也虧他辨得出五般不同的肉味來。」

洪七公道：「肉只五種，但豬羊混咬是一般滋味，獐牛同嚼又是一般滋味，一共有幾般變化，我可算不出了。」黃蓉微笑道：「若是次序的變化不計，那麼只有二十五變，合五五梅花之數，又因肉條形如笛子，因此這道菜有個名目，叫做『玉笛誰家聽落梅』。這『誰家』兩字，也有考人一考的意思。七公你考中了，是吃客中的狀元。」

洪七公大叫：「了不起！」也不知是讚這道菜的名目，還是讚自己辨味的本領，拿起匙羹舀了兩顆櫻桃，笑道：「這碗荷葉筍尖櫻桃湯好看得緊，有點不捨得吃。」在口中一辨味，「啊」的叫了一聲，奇道：「咦？」又吃了兩顆，又是「啊」的一聲。荷葉之清、筍尖之鮮、櫻桃之甜，那是不必說了，櫻桃核已經剜出，另行嵌了別物，卻嚐不出是甚麼東西。

洪七公沉吟道：「這櫻桃之中，嵌的是甚麼物事？」閉了眼睛，口中慢慢辨味，喃喃的道：「是雀兒肉！不是鷓鴣，便是班鳩，對了，是班鳩！」睜開眼來，見黃蓉正豎起了大拇指，不由得甚是得意，笑道：「這碗荷葉笋尖櫻桃班鳩湯，又有個甚麼古怪名目？」

黃蓉微笑道：「老爺子，你還少說了一樣。」洪七公「咦」的一聲，向湯中瞧去，說道：「嗯，還有些花瓣兒。」黃蓉道：「對啦，這湯的名目，從這五樣作料上去想便是了。」洪七公道：「要我打啞謎可不成，好娃娃，你快說了吧。」黃蓉道：「我提你一下，只消從『詩經』上去想就得了。」洪七公連連搖手，道：「不成，不成。書本上的玩意兒，老叫化一竅不通。」

黃蓉笑道：「這如花容顏，櫻桃小嘴，便是美人了，是不是？」洪七公道：「啊，原來是美人湯。」黃蓉搖頭道：「竹解心虛，乃是君子。蓮花又是花中君子。因此這竹笋丁兒和荷葉，說的是君子。」洪七公道：「哦，原來是美人君子湯。」黃蓉仍是搖頭，笑道：「那麼這班鳩呢？『詩經』第一篇是：『關關雎鳩，在河之洲，窈窕淑女，君子好逑』。是以這湯叫作『好逑湯』。」

洪七公哈哈大笑，說道：「有這麼希奇古怪的湯，便得有這麼一個希奇古怪的名目，很好，很好，你這希奇古怪的女娃娃，也不知是那個希奇古怪的老子生出來的。這湯的滋味可真不錯。十多年前我在皇帝大內御廚吃到的櫻桃湯，滋味可遠遠不及這一碗了。」黃蓉笑道：「御廚有甚麼好菜，您說給我聽聽，好讓我學著做了孝敬您。」

洪七公不住口的吃牛條，喝鮮湯，連酒也來不及喝，一張嘴那裏有半分空暇回答她問話，直到兩隻碗中都只賸下十之一二，這才說道：「御廚的好東西當然多啦，不過沒一樣及得上這兩味。嗯，有一味鴛鴦五珍膾是極好的，我可不知如何做法。」

郭靖問道：「是皇帝請你去吃的麼？」洪七公呵呵笑道：「不錯，皇帝請的，不過皇帝自己不知道罷啦。我在御廚房的樑上躲了三個月，皇帝吃的菜每一樣我先給他嚐一嚐，吃得好就整盤拿來，不好麼，就讓皇帝小子自己吃去。御廚房的人疑神疑鬼，都說出了狐狸大仙啦。」郭靖和黃蓉都想：「這人饞是饞極，膽子可也真大極。」

洪七公笑道：「娃娃，你媳婦兒煮菜的手藝天下第一，你這一生可享定了福。他媽的，我年輕時怎麼沒撞見這樣好本事的女人？」言下似乎深以為憾。

黃蓉微微一笑，與郭靖就著殘菜吃了飯。她只吃一碗也就飽了。郭靖卻吃了四大碗，菜好菜壞，他也不怎麼分辨得出。洪七公搖頭歎息，說道：「牛嚼牡丹，可惜，可惜。」黃蓉抿嘴輕笑。郭靖心想：「牛愛吃牡丹花嗎？蒙古牛是很多，可沒牡丹，我自然沒見過牛吃牡丹。卻不知為甚麼要說『可惜，可惜』？」

洪七公摸摸肚子，說道：「你們兩個娃娃都會武藝，我老早瞧出來啦。女娃娃花盡心機，整了這樣好的菜給我吃，定是不安好心，叫我非教你們幾手不可。好罷，吃了這樣好東西，不教幾手也真說不過去。來來來，跟我走。」負了葫蘆，提了竹杖，起身便走。

郭靖和黃蓉跟著他來到鎮外一座松林之中。洪七公問郭靖道：「你想學甚麼？」

郭靖心想：「武學如此之廣，我想學甚麼，難道你就能教甚麼？」正自尋思，黃蓉道：「七公，他功夫不及我，常常生氣，他最想勝過我。」郭靖道：「我幾時生氣……」黃蓉向他使了個眼色，郭靖就不言語了。洪七公笑道：「我瞧他手腳沉穩，內功根基不差啊，怎會不及你？來，你們兩個娃娃打一打。」

黃蓉走出數步，叫道：「靖哥哥，來。」郭靖尚自遲疑，黃蓉道：「你不顯顯本事，他老人家怎麼個教法？」郭靖一想不錯，向洪七公道：「晚輩功夫不成，您老人家多指點。」洪七公道：「稍稍指點一下不妨，多指點可划不來。」郭靖一怔，黃蓉叫道：「看招！」搶近身來，揮掌便打。郭靖起手一架，黃蓉變招奇速，早已收掌飛腿，攻他下盤。洪七公叫道：「好，女娃子，真有你的。」

黃蓉低聲道：「用心當真的打。」郭靖提起精神，使開南希仁所授的南山掌法，雙掌翻合，虎虎生風。黃蓉竄高縱低，用心抵禦，拆解了半晌，突然變招，使出父親黃藥師自創的「落英神劍掌」來。這套掌法的名稱中有「神劍」兩字，因是黃藥師從劍法中變化而得。只見她雙臂揮動，四方八面都是掌影，或五虛一實，或八虛一實，真如桃林中狂風忽起、萬花齊落一般，妙在姿態飄逸，宛若翩翩起舞，只是她功力尚淺，未能出掌凌厲如劍。郭靖眼花繚亂，那裏還守得住門戶，不提防拍拍拍拍，左肩右肩、前胸後背，接連中了四掌，黃蓉全未使力，自也不覺疼痛。黃蓉一笑躍開。郭靖讚道：「蓉兒，真好掌法！」

洪七公冷冷的道：「你爹爹這般大的本事，你又何必要我來教這傻小子武功？」

黃蓉吃了一驚，心想：「這路落英神劍掌法是爹爹自創，爹爹說從未用來跟人動過手，七公怎麼會識得？」問道：「七公，您識得我爹爹？」

洪七公道：「當然，他是『東邪』，我是『北丐』。我跟他打過的架難道還少了？」黃蓉心想：「他和爹爹打了架，居然沒給爹爹打死，此人本領確然不小，難怪『北丐』可與『東邪』並稱。」又問：「您老怎麼又識得我？」

洪七公道：「你照照鏡子去，你的眼睛鼻子不像你爹爹麼？本來我也還想不起，只不過覺得你面相好熟而已，但你的武功卻明明白白的露了底啦。桃花島武學家數，老叫化怎會不識得？我雖沒見過這路掌法，可是天下也只有你這鬼靈精的爹爹才想得出來。嘿嘿，你那兩味菜又是甚麼『玉笛誰家聽落梅』，甚麼『好逑湯』，定是你爹爹給安的名目了。」

黃蓉笑道：「你老人家料事如神。你說我爹爹很厲害，是不是？」洪七公冷冷的道：「他當然厲害，可也不見得是天下第一。」黃蓉拍手道：「那麼定是您第一啦。」

洪七公道：「那倒也未必。二十多年前，我們東邪、西毒、南帝、北丐、中神通五人在華山絕頂比武論劍，比了七天七夜，終究是中神通最厲害，我們四人服他是天下第一。」黃蓉道：「中神通是誰呀？」

洪七公道：「你爹爹沒跟你說過麼？」黃蓉道：「沒有。我爹爹說，武林中壞事多，好事少，女孩兒家聽了無益，因此他很少跟我說。後來我爹爹罵我，不喜歡我，我偷偷逃出來啦。以後他永遠不要我了。」說到這裏，低下頭來，神色悽然。洪七公罵道：「這老妖怪，真是邪門。」黃蓉惱道：「不許你罵我爹爹。」洪七公呵呵笑道：「可惜人家嫌我老叫化窮，沒人肯嫁我，否則生下你這麼個乖女兒，我可捨不得趕你走。」黃蓉笑道：「那當然！你趕我走了，誰給你燒菜吃？」

洪七公嘆了口氣，道：「不錯，不錯。」頓了一頓，說道：「中神通是全真教教主王重陽，他歸天之後，到底誰是天下第一，那就難說得很了。」

黃蓉道：「全真教？嗯，有一個姓丘、一個姓王，還有一個姓馬的，都是牛鼻子道士，我瞧他們也稀鬆平常，跟人家動手，三招兩式之間便中毒受傷。」洪七公道：「是嗎？那都是王重陽的徒弟了。聽說他七個弟子中丘處機武功最強，但終究還不及他們師叔周伯通。」黃蓉聽了周伯通的名字微微一驚，開口想說話，卻又忍住。

郭靖一直在旁聽兩人談論，這時插口道：「是，馬道長說過他們有個師叔，但沒有提到這位前輩道長的名號。」洪七公道：「周伯通不是全真教的道士，是俗家人，他武功是王重陽親自傳授的。嘿，你這楞傢伙笨頭笨腦，你岳父聰明絕頂，恐怕不見得喜歡你罷？」郭靖從沒想到自己的「岳父」是誰，登時結結巴巴的答不上來。黃蓉微笑道：「我爹爹沒見過他。您老要是肯指點他一些功夫，我爹爹瞧在你老面上，就會喜歡他啦。」

洪七公罵道：「小鬼頭兒，爹爹的功夫沒學到一成，他的鬼心眼兒可就學了個十足十。我不喜歡人家拍馬屁、戴高帽，老叫化從來不收徒弟，這種傻不楞的小子誰要？只有你，才當他寶貝兒似的，挖空心思，磨著我教你傻女婿的武功。嘿嘿，老叫化才不上這個當呢！」

黃蓉低下了頭，不由得紅暈滿臉。她於學武並不專心，自己有這樣武功高強的爹爹，也沒好好跟著學，怎會打主意去學洪七公的功夫？只是眼見郭靖武藝不高，他那六個師父又口口聲聲罵自己為「小妖女」，恰好碰上了洪七公這樣一位高人，只盼他肯傳授郭靖些功夫，那麼郭靖以後見了六位師父和丘處機一班臭道士，也用不著耗子見貓那樣怕得厲害。不料洪七公饞嘴貪吃，似乎胡裏胡塗，心中卻著實明白，竟識破了她的私心。只聽他嘮嘮叨叨的罵了一陣，站起身來，揚長而去。

隔了很久，郭靖才道：「蓉兒，這位老前輩的脾氣有點與眾不同。」黃蓉聽得頭頂樹葉微響，料來洪七公已繞過松樹，竄到了樹上，便道：「他老人家可是個大大的好人，他本事比我爹爹要高得多。」郭靖奇道：「他又沒有顯功夫，你怎知道？」黃蓉道：「我聽爹爹說過的。」郭靖道：「怎麼說？」黃蓉道：「爹爹說，當今之世，武功能勝過他的就只有九指神丐洪七公一人，可惜他行蹤無定，不能常與他在一起切磋武功。」

洪七公走遠之後，果然施展絕頂輕功，從樹林後繞回，縱在樹上，竊聽他兩人談話，想查知這二人是否黃藥師派來偷學他的武功，聽得黃蓉如此轉述她父親的言語，不禁暗自得意：「黃藥師嘴上向來不肯服我，豈知心裏對我甚是佩服。」

他怎知這全是黃蓉揑造出來的，只聽她又道：「我爹爹的功夫我也沒學到甚麼，只怪我從前愛玩，不肯用功。現下好容易見到洪老前輩，要是他肯指點一二，豈不是更加勝過我爹爹親授？那知我口沒遮攔，說錯了話，惹惱了他老人家。」說著嗚嗚咽咽的哭將起來，她起初本是假哭，郭靖柔聲細語的安慰了幾句，她想起母親早逝，父親遠離，竟然弄假成真，悲悲切切的哭得十分傷心。洪七公聽了，不禁大起知己之感。

黃蓉哭了一會，抽抽噎噎的道：「我聽爹爹說過，洪老前輩有一套武功，當真是天下無雙、古今獨步，甚至全真教的王重陽也忌憚三分，叫做……叫做……咦，我怎麼想不起來啦！明明剛才我還記得的，我想求他教你，這套拳法叫做……叫做……」其實她那裏知道，全是信口胡吹。洪七公在樹頂上聽她苦苦思索，實在忍不住了，喝道：「叫做『降龍十八掌』！」說著一躍而下。

郭靖和黃蓉都是大吃一驚，退開幾步。只不過兩人齊驚，一個是真，一個是假。黃蓉道：「啊，七公，你怎麼會飛到了樹上？是降龍十八掌，一點不錯，我怎麼想不起？爹爹常常提起的，說他生平最佩服的武功便是降龍十八掌。」

洪七公甚是開心，說道：「原來你爹爹還肯說真話，我只道王重陽死了之後，他便自以為天下第一了呢。」向郭靖道：「你根柢並不比這女娃娃差，輸就輸在拳法不及。女娃娃，你回客店去。」黃蓉知道他要傳授郭靖拳法，歡歡喜喜的去了。

洪七公向郭靖正色道：「你跪下立個誓，如不得我允許，不可將我傳你的功夫轉授旁人，連你那鬼靈精的小媳婦兒也在內。」

郭靖心下為難：「若是蓉兒要我轉授，我怎能拒卻？」說道：「七公，我不要學啦，讓她功夫比我強就是。」洪七公奇道：「幹麼？」郭靖道：「若是她要我教，我不教是對不起她，教了是對不起您。」洪七公呵呵笑道：「傻小子心眼兒不錯，當真說一是一。這樣罷，我教你一招『亢龍有悔』。我想那黃藥師自負得緊，就算他心裏羨慕，也不能沒出息到來偷學我的看家本領。再說，他所學的路子跟我全然不同，我不能學他的武功，他也學不了我的掌法。」說著左腿微屈，右臂內彎，右掌劃了個圓圈，呼的一聲，向外推去，手掌掃到面前一棵松樹，喀喇一響，松樹應手斷折。

郭靖吃了一驚，真想不到他這一推之中，居然會有這麼大的力道。

洪七公道：「這棵樹是死的，如果是活人，當然會退讓閃避。學這一招，難就難在要對方退無可退，讓無可讓，你一招出去，喀喇一下，敵人就像松樹一樣完蛋大吉。」當下把姿式演了兩遍，又把內勁外鑠之法、發招收勢之道，仔仔細細解釋了一通。雖只教得一招，卻也費了一個多時辰功夫。

郭靖資質魯鈍，內功卻已有根柢，學這般招式簡明而勁力精深的武功，最是合式，當下苦苦習練，兩個多時辰之後，已得大要。

洪七公道：「那女娃娃的掌法虛招多過實招數倍，你要是跟了她亂轉，非著她道兒不可，再快也快不過她。你想這許多虛招之後，這一掌定是真的了，她偏偏仍是假的，下一招眼看是假的了，她卻出你不意給你來下真的。」郭靖連連點頭。洪七公道：「因此你要破她這路掌法，唯一的法門就是壓根兒不理會她真假虛實，待她掌來，真的也好，假的也罷，你只給她來一招『亢龍有悔』。她見你這一招厲害，非回掌招架不可，那就破了。」

郭靖問道：「以後怎樣？」洪七公臉一沉道：「以後怎樣？傻小子，她有多大本事，能擋得住我教你的這一招？」郭靖甚是擔心，說道：「她擋不住，豈不是打傷了她？」洪七公搖頭歎息，說道：「我這掌力要是能發不能收，不能輕重剛柔隨心所欲，怎稱得上是天下掌法無雙的『降龍十八掌』？」郭靖唯唯稱是，心中打定了主意：「我若不是學到了能發能收的地步，可決不能跟蓉兒試招。」洪七公道：「你不信嗎，這就試試吧？」

郭靖拉開式子，挑了一棵特別細小的松樹，學著洪七公的姿勢，對準樹幹，呼的就是一掌。那松樹晃了幾晃，竟是不斷。洪七公罵道：「傻小子，你搖松樹幹甚麼？捉松鼠麼？撿松果麼？」郭靖被他說得滿臉通紅，訕訕的笑著。

洪七公道：「我對你說過：要教對方退無可退，讓無可讓。你剛才這一掌，勁道不弱，可是松樹一搖，就把你的勁力化解了。你先學打得松樹不動，然後再能一掌斷樹。」郭靖大悟，歡然道：「那要著勁奇快，使對方來不及抵擋。」洪七公白眼道：「可不是麼？那還用說？你滿頭大汗的練了這麼久，原來連這點粗淺道理還剛想通。可真笨得到了姥姥家。」又道：「這一招叫作『亢龍有悔』，掌法的精要不在『亢』字而在『悔』字。倘若只求剛猛狠辣，亢奮凌厲，只要有幾百斤蠻力，誰都會使了。這招又怎能教黃藥師佩服？『亢龍有悔，盈不可久』，因此有發必須有收。打出去的力道有十分，留在自身的力道卻還有二十分。那一天你領會到了這『悔』的味道，這一招就算是學會了三成。好比陳年美酒，上口不辣，後勁卻是醇厚無比，那便在於這個『悔』字。」

郭靖茫然不解，只是將他的話牢牢記在心裏，以備日後慢慢思索。他學武的法門，向來便是「人家練一朝，我就練十天」，當下專心致志的只是練習掌法，起初數十掌，松樹總是搖動，到後來勁力越使越大，樹幹卻越搖越微，自知功夫已有進境，心中甚喜，這時手掌邊緣已紅腫得十分厲害，他卻毫不鬆懈的苦練。

洪七公早感厭悶，倒在地下呼呼大睡。

郭靖練到後來，意與神會，發勁收勢，漸漸能運用自如，丹田中吸一口氣，猛力一掌，立即收勁，那松樹竟是紋絲不動。郭靖大喜，第二掌照式發招，但力在掌緣，只聽得格格數聲，那棵小松樹被他擊得彎折了下來。

忽聽黃蓉遠遠喝采：「好啊！」只見她手提食盒，緩步而來。

洪七公眼睛尚未睜開，已聞到食物的香氣，叫道：「好香，好香！」跳起身來，搶過食盒，揭開盒子，只見裏面是一碗燻田雞腿，一隻八寶肥鴨，還有一堆雪白的銀絲捲。洪七公大聲歡呼，雙手左上右落，右上左落，抓了食物流水價送入口中，一面大嚼，一面讚妙，只是唇邊、齒間、舌上、喉頭，皆是食物，那聽得清楚在說些甚麼。吃到後來，田雞腿與八寶鴨都已皮肉不剩，這才想起郭靖還未吃過，他心中有些歉仄，叫道：「來來來，這銀絲捲滋味不壞。」實在有些不好意思，加上一句：「簡直比鴨子還好吃。」

黃蓉噗哧一笑，說道：「七公，我最拿手的菜你還沒吃到呢。」洪七公又驚又喜，忙問：「甚麼菜？甚麼菜？」黃蓉道：「一時也說不盡，比如說炒白菜哪、蒸豆腐哪、燉雞蛋哪、白切肉哪。」

洪七公品味之精，世間希有，深知真正的烹調高手，愈是在最平常的菜肴之中，愈能顯出奇妙功夫，這道理與武學一般，能在平淡之中現神奇，才說得上是大宗匠的手段，聽她這麼一說，不禁又驚又喜，滿臉是討好祈求的神色，說道：「好，好！我早說你這女娃娃好。我給你買白菜豆腐去，好不好？」黃蓉笑道：「那倒不用，你買的也不合我心意。」洪七公笑道：「對，對，別人買的怎能合用呢？」

黃蓉道：「剛才我見他一掌擊折松樹，本事已經比我好啦。」洪七公搖頭道：「功夫不行，不行，須得一掌把樹擊得齊齊截斷。打得這樣彎彎斜斜的，那算甚麼屁本事？這棵松樹細得像根筷子，不，簡直像根牙籤，功夫還差勁得很。」黃蓉道：「可是他這一掌打來，我已經抵擋不住啦。都是你不好，他將來欺侮起我來，我怎麼辦啊？」洪七公這時正在盡力討好於她，雖聽她強辭奪理，也只得順著她道：「依你說怎樣？」黃蓉道：「你教我一套本事，要勝過他的。你教會我之後，就給你煮菜去。」

洪七公道：「好罷。他只學會了一招，勝過他何難？我教你一套『逍遙遊』的拳法。」一言方畢，人已躍起，大袖飛舞，東縱西躍，身法輕靈之極。

黃蓉心中默默暗記，等洪七公一套拳法使畢，她已會了一半。再經他點撥教導之後，不到兩個時辰，一套六六三十六招的「逍遙遊」已全數學會。最後她與洪七公同時發招，兩人並肩而立，一個左起，一個右始，迴旋往復，真似一隻玉燕、一隻大鷹翩翩飛舞一般。三十六招使完，兩人同時落地，相視而笑，郭靖大聲叫好。

洪七公對郭靖道：「這女娃娃聰明勝你百倍。」郭靖搔頭道：「這許許多多招式變化，她怎麼這一忽兒就學會了，卻又不會忘記？我剛記得第二招，第一招卻又忘了。」洪七公呵呵大笑，說道：「這路『逍遙遊』，你是不能學的，就算拚小命記住了，使出來也半點沒逍遙的味兒，愁眉苦臉，笨手笨腳的，變成了『苦惱爬』。」郭靖笑道：「可不是嗎？」洪七公道：「這路『逍遙遊』，是我少年時練的功夫，為了湊合女娃子原來武功的路子，才抖出來教她，其實跟我眼下武學的門道已經不合。這十多年來，我可沒使過一次。」言下之意，顯是說「逍遙遊」的威力遠不如「降龍十八掌」了。

黃蓉聽了卻反而喜歡，說道：「七公，我又勝過了他，他心中準不樂意，你再教他幾招罷。」她自己學招只是個引子，旨在讓洪七公多傳郭靖武藝，她自己真要學武，儘有父親這樣的大明師在，一輩子也學之不盡。洪七公道：「這傻小子笨得緊，我剛才教的這一招他還沒學會，貪多嚼不爛，只要你多燒好菜給我吃，準能如你心願。」黃蓉微笑道：「好，我買菜去了。」洪七公呵呵大笑，回轉店房。郭靖自在松林中繼續苦練，直至天黑方罷。

當晚黃蓉果然炒了一碗白菜、蒸了一碟豆腐給洪七公吃。白菜只揀菜心，用鷄油加鴨掌末生炒，也還罷了，那豆腐卻是非同小可，先把一隻火腿剖開，挖了廿四個圓孔，將豆腐削成廿四個小球分別放入孔內，紮住火腿再蒸，等到蒸熟，火腿的鮮味已全到了豆腐之中，火腿卻棄去不食。洪七公一嚐，自然大為傾倒。這味蒸豆腐也有個唐詩的名目，叫作「二十四橋明月夜」，要不是黃蓉有家傳「蘭花拂穴手」的功夫，十指靈巧輕柔，運勁若有若無，那嫩豆腐觸手即爛，如何能將之削成廿四個小圓球？這功夫的精細艱難，實不亞於米粒刻字、彫核為舟。但如切為方塊，易是易了，世上又怎有方塊形的明月？

晚飯後三人分別回房就寢。洪七公見郭靖與黃蓉分房而居，奇道：「怎麼？你們倆不是小夫妻麼？怎地不一房睡？」黃蓉一直跟他嬉皮笑臉的胡鬧，聽了這句話，不禁大羞，燭光下紅暈雙頰，嗔道：「七公，你再亂說，明兒不燒菜給你吃啦。」

洪七公奇道：「怎麼？我說錯啦？」他想了一想，恍然大悟，笑道：「我老胡塗啦。你明明是閨女打扮，不是小媳婦兒。你小兩口兒是私訂終身，還沒經過父母之命，媒妁之言，沒拜過天地。那不用擔心，我老叫化來做大媒。你爹爹要是不答應，老叫化再跟他鬥他媽的七天七夜，拚個你死我活。」黃蓉本來早在為此事擔心，怕爹爹不喜郭靖，聽了此言，不禁心花怒放，一笑回房。

次日天方微明，郭靖已起身到松林中去練「降龍十八掌」中那一招「亢龍有悔」，練了二十餘次，出了一身大汗，正自暗喜頗有進境，忽聽林外有人說話。一人道：「師父，咱們這一程子趕，怕有三十來里罷？」另一人道：「你們的腳力確是有點兒進步了。」郭靖聽得語音好熟，只見林邊走出四個人來，當先一人白髮童顏，正是大對頭參仙老怪梁子翁。郭靖暗暗叫苦，回頭就跑。

梁子翁卻已看清楚是他，喝道：「那裏走？」他身後三人是他徒弟，眼見師父追敵，立時分散，三面兜截上來。郭靖心想：「只要走出松林，奔近客店，那就無妨了。」當下飛步奔跑。梁子翁的大弟子截住了他退路，雙掌一錯，喝道：「小賊，給我跪下！」施展師門所傳關外大力擒拿手法，當胸抓來。郭靖左腿微屈，右臂內彎，右掌劃了個圓圈，呼的一聲，向外推去，正是初學乍練的一招「亢龍有悔」。那大弟子聽到掌風勁銳，反抓回臂，要擋他這一掌，喀喇一響，手臂已斷，身子直飛出六七尺之外，暈了過去。郭靖萬料不到這一招竟有偌大威力，一呆之下，拔腳又奔。

梁子翁又驚又怒，縱出林子，飛步繞在他前頭。郭靖剛出松林，只見梁子翁已擋在身前，大驚之下，便即蹲腿彎臂、劃圈急推，仍是這招「亢龍有悔」。梁子翁不識此招，但見來勢凌厲，難以硬擋，只得臥地打滾，讓了開去。郭靖乘機狂奔逃命。

梁子翁站起身來再追時，郭靖已奔到客店之外，大聲叫道：「蓉兒，蓉兒，不好了，要喝我血的惡人追來啦！」

黃蓉探頭出來，見是梁子翁，心想：「怎麼這老怪到了這裏？他來得正好，我好試試新學的『逍遙遊』功夫。」叫道：「靖哥哥，別怕這老怪，你先動手，我來幫你，咱們給他吃點兒苦頭。」

郭靖心想：「蓉兒不知這老怪厲害，說得好不輕鬆自在。」他心念方動，梁子翁已撲到面前，眼見來勢猛烈，只得又是一招「亢龍有悔」，向前推出。梁子翁扭身擺腰，向旁竄出數尺，但右臂已被他掌緣帶到，熱辣辣的甚是疼痛，心下暗暗驚異，想不到只隔數月，這小子的武功竟是精進如此，料來必是服用蝮蛇寶血之功，越想越惱，縱身又上。郭靖又是一招「亢龍有悔」。梁子翁眼看抵擋不住，只得又是躍開，但見他並無別樣厲害招數跟著進擊，忌憚之意去了幾分，罵道：「傻小子，就只會這一招麼？」

郭靖果然中計，叫道：「我單只這一招，你就招架不住。」說著上前又是一招「亢龍有悔」。梁子翁旁躍逃開，縱身攻向他身後。郭靖回過頭來，待再攻出這一招時，梁子翁早已閃到他身後，出拳襲擊。三招一過，郭靖只能顧前，不能顧後，累得手忙腳亂。

黃蓉見他要敗，叫道：「靖哥哥，我來對付他。」飛身而出，落在兩人之間，左掌右足，同時發出。梁子翁縮身撥拳，還了兩招。郭靖退開兩步，旁觀兩人相鬥。黃蓉雖然學了「逍遙遊」的奇妙掌法，但新學未熟，而功力究與梁子翁相差太遠，如不是仗著身上穿了軟蝟甲，早已中拳受傷，不等三十六路「逍遙遊」拳法使完，已然不支。梁子翁的兩個徒弟扶著受了傷的大師兄在旁觀戰，見師父漸漸得手，不住吶喊助威。

郭靖正要上前夾擊，忽聽得洪七公隔窗叫道：「他下一招是『惡狗攔路』！」

黃蓉一怔，只見梁子翁雙腿擺成馬步，雙手握拳平揮，正是一招「惡虎攔路」，不禁好笑，心道：「原來七公把『惡虎攔路』叫做『惡狗攔路』，但怎麼他能先行料到？」只聽得洪七公又叫：「下一招是『臭蛇取水』！」黃蓉知道必是「青龍取水」，這一招是伸拳前攻，後心露出空隙，洪七公語聲甫歇，她已繞到梁子翁身後。梁子翁一招使出，果然是「青龍取水」，但被黃蓉先得形勢，反客為主，直攻他的後心，若不是他武功深湛，危中變招，離地尺餘的平飛出去，後心已然中拳。

他腳尖點地站起，驚怒交集，向著窗口喝道：「何方高人，怎不露面？」窗內卻是寂然無聲，心中詫異之極：「怎麼此人竟能料到我的拳法？」

黃蓉既有大高手在後撐腰，自是有恃無恐，反而攻了上去。梁子翁連施殺手，黃蓉情勢又危。洪七公叫道：「別怕，他要『爛屁股猴子上樹』！」黃蓉噗哧一笑，雙拳高舉，猛擊下來。梁子翁這招「靈猿上樹」只使了一半，本待高躍之後凌空下擊，但給黃蓉制了機先，眼見敵拳當頭而落，若是繼續上躍，豈非自行將腦門湊到她拳上去？只得立時變招。臨敵之際，自己招數全被敵方如此先行識破，本來不用三招兩式，便有性命之憂，幸而他武功比黃蓉高出甚多，危急時能設法解救，才沒受傷。再拆數招，托地跳出圈子，叫道：「老兄再不露面，莫怪我對這女娃娃無情了。」拳法斗變，猶如驟風暴雨般擊出，上招未完，下招已至，黃蓉固是無法抵禦，洪七公也已來不及先行叫破。

郭靖見黃蓉拳法錯亂，東閃西躲，當下搶步上前，發出「亢龍有悔」，向梁子翁打去。梁子翁右足點地，向後飛出。黃蓉道：「靖哥哥，再給他三下。」說著轉身入店。郭靖依然擺好勢子，只等梁子翁攻近身來，不理他是何招數，總是半途中給他一招「亢龍有悔」。梁子翁又是好氣，又是好笑，暗罵：「這傻小子不知從那裏學了這一招怪拳，來來去去就是這麼一下。」但儘管傻小子只會這麼一下，老怪物可也真奈何他不得。兩人相隔丈餘，一時互相僵住。

梁子翁罵道：「傻小子，小心著！」忽地縱身撲上。郭靖依樣葫蘆，發掌推出。不料梁子翁半空扭身，右手一揚，三枚子午透骨釘突分上中下三路打來。郭靖急忙閃避，梁子翁已乘勢搶上，手勢如電，已扭住他後頸。郭靖大駭，回肘向他胸口撞去，不料手肘所著處一團綿軟，猶如撞入了棉花堆裏。

梁子翁正要猛下殺手，只聽得黃蓉大聲呼叱：「老怪，你瞧這是甚麼？」梁子翁知她狡獪，右手拿住了郭靖「肩井穴」，令他動彈不得，這才轉頭，只見她手裏拿著一根碧綠猶如翡翠般的竹棒，緩步走來。梁子翁心頭大震，說道：「洪……洪幫主……」黃蓉喝道：「還不放手？」梁子翁初時聽得洪七公把他將用未用的招數先行喝破，本已驚疑不定，卻一時想不到是他，這時突然見到他的綠竹棒出現，才想起窗後語音，果然便是生平最害怕之人的說話，不由得魂飛天外，忙鬆手放開郭靖。

黃蓉雙手持棒走近，喝道：「七公說道，他老人家既已出聲，你好大膽子，還敢在這裏撒野，問你憑的甚麼？」梁子翁雙膝跪倒，說道：「小人實不知洪幫主駕到。小人便有天大的膽子，也不敢得罪洪幫主。」

黃蓉暗暗詫異：「這人本領如此厲害，怎麼一聽到七公的名頭就怕成這個樣子？怎麼又叫他作洪幫主？」臉上卻不動聲色，喝道：「你該當何罪？」梁子翁道：「請姑娘對洪幫主美言幾句，只說梁子翁知罪了，但求洪幫主饒命。」黃蓉道：「美言一句，倒也不妨，美言幾句，卻是划不來。你以後可永遠不得再跟咱兩人為難。」梁子翁道：「小人以前無知，多有冒犯，務請兩位海涵。以後自然再也不敢。」

黃蓉甚為得意，微微一笑，拉著郭靖的手，回進客店。只見洪七公面前放了四大盆菜，左手舉杯，右手持箸，正自吃得津津有味。黃蓉笑道：「七公，他跪著動也不敢動。」洪七公道：「你去打他一頓出出氣吧，他決不敢還手。」

郭靖隔窗見梁子翁直挺挺的跪著，三名弟子跪在他身後，很是狼狽，心中不忍，說道：「七公，就饒了他吧。」洪七公罵道：「沒出息的東西，人家打你，你抵擋不了。老子救了你，你又要饒人。這算甚麼？」郭靖無言可對。

黃蓉笑道：「我去打發。」拿了竹棒，走到客店之外，見梁子翁恭恭敬敬的跪著，滿臉惶恐。黃蓉罵道：「洪七公說你為非作歹，今日非宰了你不可，幸虧我那郭家哥哥好心，替你求了半天人情，七公才答應饒你。」說著舉起竹棒，拍的一聲，在他屁股上擊了一記，喝道：「去罷！」

梁子翁向著窗子叫道：「洪幫主，我要見見您老，謝過不殺之恩。」店中寂然無聲。梁子翁仍是跪著不敢起身。過了片刻，郭靖邁步出來，搖手悄聲道：「七公睡著啦，快別吵他。」梁子翁這才站起，向郭靖與黃蓉恨恨的瞧了幾眼，帶著徒弟走了。

黃蓉開心之極，走回店房，果見洪七公伏在桌上打鼾，當下拉住他的肩膀一陣搖晃，叫道：「七公，七公，你這根寶貝竹棒兒有這麼大的法力，你也沒用，不如給了我罷？」洪七公抬起頭來，打個呵欠，又伸懶腰，笑道：「你說得好輕鬆自在！這是你公公的吃飯傢伙。叫化子沒打狗棒，那還成？」

黃蓉纏著不依，說道：「你這麼高的功夫，人家只聽到你的聲音，便都怕了你，何必還要這根竹棒兒？」洪七公呵呵笑道：「傻丫頭，你快給七公弄點好菜，我慢慢說給你聽。」黃蓉依言到廚房去整治了三色小菜。

洪七公右手持杯，左手拿著一隻火腿腳爪慢慢啃著，說道：「常言道：物以類聚，人以羣分。愛錢的財主是一幫，搶人錢財的綠林盜賊是一幫，我們乞討殘羹冷飯的叫化子也是一幫……」黃蓉拍手叫道：「我知道啦，我知道啦。那梁老怪叫你作『洪幫主』，原來你是乞兒幫的幫主。」

洪七公道：「正是。我們要飯的受人欺，被狗咬，不結成一夥，還有活命的份兒麼？北邊的百姓眼下暫且歸金國管，南邊的百姓歸大宋皇帝管，可是天下的叫化兒啊……」黃蓉搶著道：「不論南北，都歸你老人家管。」洪七公笑著點點頭，說道：「正是。這根竹棒和這個葫蘆，自唐末傳到今日，已有好幾百年，世世代代由丐幫的幫主執掌，就好像皇帝小子的玉璽、做官的金印一般。」

黃蓉伸了伸舌頭，道：「虧得你沒給我。」洪七公笑問：「怎麼？」黃蓉道：「要是天下的小叫化都找著我，要我管他們的事，那可有多糟糕？」洪七公嘆道：「你的話一點兒也不錯。我生性疏懶，這丐幫幫主當起來著實麻煩，可是又找不到託付之人，只好就這麼將就著對付了。」

黃蓉道：「因此那梁老怪才怕得你這麼厲害，要是天下的叫化子都跟他為難，可真不好受。每個叫化子在身上捉一個虱子放在他頭頸裏，癢也癢死了他。」洪七公和郭靖哈哈大笑。笑了一陣，洪七公道：「他怕我，倒不是為了這個。」黃蓉忙問：「那為了甚麼？」洪七公道：「約莫二十年前，他正在幹一件壞事，給我撞見啦。」黃蓉問道：「甚麼壞事？」洪七公躊躇道：「這老怪信了甚麼採陰補陽的邪說，找了許多處女來，破了她們的身子，說可以長生不老。」黃蓉問道：「怎麼破了處女身子？」

黃蓉之母在生產她時因難產而死，是以她自小由父親養大。黃藥師因陳玄風、梅超風叛師私逃，一怒而將其餘徒弟挑斷筋脈，驅逐出島。桃花島上就只賸下幾名啞僕。黃蓉從來沒聽年長女子說過男女之事，她與郭靖情意相投，但覺和他在一起時心中說不出的喜悅甜美，只要和他分開片刻，就感寂寞難受。她只知男女結為夫妻就永不分離，是以心中早把郭靖看作丈夫，但夫妻間的閨房之事，卻是全然不知。

她這麼一問，洪七公一時倒是難以回答。黃蓉又問：「破了處女的身子，是殺了她們嗎？」洪七公道：「不是。一個女子受了這般欺侮，有時比給他殺了還要痛苦，有人說『失節事大，餓死事小』，就是這個意思了。」黃蓉茫然不解，問道：「是用刀子割去耳朵鼻子麼？」洪七公笑罵：「呸！也不是。傻丫頭，你回家問媽媽去。」黃蓉道：「我媽媽早死啦。」洪七公「啊」了一聲，道：「你將來和這傻小子洞房花燭夜時，總會懂得了。」黃蓉紅了臉，撅起小嘴道：「你不說算啦。」這時才明白這是羞恥之事，又問：「你撞見梁老怪正在幹這壞事，後來怎樣？」

洪七公見她不追問那件事，如釋重負，呼了一口氣道：「那我自然要管哪。這傢伙給我拿住了，狠狠打了一頓，拔下了他滿頭白髮，逼著他把那些姑娘們送還家去，還要他立下重誓，以後不得再有這等惡行，要是再被我撞見，叫他求生不能，求死不得。聽說這些年來他倒也沒敢再犯，是以今日饒了他性命。他奶奶的，他的頭髮長起了沒有？」黃蓉格的一聲笑，說道：「又長起啦！滿頭頭髮硬生生給你拔個乾淨，可真夠他痛的了。」

三人吃過了飯。黃蓉道：「七公，現下你就算把竹棒給我，我也不敢要啦，不過我們總不能一輩子跟你在一起。要是下次再碰見那姓梁的，他說：『好，小丫頭，前次你仗著洪幫主的勢，用竹棒打我，今日我可要報仇啦。我拔光了你的頭髮！』那我們怎麼辦？先前靖哥哥跟這老怪動手，來來去去就只這麼一招『亢龍有悔』，威力無窮，果然不錯，可不是太嫌寒蠢了些麼？那老怪心裏定是在說：『洪幫主自己武功深不可測，教起徒兒來卻是平平無奇。』」

洪七公笑道：「你危言聳聽，又出言激我，只不過要我再教你們兩人功夫。你乖乖的多燒些好菜，七公總不會讓你們吃虧。」黃蓉大喜，拉著洪七公又到松林之中。

洪七公把「降龍十八掌」中的第二招「飛龍在天」教了郭靖。這一招躍起半空，居高下擊，威力奇大，郭靖花了三天工夫，方才學會。在這三天之中，洪七公又多嚐了十幾味珍饈美饌，黃蓉卻沒再磨他教甚麼功夫，只須他肯儘量傳授郭靖，便已心滿意足。

如此一月有餘，洪七公已將「降龍十八掌」中的十五掌傳給了郭靖，自「亢龍有悔」一直傳到了「龍戰於野」。

這降龍十八掌乃洪七公生平絕學，一半得自師授，一半是自行參悟出來，雖然招數有限，但每一招均具絕大威力。當年在華山絕頂與王重陽、黃藥師等人論劍之時，這套掌法尚未完全練成，但王重陽等言下對這掌法已極為稱道。後來他常常歎息，只要早幾年致力於此，那麼「武功天下第一」的名號，或許不屬於全真教主王重陽而屬於他了。他本想只傳兩三招掌法給郭靖，已然足可保身，那知黃蓉烹調的功夫實在高明，奇珍妙味，每日裏層出不窮，使他無法捨之而去，日復一日，竟然傳授了十五招之多。郭靖雖然悟性不高，但只要學到一點一滴，就日夜鑽研習練，把這十五掌掌法學得頗為到家，只是火候尚遠為不足而已，一個多月之間，武功前後已判若兩人。

這日洪七公吃了早點，嘆道：「兩個娃娃，咱三人已相聚了一個多月，這就該分手啦。」黃蓉道：「啊，不成，我還有很多小菜沒燒給您老人家吃呢。」洪七公道：「天下沒不散的筵席，卻有吃不完的菜餚。老叫化一生從沒教過人三天以上的武功，這一次一教教了三十多天，再教下去，唉，那是乖乖不得了。」黃蓉道：「怎麼啊？」洪七公道：「我的看家本領要給你們學全啦。」黃蓉道：「好人做到底，你把十八路掌法全傳了給他，豈不甚美？」洪七公啐道：「呸，你們小兩口子就美得不得了，老叫化可不美啦。」

黃蓉心中著急，轉念頭要使個甚麼計策，讓他把餘下三招教全了郭靖，那知洪七公負起葫蘆，再不說第二句話，竟自揚長而去。

郭靖忙追上去，洪七公身法好快，一瞬眼已不見了蹤影。郭靖追到松林，大叫道：「七公，七公！」黃蓉也隨後追來，跟著大叫。

只見松林邊人影一晃，洪七公走了過來，罵道：「你們兩個臭娃娃，儘纏著我幹甚麼？要想我再教，那是難上加難。」郭靖道：「您老教了這許多，弟子已是心滿意足，那敢再貪，只是未曾叩謝您老恩德。」說著跪了下去，砰砰砰砰的連磕了幾個響頭。

洪七公臉色一變，喝道：「住著。我教你武功，那是吃了她的小菜，付的價錢，咱們可沒師徒名分。」倏的跪下，向郭靖磕下頭去。

郭靖大駭，忙又跪下還禮。洪七公手一伸，已點中他脅下穴道。郭靖雙膝微曲，動彈不得。洪七公向著他也磕了四個頭。這才解開他穴道，說道：「記著，可別說你向我磕過頭，是我弟子。」郭靖這才知他脾氣古怪，不敢再說。

黃蓉嘆道：「七公，你待我們這樣好，現下又要分別了。我本想將來見到你，再燒小菜請你吃，只怕……只怕……唉，這件事未必能夠如願。」洪七公問道：「為甚麼？」黃蓉道：「要跟我們為難的對頭很多，除了那個參仙老怪之外，還有不少壞傢伙。總有一天，我兩個會死在人家手下。」洪七公微笑道：「死就死好了，誰不死呢？」

黃蓉搖頭道：「死倒不打緊。我最怕他們捉住了我，知道我曾跟你學過武藝，又曾燒菜給你吃，於是逼著我也把『玉笛誰家聽落梅』、『二十四橋明月夜』那些好菜，一味味的煮給他們吃，不免墮了你老人家的威名。」

洪七公明知她是以言語相激，但想到有人逼著她燒菜，而這等絕妙的滋味自己居然嚐不到，卻也忍不住大為生氣，問道：「那些傢伙是誰？」黃蓉道：「有一個是黃河老怪沙通天，他的吃相再也難看不過。我那些好小菜不免全讓他蹧蹋了。」洪七公搖頭道：「沙通天有啥屁用？郭靖這傻小子再練得一兩年就勝過他了，不用怕。」黃蓉又說了藏僧靈智、彭連虎兩人的姓名，洪七公都說：「有啥屁用？」待黃蓉說到白駝山少主歐陽克時，洪七公微微一怔，詳詢此人出手和身法的模樣，聽黃蓉說後，點頭道：「果然是他！」

黃蓉見他神色嚴重，道：「這人很厲害嗎？」洪七公道：「歐陽克有啥屁用？他叔叔老毒物這才厲害。」黃蓉道：「老毒物？他再厲害，總厲害不過你老人家。」

洪七公不語，沉思良久，說道：「本來也差不多，可是過了這二十來年……二十來年，他用功比我勤，不像老叫化這般好吃懶練。嘿嘿，當真要勝過老叫化，卻也沒這麼容易。」

黃蓉道：「那一定勝不過你老人家。」

洪七公搖頭道：「這也未必，大家走著瞧吧。好，老毒物歐陽鋒的姪兒既要跟你為難，咱們可不能太大意了。老叫化再吃你半個月的小菜。咱們把話說在前頭，這半個月之中，只要有一味菜吃了兩次，老叫化拍拍屁股就走。」

黃蓉大喜，有心要顯顯本事，所煮的菜肴固然絕無重複，連麵食米飯也是極逞智巧，沒一餐相同，鍋貼、燒賣、蒸餃、水餃、炒飯、湯飯、年糕、花捲、米粉、豆絲，花樣竟是變幻無窮。洪七公也打疊精神，指點郭黃兩人臨敵應變、防身保命之道。只是「降龍十八掌」那餘下的三招卻也沒再傳授。郭靖於降龍十五掌固然領會更多，而自江南六怪所學的武藝招數，也憑空增加了不少威力。洪七公於三十五歲之前武功甚雜，練過的拳法掌法著實不少，這時儘揀些希奇古怪的拳腳來教黃蓉，其實也只是跟她逗趣，花樣雖是百出，說到克敵制勝的威力卻遠不及那老老實實的十五招「降龍十八掌」了。黃蓉也只圖個好玩，並不專心致志的去學。

一日傍晚，郭靖在松林中習練掌法。黃蓉撿拾松仁，說道要加上竹筀與酸梅，做一味別出心裁的小菜，名目已然有了，叫作「歲寒三友」。洪七公只聽得不住吞饞涎，突然轉身，輕輕「噫」的一聲，俯身在草叢中一撈，兩根手指挾住一條兩尺來長的青蛇提了起來。黃蓉剛叫得一聲：「蛇！」洪七公左掌在她肩頭輕輕一推，將她推出數尺之外。

草叢簌簌響動，又有幾條蛇竄出，洪七公竹杖連揮，每一下都打在蛇頭七寸之中，杖到立斃。黃蓉正喝得一聲采，突然身後悄沒聲的兩條蛇竄了上來，咬中了她背心。

洪七公知道這種青蛇身子雖然不大，但劇毒無比，一驚之下，剛待設法替她解毒，只聽得嗤嗤之聲不絕，眼前十餘丈處萬頭攢動，羣蛇大至。洪七公左手抓住黃蓉腰帶，右手拉著郭靖的手，急步奔出松林，來到客店之前，俯頭看黃蓉時卻是臉色如常，心中又驚又喜，忙問：「覺得怎樣？」

黃蓉笑道：「沒事。」郭靖見兩條蛇仍是緊緊咬在她身上，驚惶中忙伸手去扯。洪七公待要喝阻，叫他小心，郭靖情急關心，早已拉住蛇尾扯了下來，見蛇頭上鮮血淋漓，已然死了。洪七公一怔，隨即會意：「不錯，你老子的軟蝟甲當然給了你。」原來兩條蛇都咬中了軟蝟甲上的刺尖，破頭而死。

郭靖伸手去扯另一條蛇時，松林中已有幾條蛇鑽了出來。洪七公從懷裏掏出一大塊黃藥餅，放入口中猛嚼，這時只見成千條青蛇從林中蜿蜒而出，後面絡繹不絕，不知尚有多少。郭靖道：「七公，咱們快走。」洪七公不答，取下背上葫蘆，拔開塞子喝了一大口酒，與口中嚼碎的藥混和了，一張口，一道藥酒如箭般射了出去。他將頭自左至右一揮，那道藥酒在三人面前畫了一條弧線。遊在最先的青蛇聞到藥酒氣息，登時暈倒，木然不動，後面的青蛇再也不敢過來，互相擠作一團。但後面的蛇仍然不斷從松林中湧出，前面的卻轉而後退，蛇陣登時大亂。

黃蓉拍手叫好。忽聽得松林中幾下怪聲呼嘯，三個白衣男子奔出林來，手中都拿著一根兩丈來長的木桿，嘴裏呼喝，用木桿在蛇陣中撥動，就如牧童放牧牛羊一般。黃蓉起初覺得好玩，後來見眼前盡是蠕蠕而動的青蛇，不禁嘔心，喉頭發毛，張口欲嘔。

洪七公「嗯」了一聲，伸竹杖在地下挑起一條青蛇，左手食中二指鉗住蛇頭，右手小指甲在蛇腹上一劃，蛇腹洞穿，取出一枚青色的蛇膽，說道：「快吞下去，別咬破了，苦得很。」黃蓉依言吞下，片刻間胸口便即舒服，轉頭問郭靖道：「靖哥哥，你頭暈麼？」郭靖搖搖頭。原來他服過大蝮蛇的寶血，百毒不侵，松林中青蛇雖多，卻只追咬洪七公與黃蓉兩人，聞到郭靖身上氣息，卻避之惟恐不及。

黃蓉道：「七公，這些蛇是有人養的。」洪七公點了點頭，滿臉怒容的望著那三個白衣男子。這三人見洪七公取蛇膽給黃蓉吃，也是惱怒異常，將蛇陣稍行整理，便即搶步上前。一人厲聲喝罵：「你們三隻野鬼，不要性命了麼？」

黃蓉接口罵道：「對啦，你們三隻野鬼，不要性命了麼？」洪七公大喜，輕拍她肩膀，讚她罵得好。

那三人大怒，中間那臉色焦黃的中年男子挺起長桿，縱身向黃蓉刺來，桿勢帶風，勁力倒也不弱。洪七公伸出竹杖往他桿上搭去，長桿來勢立停。那人吃了一驚，雙手向後急拉。洪七公手一抖，喝道：「去罷！」那人登時向後摔出，仰天一交，跌入蛇陣之中，壓死了十多條青蛇。幸而他服有異藥，眾蛇不敢咬他，否則那裏還有命在？餘下兩人大驚，倒退數步，齊問：「怎樣？」那人想要躍起身來，豈知這一交跌得甚是厲害，全身酸痛，只躍起一半，重又跌落，又壓死了十餘條毒蛇。旁邊那白淨面皮的漢子伸出長桿，讓他扶住，方始拉起。這樣一來，這三人那敢再行動手，一齊退回去站在羣蛇之中。那適才跌交的人叫道：「你是甚麼人？有種的留下萬兒來。」

洪七公哈哈大笑，毫不理會。黃蓉叫道：「你們是甚麼人？怎麼趕了這許多毒蛇出來害人？」三人互相望了一眼，正要答話，忽見松林中一個白衣書生緩步而出，手搖摺扇，逕行穿過蛇羣，走上前來。郭靖與黃蓉認得他正是白駝山少主歐陽克，只見他在萬蛇之中行走自若，羣蛇紛紛讓道，均感詫異。那三人迎上前去，低聲說了幾句，說話之時，眼光不住向洪七公望來，顯是在說剛才之事。

歐陽克臉上閃過一絲驚訝之色，隨即寧定，點了點頭，上前施了一禮，說道：「三名下人無知，冒犯了老前輩，兄弟這裏謝過了。」轉頭向黃蓉微笑道：「原來姑娘也在這裏，我可找得你好苦。」黃蓉那裏睬他，向洪七公道：「七公，這人是個大壞蛋，你老好好治他一治。」洪七公微微點頭，向歐陽克正色道：「牧蛇有地界、有時候，有規矩、有門道。那有大白天裏牧蛇的道理？你們這般胡作非為，是仗了誰的勢？」

歐陽克道：「這些蛇兒遠道而來，餓得急了，不能再依常規行事。」洪七公道：「你們已傷了多少人？」歐陽克道：「我們都在曠野中牧放，也沒傷了幾人。」洪七公雙目盯住了他的臉，哼了一聲，說道：「也沒傷了幾人！你姓歐陽是不是？」歐陽克道：「是啊，原來這位姑娘已對你說了。你老貴姓？」黃蓉搶著道：「這位老前輩的名號也不用對你說，說出來只怕嚇壞了你。」歐陽克受了她挺撞，居然並不生氣，笑咪咪的對她斜目而睨。洪七公道：「你是歐陽鋒的兒子，是不是？」

歐陽克尚未回答，三個趕蛇的男子齊聲怒喝：「老叫化沒上沒下，膽敢呼叫我們老山主的名號！」洪七公笑道：「別人叫不得，我就偏偏叫得。」那三人張口還待喝罵，洪七公竹杖在地下一點，身子躍起，如大鳥般撲向前去，只聽得拍拍拍三聲，那三人已每個吃了一記清脆響亮的耳光。洪七公不等身子落地，竹杖又是一點，躍了回來。

黃蓉叫道：「這樣好本事，七公你還沒教我呢？」只見那三人一齊捧住了下頦，做聲不得，原來洪七公在打他們嘴巴之時，順手用分筋錯骨手卸脫了他們下頦關節。

歐陽克暗暗心驚，對洪七公道：「前輩識得家叔麼？」洪七公道：「啊，你是歐陽鋒的姪兒。我有二十年沒見你家的老毒物了，他還沒死麼？」歐陽克甚是氣惱，但剛才見他出手，武功之高，自己萬萬不敵，他又說識得自己叔父，必是前輩高人，便道：「家叔常說，他朋友們還沒死盡死絕，他老人家不敢先行歸天呢。」洪七公仰天打個哈哈，說道：「好小子，你倒會繞彎兒罵人。你帶了這批寶貝到這裏來幹甚麼？」說著向羣蛇一指。

歐陽克道：「晚輩向在西域，這次來到中原，旅途寂寞，沿途便招些蛇兒來玩玩。」黃蓉道：「當面撒謊！你有這許多女人陪你，還寂寞甚麼？」歐陽克張開摺扇，搧了兩搧，雙眼凝視著她，微笑吟道：「悠悠我心，豈無他人？唯君之故，沉吟至今！」黃蓉向他做個鬼臉，笑道：「我不用你討好，更加不用你思念。」歐陽克見到她這般可喜模樣，更是神魂飄蕩，一時說不出話來。

洪七公喝道：「你叔姪在西域橫行霸道，無人管你。來到中原也想如此，別做你的清秋大夢。瞧在你叔父面上，今日不來跟你一般見識，快給我走罷。」

歐陽克給他這般疾言厲色的訓了一頓，想要回嘴動手，自知不是對手，就此乖乖走開，卻是心有不甘，當下說道：「晚輩就此告辭。前輩這幾年中要是不生甚麼大病，不遇上甚麼災難，請到白駝山舍下來盤桓盤桓如何？」

洪七公笑道：「憑你這小子也配向我叫陣？老叫化從來不跟人訂甚麼約會。你叔父不怕我，我也不怕你叔父。我們二十年前早就好好較量過，大家是半斤八兩，不用再打。」突然臉一沉，喝道：「還不給我走得遠遠的！」

歐陽克又是一驚：「叔叔的武功我還學不到三成，此人這話看來不假，別當真招惱了他，惹個灰頭土臉。」當下不再作聲，將三名白衣男子的下頦分別推入了臼，眼睛向黃蓉一瞟，轉身退入松林。三名白衣男子怪聲呼嘯，驅趕青蛇，只是下頦疼痛，口中發出來的嘯聲不免夾上了些「咿咿啊啊」，模糊不清。羣蛇猶似一片細浪，湧入松林中去了，片刻間退得乾乾淨淨，只留下滿地亮晶晶的黏液。

黃蓉道：「七公，我從沒見過這許多蛇，是他們養的麼？」洪七公不即回答，從葫蘆裏骨嘟骨嘟的喝了幾口酒，用衣袖在額頭抹了一下汗，呼了口長氣，連說：「好險！好險！」郭靖和黃蓉齊問：「怎麼？」

洪七公道：「這些毒蛇雖然暫時被我阻攔了一下，要是真的攻將過來，這幾千幾萬條毒蛇猶似潮水一般，又那裏阻擋得住？幸好這幾個傢伙年輕不懂事，不知道老叫化的底細，給我一下子就嚇倒了。倘若老毒物親身來到，你們兩個娃娃可就慘了。」黃蓉道：「咱們擋不住，逃啊。」洪七公笑道：「老叫化雖不怕他，可是你們兩個娃娃想逃，又怎逃得出老毒物的手掌？」黃蓉道：「那人的叔叔是誰？這樣厲害。」洪七公道：「哈，他不厲害？『東邪、西毒、南帝、北丐、中神通』。你爹爹是東邪，那歐陽鋒便是西毒了。武功天下第一的王真人已經逝世，剩下我們四個大家半斤八兩，各有所忌。你爹爹厲害不厲害？我老叫化的本事也不小罷？」

黃蓉「嗯」了一聲，心下暗自琢磨，過了一會，說道：「我爹爹好好的，幹麼稱他『東邪』？這個外號，我不喜歡。」洪七公笑道：「你爹爹自己可挺喜歡呢。他這人古靈精怪，旁門左道，難道不是邪麼？要講武功，終究全真教是正宗，這個我老叫化是心服口服的。」向郭靖道：「你學過全真派的內功，是不是？」

郭靖道：「馬鈺馬道長傳過弟子兩年。」洪七公道：「這就是了，否則你短短一個多月，怎能把我的『降龍十八掌』練到這樣的功力。」

黃蓉又問：「那麼『南帝』是誰？」洪七公道：「南帝，自然是皇帝。」郭靖與黃蓉都感詫異。黃蓉道：「臨安的大宋皇帝？」洪七公哈哈大笑，說道：「臨安那皇帝小子的力氣，剛夠端起一隻金飯碗吃飯，兩隻碗便端不起了。不是大宋皇帝！那位『南帝』功夫之強，你爹爹和我都忌他三分，南火剋西金，他更是老毒物歐陽鋒的剋星。」郭靖與黃蓉聽得都不大了然，又見洪七公忽然呆呆出神，也就不敢多問。

洪七公望著天空，皺眉思索了好一陣，似乎心中有個極大難題，過了一會，轉身入店。只聽得嗤的一聲，他衣袖被門旁一隻小鐵釘掛住，撕破了一道大縫，黃蓉叫道：「啊！」洪七公卻茫如未覺。黃蓉道：「我給你補。」去向客店老闆娘借了針線，要來給他縫補衣袖上的裂口。

洪七公仍在出神，見黃蓉手中持針走近，突然一怔，夾手將針奪過，奔出門外。郭靖與黃蓉都感奇怪，跟著追出，只見他右手一揮，微光閃動，縫針已激射而出。

黃蓉的目光順著那針去路望落，只見縫針插在地下，已釘住了一隻蚱蜢，不由得拍手叫好。洪七公臉現喜色，說道：「行了，就是這樣。」郭靖與黃蓉怔怔的望著他。洪七公道：「歐陽鋒那老毒物素來喜愛飼養毒蛇毒蟲，這一大羣厲害的青蛇他都能指揮如意，可真不容易。」頓了一頓，說道：「我瞧這歐陽小子不是好東西，見了他叔父必要挑撥是非，咱倆老朋友要是遇上，老叫化非有一件剋制這些毒蛇的東西不可。」黃蓉拍手道：「你要用針將毒蛇一條條的釘在地下。」洪七公白了她一眼，微笑道：「你這女娃娃鬼靈精，人家說了上句，你就知道下句。」

黃蓉道：「你不是有藥麼？和了酒噴出去，那些毒蛇就不敢過來。」洪七公道：「這只能擋得一時。我要練一練『滿天花雨』的手法，瞧瞧這功夫用在鋼針上怎樣。幾千幾萬條毒蛇湧將過來，老叫化一條條的來釘，待得盡數釘死，十天半月的耗將下來，老叫化可也餓死了。」郭黃二人一齊大笑。黃蓉道：「我給你買針去。」說著奔向市鎮。洪七公搖頭嘆道：「靖兒，你怎不教她把聰明伶俐分一點兒給你？」郭靖道：「聰明伶俐？分不來的。」

過了一頓飯功夫，黃蓉從市鎮回來，在菜籃裏拿出兩大包衣針來，笑道：「這鎮上的縫衣針都給我搜清光啦，明兒這兒的男人都得給他們媳婦嘮叨個死。」郭靖道：「怎麼？」黃蓉道：「罵他們沒用啊！怎麼到鎮上連一口針也買不到。」洪七公哈哈大笑，說道：「究竟還是老叫化聰明，不娶媳婦兒，免得受娘兒們折磨。來，來，來，咱們練功夫去。你這兩個娃娃，不是想要老叫化傳授這套暗器手法，能有這麼起勁麼？」黃蓉一笑，跟在他的身後。

郭靖卻道：「七公，我不學啦。」洪七公奇道：「幹麼？」郭靖道：「你老人家教了我這許多功夫，我一時也練不了。」洪七公一怔，隨即會意，知他不肯貪多，自己已說過不能再教武功，這時遇上一件突兀之事因而不得不教，那麼承受的人不免有些因勢適會、乘機取巧的意思，點了點頭，拉了黃蓉的手道：「咱們練去。」郭靖自在後山練他新學的降龍十五掌，愈自究習，愈覺掌法中變化精微，似乎永遠體會不盡。

又過了十來天，黃蓉已學得了「滿天花雨擲金針」的竅要，一手揮出，十多枚衣針能同時中人要害，只是一手暗器要分打數人的功夫，卻還未能學會。

這一日洪七公一把縫衣針擲出，盡數釘在身前兩丈外地下，心下得意，仰天大笑，笑到中途突然止歇，仍是抬起了頭，呆呆思索，自言自語：「老毒物練這蛇陣是何用意？」

黃蓉道：「他武功既已這樣高強，要對付旁人，也用不著甚麼蛇陣了。」洪七公點頭道：「不錯，那自是用來對付東邪、南帝、和老叫化的。丐幫和全真教都是人多勢眾，南帝是帝皇之尊，手下官兵侍衛更是不計其數。你爹爹學問廣博，奇門遁甲，變化莫測，仗著地勢之便，一個人抵得數十人。那老毒物單打獨鬥，不輸於當世任何一人，但若是大夥兒一擁齊上，老毒物孤家寡人，那便不行了。」黃蓉道：「因此上他便養些毒物來作幫手。」洪七公嘆道：「我們叫化子捉蛇養蛇，本來也是吃飯本事，捉得十七八條蛇兒，晚上趕出去放牧，讓蛇兒自行捉蛤蟆田雞，已經是很不容易了。那知道老毒物竟有這門功夫，一趕便趕得幾千條，委實了不起。蓉兒，這門功夫定是花上老毒物無數時光心血，他可不是拿來玩兒的。」黃蓉道：「他這般處心積慮，自然不懷好意，幸好他姪兒不爭氣，為了賣弄本事，先洩了底。」洪七公點頭道：「不錯，這歐陽小子浮躁輕佻，不成氣候，老毒物不知另外還有傳人沒有？這些青蛇，當然不能萬里迢迢的從西域趕來，定是在左近山中收集的。說那歐陽小子賣弄本事，也未必盡然，多半他另有圖謀。」黃蓉道：「那一定不是好事。幸得這樣，讓咱們見到了，你老人家便預備下對付蛇陣的法子，將來不致給老毒物打個措手不及。」

洪七公沉吟道：「但若他纏住了我，使我騰不出手來擲針，卻趕了這成千成萬條毒蛇圍將上來，那怎麼辦？」黃蓉想了片刻，也覺沒有法子，說道：「那你老人家只好三十六著了！」洪七公笑道：「呸，沒出息！撒腿轉身，拔步便跑，那算是甚麼法子？」

隔了一會，黃蓉忽道：「這可想到了，我倒真的有個好法兒。」洪七公喜道：「甚麼法子？」黃蓉道：「你老人家只消時時把我們二人帶在身邊。遇上老毒物之時，你跟老毒物打，靖哥哥跟他姪兒打，我就將縫衣針一把又一把的擲出去殺蛇。只不過靖哥哥只學了『降龍十八缺三掌』，多半打不過那個笑嘻嘻的壞蛋。」洪七公瞪眼道：「你才是笑嘻嘻的小壞蛋，一心只想為你的靖哥哥騙我那三掌。憑郭靖這小子的人品心地，我傳齊他十八掌本來也沒甚麼。可是這麼一來，他豈不是成了老叫化的弟子？這人資質太笨，老叫化有了這樣的笨弟子，給人笑話，面上無光！」

黃蓉嘻嘻一笑，說道：「我買菜去啦！」知道這次是再也留洪七公不住了，與他分手在即，在市鎮上加意選購菜料，要特別精心的做幾味美餚來報答。她左手提了菜籃，緩步回店，右手不住向空虛擲，練習「滿天花雨」的手法。

將到客店，忽聽得鸞鈴聲響，大路上一匹青驄馬急馳而來，一個素裝女子騎在馬上，奔到店前，下馬進屋。黃蓉一看，正是楊鐵心的義女穆念慈，想起此女與郭靖有婚姻之約，心中一酸，站在路旁不禁呆呆出神。尋思：「這姑娘有甚麼好？靖哥哥的六個師父和全真派牛鼻子道士卻都逼他娶她為妻。」越想越惱，心道：「我去打她一頓出出氣。」

當下提了菜籃走進客店，只見穆念慈坐在一張方桌之旁，滿臉愁容，店伴正在問她要吃甚麼。穆念慈道：「你給煮一碗麵條，切四兩熟牛肉。」店伴答應著去了。黃蓉接口道：「熟牛肉有甚麼好吃？」

穆念慈抬頭見到黃蓉，不禁一怔，認得她便是在中都與郭靖一同出走的姑娘，忙站起身來，招呼道：「妹妹也到了這裏？請坐罷。」黃蓉道：「那些臭道士啦、矮胖子啦、髒書生啦，也都來了麼？」穆念慈道：「不，是我一個人，沒和丘道長他們在一起。」

黃蓉對丘處機等本也頗為忌憚，聽得只有她一人，登時喜形於色，笑咪咪的上下打量，只見她足登小靴，身上穿孝，鬢邊插了一朵白絨花，臉容比上次相見時已大為清減，但一副楚楚可憐的神態，似乎更見俏麗，又見她腰間插著一柄匕首，心念一動：「這是靖哥哥的父親與她父親給他們訂親之物。」當下說道：「姊姊，你那柄匕首請借給我看看。」

這匕首是包惜弱臨死時從身邊取出來的遺物，楊鐵心夫婦雙雙逝世，匕首就歸了穆念慈。這時她眼見黃蓉神色詭異，本待不與，但黃蓉伸出了手走到跟前，倒也無法推托，只得解下匕首，連鞘遞過。

黃蓉接過後先看劍柄，只見上面刻著「郭靖」兩字，心中一凜，暗道：「這是靖哥哥之物，怎能給她？」拔出鞘來，但覺寒氣撲面，暗讚一聲：「好劍！」還劍入鞘，往懷中一放，道：「我去還給靖哥哥。」

穆念慈怔道：「甚麼？」黃蓉道：「匕首柄上刻著『郭靖』兩字，自然是他的東西，我拿去還給他。」穆念慈怒道：「這是我父母唯一的遺物，怎能給你？快還我。」說著站起身來。黃蓉叫道：「有本事就來拿！」說著便奔出店門。她知洪七公在前面松林裏睡覺，郭靖在後面山塽裏練拳，當下向左奔去。穆念慈十分焦急，只怕她一騎上紅馬，再也追趕不上，大聲呼喚，飛步追來。

黃蓉繞了幾個彎，來到一排高高的槐樹之下，眼望四下無人，停了腳步，笑道：「你贏了我，馬上就還你。咱們來比劃比劃，不是比武招親，是比武奪劍。」穆念慈臉上一紅，說道：「妹妹，你別開玩笑。我見這匕首如見義父，你拿去幹麼？」

黃蓉臉一沉，喝道：「誰是你的妹妹？」身法如風，突然欺到穆念慈身旁，颼的就是一掌。穆念慈閃身欲躲，可是黃蓉家傳「落英神劍掌」變化精妙，拍拍兩下，脅下一陣劇痛，已是中了兩下。穆念慈大怒，向左竄出，回身飛拳打來，卻也迅猛之極。黃蓉叫道：「這是『逍遙遊』拳法，有甚麼希奇？」

穆念慈聽她叫破，不由得一驚，暗想：「這是洪七公當年傳我的獨門武功，她又怎會知道？」只見黃蓉左拳迴擊，右拳直攻，三記招數全是「逍遙遊」的拳路，更是驚訝，一躍縱出數步，叫道：「且住。這拳法是誰傳你的？」黃蓉笑道：「是我自己想出來的。這種粗淺功夫，有甚麼希罕？」語音甫畢，又是「逍遙遊」中的兩招「沿門托缽」和「見人伸手」，連綿而上。

穆念慈心中愈驚，以一招「四海遨遊」避過，問道：「你識得洪七公麼？」黃蓉笑道：「他是我的老朋友，當然識得。你用他教你的本事，我只用我自己的功夫，看我勝不勝得了你。」她咭咭咯咯的連笑帶說，出手卻是越來越快，已不再是「逍遙遊」拳法。

黃蓉的武藝是父親親授，原本就遠勝穆念慈，這次又經洪七公指點，更是精進，穆念慈那裏抵擋得住？這時要想捨卻匕首而轉身逃開，也已不能，只見對方左掌忽起，如一柄長劍般橫削而來，掌風虎虎，極為鋒銳，急忙側身閃避，忽覺後頸一麻，原來已被黃蓉用「蘭花拂穴手」拂中了後頸椎骨的「大椎穴」，這是人身手足三陽督脈之會，登時手足酸軟。黃蓉踏上半步，伸手又在她右腰下「志室穴」戳去，穆念慈立時栽倒。

黃蓉拔出匕首，嗤嗤嗤，向她左右臉蛋邊連刺十餘下，每一下都從頰邊擦過，間不逾寸。穆念慈閉目待死，只感臉上冷氣森森，卻不覺痛，睜開眼來，只見一匕首戳將下來，眼前青光一閃，那匕首已從耳旁滑過，大怒喝道：「你要殺便殺，何必戲弄？」黃蓉道：「我和你無仇無怨，幹麼要殺你？你只須依了我立一個誓，這便放你。」

穆念慈雖然不敵，一口氣卻無論如何不肯輸了，厲聲喝道：「你有種就把姑娘殺了，想要我出言哀求，乘早別做夢。」黃蓉嘆道：「這般美貌的一位大姑娘，年紀輕輕就死，實在可惜。」穆念慈閉住雙眼，給她來個充耳不聞。

隔了一會，黃蓉輕聲道：「靖哥哥是真心同我好的，你就是嫁了給他，他也不會喜歡你。」穆念慈睜開眼來，問道：「你說甚麼？」黃蓉道：「你不肯立誓也罷，反正他不會娶你，我知道的。」穆念慈奇道：「誰真心同你好？你說我要嫁誰？」黃蓉道：「靖哥哥啊，郭靖。」穆念慈道：「啊，是他。你要我立甚麼誓？」黃蓉道：「我要你立個重誓，不管怎樣，總是不嫁他。」穆念慈微微一笑，道：「你就是用刀架在我脖子裏，我也不能嫁他。」

黃蓉大喜，問道：「當真？為甚麼啊？」穆念慈道：「我義父雖有遺命，要將我許配給郭世兄，其實……其實……」放低了聲音說道：「義父臨終之時，神智胡塗了，他忘了早已將我許配給旁人了啊。」

黃蓉喜道：「啊，真對不住，我錯怪了你。」忙替她解開穴道，並給她按摩手足上麻木之處，同時又問：「姊姊，你已許配給了誰？」

穆念慈紅暈雙頰，輕聲道：「這人你也見過的。」黃蓉側了頭想了一陣，道：「我見過的？那裏還有甚麼男子，配得上姊姊你這般人材？」穆念慈笑道：「天下男子之中，就只你的靖哥哥一個最好了？」

黃蓉笑問：「姊姊，你不肯嫁他，是嫌他太笨麼？」穆念慈道：「郭世兄那裏笨了？他天性淳厚，俠義為懷，我是佩服得緊的。他對我爹爹、對我都很好。當日他為了我的事而打抱不平，不顧自己性命，我實在感激得很。這等男子，原是世間少有。」

黃蓉心裏又急了，忙問：「怎麼你說就是刀子架在脖子裏，也不能嫁他？」

穆念慈見她問得天真，又是一往情深，握住了她手，緩緩說道：「妹子，你心中已有了郭世兄，將來就算遇到比他人品再好千倍萬倍的人，也不能再移愛旁人，是不是？」黃蓉點頭道：「那自然，不過不會有比他更好的人。」穆念慈笑道：「郭世兄要是聽到你這般誇他，心中可不知有多喜歡了……那天爹爹帶了我在北京比武招親，有人打勝了我……」黃蓉搶著道：「啊，我知道啦，你的心上人是小王爺完顏康。」

穆念慈道：「他是王爺也好，是乞兒也好，我心中總是有了他。他是好人也罷，壞蛋也罷，我總是他的人了。」她這幾句話說得很輕，但語氣卻十分堅決。黃蓉點了點頭，細細體會她這幾句話，只覺自己對郭靖的心思也是如此，穆念慈便如是代自己說出了心中的話一般。兩人雙手互握，並肩坐在槐樹之下，霎時間只覺心意相通，十分投機。

黃蓉想了一下，將匕首還給她，道：「姊姊，還你。」穆念慈不接，道：「這是你靖哥哥的，該歸你所有。匕首上刻著郭世兄的名字，我每天……每天帶在身邊，那也不好。」

黃蓉大喜，將匕首放入懷中，說道：「姊姊，你真好。」要待回送她一件甚麼貴重的禮物，一時卻想不起來，問道：「姊姊，你一人南來有甚麼事？可要妹子幫你麼？」穆念慈臉上一紅，低頭道：「那也沒甚麼要緊事。」黃蓉道：「那麼我帶你去見七公去。」穆念慈喜道：「七公在這裏？」

黃蓉點點頭，牽了她手站起來，忽聽頭頂樹枝微微一響，跌下一片樹皮來，只見一個人影從一棵棵槐樹頂上連續躍過，轉眼不見，瞧背影正是洪七公。

黃蓉拾起樹皮一看，上面用針劃著幾行字：「兩個女娃這樣很好。蓉兒再敢胡鬧，七公打你老大耳括子。」下面沒有署名，只劃了一個葫蘆。黃蓉知是七公所書，不由得臉上一紅，心想剛才我打倒穆姊姊要她立誓，可都讓七公瞧見啦。

兩人來到松林，果已不見洪七公的蹤影。郭靖卻已回到店內。他見穆念慈忽與黃蓉攜手而來，大感詫異，忙問：「穆世姊，你可見到我的師父們麼？」穆念慈道：「我與尊師們一起從中都南下，回到山東，分手後就沒再見過。」郭靖道：「我師父們都好罷？」穆念慈微笑道：「郭世兄放心，他們並沒給你氣死。」

郭靖很是不安，心想幾位師父定是氣得厲害，登時茶飯無心，呆呆出神。穆念慈卻向黃蓉詢問怎樣遇到洪七公的事。

黃蓉一一說了。穆念慈嘆道：「妹子你就這麼好福氣，跟他老人家聚了這麼久，我想再見他一面也不可得。」黃蓉安慰她道：「他暗中護著你呢，剛才要是我真的傷你，他老人家難道會不出手救你麼？」穆念慈點頭稱是。

郭靖奇道：「蓉兒，甚麼你真的傷了穆世姊？」黃蓉忙道：「這個可不能說。」穆念慈笑道：「她怕……怕我……」說到這裏，卻也有點害羞。

黃蓉伸手到她腋下呵癢，笑道：「你敢不敢說？」穆念慈伸了伸舌頭，搖頭道：「我怎麼敢？要不要我立個誓？」黃蓉啐了她一口，想起剛才逼她立誓不嫁郭靖之事，不禁暈紅了雙頰。郭靖見她兩人相互間神情親密，也感高興。

吃過飯後，三人到松林中散步閒談，黃蓉問起穆念慈怎樣得洪七公傳授武藝之事。穆念慈道：「那時候我年紀還小，有一日跟了爹爹去到汴梁。我們住在客店裏，我在店門口玩兒，看到兩個乞丐躺在地下，身上給人砍得血淋淋的，很是可怕。大家都嫌髒，沒人肯理他們……」黃蓉接口道：「啊，是啦，你一定好心，給他們治傷。」

穆念慈道：「我也不會治甚麼傷，只是見著可憐，扶他們到我和爹爹的房裏，給他們洗乾淨創口，用布包好。後來爹爹從外面回來，說我這樣幹很好，還嘆了幾口氣，說他從前的妻子也是這樣好心腸。爹給了他們幾兩銀子養傷，他們謝了去了。過了幾個月，我們到了信陽州，忽然又遇到那兩個乞丐，那時他們傷勢已全好啦，引我到一所破廟去，見到了洪七公老人家。他誇獎我幾句，教了我那套逍遙遊拳法，教了三天教會了。第四天上我再上那破廟去，他老人家已經走啦，以後就始終沒見到他過。」

黃蓉道：「七公教的本事，他老人家不許我們另傳別人。我爹爹教的武功，姊姊你要是願學，咱們就在這裏耽十天半月，我教給你幾套。」她既知穆念慈決意不嫁郭靖，壓在心頭的一塊大石登時落地，覺得這位穆姊姊真是大大的好人，又得她贈送匕首，只盼能對她有所報答。穆念慈道：「多謝妹子好意，只是現下我有一件急事要辦，抽不出空，將來嘛，妹子就算不說教我，我也是會來求你的。」黃蓉本想問她有甚麼急事，但瞧她神色，此事顯是既不欲人知，也不願多談，當下縮口不問，心想：「她模樣兒溫文靦腆，心中的主意可拿得真定。她不願說的事，總是問不出來的。」

午後未時前後，穆念慈匆匆出店，傍晚方回。黃蓉見她臉有喜色，只當不知。用過晚飯之後，二女同室而居。黃蓉先上了炕，偷眼看她以手支頤，在燈下呆呆出神，似是滿腹心事，於是閉上了眼，假裝睡著。過了一陣，只見她從隨身的小包裹中取出一塊東西來，輕輕在嘴邊親了親，拿在手裏怔怔的瞧著，滿臉是溫柔的神色。黃蓉從她背後望去，見是一塊繡帕模樣的緞子，上面用彩線繡著甚麼花樣。突然間穆念慈急速轉身，揮繡帕在空中一揚，黃蓉嚇得連忙閉眼，心中突突亂跳。

只聽得房中微微風響，她眼睜一線，卻見穆念慈在炕前迴旋來去，虛擬出招，繡帕卻已套在臂上，原來是半截撕下來的衣袖。她斗然而悟：「那日她與小王爺比武，這是從他錦袍上扯下的。」但見穆念慈嘴角邊帶著微笑，想是在回思當日的情景，時而輕輕踢出一腳，隔了片刻又打出一拳，有時又眉毛上揚、衣袖輕拂，儼然是完顏康那副又輕薄又傲慢的神氣。她這般陶醉了好一陣子，走向炕邊。

黃蓉雙目緊閉，知道她是在凝望著自己，過了一會，只聽得她嘆道：「你好美啊！」突然轉身，開了房門，衣襟帶風，已越牆而出。

黃蓉好奇心起，急忙跟出，見她向西疾奔，當下展開輕功跟隨而去。她武功遠在穆念慈之上，不多時已然追上，相距十餘丈時放慢腳步，以防被她發覺。只見她直奔市鎮，入鎮後躍上屋頂，四下張望，隨即撲向南首一座高樓。

黃蓉日日上鎮買菜，知是當地首富蔣家的宅第，心想：「多半穆姊姊沒銀子使了，來找些零錢。」轉念甫畢，兩人已一前一後的來到蔣宅之旁。

黃蓉見那宅第門口好生明亮，大門前掛著兩盞大紅燈籠，燈籠上寫著「大金國欽使」五個扁扁的金字，燈籠下四名金兵手持腰刀，守在門口。她曾多次經過這所宅第，卻從未見過這般情狀，心想：「她要盜大金國欽使的金銀，那可好得很啊，待她先拿，我也來跟著順手發財。」當下跟著穆念慈繞到後院，一齊靜候片刻，又跟著她躍進牆去，裏面是座花園，見她在花木假山之間躲躲閃閃的向前尋路，便亦步亦趨的跟隨在後。只見東邊廂房中透出燭光，紙窗上映出一個男子的黑影，似在房中踱來踱去。

穆念慈緩緩走近，雙目盯住這個黑影，凝立不動。過了良久，房中那人仍在來回踱步，穆念慈也仍是呆望著黑影出神。

黃蓉可不耐煩了，暗道：「穆姊姊做事這般不爽快，闖進去點了他的穴道便是，多瞧他幹麼？」當下繞到廂房的另一面，心道：「我給她代勞罷，將這人點倒之後自己躲了起來，叫她大吃一驚。」正待揭窗而入，忽聽得廂房門呀的一聲開了，一人走進房去，說道：「稟報大人，剛才驛馬送來稟帖，南朝迎接欽使的段指揮使明後天就到。」裏面那人點點頭，「嗯」了一聲，稟告的人又出去了。

黃蓉心道：「原來房裏這人便是金國欽使，那麼穆姊姊必是另有圖謀，倒不是為了盜銀劫物，我可不能魯莽了。」用手指甲沾了點唾沫，在最低一格的窗紙上沾濕一痕，刺破一條細縫，湊右眼往內一張，竟然大出意料之外，原來裏面那男子錦袍金冠，正是小王爺完顏康。只見他手中拿著一條黑黝黝之物，不住撫摸，來回走動，眼望屋頂，似是滿腹心事，等他走近燭火時，黃蓉看得清楚，他手中握著的卻是一截鐵槍的槍頭，槍尖已起鐵鏽，槍頭下連著尺來長的折斷槍桿。

黃蓉不知這斷槍頭是他生父楊鐵心的遺物，只道與穆念慈有關，暗暗好笑：「你兩人一個揮舞衣袖出神，一個撫摸槍頭相思，難道咫尺之間，竟是相隔猶如天涯麼？」不由得咯的一聲，笑了出來。

完顏康立時驚覺，手一揮，搧滅了燭光，喝問：「是誰？」

這時黃蓉已搶到穆念慈身後，雙手成圈，左掌自外向右，右掌自上而下，一抄一帶，雖然使力甚輕，但雙手都落在穆念慈要穴所在，登時使她動彈不得，這是七十二把擒拿手中的逆拿之法，穆念慈待要抵禦，已自不及。黃蓉笑道：「姊姊別慌，我送你見心上人去。」

完顏康打開房門，正要搶出，只聽一個女子聲音笑道：「是你心上人來啦，快接著。」完顏康問道：「甚麼？」一個溫香柔軟的身體已抱在手裏，剛呆一呆，頭先說話的那女子已躍上牆頭，笑道：「姊姊，你怎麼謝我？」只聽得銀鈴般的笑聲逐漸遠去，懷中的女子也已掙扎下地。

完顏康大惑不解，只怕她傷害自己，急退幾步，問道：「是誰？」穆念慈低聲道：「你還記得我麼？」完顏康依稀認得她聲音，驚道：「是……是穆姑娘？」穆念慈道：「不錯，是我。」完顏康道：「還有誰跟你同來？」穆念慈道：「剛才是我那個淘氣的朋友，我也不知她竟偷偷的跟了來。」

完顏康走進房中，點亮了燭火，道：「請進來。」穆念慈低頭進房，挨在一張椅子上坐了，垂頭不語，心中突突亂跳。

完顏康在燭光下見到她一副又驚又喜的神色，臉上白裏泛紅，少女羞態十分可愛，不禁怦然心動，柔聲道：「你深夜來找我有甚麼事？」穆念慈低頭不答。完顏康想起親生父母的慘死，對她油然而生憐惜之念，輕聲道：「你爹爹已亡故了，你以後便住在我家罷，我會當你親妹子一般看待。」穆念慈低著頭道：「我是爹爹的義女，不是他親生的……」

完顏康恍然而悟：「她是對我說，我們兩人之間並無血統淵源。」伸手去握住她的右手，微微一笑。穆念慈滿臉通紅，輕輕一掙沒掙脫，也就任他握著，頭卻垂得更低了。完顏康心中一蕩，伸出左臂去摟住了她的肩膀，在她耳邊低聲道：「這是我第三次抱你啦。第一次在比武場中，第二次剛才在房門外頭。只有現今這一次，才只咱倆在一起，沒第三個人在旁。」穆念慈「嗯」了一聲，心裏感到甜美舒暢，實是生平第一遭經歷。

完顏康聞到她的幽幽少女香氣，又感到她身子微顫，也不覺心魂俱醉，過了一會，低聲道：「你怎會找到我的？」穆念慈道：「我從京裏一直跟你到這裏，晚晚都望著你窗上的影子，就是不敢……」

完顏康聽她深情如斯，大為感動，低下頭去，在她臉頰上吻了一吻，嘴唇所觸之處，猶如火燙，登時情熱如沸，緊緊摟住了她，深深長吻，過了良久，方才放開。

穆念慈低聲道：「我沒爹沒娘，你別……別拋棄我。」完顏康將她摟在懷裏，緩緩撫摸著她的秀髮，說道：「你放心！我永遠是你的人，你永遠是我的人，好不好？」穆念慈滿心歡悅，抬起頭來，仰望著完顏康的雙目，點了點頭。

完顏康見她雙頰暈紅，眼波流動，那裏還把持得住，吐一口氣，吹滅了燭火，抱起她走向床邊，橫放在床，左手摟住了，右手就去解她衣帶。

穆念慈本已如醉如癡，這時他火熱的手撫摸到自己肌膚，驀地驚覺，用力掙脫了他的懷抱，滾到裏床，低聲道：「不，不能這樣。」完顏康又抱住了她，道：「我一定會娶你，將來如我負心，教我亂刀分屍，不得好死。」穆念慈伸手按住他嘴，道：「別立誓，我信得你。」完顏康緊緊摟住了她，顫聲道：「那麼你就依我。」穆念慈央求道：「別……別……」完顏康情熱如火，強去解她衣帶。

穆念慈雙手向外格出，使上了五成真力。完顏康那料到她會在這當兒使起武功來，雙手登時被她格開。穆念慈躍下地來，搶過桌上的鐵槍槍頭，對準了自己胸膛，垂淚道：「你再逼我，我就死在你面前。」

完顏康滿腔情欲立時化為冰冷，說道：「有話好好的說，何必這樣？」

穆念慈道：「我雖是個飄泊江湖的貧家女子，可不是低三下四、不知自愛之人。你如真心愛我，須當敬我重我。我此生決無別念，就是鋼刀架頸，也決意跟定了你。將來……將來如有洞房花燭之日，自然……自能如你所願。但今日你若想輕賤於我，有死而已。」這幾句話雖說得極低，但斬釘截鐵，沒絲毫猶疑。

完顏康暗暗起敬，說道：「妹子你別生氣，是我的不是。」當即下床，點亮了燭火。

穆念慈聽他認錯，心腸當即軟了，說道：「我在臨安府牛家村我義父的故居等你，隨你甚麼時候……央媒前來。」頓了一頓，低聲道：「你一世不來，我等你一輩子罷啦。」這時完顏康對她又敬又愛，忙道：「妹子不必多疑，我公事了結之後，自當儘快前來親迎。此生此世，決不相負。」

穆念慈嫣然一笑，轉身出門。完顏康叫道：「妹子別走，咱們再說一會話兒。」穆念慈回頭揮了揮手，足不停步的走了。

完顏康目送她越牆而出，怔怔出神，但見風拂樹梢，數星在天，回進房來，鐵槍上淚水未乾，枕衾間溫香猶在，回想適才之事，真似一夢。只見被上遺有幾莖秀髮，是她先前掙扎時落下來的，完顏康撿了起來，放入了荷包。他初時與她比武，原係一時輕薄好事，絕無締姻之念，那知她竟從京裏一路跟隨自己，每晚在窗外瞧著自己影子，如此款款深情，不由得大為所感，而她持身清白，更是令人生敬，不由得一時微笑，一時歎息，在燈下反覆思念，顛倒不已。

第十三回

五湖廢人

太湖羣盜的船隊與官船漸漸駛近，一會兒叫罵聲、呼叱聲、兵刃相交聲、身子落水聲，不斷從遠處隱隱傳來。又過一會，官船火起，烈燄沖天，映得湖水都紅了。

黃蓉回到客店安睡，自覺做了一件好事，心中大為得意，一宵甜睡，次晨對郭靖說了。郭靖本為這事出過許多力氣，當日和完顏康打得頭破血流，便是硬要他和穆念慈成親，這時聽得他二人兩情和諧，心下也甚高興，更高興的是，丘處機與江南六怪從今而後，再也無法逼迫自己娶穆念慈為妻了。兩人在客店中談談講講，吃過中飯，穆念慈仍未回來。黃蓉笑道：「不用等她了，咱們去罷。」回房換了男裝。

兩人到市鎮去買了一匹健驢代步，繞到那蔣家宅第門前，見門前「大金國欽使」的燈籠等物已自撤去，想是完顏康已經啓程，穆念慈自也和他同去了。

兩人沿途遊山玩水，沿著運河南下，這一日來到宜興。那是天下聞名的陶都，青山綠水之間掩映著一堆堆紫砂陶坯，另有一番景色。

更向東行，不久到了太湖邊上。那太湖襟帶三州，東南之水皆歸於此，周行五百里，古稱五湖。郭靖從未見過如此大水，與黃蓉攜手立在湖邊，只見長天遠波，放眼皆碧，七十二峯蒼翠，挺立於三萬六千頃波濤之中，不禁仰天大叫，極感喜樂。

黃蓉道：「咱們到湖裏玩去。」找到湖畔一個漁村，將驢馬寄放在漁家，借了一條小船，盪槳划入湖中。離岸漸遠，四望空闊，真是莫知天地之在湖海，湖海之在天地。

黃蓉的衣襟頭髮在風中微微擺動，笑道：「從前范大夫載西施泛於五湖，真是聰明，老死在這裏，豈不強於做那勞什子的官麼？」郭靖不知范大夫的典故，道：「蓉兒，你講這故事給我聽。」黃蓉於是將范蠡怎麼助越王勾踐報仇復國、怎樣功成身退而與西施歸隱於太湖的故事說了，又述說伍子胥與文種卻如何分別為吳王、越王所殺。

郭靖聽得發了獃，出了一會神，說道：「范蠡當然聰明，但像伍子胥與文種那樣，到死還是為國盡忠，那是更加不易了。」黃蓉微笑：「不錯，這叫做『國有道，不變塞焉，強者矯；國無道，至死不變，強者矯。』」郭靖問道：「這兩句話是甚麼意思？」黃蓉道：「國家政局清明，你做了大官，但不變從前的操守；國家朝政腐敗，你寧可殺身成仁，也不肯虧了氣節，這才是響噹噹的好男兒大丈夫。」郭靖連連點頭，道：「蓉兒，你怎想得出這麼好的道理出來？」黃蓉笑道：「啊喲，我想得出，那不變了聖人？這是孔夫子的話。我小時候爹爹教我讀的。」郭靖嘆道：「有許許多多事情我老是想不通，要是多讀些書，知道聖人說過的道理，一定就會明白啦。」

黃蓉道：「那也不盡然。我爹爹常說，大聖人的話，有許多是全然不通的。我見爹爹讀書之時，常說：『不對，不對，胡說八道，豈有此理！』有時說：『大聖人，放狗屁！』」郭靖聽得笑了起來。黃蓉又道：「我花了不少時候去讀書，這當兒卻在懊悔呢，我若不是樣樣都想學，磨著爹爹教我讀書畫畫、奇門算數諸般玩意兒，要是一直專心學武，那咱們還怕甚麼梅超風、梁老怪呢？不過也不要緊，靖哥哥，你學會了七公的『降龍十八缺三掌』之後，也不怕那梁老怪了。」郭靖搖頭道：「我自己想想，多半還是不成。」黃蓉笑道：「可惜七公說走便走，否則的話，我把他的打狗棒兒偷偷藏了起來，要他教了你那餘下的三掌，才把棒兒還他。」郭靖忙道：「使不得，使不得。我能學得這十五掌，早已心滿意足，怎能跟七公他老人家這般胡鬧？」

兩人談談說說，不再划槳，任由小舟隨風飄行，不覺已離岸十餘里，只見數十丈外一葉扁舟停在湖中，一個漁人坐在船頭垂釣，船尾有個小童。黃蓉指著那漁舟道：「煙波浩淼，一竿獨釣，真像是一幅水墨山水一般。」郭靖問道：「甚麼叫水墨山水？」黃蓉道：「那便是只用黑墨，不著顏色的圖畫。」郭靖放眼但見山青水綠，天藍雲蒼，夕陽橙黃，晚霞桃紅，就只沒有黑墨般的顏色，搖了搖頭，茫然不解其所指。

黃蓉與郭靖說了一陣子話，回過頭來，見那漁人仍是端端正正的坐在船頭，釣竿釣絲都是紋絲不動。黃蓉笑道：「這人耐心倒好。」

一陣輕風吹來，水波泊泊的打在船頭，黃蓉隨手盪槳，唱起歌來：「放船千里凌波去，略為吳山留顧。雲屯水府，濤隨神女，九江東注。北客翩然，壯心偏感，年華將暮。念伊蒿舊隱，巢由故友，南柯夢，遽如許！」唱到後來，聲音漸轉淒切，這是一首「水龍吟」詞，抒寫水上泛舟的情懷。她唱了上半闋，歇得一歇。

郭靖見她眼中隱隱似有淚光，正要她解說歌中之意，忽然湖上飄來一陣蒼涼的歌聲，曲調和黃蓉所唱的一模一樣，正是這首「水龍吟」的下半闋：「回首妖氛未掃，問人間英雄何處？奇謀復國，可憐無用，塵昏白扇。鐵鎖橫江，錦帆衝浪，孫郎良苦。但愁敲桂櫂，悲吟梁父，淚流如雨。」遠遠望去，唱歌的正是那個垂釣的漁父。歌聲激昂排宕，甚有氣概。

郭靖也不懂二人唱些甚麼，只覺倒也都很好聽。黃蓉聽著歌聲，卻呆呆出神。郭靖問道：「怎麼？」黃蓉道：「這是我爹爹平日常唱的曲子，想不到湖上的一個漁翁竟也會唱。咱們瞧瞧去。」兩人划槳過去，只見那漁人也收了釣竿，將船划來。

兩船相距數丈時，那漁人道：「湖上喜遇佳客，請過來共飲一杯如何？」黃蓉聽他吐屬風雅，更是暗暗稱奇，答道：「只怕打擾長者。」那漁人笑道：「嘉賓難逢，大湖之上萍水邂逅，更足暢人胸懷，快請過來。」數槳一扳，兩船已經靠近。

黃蓉與郭靖將小船繫在漁舟船尾，然後跨上漁舟船頭，與那漁人作揖見禮。那漁人坐著還禮，說道：「請坐。在下腿上有病，不能起立，請兩位恕罪。」郭靖與黃蓉齊道：「不必客氣。」兩人在漁舟中坐下，打量那漁翁時，見他約莫四十左右年紀，臉色枯瘦，似乎身患重病，身材甚高，坐著比郭靖高出了半個頭。船尾一個小童在煽爐煮酒。

黃蓉說道：「這位哥哥姓郭。晚輩姓黃，一時興起，在湖中放肆高歌，未免有擾長者雅興了。」那漁人笑道：「得聆清音，胸間塵俗頓消。在下姓陸。兩位小哥今日可是初次來太湖遊覽嗎？」郭靖道：「正是。」那漁人命小童取出下酒菜餚，斟酒勸客。四碟小菜雖不及黃蓉所製，味道也殊不俗，酒杯菜碟並皆精潔，宛然是豪門巨室之物。

三人對飲了兩杯。那漁人道：「適才小哥所歌的那首『水龍吟』情致鬱勃，實是絕妙好詞。小哥年紀輕輕，居然能領會詞中深意，也真難得。」黃蓉聽他說話老氣橫秋，微微一笑，說道：「宋室南渡之後，詞人墨客，無一不有家國之悲。」那漁人點頭稱是。黃蓉道：「張于湖的『六洲歌頭』中言道：『聞道中原，遺老常南望，翠葆霓旌。使行人到此，忠憤氣填膺，有淚如傾。』也正是這個意思呢。」那漁人拍几高唱：「使行人到此，忠憤氣填膺，有淚如傾。」連斟三杯酒，杯杯飲乾。

兩人談起詩詞，甚是投機。其實黃蓉小小年紀，又有甚麼家國之悲？至於詞中深意，更是難以體會，只不過從前聽父親說過，這時便搬述出來，言語中見解精到，頗具雅量高致，那漁人不住擊桌讚賞。郭靖在一旁聽著，全然不知所云。見那漁人佩服黃蓉，心下自是喜歡。又談了一會，眼見暮靄蒼蒼，湖上煙霧更濃。

那漁人道：「舍下就在湖濱，不揣冒昧，想請兩位去盤桓數日。」黃蓉道：「靖哥哥，怎樣？」郭靖還未回答，那漁人道：「寒舍附近頗有峯巒之勝，兩位反正是遊山玩水，務請勿卻。」郭靖見他說得誠懇，便道：「蓉兒，那麼咱們就打擾陸先生了。」那漁人大喜，命僮兒划船回去。

到得湖岸，郭靖道：「我們先去還了船，還有兩匹坐騎寄在那邊。」那漁人微笑道：「這裏一帶朋友都識得在下，這些事讓他去辦就是。」說著向那僮兒一指。郭靖道：「小可坐騎性子很劣，還是小可親自去牽的好。」那漁人道：「既是如此，在下在寒舍恭候大駕。」說罷划槳盪水，一葉扁舟消失在垂柳深處。

那僮兒跟著郭靖黃蓉去還船取馬，行了里許，向湖畔一家人家取了一艘大船，牽了驢馬入船，請郭黃二人都上船坐了。六名壯健船夫一齊扳槳，在湖中行了數里，來到一個水洲之前。在青石砌的碼頭上停泊。上得岸來，只見前面樓閣紆連，竟是好大一座莊院，過了一道大石橋，來到莊前。郭黃兩人對望了一眼，想不到這漁人所居竟是這般宏偉的巨宅。

兩人未到門口，只見一個二十來歲的後生過來相迎，身後跟著五六名從僕。那後生道：「家父命小姪在此恭候多時。」郭黃二人拱手謙謝，見他身穿熟羅長袍，面目與那漁人依稀相似，只是背厚膀寬，軀體壯健。郭靖道：「請教陸兄大號。」那後生道：「小姪賤字冠英，請兩位直斥名字就是。」黃蓉道：「這那裏敢當？」三人一面說話，一面走進內廳。

郭靖與黃蓉見莊內陳設華美，彫梁畫棟，極窮巧思，比諸北方質樸雄大的莊院另是一番氣象。黃蓉一路看著莊中的道路布置，臉上微現詫異。

過了三進庭院，來到後廳，只聽那漁人隔著屏風叫道：「快請進，快請進。」陸冠英道：「家父腿上不便，在東書房恭候。」三人轉過屏風，只見書房門大開，那漁人坐在房內榻上。這時他已不作漁人打扮，穿著儒生衣巾，手裏拿著一柄潔白的鵝毛扇，笑吟吟的拱手。郭黃二人入內坐下，陸冠英卻不敢坐，站在一旁。

黃蓉見書房中琳瑯滿目，全是詩書典籍，几上桌上擺著許多銅器玉器，看來盡是古物，壁上掛著一幅水墨畫，畫的是一個中年書生在月明之夜中庭佇立，手按劍柄，仰天長吁，神情寂寞。左上角題著一首詞：

「昨夜寒蛩不住鳴。驚回千里夢，已三更。起來獨自遶階行。人悄悄，簾外月朧明。
白首為功名。舊山松竹老，阻歸程。欲將心事付瑤箏，知音少，絃斷有誰聽？」

這詞黃蓉曾由父親教過，知道是岳飛所作的「小重山」，又見下款寫著「五湖廢人病中塗鴉」八字，想來這「五湖廢人」必是那莊主的別號了。但見書法與圖畫中的筆致波磔森森，如劍如戟，豈但力透紙背，直欲破紙飛出一般。

陸莊主見黃蓉細觀圖畫，問道：「老弟，這幅畫怎樣，請你品題品題。」黃蓉道：「小可斗膽亂說，莊主別怪。」陸莊主道：「老弟但說不妨。」黃蓉道：「莊主這幅圖畫，寫出了岳武穆作這首『小重山』詞時壯志難伸、彷徨無計的心情。只不過岳武穆雄心壯志，乃是為國為民，『白首為功名』這一句話，或許是避嫌養晦之意。當年朝中君臣都想與金人議和，岳飛力持不可，只可惜無人聽他的。『知音少，絃斷有誰聽？』這兩句，據說是指此事而言，那是一番無可奈何的心情，卻不是公然要和朝廷作對。莊主作畫寫字之時，卻似是一腔憤激，滿腹委曲，筆力固然雄健之極，但是鋒芒畢露，像是要與大仇人拚個你死我活一般，只恐與岳武穆憂國傷時的原意略有不合。小可曾聽人說，書畫筆墨若是過求有力，少了圓渾蘊藉之意，似乎尚未能說是極高的境界。」

陸莊主聽了這番話，一聲長嘆，神色淒然，半晌不語。

黃蓉見他神情有異，心想：「我這番話可說得直率了，只怕已得罪了他。但爹爹教這首『小重山』和書畫之道時，確是這般解說的。」便道：「小可年幼無知，胡言亂道，尚請莊主恕罪。」

陸莊主一怔，隨即臉露喜色，歡然道：「黃老弟說那裏話來？我這番心情，今日才被你看破，老弟真可說得是我生平第一知己。至於筆墨過於劍拔弩張，更是我改不過來的大毛病。承老弟指教，甚是甚是。」回頭對兒子道：「快命人整治酒席。」郭靖與黃蓉連忙辭謝，道：「不必費神。」陸冠英早出房去了。

陸莊主道：「老弟鑒賞如此之精，想是家學淵源，令尊必是名宿大儒了，不知名諱如何稱呼。」黃蓉道：「小可懂得甚麼，蒙莊主如此稱許。家父在鄉村設帳授徒，沒沒無名。」陸莊主嘆道：「才人不遇，古今同慨。」

酒筵過後，回到書房小坐，又談片刻，陸莊主道：「這裏張公、善卷二洞，乃天下奇景，二位不妨在敝處小住數日，慢慢觀賞。天已不早，兩位要休息了罷？」

郭靖與黃蓉站起身來告辭。黃蓉正要出房，猛一抬頭，忽見書房門楣之上釘著八片鐵片，排作八卦形狀，卻又不似尋常的八卦那麼排得整齊，疏疏落落，歪斜不稱。她心下一驚，當下不動聲色，隨著莊丁來到了客房之中。

客房中陳設精雅，兩床相對，枕衾雅潔。莊丁送上香茗後，說道：「二位爺台要甚麼，一拉床邊這繩鈴，我們就會過來。二位晚上千萬別出去。」說罷退了出去，輕輕掩上了門。

黃蓉低聲問道：「你瞧這地方有甚麼蹊蹺？他幹麼叫咱們晚上千萬別出去？」郭靖道：「這莊子好大，莊裏的路繞來繞去，也許是怕咱們迷了路。」黃蓉微笑道：「這莊子可造得古怪。你瞧這陸莊主是何等樣人物？」郭靖道：「是個退隱的大官罷？」黃蓉搖頭道：「這人必定會武，而且還是高手，你見到了他書房中的鐵八卦麼？」郭靖道：「鐵八卦？那是甚麼？」黃蓉道：「那是用來練劈空掌的傢伙。爹爹教過我這套掌法，我嫌氣悶，練不到一個月便擱下了，真想不到又會在這裏見到。」

郭靖道：「這陸莊主對咱們決無歹意，他既不說，咱們只當不知就是。」黃蓉點頭一笑，揮掌向著燭台虛劈，嗤的一聲，燭火應手而滅。

郭靖低讚一聲：「好掌法！」問道：「這就是劈空掌麼？」黃蓉笑道：「我就只練到這樣，鬧著玩還可以，要打人可全無用處。」

睡到半夜，忽然遠處傳來嗚嗚之聲，郭靖和黃蓉都驚醒了，側耳聽去，似是有人在吹海螺，過了一陣，嗚嗚之聲又響了起來，此起彼和，並非一人，吹螺之人相距甚遠，顯然是在招呼應答。黃蓉低聲道：「瞧瞧去。」郭靖道：「別出去惹事罷。」黃蓉道：「誰說惹事了？我是說瞧瞧去。」

兩人輕輕推開窗子，向外望去，只見庭院中許多人打著燈籠，還有好些人來來去去，不知忙些甚麼。黃蓉抬起頭來，只見屋頂上黑黝黝的有三四個人蹲在那裏，燈籠移動時亮光一閃，這些人手中的兵刃射出光來。等了一陣，只見眾人都向莊外走去，黃蓉好奇心起，拉著郭靖繞到西窗邊，見窗外無人，便輕輕躍出，屋頂之人並未知覺。

黃蓉向郭靖打個手勢，反向後行，莊中道路東轉西繞，曲曲折折，尤奇的是轉彎處的欄干亭榭全然一模一樣，幾下一轉，那裏還分辨得出東西南北？黃蓉卻如到了自己家裏，毫不遲疑的疾走，有時眼前明明無路，她在假山裏一鑽，花叢旁一繞，竟又轉到了迴廊之中。有時似已到了盡頭，那知屏風背面、大樹後邊卻是另有幽境。當路大開的月洞門她偏偏不走，卻去推開牆上一扇全無形跡可尋的門戶。

郭靖愈走愈奇，低聲問道：「蓉兒，這莊子的道路真古怪，你怎認得？」黃蓉打手勢叫他噤聲，又轉了七八個彎，來到後院的圍牆邊。黃蓉察看地勢，扳著手指默默算了幾遍，在地下踏著腳步數步子，郭靖聽她低聲唸著：「震一、屯三、頤五、復七、坤……」更不懂是甚麼意思。黃蓉邊數邊行，數到一處停了腳步，說道：「只有這裏可出去，另外地方全有機關。」說著便躍上牆頭，郭靖跟著她躍出牆去。黃蓉才道：「這莊子是按著伏羲六十四卦方位造的。這些奇門八卦之術，我爹爹最是拿手。陸莊主難得到旁人，可難不了我。」言下甚是得意。

兩人攀上莊後小丘，向東望去，只見一行人高舉燈籠火把，走向湖邊。黃蓉拉了拉郭靖的衣袖，兩人展開輕功追去。奔到臨近，伏在一塊岩石之後，只見湖濱泊著一排漁船，人眾絡繹上船，上船後便即熄去燈火。兩人待最後一批人上了船，岸上全黑，才悄悄躍出，落在一艘最大的篷船後梢，於拔篙開船聲中躍上篷頂，在竹篷隙孔中向下望去，艙內一人居中而坐，赫然便是少莊主陸冠英。

眾船搖出里許，湖中海螺之聲又嗚嗚傳來，大篷船上一人走到船首，也吹起海螺。再搖出數里，只見湖面上一排排的全是小船，放眼望去，舟似蟻聚，不計其數，猶如一張大綠紙上濺滿墨點一般。大篷船首那人海螺長吹三聲，大船拋下了錨泊在湖心，十餘艘小船飛也似的從四方過來。郭靖與黃蓉心下納罕，不知是否將有一場廝殺，低頭瞧那陸冠英卻是神定氣閒，不似便要臨敵應戰的模樣。

過不多時，各船靠近。每艘船上有人先後過來，或一二人、或三四人不等。各人進入大船船艙，都向陸冠英行禮後坐下，對他執禮甚恭，座位次序似早已排定，有的先到反坐在後，有的後至卻坐在上首。只一盞茶功夫，諸人坐定。這些人神情粗豪，舉止剽悍，雖作漁人打扮，但看來個個身負武功，決非尋常以打魚為生的漁夫。

陸冠英舉手說道：「張大哥，你探聽得怎樣了？」座中一個瘦小的漢子站起身來，說道：「回稟少莊主，金國欽使預定今晚連夜過湖，段指揮使再過一個多時辰就到。這次他以迎接金國欽使為名，一路搜刮，是以來得遲了。」陸冠英道：「他搜刮到了多少？」那漢子道：「每一州縣都有報效，他麾下兵卒還在鄉間劫掠，我見他落船時眾親隨抬著二十多箱財物，看來都很沉重。」陸冠英道：「他帶了多少兵馬？」那漢子道：「馬軍二千。過湖的都是步軍，因船隻不夠，落船的約莫是一千名左右。」陸冠英向眾人道：「各位哥哥，大家說怎樣？」諸人齊聲道：「願聽少莊主號令。」

陸冠英雙手向懷裏一抱，說道：「這些民脂民膏，不義之財，打從太湖裏來，不取有違天道。咱們盡數取來，一半俵散給湖濱貧民，另一半各寨分了。」眾人轟然叫好。

郭靖與黃蓉這才明白，原來這羣人都是太湖中的盜首，看來這陸冠英還是各寨的總頭領呢。

陸冠英道：「事不宜遲，馬上動手。張大哥，你帶五條小船，再去哨探。」那瘦子接令出艙。陸冠英跟著分派，誰打先鋒、誰作接應、誰率領水鬼去鑽破敵船船底、誰取財物、誰擒拿軍官，指揮得井井有條。

郭靖與黃蓉暗暗稱奇，適才與他共席時見他斯文有禮，談吐儒雅，宛然是一個養尊處優的世家子弟，那知竟能領袖羣豪。

陸冠英吩咐已畢，各人正要出去分頭幹事，座中一人站起身來，冷冷的道：「咱們做這沒本錢買賣的，吃吃富商大賈，也就夠啦。這般和官家大動干戈，咱們在湖邊還躭得下去麼？大金國欽使更加得罪不得。」

郭靖和黃蓉聽這聲音好熟，凝目看時，原來是沙通天的弟子，黃河四鬼中的奪魄鞭馬青雄，不知如何他竟混在這裏。

陸冠英臉上變色，尚未回答，羣盜中已有三四人同聲呼叱。陸冠英道：「馬大哥初來，不知這裏規矩，既然大家齊心要幹，咱們就是鬧個全軍覆沒，那也是死而無悔。」馬青雄道：「好啦，你幹你們的，我可不搞這鍋混水。」轉身就要走出船艙。

兩名漢子攔在艙口，喝道：「馬大哥，你斬過鷄頭立過誓，大夥兒有福同享，有難同當！」馬青雄雙手揮出，罵道：「滾開！」那兩人登時跌在一邊。他正要鑽出艙門，突覺背後一股掌風襲來，當即偏身讓過，左手已從靴筒裏拔出一柄匕首，反手向後戳去。陸冠英左手疾伸，將他左臂格在外門，踏步進掌。馬青雄右手撩開，左手匕首跟著遞出。兩人在窄隘的船艙中貼身而搏。郭靖當日在蒙古土山之上曾與馬青雄相鬥，初見陸冠英出手，料想他不易取勝，豈知只看得數招，但見陸冠英著著爭先，竟然大佔上風，心下詫異：「怎地這姓馬的忽然不濟了？啊，是了，那日在蒙古是他們黃河四鬼合力打我一個，此刻他四面是敵，自然膽怯。」殊不知真正原因，卻在於他得洪七公指點教導，幾近兩月。天下武學絕藝的「降龍十八掌」固然學會了十五掌，而這些時日中洪七公隨口點撥、順手比劃，無一而非上乘武功中的精義，盡為江南七怪生平從所未窺的境界。郭靖牢牢記在心中，雖然所領悟的不過十之一二，但不知不覺之間武功已突飛猛進，此刻修為，已殊不遜於六位師父，再來看馬青雄的武功，自覺頗不足道。

只見兩人再拆數招，陸冠英左拳斗出，砰的一聲，結結實實打在馬青雄胸口。馬青雄一個踉蹌，向後便倒。他身後兩名漢子雙刀齊下，馬青雄立時斃命。那兩名漢子提起他屍身投入湖中。

陸冠英道：「眾家哥哥，大夥兒奮勇當先。」羣盜轟然答應，各自回船。片刻之間眾舟千槳齊盪，並肩東行。陸冠英的大船在後壓陣。

行了一陣，遠遠望見數十艘大船上燈火照耀，向西駛來。郭靖與黃蓉心想：「這些大船，便是那個段指揮使的官船了。」兩人悄悄爬上桅桿，坐在橫桁之上，隱身於帆後。只聽得小船上海螺吹起。兩邊船隊漸漸接近，一會兒叫罵聲、呼叱聲、兵刃相交聲、身子落水聲，從遠處隱隱傳來。又過一會，官船起火，烈燄沖天，映得湖水都紅了。郭黃知道羣盜已經得手，果見幾艘小舟急駛而至，呼道：「官兵全軍覆沒，兵馬指揮使已經擒到。」陸冠英大喜，走到船頭，叫道：「通知眾家寨主，大夥兒再辛苦一下，擒拿金國欽使去者！」報信的小盜歡然答應，飛舟前去傳令。

郭靖和黃蓉同時伸出手來，相互一揑，均想：「那金國欽使便是完顏康了，不知他如何應付。」只聽得各處船上海螺聲此起彼和，羣船掉過頭來，扯起風帆。其時方當盛暑，東風正急，羣船風帆飽張，如箭般向西疾駛。

陸冠英所坐的大船原本在後，這時反而領先。郭靖與黃蓉坐在橫桁之上，陣陣涼風自背吹來，放眼望去，繁星在天，薄霧籠湖，甚是暢快，真想縱聲一歌，只見後面的輕舟快艇又是一艘艘的搶到大船之前。

舟行約莫一個時辰，天色漸亮，兩艘快艇如飛而來，艇首一人手中青旗招展，大呼：「已見到了金國的船隻！賀寨主領先攻打。」陸冠英站在船首，叫道：「好。」過不多時，又有一艘小艇駛回，報道：「金國那狗欽使手爪子好硬，賀寨主受傷，彭、董兩位寨主正在夾擊。」不多時，兩名嘍囉扶著受傷暈去的賀寨主上大船來。陸冠英正待察看賀寨主的傷勢，兩艘小艇又分別將彭、董兩位受傷的寨主送到，並說縹緲峯的郭頭領被金國欽使一槍搠死，跌入了湖中。陸冠英大怒，喝道：「金狗如此猖獗，我親去殺他。」

郭靖與黃蓉覺得完顏康為虎作倀，殺傷同胞甚是不該，卻又躭心他寡不敵眾，給太湖羣盜殺死，穆念慈不免終身遺恨。黃蓉在郭靖耳邊悄聲道：「救他不救？」郭靖微一沉吟，道：「救他性命，但要他悔改。」黃蓉點點頭。只見陸冠英縱身躍入一艘小艇，喝道：「上去！」黃蓉向郭靖道：「咱們搶小艇。」

兩人正待縱身躍向旁邊一艘小艇，猛聽得前面羣盜齊聲高呼，縱目望去，那金國欽使所率的船隊一艘艘的正在慢慢沉下，想是給潛水的水鬼鑿穿了船底。青旗招展中，兩艘快艇趕到稟報：「金狗落了水，已抓到啦！」陸冠英大喜，躍回大船。

過不多時，海螺齊鳴，快艇將金國的欽使、衛兵、隨從等陸續押上大船。郭靖與黃蓉見完顏康手腳都已被縛，兩眼緊閉，想是喝飽了水，但胸口起伏，仍在呼吸。

這時天已大明，日光自東射來，水波晃動，猶如萬道金蛇在船邊飛舞一般。陸冠英傳出號令：「各寨寨主齊赴歸雲莊，開宴慶功。眾頭領率部回寨，聽候論功領賞。」羣盜歡聲雷動。大小船隻向四方分散，漸漸隱入煙霧之中。湖上羣鷗來去，白帆點點，青峯悄立，綠波瀲漾，又回復了一片寧靜。

待得船隊回莊，郭黃二人等陸冠英與羣盜離船，這才乘人不覺，飛身上岸。羣盜大勝之餘，個個興高采烈，那想得到桅桿上一直有人躲著偷窺。黃蓉相準了地位，仍與郭靖從莊後圍牆跳進，回到臥房。

這時服侍他們的莊丁已到房前來看了幾次，只道他們先一日遊玩辛苦，在房裏大睡懶覺。郭靖打開房門，兩名莊丁上前請安，送上早點，道：「莊主在書房相候，請兩位用過早點，過去坐坐。」兩人吃了些麵點湯包，隨著莊丁來到書房。

陸莊主笑道：「湖邊風大，夜裏波濤拍岸，擾人清夢，兩位可睡得好嗎？」郭靖不慣撒謊，被他一問，登時窘住。黃蓉道：「夜裏只聽得嗚嗚嗚的吹法螺，想是和尚道士做法事放餤口。」

陸莊主一笑，不提此事，說道：「在下收藏了一些書畫，想兩位老弟法眼鑒定。」黃蓉道：「當得拜觀。莊主所藏，定然都是精品。」陸莊主令書僮取出書畫，黃蓉一件件的賞玩。驀地裏門外傳來一陣吆喝，幾個人腳步聲響，聽聲音是一人在逃，後面數人在追。一人喝道：「你進了歸雲莊，要想逃走，那叫做難如登天！」陸莊主若無其事，猶如未聞，說道：「本朝書法，蘇黃米蔡並稱，這四大家之中，黃老弟最愛那一家？」黃蓉正要回答，突然書房門砰的一聲被人推開，一個全身濕淋淋的人闖了進來，正是完顏康。

黃蓉一拉郭靖衫角，低聲道：「看書畫，別瞧他。」兩人背轉了身子，低頭看畫。

原來完顏康不識水性，船沉落湖，空有一身武藝，只吃得幾口水，便已暈去，等到醒來，手足已被縛住。解到莊上，陸冠英喝令押上來審問。完顏康見一直架在後頸的鋼刀已然移開，當即暗運內勁，手指抓住身上綁縛的繩索，大喝一聲，以「九陰白骨爪」功夫立時將繩索撕斷了。眾人齊吃一驚，搶上前去擒拿，被他雙手揮擊，早跌翻了兩個。完顏康奪路便走，那知歸雲莊中房屋道路皆按奇門八卦而建，若無本莊之人引路，又非精通奇門生剋之變，休想闖得出去。完顏康慌不擇路，竟撞進陸莊主的書房來。陸冠英雖見他掙脫綁縛，知他決然逃不出去，也並不在意，只是一路追趕，及見他闖進書房，卻怕他傷及父親，急忙搶前，攔在父親所坐榻前。後面太湖諸寨的寨主都擋在門口。

完顏康不意逃入了絕地，戟指向陸冠英罵道：「賊強盜，你們行使詭計，鑿沉船隻，也不怕江湖上好漢笑話？」陸冠英哈哈一笑，說道：「你是金國王子，跟我們綠林豪傑提甚麼『江湖』二字？」完顏康道：「我在北京時久聞江南豪客的大名，只道當真都是光明磊落的好男子，哼哼，今日一見，卻原來……嘿嘿，可就叫作浪得虛名！」陸冠英怒道：「怎樣？」完顏康道：「只不過是一批倚多為勝的小人而已！」陸冠英冷笑道：「要是單打獨鬥勝了你，那你便死而無怨？」

完顏康適才這話本是激將之計，正要引他說出這句話來，立時接口：「歸雲莊上只要有人憑真功夫勝得了我，我束手就縛，要殺要剮，再無第二句話。卻不知是那一位賜教？」說著眼光向眾人一掃，雙手負在背後，嘿嘿冷笑，神態甚是倨傲。

一言方畢，早惱了太湖莫釐峯上的金頭鰲石寨主，怒喝：「老子揍你這番邦賊廝鳥！」搶入書房，雙拳「鐘鼓齊鳴」，往完顏康太陽穴打到。完顏康身子微側，敵拳已然擊空，右手反探，抓住了他後心，內勁吐處，把他肥肥一個身軀向門口人叢中丟了出去。

陸冠英見他出手迅辣，心中暗驚，知道各寨主無人能敵，叫道：「果然好俊功夫，讓我來討教幾招。咱們到外面廳上去吧。」眼見對方大是勁敵，生怕劇鬥之際，拳風掌力帶到父親與客人身上，三人不會武功，可莫受了誤傷。

完顏康道：「比武較量到處都是一樣，就在這裏何妨？寨主請賜招罷！」言下之意竟是：「不過三招兩式，就打倒了你，何必費事另換地方？」陸冠英心中暗怒，說道：「好，你是客，請進招罷。」完顏康左掌虛探，右手就往陸冠英胸口抓去，開門見山，一出手就以九陰白骨爪攻敵要害。陸冠英暗罵：「小子無禮，教你知道少莊主的厲害。」胸口微縮，竟不退避，右拳直擊對方橫臂手肘，左手二指疾伸，取敵雙目。

完顏康見他來勢好快，心頭倒也一震，暗道：「不意草莽之中，竟然有此等人物。」疾忙斜退半步，手腕疾翻，以擒拿手拿敵手臂。陸冠英扭腰左轉，兩手迴兜，虎口相對，正是「懷中抱月」之勢。完顏康見他出手了得，不敢再有輕敵之念，當下打疊起精神，使出丘處機所傳的全真派拳法。

陸冠英是臨安府雲棲寺枯木大師的得意弟子，精通仙霞門的外家拳法，那是河南嵩山少林寺的旁支，所傳也是武學正宗，這時遇到強敵，當下小心在意，見招拆招，遇勢破勢。他知完顏康手爪功夫厲害，決不讓他手爪碰到自己身子，雙手嚴守門戶，只見有隙可乘，立即使腳攻敵。外家技擊有言道：「拳打三分，腳踢七分。」又道：「手是兩扇門，全憑腳踢人。」陸冠英所學是外家功夫，腿上功夫自極厲害，兩人鬥到酣處，只見書房之中人影飛舞，拳腳越來越快。郭靖與黃蓉不願被他認出，退在書架之旁，側身斜眼觀戰。

完顏康久鬥不下，心中焦躁，暗道：「再耗下去，時刻長了，就算勝了他，要是再有人出來邀鬥，我那裏還有力氣對付？」他武功原比陸冠英高出甚多，只因在湖水中被浸，喝了一肚子水，委頓之下，氣力不加，兼之身陷重圍，初次遇險，不免心怯，這才讓陸冠英拆了數十招，待得精神一振，手上加緊，只聽得砰的一聲，陸冠英肩頭中拳。他一個踉蹌，向後倒退，眼見敵人乘勢進逼，斗然間飛起左腿，足心朝天，踢向完顏康心胸。這一招叫做「懷心腿」，出腿如電，極為厲害。

完顏康想不到敵人落敗之餘，尚能出此絕招，待得伸手去格，胸口已被踢中。這「懷心腿」是陸冠英自幼苦練的絕技，練時用繩子縛住足踝，然後將繩繞過屋樑，逐日拉扯懸吊，臨敵時一腿飛出，倏忽過頂，敵人實所難防。完顏康胸口一痛，左手颼的彎轉，五根手指已插入了陸冠英小腿，右掌往他胯上推去，喝道：「躺下！」陸冠英單腿站立，被他這麼猛推，身子直跌出去，撞向坐在榻上的陸莊主。

陸莊主左手伸出一黏，托住他背心，輕輕放在地下，但見兒子小腿上鮮血淋漓，從原來站立之地直到榻前一排鮮血直滴過來，又驚又怒，喝道：「黑風雙煞是你甚麼人？」

他這一出手、一喝問，眾人俱感驚詫。別說完顏康與眾寨主不知他身有武功，連他親生兒子陸冠英，也只道父親雙腿殘廢，自然不會武功，自己從小便見父親寄情於琴書之間，對他作為向來不聞不問，那知剛才救他這一托，出手竟是沉穩之極。黃蓉昨晚見到了他門楣上的鐵八卦，對郭靖說過，因此只有他兩人才不訝異。

完顏康聽陸莊主問起黑風雙煞，一呆之下，說道：「黑風雙煞是甚麼東西？」原來梅超風雖然傳他武藝，但她自己的來歷固然未曾對他言明，連真實姓名也不對他說，「黑風雙煞」的名頭，他自然更加不知了。

陸莊主怒道：「裝甚麼蒜？這陰毒的九陰白骨爪是誰傳你的？」完顏康道：「小爺沒空聽你囉唆，失陪啦！」轉身走向門口。眾寨主齊聲怒喝，挺起兵刃攔阻。完顏康連聲冷笑，回頭向陸冠英道：「你說話算不算數？」陸冠英臉色慘白，擺一擺手，說道：「太湖羣雄說一是一，眾位哥哥放他走罷。張大哥，你領他出去。」

眾寨主心中都不願意，但少莊主既然有令，卻也不能違抗。那張寨主喝道：「跟我走罷，諒你這小子自己也找不到路出去。」完顏康道：「我的從人衛兵呢？」陸冠英道：「一起放他們走。」完顏康大拇指一豎，說道：「好，果然是君子一言，快馬一鞭。眾寨主，咱們後會有期。」說著團團一揖，唱個無禮喏，滿臉得意之色。

他轉身正要走出書房，陸莊主忽道：「且慢！老夫不才，要領教你的九陰白骨爪。」完顏康停步笑道：「那好極啦。」陸冠英忙道：「爹，您老人家犯不著跟這小子一般見識。」陸莊主道：「不用擔心，他的九陰白骨爪沒練到家。」雙目盯著完顏康，緩緩說道：「我腿有殘疾，不能行走，你過來。」完顏康一笑，卻不移步。

陸冠英腿上傷口劇痛，但決不肯讓父親與對方動手，縱身躍出房門，叫道：「這次是代我爹爹再請教幾招。」完顏康笑道：「好，咱倆再練練。」

陸莊主喝道：「英兒走開！」右手在榻邊一按，憑著手上之力，身子突然躍起，左掌向完顏康頂上猛劈下去。眾人驚呼聲中，完顏康舉手相格，只覺腕上一緊，右腕已被揑住，眼前掌影閃動，敵人右掌又向肩頭擊到。完顏康萬料不到他擒拿法如此迅捷奇特，左手急忙招架，右手力掙，想掙脫他的擒拿。陸莊主足不著地，身子重量全然放在完顏康這手腕之上，身在半空，右掌快如閃電，瞬息之間連施五六下殺手。完顏康奮起平生之力，向外抖甩，卻那裏甩得脫？飛腿去踢，卻又踢他不著。

眾人又驚又喜，望著兩人相鬥。只見陸莊主又是舉掌劈落，完顏康伸出五指，要戳他手掌，陸莊主手肘突然下沉，一個肘鎚，正打在他「肩井穴」上。完顏康半身酸麻，跟著左手手腕也已被他拿住，只聽得喀喀兩聲，雙手手腕關節已同時錯脫。陸莊主手法快極，左手在他腰裏一戳，右手在他肩上一捺，已借力躍回木榻，穩穩坐下。完顏康卻雙腿軟倒，再也站不起來。眾寨主看得目瞪口呆，隔了半晌，才震天價喝起采來。

陸冠英搶步走到榻前，問道：「爹，您沒事吧？」陸莊主笑著搖搖頭，隨即臉色轉為凝重，說道：「這金狗的師承來歷，得好好問他一問。」

兩名寨主拿了繩索將完顏康手足縛住。張寨主道：「在那姓段的兵馬指揮使行囊之中，搜出了幾副精鋼的腳鐐手銬，正好用來銬這小子，瞧他還掙不掙得斷。」眾人連聲叫好，有人飛步去取了來，將完顏康手腳都上了雙重鋼銬。

完顏康手腕劇痛，額上黃豆大的汗珠不住冒出來，但強行忍住，並不呻吟。陸莊主道：「拉他過來。」兩名頭領執住完顏康的手臂，將他拉到榻前。陸莊主給他裝上手腕關節，又伸手在他尾脊骨與左胸穴道各點了一指。完顏康疼痛漸止，心裏又是憤怒，又是驚奇，還未開言，陸冠英已命人將他押下監禁。眾寨寨主都退了出去。

陸莊主轉身對黃蓉與郭靖笑道：「與少年人好勇鬥狠，有失斯文，倒教兩位笑話了。」黃蓉見他的掌法與點穴功夫全是自己家傳的一路，不禁疑心更盛，笑問：「那是甚麼人？他是不是偷了寶莊的東西，累得莊主生氣？」陸莊主呵呵大笑，道：「不錯，他們確是搶了大夥兒不少財物。來來來，咱們再看書畫，別讓這小賊掃了清興。」陸冠英退出書房，三人又再觀畫。陸莊主與黃蓉一幅幅的談論山水布局、人物神態，翎毛草蟲如何，花卉瓜果又是如何。郭靖自是全然不懂。

中飯過後，陸莊主命兩名莊丁陪同他們去遊覽張公、善卷二洞，那是天下勝景，洞中奇幻莫名，兩人遊到天色全黑，這才盡興而返。

晚上臨睡時，郭靖道：「蓉兒，怎麼辦？救不救他？」黃蓉道：「咱們在這兒且再住幾天，我還摸不準那陸莊主的底子。」郭靖道：「他武功與你門戶很近啊。」黃蓉沉吟道：「奇就奇在這裏，莫非他識得梅超風？」兩人猜想不透，只怕隔牆有耳，不敢多談。

睡到中夜，忽聽得瓦面上有聲輕響，接著地上擦的一聲。兩人都是和衣而臥，聽得異聲，立即醒覺，同時從床上躍起，輕輕推窗外望，只見一個黑影躲在一叢玫瑰之後。那人四下張望，然後躡足向東走去，瞧這般全神提防的模樣，似是闖進莊來的外人。黃蓉本來只道歸雲莊不過是太湖羣雄的總舵，但見了陸莊主的武功後，心知其中必定另有隱秘，決意要探個水落石出，當下向郭靖招了招手，翻出窗子，悄悄跟在那人身後。

跟得幾十步，星光下已看清那人是個女子，武功也非甚高，黃蓉加快腳步，逼近前去，那女子臉蛋微微一側，原來卻是穆念慈。黃蓉心中暗笑：「好啊，救意中人來啦。倒要瞧瞧你用甚麼手段。」只見穆念慈在園中東轉西走，不多時已迷失了方向。

黃蓉知道依這莊園的方位建置，監人的所在必在離上震下的「噬嗑」之位，「易經」曰：「噬嗑，亨，利用獄。」「象曰：雷電，噬嗑，先王以明罰敕法。」她父親黃藥師精研其理，閒時常與她講解指授。她想這莊園構築雖奇，其實明眼人一看便知，那及得上桃花島中陰陽變化、乾坤倒置的奧妙？在桃花島，禁人的所在反而在乾上兌下的「履」位，取其「履道坦坦，幽人貞吉」之義，更顯主人的氣派。黃蓉心想：「照你這樣走去，一百年也找不到他。」當下俯身在地下抓了一把散泥，見穆念慈正走到歧路，躊躇不決，拈起一粒泥塊向左邊路上擲去，低沉了聲音道：「向這邊走。」閃身躲入了旁邊花叢。

穆念慈大吃一驚，回頭看時，卻不見人影，當即提刀在手，縱身過去。黃蓉與郭靖的輕身功夫高她甚遠，早已躲起，那能讓她找到？穆念慈正感彷徨，心想：「這人不知是好心壞心，反正我找不到路，姑且照他的指點試試。」當上依著向左走去，每到歧路，總有小粒泥塊擲明方向，曲曲折折走了好一陣子，忽聽得嗤的一聲，一粒泥塊遠遠飛去，撞在一間小屋的窗上，眼前一花，兩個黑影從身邊閃過，倏忽不見。

穆念慈心念一動，奔向小屋，只見屋前兩名大漢倒在地下，眼睜睜的望著自己，手中各執兵刃，卻便是動彈不得，顯已給人點了穴道。

穆念慈心知暗中有高人相助，輕輕推門進去，側耳靜聽，室中果有呼吸之聲。她低聲叫道：「康哥，是你麼？」

完顏康早在看守人跌倒時驚醒，聽得是穆念慈的聲音，又驚又喜，忙道：「是我。」

穆念慈大喜，黑暗中辨聲走近，說道：「謝天謝地，果然你在這裏，那可好極了，咱們走罷。」完顏康道：「你可帶有寶刀寶劍麼？」穆念慈道：「怎麼？」完顏康輕輕一動，手鐐腳銬上發出金鐵碰撞之聲。穆念慈上去一摸，心中大悔，恨恨的道：「那柄削鐵如泥的匕首，我不該給了黃家妹子。」

黃蓉與郭靖躲在屋外竊聽兩人說話。她心中暗笑：「等你著急一會，我再把匕首給你。」

穆念慈甚是焦急，道：「我去盜鐵銬的鑰匙。」完顏康道：「你別去，莊內敵人厲害，你去犯險必然失手，無濟於事。」穆念慈道：「那麼我揹你出去。」完顏康道：「他們用鐵鍊將我鎖在柱上，揹不走的。」穆念慈急得流下淚來，嗚咽道：「那怎麼辦？」完顏康笑道：「你親親我罷。」穆念慈跺腳道：「人家急得要命，你還鬧著玩。」完顏康悄聲笑道：「誰鬧著玩了？這是正經大事啊。」穆念慈並不理他，苦思相救之計。完顏康道：「你怎知我在這裏？」穆念慈道：「我一路跟著你啊。」完顏康心中感動，道：「你靠在我身上，我跟你說。」穆念慈坐在地下草席上，偎倚在他懷中。

完顏康道：「我是大金國欽使，諒他們也不敢隨便傷我。只是我給羈留在此，卻要誤了父王囑咐的軍國大事，這便如何是好？妹子，你幫我去做一件事。」穆念慈道：「甚麼？」完顏康道：「你把我項頸裏那顆金印解下來。」

穆念慈伸手到他頸中，摸著了印，將繫印的絲帶解開。完顏康道：「這是大金國欽使之印，你拿了趕快到臨安府去，求見宋朝的史彌遠史丞相。」穆念慈道：「史丞相？我一個民間女子，史丞相怎肯接見？」

完顏康笑道：「他見了這金印，迎接你都還來不及呢。你對他說，我被太湖盜賊劫持在這裏，不能親去見他。我要他記住一件事：如有蒙古使者到臨安來，決不能相見，拿住了立即斬首。這是大金國聖上的密旨，務須遵辦。」穆念慈道：「那為甚麼？」完顏康道：「這些軍國大事，說了你也不懂。只消把這幾句話去對史丞相說了，那就是給我辦了一件大事。要是蒙古的使者先到了臨安，和宋朝君臣見了面，可對咱們大金國大大不利。」穆念慈惱道：「甚麼『咱們大金國』？我可是好好的大宋百姓。你若不說個清楚，我不能給你辦這件事。」完顏康微笑道：「難道你將來不是大金國的王妃？」

穆念慈霍地站起，說道：「我義父是你親生爹爹，你是好好的漢人。難道你是真心的要做甚麼大金國王爺？我只道……只道你……」完顏康道：「怎樣？」穆念慈道：「我一直當你是個智勇雙全的好男兒，當你假意在金國做小王爺，只不過等待機會，要給大宋出一口氣。你，你真的竟然會認賊作父麼？」

完顏康聽她語氣大變，喉頭哽住，顯是氣急萬分，當下默然不語。穆念慈又道：「大宋的錦繡江山給金人佔了一大半去，咱們漢人給金人擄掠殘殺，欺壓拷打，難道你一點也不在意麼？你……你……」說到這裏，再也說不下去，把金印往地下一擲，掩面就走。

完顏康顫聲叫道：「妹子，我錯啦，你回來。」穆念慈停步，回過頭道：「怎樣？」完顏康道：「等我脫難之後，我不再做甚麼勞什子的欽使，也不回到金國去了。我跟你隱居歸農，總好過成日心中難受。」

穆念慈嘆了口長氣，呆呆不語。她自與完顏康比武之後，一往情深，心中已認定他是個了不起的英雄豪傑。完顏康不肯認父，她料來必是另有深意；他出任金國欽使，她又代他設想，他定是要身居有為之地，想幹一番轟轟烈烈的大事，為大宋揚眉吐氣。豈知這一切全是女兒家的癡情獃想，這人那裏是甚麼英雄豪傑，原來直是個貪圖富貴的無恥之徒。

她想到傷心之處，只感萬念俱灰。完顏康低聲道：「妹子，怎麼了？」穆念慈不答。完顏康道：「我媽說，你義父是我的親生父親。我還沒能問個清楚，他們兩人就雙雙去世，我一直心頭胡塗。這身世大事，總不能如此不明不白的就此定局。」穆念慈心下稍慰，暗想：「原來他真的還未明白自己身世，那也不能太怪他了。」說道：「拿你金印去見史丞相之事，再也休提。我去找黃家妹子，取了匕首來救你。」

黃蓉本擬便將匕首還她，但適才聽了完顏康一番話，氣他為金國謀幹大事，心道：「我爹爹最恨金人，且讓他在這裏關幾天再說。」

完顏康卻問：「這莊裏的道路極為古怪，你怎認得出？」穆念慈道：「幸得有兩位高人在暗中指點，卻不知是誰。他們始終不肯露面。」

完顏康沉吟片刻，說道：「妹子，下次你再來，只怕給莊中高手發覺。你如真要救我，就去給我找一個人。」穆念慈惱道：「我可不去找甚麼死丞相、活丞相。」完顏康道：「不是丞相，是找我師父。」穆念慈「啊」了一聲。

完顏康道：「你拿我身邊這條腰帶去，在腰帶的金環上用刀尖刻上『完顏康有難，在太湖西畔歸雲莊』十三個字，到蘇州之北三十里的一座荒山之中，找到有九個死人骷髏頭疊在一起，疊成樣子是上一中三下五，就把這腰帶放在第一個骷髏頭之下。」穆念慈愈聽愈奇，問道：「幹甚麼啊？」

完顏康道：「我師父雙眼已盲，她摸到金環上刻的字，就會前來救我。因此這些字可要刻得深些。」穆念慈道：「你師父不是那位長春真人丘道長麼？他眼睛怎會盲了？」完顏康道：「不是這個姓丘的道人，是我另外一位師父。你放了腰帶之後，不可停留，須得立即離開。我師父脾氣古怪，如發覺骷髏頭之旁有人，說不定會傷害於你。她武功極高，必能救我脫難。你只在蘇州玄妙觀前等我便了。」穆念慈道：「你得立個誓，決不能再認賊作父，賣國害民。」完顏康怫然不悅，說道：「我一切弄明白之後，自然會照良心行事。你這時逼我立誓，又有甚麼用？你不肯為我去求救，也由得你。」

穆念慈道：「好！我去給你報信。」從他身上解下腰帶。

完顏康道：「妹子，你要走了？過來讓我親親。」穆念慈道：「不！」站起來走向門口。完顏康道：「只怕不等師父來救，他們先將我殺了，那我可永遠見不到你啦。」穆念慈心中一軟，嘆了口長氣，走近身去，偎在他懷中，讓他在臉上親了幾下，忽然斬釘截鐵的道：「將來要是你不做好人，我也無法可想，只怨我命苦，惟有死在你的面前。」

完顏康軟玉在懷，只想和她溫存一番，說些親熱的言語，多半就此令她回心轉意，終於答允拿了金印去見史丞相，正覺她身子顫抖，呼吸漸促，顯是情動，萬不料她竟會說出這般話來，只呆得一呆，穆念慈已站起離懷，走出門去。

出來時黃蓉如前給她指路，穆念慈奔到圍牆之下，輕輕叫道：「前輩既不肯露面，小女子只得望空叩謝大德。」說罷跪在地下，磕了三個頭。只聽得一聲嬌笑，一個清脆的聲音說道：「啊喲，這可不敢當！」抬起頭來，繁星在天，花影遍地，那裏有半個人影？

穆念慈好生奇怪，聽聲音依稀似是黃蓉，但想她怎麼會在此地，又怎識得莊中希奇古怪的道路？沿路思索，始終不得其解，走出離莊十餘里，在一棵大樹下打個盹兒，等到天明，乘了船過得太湖，來到蘇州。

那蘇州是東南繁華之地，雖然比不得京城杭州，卻也是錦繡盈城，花光滿路。南宋君臣苟安於江南半壁江山，早忘了北地百姓呻吟於金人鐵蹄下之苦。蘇杭本就富庶，有道是：「上有天堂，下有蘇杭」，其時淮河以南的財賦更盡集於此，是以蘇杭二州庭園之麗，人物之盛，天下諸城莫可與京。

穆念慈此時於這繁華景象自是無心觀賞，找了個隱僻所在，先將完顏康囑咐的那十三個字在腰帶上細心刻好，撫摸腰帶，想起不久之前，這金帶還是圍在那人腰間，只盼他平安無恙，又再將這金帶圍到身上；更盼他深明大義，自己得與他締結鴛盟，親手將這帶子給他繫上。癡癡的想了一會，將腰帶繫在自己衣衫之內，忍不住心中一蕩：「這條帶子，便如是他手臂抱著我的腰一般。」霎時間紅暈滿臉，再也不敢多想。在一家麵館中匆匆吃了些麵點，眼見太陽偏西，當即趕向北郊，依著完顏康所說路徑去找尋他師父。

愈走道路愈是荒涼，眼見太陽沒入山後，遠處傳來一聲聲怪鳥鳴叫，心中不禁惴惴。她離開大道，向山後墺谷中找尋，直到天將全黑，全不見完顏康所說那一堆骷髏骨的蹤影。心下琢磨，且看附近是否有甚麼人家，權且借宿一宵，明天早晨再找。當下奔上一個山丘，四下眺望，遙見西邊山旁有所屋宇，心中一喜，當即拔足奔去。走到臨近，見是一座破廟，門楣上一塊破匾寫著「土地廟」三字，在門上輕輕一推，那門砰的一聲，向後便倒，地下灰土飛揚，原來那廟已久無人居。她走進殿去，只見土地公公和土地婆婆的神像上滿是蛛網塵垢。她按住供桌用力搬了兩下，桌子尚喜完好，於是找些草來拭抹乾淨，再將破門豎起，吃了些乾糧，把背上包裹當作枕頭，就在供桌上睡倒。心裏一靜，立刻想起完顏康的為人，又是傷心，又是慚愧，不禁流下淚來，但念到他的柔情密意，心頭又不禁甜絲絲地，這般東思西想，柔腸百轉，直到天交二更方才睡著。

睡到半夜，矇矓中忽聽得廟外有一陣颼颼異聲，一凜之下，坐起身來，聲音更加響了。忙奔到門口向外望去，只嚇得心中怦怦亂跳，皓月之下，幾千條青蛇蜿蜒東去，陣陣腥味從門縫中傳了進來。過了良久，青蛇才漸稀少，忽聽腳步聲響，三個白衣男子手持長桿，押在蛇陣之後。她縮在門後不敢再看，只怕被他們發覺，耳聽得腳步聲過去，再在門縫中張望。此時蛇羣過盡，荒郊寂靜無聲，她如在夢寐，真難相信適才親眼所見的情景竟是真事。

緩緩推開破門，向四下一望，朝著羣蛇去路走了幾步，已瞧不到那幾個白衣男子的背影，才稍寬心，正待回廟，忽見遠處岩石上月光照射處有堆白色物事，模樣甚是詭異。她走近看時，低低驚呼一聲，正是一堆整整齊齊的骷髏頭，上一中三下五，不多不少，恰是九顆白骨骷髏頭。

她整日就在找尋這九個骷髏頭，然而在深夜之中驀地見到，形狀又如此可怖，卻也不禁心中怦怦亂跳。慢慢走近，從懷中取出完顏康的腰帶，伸右手去拿最上面的那顆髑髏，手臂微微發抖，剛一摸到，五個手指恰好陷入髑髏頂上五個小孔，這一下全然出乎她意料之外，就像髑髏張口咬住了她五指一般，伸手一甩，卻將骷髏頭帶了起來。她大叫一聲，轉身便逃，奔出三步，才想到全是自己嚇自己，不禁失笑，當下將腰帶放在三顆髑髏之上，再將頂端一顆壓在帶上，心想：「他的師父也真古怪，卻不知模樣又是怎生可怕？」

她放好之後，心中默祝：「但願師父你老人家拿到腰帶，立刻去將他救出，命他改邪歸正，從此做個好人。」心中正想著那身纏鐵索、手戴鐵銬、模樣英俊、言語動人的完顏康時，突覺肩頭有人輕輕一拍。她這一驚非同小可，當下不敢回頭，右足急點，已躍過了髑髏堆，雙掌護胸，這才轉身，那知她剛剛轉身，後面肩頭又有人輕輕一拍。

她接連五六次轉身，始終見不到背後人影，真不知是人是鬼，是妖是魔？她嚇得出了一身冷汗，不敢再動，顫著聲音叫道：「你是誰？」身後有人俯頭過來在她頸上一嗅，笑道：「好香！你猜我是誰。」

穆念慈急轉身子，只見一人儒生打扮，手揮摺扇，神態瀟灑，正是在北京逼死她義父義母的兇手之一歐陽克。她驚怒交集，料知不敵，回身就奔。歐陽克卻已轉在她的面前，張開雙臂，笑吟吟的等著，她只要再衝幾步，正好撞入他的懷裏。穆念慈急收腳步，向左狂奔，只逃出數丈，那人又已等在前面。她連換了幾個方向，始終擺脫不開。

歐陽克見她花容失色，更是高興，明知伸手就可擒到，卻偏要盡情戲弄一番，猶如惡貓捉住老鼠，故意擒之又縱、縱之又擒的以資玩樂一般。穆念慈眼見勢危，從腰間拔出柳葉刀，刷刷兩刀，向他迎頭砍去。歐陽克笑道：「啊喲，別動粗！」身子微側，右手將她雙臂帶在外檔，左手倏地穿出，已摟住她纖腰。

穆念慈出手掙扎，只感虎口一麻，柳葉刀已被他奪去拋下，自己身子剛剛掙脫，立時又被他雙手抱著。這一下就如黃蓉在完顏康的欽使行轅外抱住她一般，對方雙手恰好扣住自己脈門，再也動彈不得。歐陽克笑得甚是輕薄，說道：「你拜我為師，就馬上放你，再教你這一招的法門，就只怕那時你反要我整日抱住你不放了。」穆念慈被他雙臂摟緊，他右手又在自己臉蛋上輕輕撫摸，知他不懷好意，心中大急，不覺暈去。

過了一會悠悠醒轉，只感全身酸軟，有人緊緊摟住自己，迷糊之中，還道又已歸於完顏康的懷抱，不自禁的心頭一喜，睜開眼來，卻見抱著自己的竟是歐陽克。她又羞又急，掙扎著想要躍起，身子竟自不能移動，張口想喊，才知嘴巴已被他用手帕縛住。只見他盤膝坐在地下，臉上神色卻顯得甚是焦慮緊張，左右各坐著八名白衣女子，每人手中均執兵器，人人凝視著岩石上那堆白骨骷髏，默不作聲。

穆念慈好生奇怪，不知他們在搗甚麼鬼，回頭一望，更是嚇得魂飛天外，只見歐陽克身後伏著幾千幾萬條青蛇，蛇身不動，口中舌頭卻不住搖晃，月光下數萬條分叉的紅舌波盪起伏，化成一片舌海，煞是驚人。蛇羣中站著三名白衣男子，手持長桿，似乎均有所待，正是先前曾見到過的。她不敢多看，回過頭來，再看那九個髑髏和微微閃光的金環腰帶，突然驚悟：「啊，他們是在等他的師父來臨。瞧這神情，顯然是布好了陣勢向他尋仇，要是他師父孤身到此，怎能抵敵？何況尚有這許多毒蛇。」

她心下十分焦急，只盼完顏康的師父不來，卻又盼他師父前來大顯神通，打敗這惡人而搭救自己。等了半個多時辰，月亮漸高，她見歐陽克時時抬頭望月，心道：「莫非他師父要等月至中天，這才出現麼？」眼見月亮升過松樹梢頭，晴空萬里，一碧如洗，四野蟲聲唧唧，偶然遠處傳來幾聲梟鳴，更無別般聲息。

歐陽克望望月亮，將穆念慈放在身旁一個女子懷裏，右手取出摺扇，眼睛盯住了山邊的轉角。穆念慈知道他們等候之人不久就要過來。靜寂之中，忽聽得遠處隱隱傳過來一聲尖銳慘厲的嘯聲，瞬時之間，嘯聲已到臨近，眼前人影晃動，一個頭披長髮的女人從山崖間轉了出來，她一過山崖，立時放慢腳步，似已察覺左近有人。正是鐵屍梅超風到了。

梅超風自得郭靖傳了幾句修習內功的秘訣之後，潛心研練，只一個月功夫，兩腿已能行走如常，內功更大有進益。她既知江南六怪已從蒙古回來，決意追去報仇，乘著小王爺出任欽使，便隨伴南下。她每天子夜修練秘功，乘船諸多不便，因此自行每晚陸行，和完顏康約好在蘇州會齊。豈知完顏康已落入太湖羣雄手中，更不知歐陽克為了要報復殺姬裂衣之辱，更要奪她的九陰真經，大集羣蛇，探到了她夜中必到之地，悄悄的在此等候。

她剛轉過山崖，便聽到有數人呼吸之聲，立即停步傾聽，更聽出在數人之後尚有無數極為詭奇的細微異聲。歐陽克見她驚覺，暗罵：「好厲害的瞎婆娘！」摺扇輕揮，站起身來，便欲撲上，勁力方透足尖，尚未使出，忽見崖後又轉出一人，他立時收勢，瞧那人時，見他身材高瘦，穿一件青色直綴，頭戴方巾，是個文士模樣，面貌卻看不清楚。

最奇的是那人走路絕無半點聲息，以梅超風那般高強武功，行路尚不免有沙沙微聲，而此人毫不著意的緩緩走來，身形飄忽，有如鬼魅，竟似行雲駕霧、足不沾地般無聲無息。那人向歐陽克等橫掃了一眼，站在梅超風身後。歐陽克細看他的臉相，不覺打了個寒噤，但見他容貌怪異之極，除了兩顆眼珠微微轉動之外，一張臉孔竟與死人無異，完全木然不動，說他醜怪也並不醜怪，只是冷到了極處、呆到了極處，令人一見之下，不寒而慄。

歐陽克定了定神，但見梅超風一步步的逼近，知她一出手就是兇辣無倫，心想須得先發制人，左手打個手勢，三名驅蛇男子吹起哨子，驅趕羣蛇湧了出來。八名白衣女子端坐不動，想是身上均有伏蛇藥物，是以羣蛇繞過八女，逕自向前。

梅超風聽到羣蛇奔行竄躍之聲，便知乃是無數蛇蟲，心下暗叫不妙，當即提氣躍出數丈。趕蛇的男子長桿連揮，成千成萬條青蛇漫山遍野的散了開去。穆念慈凝目望去，見梅超風臉現驚惶之色，不禁代她著急，心想：「這個怪女人難道便是他的師父嗎？」只見她忽地轉身，從腰間抽出一條爛銀也似的長鞭，舞了開來，護住全身，只一盞茶功夫，她前後左右均已被毒蛇圍住。有幾條蛇給哨子聲逼催得急了，竄攻上去，被她鞭風帶到，立時彈出。

歐陽克縱聲叫道：「姓梅的妖婆子，我也不要你的性命，你把九陰真經交出來，公子爺就放你走路。」他那日在趙王府中聽到九陰真經在梅超風手中，貪念大起，心想說甚麼也要將真經奪到，才不枉了來中原走這一遭。若能將叔父千方百計而無法取得的真經雙手獻上，他老人家這份歡喜，可就不用說了。

梅超風對他說話毫不理會，把銀鞭舞得更加急了，月色溶溶之下，閃起千條銀光。歐陽克叫道：「你有能耐就再舞一個時辰，我等到你天明，瞧你給是不給？」梅超風暗暗著急，籌思脫身之計，但側耳聽去，四下裏都是蛇聲，她這時已不敢邁步，只怕一動就踏上毒蛇，若給咬中了一口，那時縱有一身武功也是無能為力的了。

歐陽克坐下地來，過了一會，洋洋自得的說道：「梅大姊，你這部經書本就是偷來的，二十年來該也琢磨得透啦，再死抱著這爛本子還有甚麼用？你借給我瞧瞧，咱們化敵為友，既往不咎，豈不美哉？」梅超風道：「那麼你先撤開蛇陣。」歐陽克笑道：「你先把經本子拋出來。」這九陰真經刺在亡夫的腹皮之上，梅超風看得比自己性命還重，那肯交出？打定了主意：「只要我被毒蛇咬中，立時將經文撕成碎片。」

穆念慈張口想叫：「你躍上樹去，毒蛇便咬你不到了！」苦於嘴巴被手帕縛住，叫喊不出。梅超風卻不知左近就有幾棵高大的松樹，心想這般僵持下去，自己內力終須耗竭，當下伸手在懷中一掏，叫道：「好，你姑奶奶認栽啦，你來拿罷。」歐陽克道：「你拋出來。」梅超風叫道：「接著！」右手急揚。

穆念慈只聽得嗤嗤嗤幾聲細微的聲響，便見兩名白衣女子倒了下去。歐陽克危急中著地滾倒，避開了她的陰毒暗器，但也已嚇出了一身冷汗，又驚又怒，退後數步，叫道：「好妖婆，我要你死不成，活不得。」

梅超風發射三枚「無形釘」，去如電閃，對方竟能避開，不禁暗佩他功夫了得，心中更是著急。歐陽克雙目盯住她的雙手，只要她銀鞭勁勢稍懈，便即驅蛇上前。這時梅超風身旁已有百餘條青蛇橫屍於地，但毒蛇成千成萬，怎能突圍？歐陽克忌憚她銀鞭凌厲，暗器陰毒，卻也不敢十分逼近。

又僵持了大半個時辰，月亮偏西，梅超風煩躁焦急，呼吸已感粗重，長鞭舞動時已不如先前遒勁，當下將鞭圈逐步縮小，以節勁力。歐陽克暗喜，驅蛇向前，步步進逼，卻也怕她拚死不屈，臨死時毀去經書，當下全神貫注，只待在緊急關頭躍前搶經。耳聽蛇圈越圍越緊，梅超風伸手到懷裏摸住經文，神色慘然，低低咒罵：「我大仇未復，想不到今夜將性命送在這臭小子的一羣毒蛇口裏。」

突然之間，半空中如鳴琴，如擊玉，發了幾聲，接著悠悠揚揚，飄下一陣清亮柔和的洞簫聲來。眾人都吃了一驚。歐陽克抬起頭來，只見那青衣怪人坐在一株高松之顛，手按玉簫，正在吹奏。歐陽克暗暗驚奇，自己目光向來極為敏銳，在這月色如晝之際，於他何時爬上樹顛竟是全然沒有察覺，又見松樹頂梢在風中來回晃動，這人坐在上面卻是平穩無比。自己從小就在叔父教導下苦練輕功，要似他這般端坐樹顛，只怕再練二十年也是不成，難道世上真有鬼魅不成？

這時簫聲連綿不斷，歐陽克心頭一蕩，臉上不自禁的露出微笑，只感全身熱血沸騰，就只想手舞足蹈的亂動一番，方才舒服。他剛伸手踢足，立時驚覺，竭力鎮攝心神，只見羣蛇爭先恐後的湧到松樹之下，昂起了頭，隨著簫聲搖頭擺腦的舞動。驅蛇的三個男子和六名姬人也都奔到樹下，圍著亂轉狂舞，舞到後來各人自撕衣服，抓搔頭臉，條條血痕的臉上卻露出獸笑，個個如癡如狂，那裏還知疼痛。歐陽克大驚，知道今晚遇上了強敵，從囊中摸出六枚餵毒銀梭，奮力往那人頭、胸、腹三路打去。眼見射到那人身邊，卻被他輕描淡寫的以簫尾逐一撥落，他用簫擊開暗器時口唇未離簫邊，樂聲竟未有片刻停滯。但聽得簫聲流轉，歐陽克再也忍耐不住，扇子一張，就要翩翩起舞。

總算他功力精湛，心知只要伸手一舞，除非對方停了簫聲，否則便要舞到至死方休，心頭尚有一念清明，硬生生把伸出去揮扇舞蹈的手縮了回來，心念電轉：「快撕下衣襟，塞住耳朵，別聽他洞簫。」但簫聲實在美妙之極，雖然撕下了衣襟，竟然捨不得塞入耳中。他又驚又怕，登時全身冷汗，只見梅超風盤膝坐在地下，低頭行功，想是正在奮力抵禦簫聲的引誘。這時他姬人中有三個功夫較差的已跌倒在地，將自身衣服撕成碎片，身子卻仍在地上亂滾亂轉。穆念慈因被點中了穴道，動彈不得，雖然聽到簫聲後心神蕩漾，情慾激動，好在手足不能自主，反而安安靜靜的臥在地下，只是心煩意亂之極。

歐陽克雙頰飛紅，心頭滾熱，喉乾舌燥，內心深處知道再不見機立斷，今晚性命難保，一狠心，伸舌在齒間猛力一咬，乘著劇痛之際心神略分、簫聲的誘力稍減，立時發足狂奔，足不停步的逃出數里之外，再也聽不到絲毫簫聲，這才稍稍寬心，但這時已是精疲力盡，全身虛弱，恍若生了一場大病。心頭只是想：「這怪人是誰？這怪人是誰？」

黃蓉與郭靖送走穆念慈後，自回房中安睡。次日白天在太湖之畔遊山玩水，晚上與陸莊主觀畫談文，倒也閒適自在。

郭靖知道穆念慈這一去，梅超風日內必到，她下手狠辣，歸雲莊上無人能敵，勢必多傷人眾，與黃蓉商議道：「咱們還是把梅超風的事告知陸莊主，請他放了完顏康，免得莊上有人遭她毒手。」黃蓉搖手道：「不好。完顏康這傢伙不是好東西，得讓他多吃幾天苦頭，這般輕易便放了，只怕他不肯悔改。」其實完顏康是否悔改，她本來半點也不在乎。在她內心深處，反覺這人既是丘處機與梅超風「兩大壞蛋」的徒兒，那也不必改作好人了，與他不住鬥將下去，倒也好玩。只是他若不改，聽穆念慈口氣，決計不能嫁他，穆念慈既無丈夫，旁人多管閒事，多半又會推給郭靖承受，那卻可糟了，因此完顏康還是悔改的為妙。郭靖道：「梅超風來了怎麼辦？」黃蓉笑道：「七公教咱們的本事，正好在她身上試試。」郭靖知她脾氣如此，爭也無益，也就一笑置之，心想陸莊主對我們甚是禮敬，他莊上遭到危難之時，自當全力護持。

過了兩日，兩人不說要走，陸莊主也是禮遇有加，只盼他們多住一時。

第三天早晨，陸莊主正與郭黃二人在書房中閒坐談論，陸冠英匆匆進來，神色有異。他身後隨著一名莊丁，手托木盤，盤中隆起有物，上用青布罩住。陸冠英道：「爹，剛才有人送了這個東西來。」揭開青布，赫然是一個白骨骷髏頭，頭骨上五個指孔，正是梅超風的標記。

郭靖與黃蓉知她早晚必來，見了並不在意。陸莊主卻是面色大變，顫聲問道：「這……這是誰拿來的？」說著撐起身來。

陸冠英早知這骷髏頭來得古怪，但他藝高人膽大，又是太湖羣豪之主，也不把這般小事放在心上，忽見父親如此驚惶，竟是嚇得面色蒼白，倒是大出意料之外，忙道：「剛才有人放在盒子裏送來的。莊丁只道是尋常禮物，開發了賞錢，也沒細問。拿到帳房打開盒子，卻是這個東西，去找那送禮的人，已走得不見了。爹，你說這中間有甚麼蹊蹺？」

陸莊主不答，伸手到骷髏頂上五個洞中一試，五根手指剛好插入。陸冠英驚道：「難道這五個洞兒是用手指戳的？指力這麼厲害？」陸莊主點了點頭，沉吟了一會，道：「你叫人收拾細軟，趕快護送你媽到無錫城裏北莊暫住。傳令各寨寨主，約束人眾，三天之內不許離開本寨半步，不論見歸雲莊有何動靜，或是火起，或是被圍，都不得來救。」陸冠英大奇，問道：「爹，幹甚麼呀？」

陸莊主慘然一笑，向郭靖與黃蓉道：「在下與兩位萍水相逢，極是投緣，本盼多聚幾日，只是在下早年結下了兩個極厲害的冤家，眼下便要來尋仇。非是在下不肯多留兩位，實是歸雲莊大……大禍臨頭，要是在下僥倖逃得性命，將來尚有重見之日。不過……不過那也是渺茫得很了。」說著苦笑搖頭，轉頭向書僮道：「取四十兩黃金來。」書僮出房去取。陸冠英不敢多問，照著父親的囑咐自去安排。

過不多時，書僮取來黃金，陸莊主雙手奉給郭靖，說道：「這位姑娘才貌雙全，與郭兄真是天生佳偶。在下這一點點菲儀，聊為他日兩位成婚的賀禮，請予笑納。」

黃蓉臉上飛紅，心道：「這人眼光好厲害，原來早已看出了我是女子。怎麼他知道我和靖哥哥還沒成親？」郭靖不善客套，只得謝了收下。

陸莊主拿起桌旁一個瓷瓶，倒出數十顆朱紅藥丸，用綿紙包了，說道：「在下別無他長，昔日曾由恩師授得一些醫藥道理，這幾顆藥丸配製倒花了一點功夫，服後延年益壽。咱們相識一番，算是在下一點微末的敬意。」

藥丸倒出來時一股清香沁人心脾，黃蓉聞到氣息，就知是「九花玉露丸」。她曾相幫父親搜集九種花瓣上清晨的露水，知道調配這藥丸要湊天時季節，極費功夫，至於所用藥材多屬珍異，更不用說，這數十顆藥丸的人情可就大了，便道：「九花玉露丸調製不易，我們每人拜受兩顆，已是極感盛情。」陸莊主微微一驚，問道：「姑娘怎識得這藥丸的名字？」黃蓉道：「小妹幼時身子單弱，曾由一位高僧賜過三顆，服了很是見效，因是得知。」陸莊主慘然一笑，道：「兩位不必推卻，反正我留著也是白饒。」黃蓉知他已存了必死之心，也不再說，當即收下。陸莊主道：「這裏已備下船隻，請兩位即速過湖，路上不論遇上甚麼怪異動靜，千萬不可理會，要緊要緊！」語氣極為鄭重。

郭靖待要聲言留下相助，卻見黃蓉連使眼色，只得點頭答應。黃蓉道：「小妹冒昧，有一事請教。」陸莊主道：「姑娘請說。」黃蓉道：「莊主既知有厲害對頭要來尋仇，明知不敵，何不避他一避？常言道：君子不吃眼前虧。」陸莊主嘆了口氣道：「這兩人害得我好苦！我半身不遂，就是拜受這兩人之賜。二十年來，只因我行走不便，未能去尋他們算帳，今日他們自行趕上門來，不管怎樣，定當決死一拚。再說，他們得罪了我師父，我自己的怨仇還在其次，師門大仇，決計不能罷休。我也沒盼望能勝得他兩人，只求拚個同歸於盡，也算是報答師父待我的恩義。」

黃蓉尋思：「他怎麼說是兩人？嗯，是了，他只道銅屍陳玄風尚在人間。但不知他怎樣與這兩人結的仇？這是他的倒霉事，也不便細問，另一件事卻好生奇怪。」當下問道：「陸莊主，你瞧出我是個女扮男裝，那也不奇，但你怎能知道我和他還沒成親？我不是跟他住在一間屋子裏麼？」

陸莊主給她這麼一問，登時窘住，心道：「你還是黃花閨女，難道我瞧不出來，只是這話倒難以說得明白。你這位姑娘詩詞書畫，件件皆通，怎麼在這上頭這樣胡塗？」正自思量如何回答，陸冠英走進房來，低聲道：「傳過令啦。不過張、顧、王、譚四位寨主說甚麼也不肯去，說道就是砍了他們的腦袋，也要在歸雲莊留守。」陸莊主嘆道：「難得他們如此義氣！你快送這兩位貴客走罷。」

黃蓉、郭靖和陸莊主行禮作別，陸冠英送出莊去。莊丁已將小紅馬和驢子牽在船中。郭靖在黃蓉耳邊輕聲問道：「上船不上？」黃蓉也輕聲道：「去一程再回來。」陸冠英心中煩亂，只想快快送走客人，布置迎敵，那去留心兩人私語。

郭黃二人正要上船，黃蓉一瞥眼間，忽見湖濱遠處一人快步走來，頭上竟然頂著一口大缸，模樣極為詭異。這人足不停步的過來，郭靖與陸冠英也隨即見到。待他走近，只見是個白鬚老頭，身穿黃葛短衫，右手揮著一把大蒲扇，輕飄飄的快步而行，那缸赫然是生鐵鑄成，看模樣總有數百斤重。那人走過陸冠英身旁，對眾人視若無睹，毫不理會的過去，走出數步，身子微擺，缸中忽然潑出些水來。原來缸中盛滿清水，那是更得加上一二百斤的重量了。一個老頭子將這樣一口大鐵缸頂在頭上，竟是行若無事，武功實在高得出奇。

陸冠英心頭一凜：「難道此人就是爹爹的對頭？」當下顧不得危險，發足跟去。

郭黃二人對望了一眼，當即跟在他後面。郭靖曾聽六位師父說起當日在嘉興醉仙樓頭與丘處機比武之事，丘處機其時手托銅缸，見師父們用手比擬，顯然還不及這口鐵缸之大，難道眼前這老人的武功尚在長春子丘處機之上？

那老者走出里許，來到了一條小河之濱，四下都是亂墳。陸冠英心想：「這裏並無橋樑，瞧他是沿河東行呢還是向西？」他心念方動，卻不由得驚得呆了，只見那老者足不停步的從河面上走了過去，身形凝穩，河水只浸及小腿。他過了對岸，將大鐵缸放在山邊長草之中，飛身躍在水面，又一步步的走回。

黃蓉與郭靖都曾聽長輩談起各家各派的武功，別說從未聽過頭頂鐵缸行走水面，就是空身登萍渡水，那也只是故神其說而已，世上豈能真有這般功夫？此刻親眼見到，卻又不由得不信，心中對那老者欽佩無已。

那老者一捋白鬚，哈哈大笑，向陸冠英道：「閣下便是太湖羣雄之首的陸少莊主了？」陸冠英躬身道：「不敢，請教太公尊姓大名？」那老者向郭黃二人一指道：「還有兩個小哥，一起過來罷。」陸冠英回過頭來，見到郭黃跟在後面，微感驚訝。原來郭黃二人輕功了得，跟蹤時不發聲響，而陸冠英全神注視著老者，竟未察覺兩人在後。

郭黃二人拜倒，齊稱：「晚輩叩見太公。」那老者呵呵笑道：「免了，免了。」向陸冠英道：「這裏不是說話之所，咱們找個地方坐坐。」

陸冠英心下琢磨：「不知此人到底是不是我爹爹對頭？」當即單刀直入，問道：「太公可識得家父？」那老者道：「陸莊主麼？老夫倒未曾見過。」陸冠英見他似非說謊，又問：「家父今日收到一件奇怪的禮物，太公可知道這件事麼？」那老者問道：「甚麼奇怪禮物？」陸冠英道：「是一個死人的骷髏頭，頭頂有五個洞孔。」那老者道：「這倒奇了，可是有人跟令尊鬧著玩麼？」

陸冠英心道：「此人武功深不可測，若要和爹爹為難，必然正大光明的找上門來，何必騙人撒謊？他既真的不知，我何不邀他來到莊上，只要他肯出手相助，再有多厲害的對頭也不足懼了。」想到此處，不覺滿臉堆歡，說道：「若蒙太公不棄，請到敝莊奉茶。」那老者微一沉吟道：「那也好。」陸冠英大喜，恭恭敬敬的請那老者先行。

那老者向郭靖一指道：「這兩個小哥也是貴莊的罷。」陸冠英道：「這兩位是家父的朋友。」那老者不再理會，昂然而行，郭黃二人跟隨在後。到得歸雲莊上，陸冠英請那老者在前廳坐下，飛奔入內報知父親。

過不多時，陸莊主坐在竹榻之上，由兩名家丁從內抬了出來，向那老者作揖行禮，說道：「小可不知高人駕臨，有失迎迓，罪過罪過。」

那老者微一欠身，也不回禮，淡淡的道：「陸莊主不必多禮。」陸莊主道：「敢問太公高姓大名。」老者道：「老夫姓裘，名叫千仞。」陸莊主驚道：「敢是江湖上人稱鐵掌水上飄的裘老前輩？」裘千仞微微一笑，道：「你倒好記性，還記得這個外號。老夫已有二十多年沒在江湖上走動，只怕別人早忘記啦！」

「鐵掌水上飄」的名頭早二十年在江湖上確是非同小可。陸莊主知道此人是湖南鐵掌幫的幫主，本來雄霸湖廣，後來不知何故，忽然封劍歸隱，時日隔得久了，江湖後輩便都不知道他的名頭，見他突然這時候到來，好生驚疑，問道：「裘老前輩駕臨敝地，不知有何貴幹？若有用得著晚輩之處，當得效勞。」

裘千仞一捋鬍子，笑道：「也沒甚麼大不了的事，總是老夫心腸軟，塵緣未盡……嗯，我想借個安靜點兒的地方做會功夫，咱們晚間慢慢細說。」陸莊主見他神色間似無惡意，但總不放心，問道：「老前輩道上可曾撞到黑風雙煞麼？」裘千仞道：「黑風雙煞？這對惡鬼還沒死麼？」陸莊主聽了這兩句話心中大慰，說道：「英兒，請裘老前輩去我書房休息。」裘千仞向各人點點頭，隨了陸冠英走向後面。

陸莊主雖沒見過裘千仞的武功，但素仰他的威名，知道當年東邪、西毒、南帝、北丐、中神通五人在華山絕頂論劍，也曾邀他到場，只是他適有要事，未能赴約，但既受到邀請，自是武功卓絕，非同小可，縱使不及王重陽等五人，諒亦相差不遠，有他在這裏，黑風雙煞是不能為惡的了，當下向郭靖及黃蓉道：「兩位還沒走，真好極了。這位裘老前輩武功極高，常人難以望其項背，天幸今日湊巧到來，我還忌憚甚麼對頭？待會兩位請自行在臥室中休息，只要別出房門，那就沒事。」

黃蓉微笑道：「我想瞧瞧熱鬧，成麼？」陸莊主沉吟道：「就怕對頭來的人多，在下照應不到，誤傷了兩位。好罷，待會兩位請坐在我身旁，不可遠離。有裘老前輩在此，鼠輩再多，又何足道哉！」黃蓉拍手笑道：「我就愛瞧人家打架。那天你打那個金國小王爺，真好看極啦。」

陸莊主道：「這次來的是那個小王爺的師父，本事可比他大得多，因此我擔了心。」黃蓉道：「咦，你怎麼知道？」陸莊主道：「黃姑娘，武功上的事兒，你就不大明白啦。那金國小王爺以手指傷我英兒小腿，便是用手指在骷髏頭頂上戳五個洞孔的武功。」黃蓉道：「嗯，我明白啦。王獻之的字是王羲之教的，王羲之是跟衛夫人學的，衛夫人又是以鍾繇為師，行家一瞧，就知道誰的書畫是那一家那一派的。」陸莊主笑道：「姑娘真是聰明絕頂，一點便透。只是我這兩個對頭奸惡狠毒，比之鍾王，卻是有辱先賢了。」

黃蓉拉拉郭靖的手，說道：「咱們去瞧瞧那白鬍子老公公在練甚麼功夫。」陸莊主驚道：「唉，使不得，別惹惱了他。」黃蓉笑道：「不要緊。」站起身便走。

陸莊主坐在椅上，行動不得，心中甚是著急：「這姑娘好不頑皮，這那裏是偷看得的？」只得命莊丁抬起竹榻，趕向書房，要設法攔阻，只見郭黃二人已彎了腰，俯眼在紙窗上向裏張望。

黃蓉聽得莊丁的足步聲，急忙轉身搖手，示意不可聲張，同時連連向陸莊主招手，要他過來觀看。陸莊主生怕要是不去，這位小姐發起嬌嗔來，非驚動裘千仞不可，當下命莊丁放輕腳步，將自己扶過去，俯眼窗紙，在黃蓉弄破的小孔中向裏一張，不禁大奇，只見裘千仞盤膝而坐，雙目微閉，嘴裏正噴出一縷縷的煙霧，連續不斷。

陸莊主是武學名家的弟子，早年隨師學藝之時，常聽師父說起各家各派的高深武學，卻從未曾聽說口中能噴煙霧的，當下不敢再瞧，一拉郭靖的衣袖，要他別再偷看。郭靖尊重主人，同時也覺不該窺人隱秘，當即站直身子，牽了黃蓉的手，隨陸莊主來至內堂。

黃蓉笑道：「這老頭兒好玩得緊，肚子裏生了柴燒火！」陸莊主道：「那你又不懂啦，這是一門厲害之極的內功。」黃蓉道：「難道他嘴裏能噴出火來燒死人麼？」這句話倒非假作癡呆，裘千仞這般古怪功夫，她確是極為納罕。陸莊主道：「火是一定噴不出來的，不過既能有如此精湛的內功，想來摘花採葉都能傷人了。」黃蓉笑道：「啊，碎挼花打人！」陸莊主微微一笑，說道：「姑娘好聰明。」

原來唐時有無名氏作小詞「菩薩蠻」一首道：「牡丹含露真珠顆，美人折向庭前過。含笑問檀郎：『花強妾貌強？』檀郎故相惱，須道『花枝好。』一向發嬌嗔，碎挼花打人。」這首詞流傳很廣，後來出了一樁案子，一個惡婦把丈夫兩條腿打斷了，唐宣宗皇帝得知後，曾笑對宰相道：「這不是『碎挼花打人』麼？」是以黃蓉用了這個典故。

陸莊主見裘千仞如此功力，心下大慰，命陸冠英傳出令去，派人在湖面與各處道路上四下巡邏，見到行相奇特之人，便以禮相敬，請上莊來；又命人大開莊門，只待迎賓。

到得傍晚，歸雲莊大廳中點起數十支巨燭，照耀得白晝相似，中間開了一席酒席，陸冠英親自去請裘千仞出來坐在首席。郭靖與黃蓉坐了次席，陸莊主與陸冠英在下首相陪。陸莊主敬了酒後，不敢動問裘千仞的來意，只說些風土人情不相干的閒話。

酒過數巡，裘千仞道：「陸老弟，你們歸雲莊是太湖羣雄的首腦，你老弟武功自是不凡的了，可肯露一兩手，給老夫開開眼界麼？」陸莊主忙道：「晚輩這一點微末道行，如何敢在老前輩面前獻醜？再說晚輩殘廢已久，從前恩師所傳的一點功夫，也早擱下了。」裘千仞道：「尊師是那一位？說來老夫或許相識。」

陸莊主一聲長嘆，臉色慘然，過了良久，才道：「晚輩愚魯，未能好生侍奉恩師，復為人所累，致不容於師門。言之可羞，且不敢有玷恩師清譽。還請前輩見諒。」

陸冠英心道：「原來爹爹是被師父逐出的，因此他從不顯露會武，連我也不知他竟是武學高手。若不是那日那金狗逞兇傷我，只怕爹爹永遠不會出手。他一生之中，必定有一件極大的傷心恨事。」心中不禁甚是難受。

裘千仞道：「老弟春秋正富，領袖羣雄，何不乘此時機大大振作一番？出了當年這口惡氣，也好教你本派的前輩悔之莫及。」陸莊主道：「晚輩身有殘疾，無德無能，老前輩的教誨雖是金石良言，晚輩卻是力不從心。」裘千仞道：「老弟過謙了。在下眼見有一條明路，卻不知老弟是否有意？」陸莊主道：「敢請老前輩指點迷津。」裘千仞微微一笑，只管吃菜，卻不接口。

陸莊主知道這人隱姓埋名二十餘年，這時突然在江南出現，必是有所為而來，他是前輩高人，不便直言探問，只好由他自說。

裘千仞道：「老弟既然不願見示師門，那也罷了。歸雲莊威名赫赫，主持者自然是名門弟子。」陸莊主微笑道：「歸雲莊的事，向來由小兒冠英料理。他是臨安府雲棲寺枯木大師的門下。」裘千仞道：「啊，枯木是仙霞派中的好手，那是少林一派的旁支，外家功夫也算是過得去的。少莊主露一手給老朽開開眼界如何？」陸莊主道：「難得裘老前輩肯加指點，那真是孩兒的造化。」

陸冠英也盼望他指點幾手，心想這樣的高人曠世難逢，只要點撥我一招一式，那就終身受用不盡，當下走到廳中，說道：「請太公指點。」拉開架式，使出生平最得意的一套「羅漢伏虎拳」來，拳風虎虎，足影點點，果然名家弟子，武功有獨到之處，打得片刻，突然一聲大吼，恍若虎嘯，燭影搖晃，四座風生。眾莊丁寒戰股慄，相顧駭然。他打一拳，喝一聲，威風凜凜，宛然便似一頭大蟲。便在縱躍翻撲之際，突然左掌豎立，成如來佛掌之形。原來這套拳法中包含猛虎羅漢雙形，猛虎剪撲之勢、羅漢搏擊之狀，同時在一套拳法中顯示出來。再打一陣，吼聲漸弱，羅漢拳法卻越來越緊，最後砰的一拳，擊在地下，著拳處的方磚立時碎裂。陸冠英托地躍起，左手擎天，右足踢斗，巍然獨立，儼如一尊羅漢佛像，更不稍有晃動。

郭靖與黃蓉大聲喝采，連叫：「好拳法！」陸冠英收勢回身，向裘千仞一揖歸座。裘千仞不置可否，只是微笑。陸莊主問道：「孩兒這套拳還可看得麼？」裘千仞道：「也還罷了。」陸莊主道：「不到之處，請老前輩點撥。」裘千仞道：「令郎的拳法用以強身健體，再好不過了，但說到制勝克敵，卻是無用。」陸莊主道：「要聽老前輩宏教，以開茅塞。」郭靖也是好生不解：「少莊主的武功雖非極高，但怎麼能說『無用』？」

裘千仞站起身來，走到天井之中，歸座時手中已各握了一塊磚頭。只見他雙手也不怎麼用勁，卻聽得格格之聲不絕，兩塊磚頭已碎成小塊，再揑一陣，碎塊都成了粉末，簌簌簌的都掉在桌上。席上四人一齊大驚失色。

裘千仞將桌面上的磚粉掃入衣兜，走到天井裏抖在地下，微笑回座，說道：「少莊主一拳碎磚，當然也算不易。但你想，敵人又不是磚頭，豈能死板板的放在那裏不動？任由你伸拳去打？再說，敵人的內勁若是強過了你，你這拳打在他身上，反彈出來，自己不免反受重傷。」陸冠英默然點頭。

裘千仞嘆道：「當今學武之人雖多，但真正稱得上有點功夫的，也只寥寥這麼幾個而已。」黃蓉問道：「是那幾個？」裘千仞道：「武林中自來都說東邪、西毒、南帝、北丐、中神通五人為天下之最。講到功力深厚，確以中神通王重陽居首，另外四人嘛，也算各有獨到之處。但有長必有短，只要明白了各人的短處，攻隙擊弱，要制服他們卻也不難。」

此言一出，陸莊主、黃蓉、郭靖三人都大吃一驚。陸冠英未知這五人威名，反而並不如何訝異。黃蓉本來見了他頭頂鐵缸，踏水過河，口噴煙霧，手碎磚石四項絕技，心下甚是佩服，這時聽他說到她爹爹時言下頗有輕視之意，不禁氣惱，笑吟吟的問道：「那麼老前輩將這五人一一打倒，揚名天下，豈不甚好？」

裘千仞道：「王重陽是已經過世了。那年華山論劍，我適逢家有要事，不能赴會，以致天下武功第一的名頭給這老道士得了去。當時五人爭一部九陰真經，說好誰武功最高，這部經就歸誰，當時比了七日七夜，東邪、西毒、南帝、北丐盡皆服輸。後來王重陽逝世，於是又起波折。聽說那老道臨死之時，將這部經書傳給了他師弟周伯通。東邪黃藥師趕上門去，周伯通不是他對手，給他搶了半部經去。這件事後來如何了結，就不知道了。」

黃蓉與郭靖均想：「原來中間竟有這許多周折。那半部經書卻又給黑風雙煞盜了去。」

黃蓉道：「既然你老人家武功第一，那部經書該歸您所有啊。」裘千仞道：「我也懶得跟人家爭了。那東邪、西毒、南帝、北丐四人都是半斤八兩，這些年來人人苦練，要爭這天下第一的名頭。二次華山論劍，熱鬧是有得看的。」黃蓉道：「還有二次華山論劍麼？」裘千仞道：「二十五年一世啊。老的要死，年輕的英雄要出來。屈指再過一年，又是華山論劍之期，可是這些年中，武林中又有甚麼後起之秀？眼見相爭的還是我們幾個老傢伙。唉，後繼無人，看來武學衰微，卻是一代不如一代的了。」說著不住搖頭，甚為感慨。

黃蓉道：「您老人家明年上華山嗎？要是您去，帶我們去瞧瞧熱鬧，好不？我最愛看人家打架。」裘千仞道：「嘿，孩子話！那豈是打架？我本是不想去的，一隻腳已踏進了棺材了，還爭這虛名幹甚麼？不過眼下有件大事，有關天下蒼生氣運，我若是貪圖安逸，不出來登高一呼，免不得萬民遭劫，生靈塗炭，實是無窮之禍。」四人聽他說得厲害，忙問端的。

裘千仞道：「這是機密大事，郭黃二位小哥不是江湖上人物，還是不要預聞的好。」黃蓉笑道：「陸莊主是我好朋友，只要你對他說了，他卻不會瞞我。」陸莊主暗罵這位姑娘好頑皮，但也不便當面不認。裘千仞道：「既然如此，我就向各位說了，但事成之前，可千萬不能洩漏。」郭靖心想：「我們跟他非親非故，既是機密，還是不聽的好。」當下站起身來，說道：「晚輩二人告辭。」牽了黃蓉的手就要退席。裘千仞卻道：「兩位是陸莊主好友，自然不是外人，請坐，請坐。」說著伸手在郭靖肩上一按。郭靖覺得來力也非奇大，只是長者有命，不敢運力抵禦，只得乘勢坐回椅中。

裘千仞站起來向四人敬了一杯酒，說道：「不出半年，大宋就是大禍臨頭了，各位可知道麼？」各人聽他出語驚人，無不聳然動容。陸冠英揮手命眾莊丁站到門外，侍候酒食的僮僕也不要過來。

裘千仞道：「老夫得到確實訊息，六個月之內，金兵便要大舉南征，這次兵勢極盛，大宋江山必定不保。唉，這是氣數使然，那也是無可奈何的了。」郭靖驚道：「那麼裘老前輩快去稟告大宋朝廷，好得早作防備，計議迎敵。」裘千仞白了他一眼，說道：「年輕人懂得甚麼？宋朝若是有了防備，只有兵禍更慘。」陸莊主等都不明其意，怔怔的瞧著他。

只聽他說道：「我苦思良久，要天下百姓能夠安居樂業，錦繡江山不致化為一片焦土，只有一條路。老夫不遠千里來到江南，為的就是這件事。聽說寶莊拿住了大金國的小王爺與兵馬指揮使段大人，請他們一起到席上來談談如何？」

陸莊主不知他如何得訊，忙命莊丁將兩人押上來，除去足鐐手銬，命兩人坐在下首，卻不命人給他們杯筷。郭靖與黃蓉見完顏康被羈數日，頗見憔悴。那段大人年紀五十開外，滿面鬍子，神色甚是惶恐。

裘千仞向完顏康道：「小王爺受驚了。」完顏康點點頭，心想：「郭黃二人在此不知何事？」那日他在陸莊主書房中打鬥，慌亂之際，沒見到他二人避在書架之側。這時三人相互瞧了幾眼，也不招呼。

裘千仞向陸莊主道：「寶莊眼前有一樁天大的富貴，老弟見而不取，卻是為何？」陸莊主奇道：「晚輩廁身草莽，有何富貴可言？」裘千仞道：「金兵南下，大戰一起，勢必多傷人命。老弟結連江南豪傑，一齊奮起，設法消弭了這場兵禍，豈不是好？」陸莊主心想：「這確是大事。」忙道：「能為國家出一把力，救民於水火之中，原是我輩份所當為之事。晚輩心存忠義，但朝廷不明，奸道當道，空有此志，也是枉然。求老前輩指點一條明路，晚輩深感恩德。至於富貴甚麼的，晚輩卻決不貪求。」

裘千仞連捋鬍子，哈哈大笑，正要說話，一名莊丁飛奔前來，說道：「張寨主在湖裏迎到了六位異人，已到莊前。」

陸莊主臉上變色，叫道：「快請。」心想：「怎麼共有六人？黑風雙煞尚有幫手？」

第十四回　桃花島主

那降龍十八掌雖然威力奇大，
但梅超風既得預知他掌力來勢，
自能及早閃避化解。
又拆數招，那青衣怪客忽然接連彈出三粒石子，
梅超風變守為攻，猛下三記殺手。

只見五男一女，走進廳來，卻是江南六怪。他們自北南來，離故鄉日近，這天經過太湖，忽有江湖人物上船來殷勤接待。六怪離鄉已久，不明江南武林現況，當下也不顯示自己身分，只朱聰用江湖切口與他們對答了幾句。上船來的原來是歸雲莊統下的張寨主，他奉了陸冠英之命，在湖上迎迓老莊主的對頭，聽得哨探的小嘍囉報知江南六怪形相奇異，身攜兵刃，料想必是莊主等候之人，心中又是忌憚又是厭恨，迎接六人進莊。

郭靖斗然見到六位師父，大喜過望，搶出去跪倒磕頭，叫道：「大師父、二師父、三師父、四師父、六師父、七師父，你們都來了，那真好極啦。」他把六位師父一一叫到，未免囉唆，然語意誠摯，顯是十分欣喜。六怪雖然惱怒郭靖隨黃蓉而去，但畢竟對他甚是鍾愛，出其不意的在此相逢，心頭一喜，原來的氣惱不由得消了大半。韓寶駒罵道：「小子，你那小妖精呢？」韓小瑩眼尖，已見到黃蓉身穿男裝，坐在席上，拉了拉韓寶駒的衣襟，低聲道：「這些事慢慢再說。」

陸莊主本也以為對頭到了，眼見那六人並不相識，郭靖又叫他們師父，當即寬心，拱手說道：「在下腿上有病，不能起立，請各位恕罪。」忙命莊客再開一席酒筵。郭靖說了六位師父的名頭。陸莊主大喜，道：「在下久聞六俠英名，今日相見，幸何如之。」神態著實親熱。那裘千仞卻大剌剌的坐在首席，聽到六怪的名字，只微微一笑，自顧飲酒吃菜。

韓寶駒第一個有氣，問道：「這位是誰？」陸莊主道：「好教六俠歡喜，這位是當今武林中的泰山北斗、前輩高人。」六俠吃了一驚。韓小瑩道：「是桃花島黃藥師？」韓寶駒道：「莫非是九指神丐？」陸莊主道：「都不是。這位是鐵掌水上飄裘老前輩。」柯鎮惡驚道：「是裘千仞裘老前輩？」裘千仞仰天大笑，神情甚是得意。

這時莊客已開了筵席，六怪依次就座。郭靖也去師父一席共座，拉黃蓉同去時，黃蓉卻笑著搖頭，不肯和六怪同席。

陸莊主笑道：「我只道郭老弟不會武功，那知卻是名門弟子，良賈深藏若虛，在下真是走眼了。」郭靖站起身來，說道：「弟子一點微末功夫，受師父們教誨，不敢在人前炫示，請莊主恕罪。」柯鎮惡聽了兩人對答，知道郭靖懂得謙抑，心下也自喜歡。

裘千仞道：「六俠也算得是江南武林的成名人物了，老夫正有一件大事，能得六俠襄助，那就更好。」陸莊主道：「六位進來時，裘老前輩正要說這件事。現下就請老前輩指點明路。」裘千仞道：「咱們身在武林，最要緊的是俠義為懷，救民疾苦。現下眼見金國大兵指日南下，宋朝要是不知好歹，不肯降順，交起兵來不知要殺傷多少生靈。常言道得好：『順天者昌，逆天者亡。』老夫這番南來，就是要聯絡江南豪傑，響應金兵，好教宋朝眼看內外夾攻，無能為力，就此不戰而降。這件大事一成，且別說功名富貴，單是天下百姓感恩戴德，已然不枉了咱們一副好身手、不枉了『俠義』二字。」

此言一出，江南六怪勃然變色，韓氏兄妹立時就要發作。全金發坐在兩人之間，雙手分拉他們衣襟，眼睛向陸莊主一飄，示意看主人如何說話。

陸莊主對裘千仞本來敬佩得五體投地，忽然聽他說出這番話來，不禁大為驚訝，陪笑道：「晚輩雖然不肖，身在草莽，但忠義之心未敢或忘。金兵既要南下奪我江山，害我百姓，晚輩必當追隨江南豪傑，誓死與之周旋。老前輩適才所說，想是故意試探晚輩來著。」

裘千仞道：「老弟怎地目光如此短淺？相助朝廷抗金，有何好處？最多是個岳武穆，也只落得風波亭慘死。」

陸莊主驚怒交迸，原本指望他出手相助對付黑風雙煞，那知他空負絕藝，為人卻這般無恥，袍袖一拂，凜然說道：「晚輩今日有對頭前來尋仇，本望老前輩仗義相助，既然道不同不相為謀，晚輩就是頸血濺地，也不敢有勞大駕了，請罷。」雙手一拱，竟是立即逐客。江南六怪與郭靖、黃蓉聽了，都是暗暗佩服。

裘千仞微笑不語，左手握住酒杯，右手兩指揑著杯口，不住團團旋轉，突然右手平伸向外揮出，掌緣擊在杯口，托的一聲，一個高約半寸的磁圈飛了出去，跌落在桌面之上。他左手將酒杯放在桌中，只見杯口平平整整的矮了一截，原來竟以內功將酒杯削去了一圈。擊碎酒杯不難，但舉掌輕揮，竟將酒杯如此平整光滑的切為兩截，功力實是深到了極處。

陸莊主知他挾藝相脅，正自沉吟對付之策，那邊早惱了馬王神韓寶駒。他一躍離座，站在席前，叫道：「無恥老匹夫，你我來見個高下。」

裘千仞說道：「久聞江南七怪的名頭，今日正好試試真假，六位一齊上罷。」

陸莊主知道韓寶駒和他武功相差太遠，聽他叫六人同上，正合心意，忙道：「江南六俠向來齊進齊退，對敵一人是六個人，對敵千軍萬馬也只是六個人，向來沒那一位肯落後的。」朱聰知他言中之意，叫：「好，我六兄弟今日就來會會你這位武林中的成名人物。」手一擺，五怪一齊離座。

裘千仞站起身來，端了原來坐的那張椅子，緩步走到廳心，將椅放下，坐了下去，右足架在左足之上，不住搖晃，不動聲色的道：「老夫就坐著和各位玩玩。」柯鎮惡等倒抽了一口涼氣，均知此人若非有絕頂武功，怎敢如此托大？

郭靖見過裘千仞諸般古怪本事，知道六位師父決非對手，自己身受師父重恩，豈能不先擋一陣？雖然一動手自己非死即傷，但事到臨頭，決不能自惜其身，當下急步搶在六怪之前，向裘千仞抱拳說道：「晚輩先向老前輩討教幾招。」裘千仞一怔，仰起了頭哈哈大笑。說道：「父母養你不易，你這條小命何苦送在此地？」

柯鎮惡等齊聲叫道：「靖兒走開！」郭靖怕眾師父攔阻，再不多言，左腿微屈，右手畫個圓圈，呼的一掌推出。這一招正是「降龍十八掌」中的「亢龍有悔」，經過這些時日的不斷苦練，比之洪七公初傳之時，威力已強了不少。

裘千仞見韓寶駒躍出之時功夫也不如何高強，心想他們的弟子更屬尋常，那知他這一掌打來勢道竟這般強勁，雙足急點，躍在半空，只聽喀喇一聲，他所坐的那張紫檀木椅子已被郭靖一掌打塌。裘千仞落下地來，神色間竟有三分狼狽，怒喝：「小子無禮！」

郭靖存著忌憚之心，不敢跟著進擊，說道：「請前輩賜教。」黃蓉存心要擾亂裘千仞心神，叫道：「靖哥哥，別跟這糟老頭子客氣！」

裘千仞成名以來，誰敢當面呼他「糟老頭子」？大怒之下，便要縱身過去發掌相擊，但轉念想起自己身分，冷笑一聲，先出右手虛引，再發左手摩眉掌，見郭靖側身閃避，引手立時鉤拿回撤，摩眉掌順手搏進，轉身坐盤，右手迅即挑出，已變塌掌。

黃蓉叫道：「那有甚麼希奇？這是『通臂六合掌』中的『孤雁出羣』！」裘千仞這套

掌法正是「通臂六合掌」，那是從「通臂五行拳」中變化出來。招數雖然不奇，他卻已在這套掌法上花了數十載寒暑之功。所謂通臂，乃雙臂貫為一勁之意，倒不是真的左臂可縮至右臂，右臂可縮至左臂。郭靖見他右手發出，左手往右手貫勁，左手隨發之時，右手往回帶撤，以增左手之力，雙手確有相互應援、連環不斷之巧，一來見過他諸般奇技，二來應敵時識見不足，心下怯了，不敢還手招架，只得連連倒退。

裘千仞心道：「這少年一掌碎椅，原來只是力大，武功平常得緊。」當下「穿掌閃劈」、「撩陰掌」、「跨虎蹬山」，越打越是精神。黃蓉見郭靖要敗，心中焦急，走近他身邊，只要他一遇險招，立時上前相助。郭靖閃開對方斜身蹬足，瞥眼只見黃蓉臉色有異，大見關切，心神微分，裘千仞得勢不容情，一招「白蛇吐信」，拍的一掌，平平正正的擊在郭靖胸口之上。黃蓉和江南六怪、陸氏父子齊聲驚呼，心想以他功力之深，這一掌正好擊在胸口要害，郭靖不死必傷。

郭靖吃了這掌，也是大驚失色，但雙臂一振，胸口竟不感如何疼痛，不禁大惑不解。黃蓉見他突然發楞，以為必是被這死老頭的掌力震昏了，忙縱身上前扶住，叫道：「靖哥哥你怎樣？」心中一急，兩道淚水流了下來。

郭靖卻道：「沒事！我再試試。」挺起胸膛，走到裘千仞面前，叫道：「你是鐵掌老英雄，再打我一掌。」裘千仞大怒，運勁使力，蓬的一聲，又在郭靖胸口打了一掌。郭靖哈哈大笑，叫道：「師父，蓉兒，這老兒武功稀鬆平常。他不打我倒也罷了，打我一掌，卻漏了底子。」一語方畢，左臂橫掃，逼到裘千仞的身前，叫道：「你也吃我一掌！」

裘千仞見他左臂掃來，口中卻說「吃我一掌」，心道：「你臂中套拳，誰不知道？」雙手摟懷，來撞他左臂。那知郭靖這招「龍戰於野」是降龍十八掌中十分奧妙的功夫，左臂右掌，均是可實可虛，非拘一格，眼見敵人擋他左臂，右掌忽起，也是蓬的一聲，正擊在他右臂連胸之處，裘千仞的身子如紙鷂斷線般直向門外飛去。

眾人驚叫聲中，門口突然出現了一人，伸手抓住裘千仞的衣領，大踏步走進廳來，將他在地下一放，凝然而立，臉上冷冷的全無笑容。眾人瞧這人時，只見她長髮披肩，抬頭仰天，正是鐵屍梅超風。

眾人心頭一寒，卻見她身後還跟著一人，那人身材高瘦，身穿青色布袍，臉色古怪之極，兩顆眼珠似乎尚能微微轉動，除此之外，肌肉口鼻，盡皆僵硬如木石，直是一個死人頭裝在活人的軀體上，令人一見之下，登時一陣涼氣從背脊上直冷下來，人人的目光與這張臉孔相觸，便都不敢再看，立時將頭轉開，心中怦然而動。

陸莊主萬料不到裘千仞名滿天下，口出大言，竟然如此的不堪一擊，本是又好氣又好笑，忽見梅超風驀地到來，心中更是一股說不出的滋味。完顏康見到師父，心中大喜，上前拜見。眾人見他二人竟以師徒相稱，均感詫異。陸莊主雙手一拱，說道：「梅師姊，二十年前一別，今日終又重會，陳師哥可好？」六怪與郭靖聽他叫梅超風為師姊，登時面面相覷，無不凜然。柯鎮惡心道：「今日我們落入了圈套，梅超風一人已不易敵，何況更有她的師弟。」黃蓉卻是暗暗點頭：「這莊主的武功文學、談吐行事，無一不是學我爹爹，我早就疑心他與我家必有甚麼淵源，果然是我爹爹的弟子。」

梅超風冷然道：「說話的可是陸乘風陸師弟？」陸莊主道：「正是兄弟，師姊別來無恙？」梅超風道：「說甚麼別來無恙？我雙目已盲，你瞧不出來嗎？你玄風師哥也早給人害死了，這可稱了你的心意麼？」

陸乘風又驚又喜，驚的是黑風雙煞橫行天下，怎會栽在敵人手裏？喜的是強敵少了一人，而賸下的也是雙目已盲，但想到昔日桃花島同門學藝的情形，不禁嘆了口氣，說道：「害死陳師哥的對頭是誰？師姊可報了仇麼？」梅超風道：「我正在到處找尋他們。」陸乘風道：「小弟當得相助一臂之力，待報了本門怨仇之後，咱們再來清算你我的舊帳。」梅超風哼了一聲。

韓寶駒拍桌而起，大嚷：「梅超風，你的仇家就在這裏。」便要向梅超風撲去，全金發急忙伸手拉住。梅超風聞聲一呆，說道：「你……你……」

裘千仞被郭靖一掌打得痛澈心肺，這時才疼痛漸止，朗然說道：「說甚麼報仇算帳，連自己師父給人害死了都不知道，還逞那一門子的英雄好漢？」梅超風一翻手，抓住他手腕，喝道：「你說甚麼？」裘千仞被她握得痛入骨髓，急叫：「快放手！」梅超風毫不理會，只是喝道：「你說甚麼？」裘千仞道：「桃花島主黃藥師給人害死了！」

陸乘風驚叫：「你這話可真？」裘千仞道：「為甚麼不真？黃藥師是被王重陽門下全真七子圍攻而死的。」他此言一出，梅超風與陸乘風放聲大哭。黃蓉咕咚一聲，連椅帶人仰天跌倒，暈了過去。眾人本來不信黃藥師絕世武功，竟會被人害死，但聽得是被全真七子圍攻，這才不由得不信。以馬鈺、丘處機、王處一眾人之能，合力對付，黃藥師多半難以抵擋。

郭靖忙抱起黃蓉，連叫：「蓉兒，醒來！」見她臉色慘白，氣若遊絲，心中惶急，大叫：「師父，師父，快救救她。」朱聰過來一探她鼻息，說道：「別怕，這只是一時悲痛過度，昏厥過去，死不了！」運力在她掌心「勞宮穴」揉了幾下。黃蓉悠悠醒來，大哭叫道：「爹爹呢？爹爹，我要爹爹！」

陸乘風差愕異常，隨即省悟：「她如不是師父的女兒，怎會知道九花玉露丸？」他淚痕滿面，大聲叫道：「小師妹，咱們去跟全真教的賊道們拚了。梅超風，你……你去也不去？你不去我就先跟你拚了！都……都是你不好，害死了恩師。」陸冠英見爹爹悲痛之下，語無倫次，忙扶住了他，勸道：「爹爹，你且莫悲傷，咱們從長計議。」陸乘風大聲哭道：「梅超風，你這賊婆娘害得我好苦。你不要臉偷漢，那也罷了，幹麼要偷師父的九陰真經？師父一怒之下，將我們師兄弟四人一齊震斷腳筋，逐出桃花島，我只盼師父終肯回心轉意，憐我受你們兩個牽累，重行收歸師門。現今他老人家逝世，我是終身遺恨，再無指望的了。」

梅超風罵道：「我從前罵你沒有志氣，此時仍然要罵你沒有志氣。你三番四次邀人來和我夫婦為難，逼得我夫婦無地容身，這才會在蒙古大漠遭難。眼下你不計議如何報復害師大仇，卻哭哭啼啼的跟我算舊帳。咱們找那七個賊道去啊，你走不動我揹你去。」

黃蓉卻只是哭叫：「爹爹，我要爹爹！」

朱聰說道：「咱們先問問清楚。」走到裘千仞面前，在他身上拍了幾下灰土，說道：「小徒無知，多有冒犯，請老前輩恕罪。」裘千仞怒道：「我年老眼花，一個失手，這不算數，再來比過。」

朱聰輕拍他的肩膀，在他左手上握了一握，笑道：「老前輩功夫高明得緊，不必再比啦。」一笑歸座，左手拿了一隻酒杯，右手兩指揑住杯口，不住團團旋轉，突然右手平掌向外揮出，掌緣擊在杯口，托的一聲響，一個高約半寸的磁圈飛將出去，落在桌面。他左手將酒杯放在桌上，只見杯口平平整整的矮了一截，所使手法竟和裘千仞適才一模一樣，眾人無不驚訝。朱聰笑道：「老前輩功夫果然了得，給晚輩偷了招來，得罪得罪，多謝多謝。」

裘千仞立時變色。眾人已知必有蹊蹺，但一時卻看不透這中間的機關。朱聰叫道：「靖兒，過來，師父教你這個本事，以後你可去嚇人騙人。」郭靖走近身去。朱聰從左手中指上除下一枚戒指，說道：「這是裘老前輩的，剛才我借了過來，你戴上。」裘千仞又驚又氣，卻不懂明明戴在自己手上的戒指，怎會變到了他手指上。

郭靖依言戴了戒指。朱聰道：「這戒指上有一粒金剛石，最是堅硬不過。你用力握緊酒杯，將金剛石抵在杯上，然後以右手轉動酒杯。」郭靖照他吩咐做了。各人這時均已了然，陸冠英等不禁笑出聲來。郭靖伸右掌在杯口輕輕一擊，一圈杯口果然應手而落，原來戒指上的金剛石已在杯口劃了一道極深的印痕，那裏是甚麼深湛的內功了？黃蓉看得有趣，不覺破涕為笑，但想到父親，又哀哀的哭了起來。

朱聰道：「姑娘且莫就哭，這位裘老前輩很愛騙人，他的話呀，未必很香。」黃蓉愕然不解。朱聰笑道：「令尊黃老先生武功蓋世，怎會被人害死？再說全真七子都是規規矩矩的人物，又與令尊沒仇，怎會打將起來？」黃蓉急道：「定是為了丘處機這些牛鼻子道士的師叔周伯通。」朱聰道：「怎樣？」黃蓉哭道：「你不知道的。」以她聰明機警，本不致輕信人言，但一來父女骨肉關心，二來黃藥師和周伯通之間確有重大過節。全真七子要圍攻她父親，實不由她不信。

朱聰道：「不管怎樣，我總說這個糟老頭子的話有點兒臭。」黃蓉道：「你說他是放……放……」朱聰一本正經的道：「不錯，是放屁！他衣袖裏還有這許多鬼鬼祟祟的東西，你來猜猜是幹甚麼用的。」當下一件件的摸了出來，放在桌上，見是兩塊磚頭，一紮縛得緊緊的乾茅，一塊火絨、一把火刀和一塊火石。

黃蓉拿起磚頭一捏，那磚應手而碎，只用力搓了幾搓，磚頭成為碎粉。她聽了朱聰剛才開導，悲痛之情大減，這時笑生雙靨，說道：「這磚頭是麵粉做的，剛才他還露一手捏磚成粉的上乘內功呢！」

裘千仞一張老臉一忽兒青，一忽兒白，無地自容，他本想揑造黃藥師的死訊，乘亂溜走，那知自己炫人耳目的手法盡被朱聰拆穿，當即袍袖一拂，轉身走出，梅超風反手抓住，將他往地下摔落，喝道：「你說我恩師逝世，到底是真是假？」這一摔勁力好大，裘千仞痛得哼哼唧唧，半晌說不出話來。

黃蓉見那束乾茅頭上有燒焦了的痕跡，登時省悟，說道：「二師父，你把這束乾茅點燃了藏在袖裏，然後吸一口，噴一口。」江南六怪對黃蓉本來頗有芥蒂，但此刻齊心對付裘千仞，變成了敵愾同仇。朱聰頗喜黃蓉刁鑽古怪，很合自己脾氣，聽得她一句「二師父」叫出了口，更是喜歡，當即依言而行，還閉了眼搖頭晃腦，神色儼然。

黃蓉拍手笑道：「靖哥哥，咱們剛才見這糟老頭子練內功，不就是這樣麼？」走到裘千仞身邊，笑吟吟的道：「起來罷。」伸手攙他站起，突然左手輕揮，已用「蘭花拂穴手」拂中了他背後第五椎節下的「神道穴」，喝道：「到底我爹爹有沒有死？你說他死，我就要你的命。」一翻手，明晃晃的蛾眉鋼刺已抵在他胸口。

眾人聽了她的問話，都覺好笑，雖是問他訊息，卻又不許他說黃藥師真的死了。裘千仞只覺身上一陣酸一陣癢，難過之極，顫聲道：「只怕沒死也未可知。」黃蓉笑逐顏開，說道：「這還像話，就饒了你。」在他「缺盆穴」上揑了幾把，解開他的穴道。

陸乘風心想：「小師妹問話一廂情願，不得要領。」當下問道：「你說我師父被全真七子害死，是你親眼見到呢，還是傳聞？」裘千仞道：「是聽人說的。」陸乘風道：「誰說的？」裘千仞沉吟了一下，道：「是洪七公。」黃蓉急問：「那一天說的？」裘千仞道：「一個月之前。」黃蓉問道：「七公在甚麼地方對你說的？」裘千仞道：「在泰山頂上，我跟他比武，他輸了給我，無意間說起這回事。」

黃蓉大喜，縱上前去，左手抓住他胸口，右手拔下了他一小把鬍子，咭咭而笑，說道：「七公會輸給你這糟老頭子？梅師姊、陸師兄，別聽他放……放……」她女孩兒家粗話竟說不出口。朱聰接口道：「放他奶奶的臭狗屁！」黃蓉道：「一個月之前，洪七公明明跟我和靖哥哥在一起，靖哥哥，你再給他一掌！」郭靖道：「好！」縱身就要上前。

裘千仞大驚，轉身就逃，他見梅超風守在門口，當下反向裏走。陸冠英上前攔阻，被他出手一推，一個踉蹌，跌了開去。須知裘千仞雖然欺世盜名，但究竟也有些真實武功，要不然那敢貿然與六怪、郭靖動手？陸冠英卻不是他的敵手。

黃蓉縱身過去，雙臂張開，問道：「你頭頂鐵缸，在水面上走過，那是甚麼功夫？」裘千仞道：「這是我的獨門輕功。我外號『鐵掌水上飄』，這便是『水上飄』了。」黃蓉笑道：「啊，還在信口胡吹，你到底說不說？」裘千仞道：「我年紀老了，武功已大不如前，輕身功夫卻還沒丟荒。」黃蓉道：「好啊，外面天井裏有一口大金魚缸，你露露『水上飄』的功夫給大夥開開眼界，你瞧見沒有？一出廳門，左手那株桂花樹下面就是。」裘千仞道：「一缸水怎能演功夫……」他一句話未說完，突然眼前亮光閃動，腳上一緊，身子已倒吊了起來。梅超風喝道：「死到臨頭，還要嘴硬。」毒龍銀鞭將他捲在半空，依照黃蓉所說方位，銀鞭輕抖，撲通一聲，將他倒摔入魚缸之中。黃蓉奔到缸邊，蛾眉鋼刺一晃，說道：「你不說，我不讓你出來，水上飄變成了水底鑽。」

裘千仞雙足在缸底急蹬，想要躍出，被她鋼刺在肩頭輕輕一戳，又跌了下去，濕淋淋的探頭出來，苦著臉道：「那口缸是薄鐵皮做的，缸口封住，上面放了三寸深的水。那條小河麼，我先在水底下打了樁子，樁頂離水面五六寸，因此……因此你們看不出來。」黃蓉哈哈大笑，進廳歸座，再不理他。裘千仞躍出魚缸，低頭疾趨而出。

梅超風與陸乘風剛才又哭又笑的鬧了一場，尋仇兇殺之意本已大減，得知師父並未逝世，心下喜歡，又聽小師妹連笑帶比、咭咭咯咯說著裘千仞的事，那裏還放得下臉？硬得起心腸？她沉吟片刻，沉著嗓子說道：「陸乘風，你讓我徒兒走，瞧在師父份上，咱們前事不究。你趕我夫婦前往蒙古……唉，一切都是命該如此。」

陸乘風長嘆一聲，心道：「她丈夫死了，眼睛瞎了，在這世上孤苦伶仃。我雙腿殘廢，卻是有妻有子，有家有業，比她好上百倍。大家都是幾十歲的人了，還提舊怨幹甚麼？」便道：「你將你徒兒領去就是。梅師姊，小弟明日動身到桃花島去探望恩師，你去也不去？」梅超風顫聲道：「你敢去？」陸乘風道：「不得恩師之命，擅到桃花島上，原是犯了大規，但剛才給那裘老頭信口雌黃的亂說一通，我總是念著恩師，放心不下。」黃蓉道：「大家一起去探望爹爹，我代你們求情就是。」

梅超風呆立片刻，眼中兩行淚水滾了下來，說道：「我那裏還有面目去見他老人家？恩師憐我孤苦，教我養我，我卻狼子野心，背叛師門……」突然間厲聲喝道：「只待夫仇一報，我會自尋了斷。江南七怪，有種的站出來，今晚跟老娘拚個死活。陸師弟，小師妹，你們袖手旁觀，兩不相幫，不論誰死誰活，都不許插手勸解，聽見了麼？」

柯鎮惡大踏步走到廳中，鐵杖在方磚上一落，鐺的一聲，悠悠不絕，嘶啞著嗓子道：「梅超風，你瞧不見我，我也瞧不見你。那日荒山夜戰，你丈夫死於非命，我們張五弟卻也給你們害死了，你知道麼？」梅超風道：「哦，只剩下六怪了。」柯鎮惡道：「我們答應了馬鈺馬道長，不再向你尋仇為難，今日卻是你來找我們。好罷，天地雖寬，咱們卻總是有緣，處處碰頭。老天爺不讓六怪與你梅超風在世上並生，進招罷。」梅超風冷笑道：「你們六人齊上。」朱聰等早站在大哥身旁相護，防梅超風忽施毒手，這時各亮兵刃。郭靖忙道：「仍是讓弟子先擋一陣。」

陸乘風聽梅超風與六怪雙方叫陣，心下好生為難，有意要替兩下解怨，只恨自己威不足以服眾、藝不足以驚人，聽到郭靖這句話，心念忽動，說道：「各位且慢動手，聽小弟一言。梅師姊與六俠雖有宿嫌，但雙方均已有人不幸下世，依兄弟愚見，今日只賭勝負，點到為止，不可傷人，六俠以六敵一，雖是向來使然，總覺不公，就請梅師姊對這位郭老弟教幾招如何？」梅超風冷笑道：「我豈能跟無名小輩動手？」郭靖叫道：「你丈夫是我親手殺的，與我師父何干？」

梅超風悲怒交迸，喝道：「正是，先殺你這小賊。」聽聲辨形，左手疾探，五指猛往郭靖天靈蓋插下。郭靖急躍避開，叫道：「梅前輩，晚輩當年無知，誤傷了陳老前輩，一人作事一人當，你只管問我。今日你要殺要剮，我決不逃走。若是日後你再找我六位師父囉唕，那怎麼說？」他料想今日與梅超風對敵，多半要死在她爪底，卻要解去師父們的危難。

梅超風道：「你真的有種不逃？」郭靖道：「不逃。」梅超風道：「好！我和江南六怪之事，也是一筆勾銷。好小子，跟我走罷！」

黃蓉叫道：「梅師姊，他是好漢子，你卻叫江湖上英雄笑歪了嘴。」梅超風怒道：「怎麼？」黃蓉道：「他是江南六俠的嫡傳弟子。六俠的武功近年來已大非昔比，他們要取你性命真是易如反掌，今日饒了你，還給你面子，你卻不知好歹，尚在口出大言。」梅超風怒道：「呸！我要他們饒？六怪，你們武功大進了？那就來試試？」黃蓉道：「他們何必親自和你動手？單是他們的弟子一人，你就未必能勝。」梅超風大叫：「三招之內我殺不了他，我當場撞死在這裏。」她在趙王府曾與郭靖動過手，深知他武功底細，卻不知數月之間，郭靖得九指神丐傳授絕藝，功夫已然大進。

黃蓉道：「好，這裏的人都是見證。三招太少，十招罷。」郭靖道：「我陪梅前輩走十五招。」他只學了降龍十八掌中的十五掌，心想把這十五掌盡數使出來，或能抵擋得十五招。黃蓉道：「就請陸師哥和陪你來的那位客人計數作證。」梅超風奇道：「誰陪我來著？我單身闖莊，用得著誰陪？」黃蓉道：「你身後那位是誰？」

梅超風反手撈出，快如閃電，眾人也不見那穿青布長袍的人如何閃躲，她這一抓竟沒抓著。那人行動有如鬼魅，卻未發出半點聲響。

梅超風自到江南以後，這些日來一直覺得身後有點古怪，似乎有人跟隨，但不論如何出言試探，如何擒拿抓打，始終摸不著半點影子，還道是自己心神恍惚，疑心生暗鬼，但那晚有人吹簫驅蛇，為自己解圍，明明是有一位高人窺伺在旁，她當時曾望空拜謝，卻又無人搭腔。她在松樹下等了幾個時辰，更無半點聲息，不知這位高人於何時離去。這時聽黃蓉這般問起，不禁大驚，顫聲道：「你是誰？一路跟著我幹甚麼？」

那人恍若未聞，毫不理會。梅超風向前疾撲，那人似乎身子未動，梅超風這一撲卻撲了個空。眾人大驚，均覺這人功夫高得出奇，真是生平從所未見。

陸乘風道：「閣下遠道來此，小可未克迎接，請坐下共飲一杯如何？」那人轉過身來，飄然出廳。

過了片刻，梅超風又問：「那晚吹簫的前輩高人，便是閣下麼？梅超風好生感激。」眾人不禁駭然，梅超風用耳代目，以她聽力之佳，竟未聽到這人出去的聲音。黃蓉道：「梅師姊，那人已經走了。」梅超風驚道：「他出去了？我……我怎麼會沒聽見？」黃蓉道：「你你快去找他罷，別在這裏發威了。」

梅超風呆了半晌，臉上又現悽厲之色，喝道：「姓郭的小子，接招罷！」雙手提起，十指尖尖，在燭火下發出碧幽幽的綠光，卻不發出。郭靖道：「我在這裏。」梅超風只聽得他說了一個「我」字，右掌微晃，左手五指已抓向他面門。郭靖見她來招奇速，身子稍側，左臂反過來就是一掌。梅超風聽到聲音，待要相避，已是不及，「降龍十八掌」招招精妙無比，蓬的一聲，正擊在肩頭之上。梅超風登時被震得退開三步，但她武功詭異之極，身子雖然退開，不知如何，手爪反能疾攻上來。這一招之奇，郭靖從所未見，大驚之下，右腕「內關」、「外關」、「會宗」三穴已被她同時拿住。

郭靖平時曾聽師父們言道，梅超風的「九陰白骨爪」專在對方明知不能發招之時暴起疾進，最是難閃難擋，他出來與梅超風動手，對此節本已嚴加防範。豈知她招數變化無方，雖被擊中一掌，竟反過手來立時扣住了他脈門。

郭靖暗叫：「不好！」全身已感酸麻，危急中右手屈起食中兩指，半拳半掌，向她胸口打去，那是「潛龍勿用」的半招，本來左手同時向裏鉤拿，右推左鉤，敵人極難閃避，現下左腕被拿，只得使了半招。「降龍十八掌」威力奇大，雖只半招，也已非同小可，梅超風聽到風聲怪異，既非掌風，亦非拳風，忙側身卸去了一半來勢，但肩頭仍被打中，只覺一股極大力量將自己身子推得向後撞去，右手疾揮，也將郭靖身子推出。

這一下兩人都使上了全力，只聽得蓬的一聲大響，兩人背心同時撞中了一根廳柱。屋頂上瓦片、磚石、灰土紛紛跌落。眾莊丁齊聲吶喊，逃出廳去。

江南六怪面面相覷，都是又驚又喜：「靖兒從那裏學來這樣高的武功？」韓寶駒望了黃蓉一眼，料想必是她的傳授，心下暗暗佩服：「桃花島武功果然了得。」

這時郭靖與梅超風各展所學，打在一起，一個掌法精妙，力道沉猛，一個抓打狠辣，變招奇幻，大廳中只聽得呼呼風響。梅超風躍前縱後，四面八方的進攻。郭靖知道敵人招數太奇，跟著她見招拆招，立時就會吃虧，記著洪七公當日教他對付黃蓉「落英神劍掌」的訣竅，不管敵人如何花樣百出，千變萬化，自己只是把「降龍十八掌」中的十五掌連環往復、一遍又一遍的使了出來，這訣竅果然使得，兩人拆了四五十招，梅超風竟不能逼近半步。只看得黃蓉笑逐顏開，六怪撟舌不下，陸氏父子目眩神馳。

陸乘風心想：「梅師姊功夫精進如此，這次要是跟我動手，十招之內，我那裏還有性命？這位郭老弟年紀輕輕，怎能有如此深湛的武功？我真是走了眼了，幸好對他禮貌周到，絲毫沒有輕忽。」完顏康又妒又惱：「這小子本來非我之敵，今後怎麼還能跟他動手？」

黃蓉大聲叫道：「梅師姊，拆了八十多招啦，你還不認輸？」本來也不過六十招上下，她卻又給加上了二十幾招。

梅超風惱怒異常，心想我苦練數十年，竟不能對付你這小子？當下掌劈爪戳，越打越快。她武功與郭靖本來相去何止倍蓰，只是一來她雙目已盲，畢竟吃虧；二來為報殺夫大仇，不免心躁，犯了武學大忌；三來郭靖年輕力壯，學得了降龍十八掌的高招，兩人竟打了個難解難分。堪堪將到百招，梅超風對他這十五招掌法的脈絡已大致摸清，知他掌法威力極大，不能近攻，當下在離他丈餘之外奔來竄去，要累他力疲。施展這降龍十八掌最是耗神費力，時候久了，郭靖掌力所及，果然已不如先前之遠。

梅超風乘勢疾上，雙臂直上直下，在「九陰白骨爪」的招數之中同時挾了「摧心掌」掌法。黃蓉知道再鬥下去郭靖必定吃虧，不住叫道：「梅師姊，一百多招啦，快兩百招啦，還不認輸？」梅超風充耳不聞，越打越急。

黃蓉靈機一動，縱身躍到柱邊，叫道：「靖哥哥，瞧我！」郭靖連發兩招「利涉大川」、「鴻漸於陸」，將梅超風遠遠逼開，抬頭只見黃蓉繞著柱子而奔，連打手勢，一時還不明白。黃蓉叫道：「在這裏跟她打。」

郭靖這才醒悟，回身前躍，到了一根柱子邊上。梅超風五指抓來，郭靖立即縮身柱後，秃的一聲，梅超風五指已插入了柱中。她全憑敵人拳風腳步之聲而辨知對方所在，柱子固定在地，決無聲息，郭靖在酣戰時斗然間躲到柱後，她那裏知道？待得驚覺，郭靖呼的一掌，從柱後打了出來，當下只得硬接，左掌照準來勢猛推出去。兩人各自震開數步，她五指才從柱間拔出。

梅超風惱怒異常，不等郭靖站定腳步，閃電般撲了過去。只聽得嗤的一聲，郭靖衣襟被扯脫了一截，臂上也被她手爪帶中，幸未受傷，他心中一凜，還了一掌，拆不三招，又向柱後閃去，梅超風大聲怒喝，左手五指又插入柱中。

郭靖這次卻不乘勢相攻，叫道：「梅前輩，我武功遠不及你，請你手下留情。」眾人眼見郭靖已佔上風，他倚柱而鬥，顯已立於不敗之地，如此說法，那是給她面子，要她就此罷手。陸乘風心想：「這般了事，那是再好不過。」

梅超風冷然道：「若憑比試武功，我三招內不能勝你，早該服輸認敗。可是今日並非比武，乃是報仇。我早已輸給了你，但非殺你不可！」一言方畢，雙臂運勁，右手連發三掌，左手連發三掌，都擊在柱子腰心，跟著大喝一聲，雙掌同時推出，喀喇喇一聲響，那柱子居中折斷。

廳上諸人都是一身武功，見機極快，眼見她發掌擊柱，已各向外竄出。陸冠英抱著父親最後奔出。只聽得震天價一聲大響，那廳塌了半邊，只有那兵馬指揮使段大人逃避不及，兩腿被一根巨樑壓住，狂呼救命。完顏康過去抬起樑木，把他拉起，扯扯他的手，乘亂想走。兩人剛轉過身來，背後都是一麻，已不知被誰點中了穴道。

梅超風全神貫注在郭靖身上，聽他從廳中飛身而出，立時跟著撲上。

這時莊前雲重月暗，眾人方一定神，只見郭梅二人又已鬥在一起。星光熹微之下，兩條人影倏分倏合，掌風呼呼聲中，夾著梅超風運功時骨節格格爆響，比之適才廳上激鬥尤為驚心動魄。郭靖本就不敵，昏黑之中更加不利，霎時間連遇險招，只見梅超風左腿掃來，當下右足飛起，逕踢她左腿脛骨，只要兩下一碰，她小腿非斷不可。那知梅超風這一腿乃是虛招，只踢出一半，忽地後躍，左臂卻向他腿上抓下。

陸冠英在旁看得親切，驚叫道：「留神！」那日他小腿被抓，完顏康使的正是這一下手法。在這一瞬之間，郭靖已驚覺危險，左手猛地穿出，往梅超風手腕上擋去。這是危急之中變招，招數雖快，勁力卻弱。梅超風和他手掌相交，立時察覺，手一翻，小指、無名指、中指三根已劃上他手背。郭靖知道厲害，右掌呼的擊出。梅超風側身躍開，縱聲長笑。

郭靖只感左手背上麻辣辣地有如火燒，低頭一看，手背已被劃傷，三條血痕中似乎微帶黑色，斗然間記起蒙古懸崖頂上梅超風所留下的九顆髑髏，馬鈺說她手爪上餵有劇毒，剛才手臂被她搔到，因沒損肉見血，未受其毒，現下可難逃厄運了，叫道：「蓉兒，我中了毒。」不待黃蓉回答，縱身上去呼呼兩掌，心想只有擒住了她，逼她交出解藥，自己才能活命。梅超風察覺掌風猛惡，早已閃開。

黃蓉等聽了郭靖之言，無不大驚。柯鎮惡鐵杖一擺，六怪和黃蓉七人將梅超風圍在垓心。黃蓉叫道：「梅師姊，你早就輸了，怎麼還打？快拿解藥出來救他。」

梅超風感到郭靖掌法凌厲，不敢分神答話，心中暗喜：「你越是用勁，毒性越發得快，今日我就是命喪此地，夫仇總是報了。」

郭靖這時只覺頭暈目眩，全身說不出的舒泰鬆散，左臂更是酸軟無力，漸漸不欲傷敵，這正是毒發之象，若不是他服過蝮蛇寶血，已然斃命。黃蓉見他臉上懶洋洋的似笑非笑，大聲叫道：「靖哥哥，快退開！」拔出蛾眉刺，就要撲向梅超風。

郭靖聽得她呼叫，精神忽振，左掌拍出，那是降龍十八掌中的第十一掌「突如其來」，只是左臂酸麻，去勢緩慢之極。黃蓉、韓寶駒、南希仁、全金發四人正待同時向梅超風攻去，卻見郭靖這掌輕輕拍出，她卻不知閃避，一掌正中肩頭，登時摔倒。原來梅超風對敵全憑雙耳，郭靖這招去勢極緩，沒了風聲，那能察知？

黃蓉一怔，韓、南、全三人已同時撲在梅超風身上，要將她按住，卻被她雙臂力振，韓寶駒與全金發登即被她甩開。她跟著回手向南希仁抓去。南希仁見來勢厲害，著地滾開。梅超風已乘勢躍起，不提防尚未站穩，背上又中了郭靖一掌，再次撲地跌倒。這一掌又是倏來無聲，難避難擋，只是打得緩了，力道不強，雖然擊中在背心要害，卻未受傷。

郭靖打出這兩掌後，神智已感迷糊，身子搖了幾搖，一個踉蹌，跌了下去，正躺在梅超風的身邊。黃蓉急忙俯身去扶。

梅超風聽得聲響，人未站起，五指已戳了過去，突覺指上奇痛，立時醒悟，知是戳中了黃蓉身上軟蝟甲的尖刺，急忙一個「鯉魚打挺」躍起，只聽得一人叫道：「這個給你！」風聲響處，一件古怪的東西打了過來。梅超風聽不出是甚麼兵刃，右臂揮出，喀喇一聲，把那物打折在地，卻是一張椅子，剛覺奇怪，只聽風聲激盪，一件更大的東西又疾飛過來，當即伸出左手抓拿，竟摸到一張桌面，又光又硬，無所措手。原來朱聰先擲出一椅，再藏身於一張紫檀方桌之後，握著兩條桌腿，向她撞去。梅超風飛腳踢開桌子，朱聰早已放脫桌腳，右手前伸，將三件活東西放入了她的衣領。

梅超風突覺胸口幾件冰冷滑膩之物亂鑽亂跳，不由得嚇出一身冷汗，心道：「這是甚麼古怪暗器？還是巫術妖法？」急忙伸手入衣，一把抓住，卻是幾尾金魚，手觸衣襟，一驚更是不小，不但懷中盛放解藥的瓷瓶不知去向，連那柄匕首和捲在匕首上的九陰真經經文也是蹤跡全無。她心裏一涼，登時不動，呆立當地。

原來先前屋柱倒下，壓破了金魚缸，金魚流在地下。朱聰知道梅超風知覺極靈，手法又快，遠非彭連虎、裘千仞諸人所及，是以撿起三尾金魚放入她的衣中，先讓她吃驚分神，才施空空妙手扒了她懷中各物。他拔開瓷瓶塞子，送到柯鎮惡鼻端，低聲道：「怎樣？」柯鎮惡是使用毒物的大行家，一聞藥味，便道：「內服外敷，都是這藥。」

梅超風聽到話聲，猛地躍起，從空撲至。柯鎮惡擺降魔杖擋住，韓寶駒的金龍鞭、全金發的秤桿、南希仁的純鋼扁擔三方同時攻到。梅超風伸手去腰裏拿毒龍鞭，只聽風聲颯然，有兵刃刺向自己手腕，只得翻手還了一招，逼開韓小瑩的長劍。

那邊朱聰將解藥交給黃蓉，說道：「給他服一些，敷一些。」順手把梅超風身上掏來的匕首往郭靖懷裏一塞，道：「這原來是你的。」揚起鐵扇，上前夾攻梅超風。七人一別十餘年，各自勤修苦練，無不功力大進，這一場惡鬥，比之當年荒山夜戰更是狠了數倍。

陸乘風父子瞧得目眩神駭，均想：「梅超風的武功固然凌厲無儔，江南七怪也確是名下無虛。」陸乘風大叫：「各位罷手，聽在下一言。」但各人劇鬥正酣，卻那裏住得了手？

郭靖服藥之後，不多時已神智清明，那毒來得快去得也速，創口雖然疼痛，但左臂已可轉動，當即躍起，奔到垓心，先前他碰巧以慢掌得手，這時已學到了訣竅，看準空隙，慢慢一掌打出，將要觸到梅超風身子，這才突施勁力。

這一招「震驚百里」威力奇大，梅超風事先全無朕兆，突然中掌，那裏支持得住，登時跌倒。郭靖彎腰抓住韓寶駒與南希仁同時擊下的兵刃，叫道：「師父，饒了她罷！」當下和江南六怪一齊向後躍開。梅超風翻身站起，知道郭靖如此打法，自己眼睛瞎了，萬難抵敵，只有抖起毒龍鞭護身，叫他不能欺近。

郭靖說道：「我們也不來難為你，你去罷！」梅超風收起銀鞭，說道：「那麼把經文還我。」朱聰一楞，說道：「我沒拿你的經文，江南七怪向來不打誑語。」他卻不知包在匕首之外的那塊人皮就是九陰真經的經文。

梅超風知道江南七怪雖與她有深仇大怨，但個個說一是一，說二是二，決不致說謊欺人，那必是剛才與郭靖過招時跌落了，心中大急，俯身在地下摸索，摸了半天，那裏有經文的蹤跡？眾人見她一個瞎眼女子，在瓦礫之中焦急萬分的東翻西尋，都不禁油然而起憐憫之念。陸乘風道：「冠英，你幫梅師伯找找。」心中卻想：「這部九陰真經是恩師之物，該當奉還恩師才是。」當即咳嗽兩聲。陸冠英會意，點了點頭。郭靖也幫著尋找，卻那見有甚麼經書？陸乘風道：「梅師姊，這裏確然沒有，只怕你在路上掉了。」梅超風不答，仍是雙手在地下不住摸索。

突然間各人眼前一花，只見梅超風身後又多了那個青袍怪人。他身法好快，各人都沒看清如何過來，但見他一伸手，已抓住梅超風背心，提了起來，轉眼之間，已沒入了莊外林中。梅超風空有一身武功，被他抓住之後竟是絲毫不能動彈。眾人待得驚覺，已只見到兩人的背影。各人面面相覷，半晌不語，但聽得湖中波濤拍岸之聲，時作時歇。

過了良久，柯鎮惡方道：「小徒與那惡婦相鬥，損了寶莊華廈，極是過意不去。」陸乘風道：「六俠與郭兄今日蒞臨，使敝莊老小倖免遭劫，在下相謝尚且不及。柯大俠這樣說，未免太見外了。」陸冠英道：「請各位到後廳休息。郭世兄，你創口還痛麼？」郭靖剛答得一句：「沒事啦！」眼前青影飄動，那青衣怪客與梅超風又已到了莊前。

梅超風叉手而立，叫道：「姓郭的小子，你用洪七公所傳的降龍十八掌打我，我雙眼盲了，因此不能抵擋。姓梅的活不久了，勝敗也不放在心上，但如江湖間傳言出去，說道梅超風打不過老叫化的傳人，豈不是墮了我桃花島恩師的威名？來來來，你我再打一場。」

郭靖道：「我本不是你的對手，全因你眼睛不便，這才得保性命。我早認輸了。」梅超風道：「降龍十八掌共有十八招，你為甚麼不使全了？」

郭靖道：「只因我性子愚魯……」黃蓉連打手勢，叫他不可吐露底細，郭靖卻仍是說了出來：「……洪前輩只傳了我十五掌。」

梅超風道：「好啊，你只會十五掌，梅超風就敗在你的手下，洪七公那老叫化就這麼厲害麼？不行，非再打一場不可。」眾人聽她語氣，似乎已不求報殺夫之仇，變成了黃藥師與洪七公的聲名威望之爭。

郭靖道：「黃姑娘小小年紀，我尚不是她的對手，何況是你？桃花島的武功我是向來敬服的。」黃蓉道：「梅師姊，你還說甚麼？天下難道還有誰勝得過爹爹的？」

梅超風道：「不行，非再打一場不可！」不等郭靖答應，伸手抓將過來。郭靖被逼不過，說道：「既然如此，請梅前輩指教。」揮掌拍出。梅超風翻腕亮爪，叫道：「打無聲掌，有聲的你不是我對手！」

郭靖躍開數步，說道：「我柯大恩師眼睛也不方便，別人若用這般無聲掌法欺他，我必恨之入骨。將心比心，我豈能再對你如此？適才我中你毒抓，生死關頭，不得不以無聲掌保命，若是比武較量，如此太不光明磊落，晚輩不敢從命。」

梅超風聽他說得真誠，心中微微一動：「這少年倒也硬氣。」隨即厲聲喝道：「我既叫你打無聲掌，自有破你之法，婆婆媽媽的多說甚麼？」

郭靖向那青衣怪客望了一眼，心道：「難道他在這片刻之間，便教了梅超風對付無聲掌的法子？」見她苦苦相迫，說道：「好，我再接梅前輩十五招。」他想把降龍十八掌中的十五掌再打一遍，縱使不能勝過了她，也必可以自保，當下向後躍開，然後躡足上前，緩緩發掌打出，只聽得身旁嗤的一聲輕響，梅超風鉤腕反拿，看準了他手臂抓來，昏暗之中，她雙眼似乎竟能看得清清楚楚。

郭靖吃了一驚，左掌疾縮，搶向左方，一招「利涉大川」仍是緩緩打出。他手掌剛出數寸，嗤的一聲過去，梅超風便已知他出手的方位，搶在頭裏，以快打慢。郭靖退避稍遲，險險被她手爪掃中，驚奇之下，急忙後躍，心想：「她知我掌勢去路已經奇怪，怎麼又能在我將發未發之際先行料到？」第三招更是鄭重，正是他拿手的「亢龍有悔」，只聽得嗤的一聲，梅超風如鋼似鐵的五隻手爪又已向他腕上抓來。

郭靖知道關鍵必在那「嗤」的一聲之中，到第四招時，向那青衣怪客望去，果見他手指輕彈，一小粒石子破空飛出。郭靖已然明白：「原來是他彈石子指點方位，我打東他投向東，我打西他投向西。不過他怎料得到我掌法的去路？嗯，是了，那日蓉兒與梁子翁相鬥，洪七公預先喝破他的拳路，也就是這個道理。我使滿十五招認輸便了。」

那降龍十八掌無甚變化，郭靖又未學全，雖然每招威力奇大，但梅超風既得預知他掌力來勢，自能及早閃避化解。又拆數招，那青衣怪客忽然嗤嗤接連彈出三顆石子，梅超風變守為攻，猛下三記殺手。郭靖勉力化開，還了兩掌。

兩人相鬥漸緊，只聽得掌風呼呼之中，夾著嗤嗤彈石之聲。黃蓉見情勢不妙，在地下撿起一把瓦礫碎片，有些在空中亂擲，有些就照準了那怪客的小石子投去，一來擾亂聲響，二來打歪他的準頭。不料怪客指上加勁，小石子彈出去的力道勁急之極，破空之聲異常響亮，黃蓉所擲的瓦片固然打不到石子，而小石子發出的響聲也決計擾亂不了。

陸氏父子及江南六怪都極驚異：「此人單憑手指之力，怎麼能把石子彈得如此勁急？就是鐵胎彈弓，也不能彈出這般大聲。誰要是中了一彈，豈不是腦破胸穿？」

這時黃蓉已然住手，呆呆望著那個怪客。這時郭靖已全處下風，梅超風制敵機先，招招都是凌厲之極的殺手。

突然間嗚嗚兩響，兩顆石彈破空飛出，前面一顆飛得較緩，後面一顆急速趕上，兩彈拍的一聲，在空中撞得火星四濺，石子碎片八方亂射。梅超風借著這股威勢直撲過來。郭靖見來勢兇狠，難以抵擋，想起南希仁那「打不過，逃！」的四字訣，轉身便逃。

黃蓉突然高叫：「爹爹！」向那青衣怪客奔去，撲在他的懷裏，放聲大哭，叫道：「爹爹，你的臉，你的臉怎……怎麼變了這個樣子？」

郭靖回過身來，見梅超風站在自己面前，卻在側耳傾聽石彈聲音，這稍縱即逝的良機那能放過，當即伸掌慢慢拍向她肩頭，這一次卻是用了十成力，右掌力拍，左掌跟著一下，力道尤其沉猛。梅超風被這連續兩掌打得翻了個觔斗，倒在地下，再也爬不起身。

陸乘風聽黃蓉叫那人做爹爹，悲喜交集，忘了自己腿上殘廢，突然站起，要想過去，也是一交摔倒。

那青衣怪客左手摟住了黃蓉，右手慢慢從臉上揭下一層皮來，原來他臉上戴著一張人皮面具，是以看上去詭異古怪之極。這本來面目一露，但見他形相清癯，丰姿雋爽，蕭疏軒舉，湛然若神。黃蓉眼淚未乾，高聲歡呼，搶過了面具罩在自己臉上，縱體入懷，抱住他的脖子，又笑又跳。

這青衣怪客，正是桃花島島主黃藥師。

黃蓉笑道：「爹，你怎麼來啦？剛才那個姓裘的糟老頭子咒你，你也不教訓教訓他。」黃藥師沉著臉道：「我怎麼來啦！來找你來著！」黃蓉喜道：「爹，你的心願了啦？那好極啦，好極啦！」說著拍掌而呼。黃藥師道：「了甚麼心願？為了找你這鬼丫頭，還管甚麼心願不心願。」

黃蓉甚是難過，她知父親曾得了「九陰真經」的下卷，上卷雖然得不到，但發下心願，要憑著一己的聰明智慧，從下卷而自創上卷的內功基礎，說道「九陰真經」也是凡人所作，別人作得出，我黃藥師便作不出？若不練成經中所載武功，便不離桃花島一步，豈知下卷經文被陳玄風、梅超風盜走，另作上卷經文也就變成了全無著落。這次為了自己頑皮，竟害得他違願破誓，當下軟語說道：「爹，以後我永遠乖啦，到死都聽你的話。」

黃藥師見愛女無恙，本已極喜，又聽她這樣說，心情大好，說道：「扶你師姊起來。」黃蓉過去將梅超風扶起。陸冠英也將父親扶來，雙雙拜倒。

黃藥師嘆了口氣，說道：「乘風，你很好，起來罷。當年我性子太急，錯怪了你。」陸乘風哽咽道：「師父您老人家好？」黃藥師道：「總算還沒給人氣死。」黃蓉嬉皮笑臉的道：

「爹，你不是說我吧？」黃藥師哼了一聲道：「你也有份。」黃蓉伸了伸舌頭，道：「爹，我給你引見幾位朋友。這是江湖上有名的江南六怪，是靖哥哥的師父。」

黃藥師眼睛一翻，對六怪毫不理睬，說道：「我不見外人。」六怪見他如此傲慢無禮，無不勃然大怒，但震於他的威名與適才所顯的武功神通，一時倒也不便發作。

黃藥師向女兒道：「你有甚麼東西要拿？咱們這就回家。」黃蓉笑道：「沒甚麼要拿的，卻有點東西要還給陸師哥。」從懷裏掏出那包九花玉露丸來，交給陸乘風道：「陸師哥，這些藥丸調製不易，還是還了你罷。」陸乘風搖手不接，向黃藥師道：「弟子今日得見恩師，實是萬千之喜，要是恩師能在弟子莊上小住幾時，弟子更是……」

黃藥師不答，向陸冠英一指道：「他是你兒子？」陸乘風道：「是。」陸冠英不待父親吩咐，忙上前恭恭敬敬的磕了四個頭，說道：「孫兒叩見師祖。」黃藥師道：「罷了！」並不俯身相扶，卻伸左手抓住他後心一提，右掌便向他肩頭拍落。陸乘風大驚，叫道：「恩師，我就只這個兒子……」

黃藥師這一掌勁道不小，陸冠英肩頭被擊後站立不住，退後七八步，再是仰天一交跌倒，但沒受絲毫損傷，怔怔的站起身來。黃藥師對陸乘風道：「你很好，沒把功夫傳他。這孩子是仙霞派門下的嗎？」

陸乘風才知師父這一提一推，是試他兒子的武功家數，忙道：「弟子不敢違了師門規矩，不得恩師允准，決不敢將恩師的功夫傳授旁人。這孩子正是拜在仙霞派枯木大師的門下。」黃藥師冷笑一聲，道：「枯木這點微末功夫，也稱甚麼大師？你所學勝他百倍，打從明天起，你自己傳兒子功夫罷。仙霞派的武功，跟咱們提鞋子也不配。」陸乘風大喜，忙對兒子道：「快，快謝過祖師爺的恩典。」陸冠英又向黃藥師磕了四個頭。黃藥師昂起了頭，不加理睬。

陸乘風在桃花島上學得一身武功，雖然雙腿殘廢，但手上功夫未廢，心中又深知武學精義，眼見自己獨子雖然練武甚勤，總以未得明師指點，成就有限，自己明明有滿肚子的武功訣竅可以教他，但格於門規，未敢洩露，為了怕兒子癡纏，索性一直不讓他知道自己會武，這時自己重得列於恩師門牆，又得師父允可教子，愛子武功指日可以大進，心中如何不喜？要想說幾句感激的話，喉頭卻哽住了說不出來。

黃藥師白了他一眼，說道：「這個給你！」右手輕揮，兩張白紙向他一先一後的飛去。他與陸乘風相距一丈有餘，兩葉薄紙輕飄飄的飛去，猶如被一陣風送過去一般，薄紙上無所使力，推紙及遠，實比投擲數百斤大石更難，眾人無不欽服。

黃蓉甚是得意，悄聲向郭靖道：「靖哥哥，我爹爹的功夫怎樣？」郭靖道：「令尊的武功出神入化。蓉兒，你回去之後，莫要貪玩，好好跟著學。」黃蓉急道：「你也去啊，難道你不去？」郭靖道：「我要跟著我師父。過些時候我來瞧你。」黃蓉大急，緊緊拉住他手，叫道：「不，不，我不和你分開。」郭靖卻知在勢不得不和她分離，不禁心中淒然。

陸乘風接住白紙，依稀見得紙上寫滿了字。陸冠英從莊丁手裏接過火把，湊近去讓父親看字。陸乘風一瞥之下，見兩張紙上寫的都是練功的口訣要旨，卻是黃藥師的親筆，二十年不見，師父的字跡更加遒勁挺拔，第一葉上右首寫著題目，是「旋風掃葉腿法」六字。陸乘風知道「旋風掃葉腿」與「落英神劍掌」俱是師父早年自創的得意武技，六個弟子無一得傳，如果昔日得著，不知道有多歡喜，現下自己雖已不能再練，但可轉授兒子，仍是師父厚恩，當下恭恭敬敬的放入懷內，伏地拜謝。

黃藥師道：「這套腿法和我早年所創的已大不相同，招數雖是一樣，但這套卻是先從內功練起。你每日依照功訣打坐練氣，要是進境得快，五六年後，便可不用扶杖行走。」陸乘風又悲又喜，百感交集。

黃藥師又道：「你腿上的殘疾是治不好的了，下盤功夫也不能再練，不過照著我這功訣去做，和常人一般慢慢行走卻是不難，唉，……」他早已自恨當年太過心急躁怒，重罰了四名無辜的弟子，近年來潛心創出這「旋風掃葉腿」的內功秘訣，便是想去傳給四名弟子，好讓他們能修習下盤的內功之後，得以回復行走。只是他素來要強好勝，雖然內心後悔，口上卻不肯說，因此這套內功明明是全部新創，仍是用上一個全不相干的舊名，不肯稍露認錯補過之意；過了片刻，又道：「你把三個師弟都去找來，把這功訣傳給他們罷。」

陸乘風答應一聲：「是。」又道：「曲師弟和馮師弟的行蹤，弟子一直沒能打聽到。武師弟已去世多年了。」

黃藥師心裏一痛，一對精光閃亮的眸子直射在梅超風身上，她瞧不見倒也罷了，旁人無不心中惴惴。黃藥師冷然道：「超風，你作了大惡，也吃了大苦。剛才那裘老兒咒我死了，你總算還哭出了幾滴眼淚，還要替我報仇。瞧在這幾滴眼淚份上，讓你再活幾年罷。」

梅超風萬料不到師父會如此輕易的便饒了自己，喜出望外，拜倒在地。

黃藥師道：「好，好！」伸手在她背上輕輕拍了三掌。

梅超風突覺背心微微刺痛，這一驚險些暈去，顫聲叫道：「恩師，弟子罪該萬死，求你恩准現下立即處死，寬免了附骨針的苦刑。」她早年曾聽丈夫說過，師父有一項附骨針的獨門暗器，只要伸手在敵人身上輕輕一拍，那針便深入肉裏，牢牢釘在骨骼的關節之中。針上餵有毒藥，藥性卻是慢慢發作，每日六次，按著血脈運行，叫人遍嚐諸般難以言傳的劇烈苦痛，一時又不得死，要折磨到一兩年後方取人性命。武功好的人如運功抵擋，卻是越擋越痛，所受苦楚猶似火上加油，更其劇烈。但凡有功夫之人，到了這個地步，又不得不咬緊牙關，強運功力，明知是飲鴆止渴，下次毒發時更為猛惡，然而也只好擋得一陣是一陣了。梅超風知道只要中一枚針已是進了人間地獄，何況連中三枚？抖起毒龍鞭猛往自己頭上砸去。

黃藥師一伸手，已將毒龍鞭搶過，冷冷的道：「急甚麼？要死還不容易！」

梅超風求死不得，心想：「師父必是要我盡受苦痛，決不能讓我如此便宜的便死。」不禁慘然一笑，向郭靖道：「多謝你一刀把我丈夫殺了，這賊漢子倒死得輕鬆自在！」

黃藥師道：「附骨針上的藥性，一年之後方才發作。這一年之中，有三件事給你去做，你辦成了，到桃花島來見我，自有法子給你拔針。」梅超風大喜，忙道：「弟子赴湯蹈火，也要給恩師辦到。」黃藥師冷冷道：「你知道我叫你做甚麼事？答應得這麼快？」梅超風不敢言語，只自磕頭。

黃藥師道：「第一件，你把九陰真經丟失了，去給找回來，要是給人看過了，就把他殺了，一個人看過，殺一個，一百個人看過，殺一百個，只殺九十九人也別來見我。」眾人聽了，心中都感一陣寒意。江南六怪心想：「黃藥師號稱『東邪』，為人行事真是邪得可以。」只聽他又道：「你曲、陸、武、馮四個師兄弟，都因你受累，你去把靈風、默風找來，再去查訪眠風的家人後嗣，都送到歸雲莊來居住。這是第二件。」梅超風一一應了。

陸乘風心想：「這件我可去辦。」但他知道師父脾氣，不敢插言。

黃藥師仰頭向天，望著天邊北斗，緩緩的道：「九陰真經是你們自行拿去的，經上的功夫我沒吩咐教你練，可是你自己練了，你該當知道怎麼辦。」隔了一會，說道：「這是第三件。」

梅超風一時不明白師父之意，垂首沉思片刻，方才恍然，顫聲道：「待那兩件事辦成之後，弟子當把九陰白骨爪和摧心掌的功夫去掉。」

郭靖不懂，拉拉黃蓉的衣袖，眼色中示意相詢。黃蓉臉上神色甚是不忍，用右手在自己左手手腕上一斬。郭靖這才明白：「原來是把自己的手斬了。」心想：「梅超風雖然作惡多端，但要是真能悔改，何必刑罰如此慘酷？倒要蓉兒代她求求情。」正在想這件事，黃藥師忽然向他招了招手，道：「你叫郭靖？」

郭靖忙上前拜倒，說道：「弟子郭靖參見黃老前輩。」黃藥師道：「我的弟子陳玄風是你殺的？你本事可不小哇！」郭靖聽他語意不善，心中一凜，說道：「那時弟子年幼無知，給陳前輩擒住了，慌亂之中，失手傷了他。」

黃藥師哼了一聲，冷冷的道：「陳玄風雖是我門叛徒，自有我門中人殺他。桃花島的門人能教外人殺的麼？」郭靖無言可答。

黃蓉忙道：「爹爹，那時候他只有六歲，又懂得甚麼了？」黃藥師猶如不聞，又道：「洪老叫化素來不肯收弟子，卻把最得意的降龍十八掌傳給了你十五掌，你必有過人的長處了。要不然，總是你花言巧語，哄得老叫化歡喜了你。你用老叫化所傳的本事，打敗了我門下弟子，哼哼，下次老叫化見了我，還不有得他說嘴的麼？」

黃蓉笑道：「爹，花言巧語倒是有的，不過不是他，是我。他是老實頭，你別兇霸霸的嚇壞了他。」

黃藥師喪妻之後，與女兒相依為命，對她寵愛無比，因之把她慣得甚是嬌縱，毫無規矩，那日被父親責罵幾句，竟然便離家出走。黃藥師本來料想愛女流落江湖，必定憔悴苦楚，那知一見之下，卻是嬌艷猶勝往昔，見她與郭靖神態親密，處處迴護於他，似乎反而與老父生分了，心中頗有妒意，對郭靖更是有氣，當下不理女兒，對郭靖道：「老叫化教你本事，讓你來打敗梅超風，明明是笑我門下無人，個個弟子都不爭氣……」

黃蓉忙道：「爹，誰說桃花島門下無人？他欺梅師姊眼睛不便，掌法上僥倖佔了些便宜，有甚麼希罕？你倒教他綁上眼睛，跟梅師姊比劃比劃看。女兒給你出這口氣。」縱身出去，叫道：「來來，我用爹爹所傳最尋常的功夫，跟你洪七公生平最得意的掌法比比。」她知郭靖的功夫和自己不相上下，兩人只要拆解數十招，打個平手，爹爹的氣也就消了。

郭靖明白她的用意，見黃藥師未加阻攔，說道：「我向來打你不過，就再讓你揍幾拳罷。」當即走到黃蓉身前。

黃蓉喝道：「看招！」纖手橫劈，颼颼風響，正是落英神劍掌法中的「雨急風狂」。郭靖便以降龍十八掌招數對敵，但他愛惜黃蓉之極，那肯使出全力？可是降龍十八掌全憑勁強力猛取勝，講到招數繁複奇幻，豈是落英神劍掌法之比，只拆了數招，身上已連中數掌。黃蓉要消父親之氣，這幾掌還是打得真重，心知郭靖筋骨強壯，這幾下還能受得了，高聲叫道：「你還不服輸？」口中說著，手卻不停。

黃藥師鐵青了臉，冷笑道：「這種把戲有甚麼好看？」也不見他身子晃動，忽地已然欺近，雙手分別抓住了兩人後領向左右擲出。雖是同樣一擲，勁道卻大有不同，擲女兒的左手只是將她甩出，擲郭靖的右手卻運力甚強，存心要重重摔他一下。郭靖身在半空使不出力，只覺不由自主的向後倒去，但腳跟一著地，立時牢牢釘住，竟未摔倒。

他要是一交摔得口腫面青，半天爬不起來，倒也罷了。這樣一來，黃藥師雖然暗讚這小子下盤功夫不錯，怒氣反而更熾，喝道：「我沒弟子，只好自己來接你幾掌。」郭靖忙躬身道：「弟子就有天大的膽子，也不敢和前輩過招。」

黃藥師冷笑道：「哼，和我過招？諒你這小子也不配。我站在這裏不動，你把降龍十八掌一掌掌的向我身上招呼，只要引得我稍有閃避，舉手擋格，就算是我栽了，好不好？」郭靖道：「弟子不敢。」黃藥師道：「不敢也要你敢。」

郭靖心想：「到了這步田地，不動手萬萬不行，只好打他幾掌。他不過是要借力打力，將我反震出去，我摔幾交又有甚麼？」

黃藥師見他尚自遲疑，但臉上已有躍躍欲試之色，說道：「快動手，你不出招，我可要打你了。」郭靖道：「既是前輩有命，弟子不敢不遵。」運起勢子，蹲身屈臂，畫圈擊出一掌，又是練得最熟的那招「亢龍有悔」。他既擔心真的傷了黃藥師，也怕若用全力，回擊之勁也必奇大，是以只使了六成力。這一掌打到黃藥師胸口，突覺他身上滑不留手，猶如塗滿了油一般，手掌一滑，便溜了開去。

黃藥師道：「幹麼？瞧我不起麼？怕我吃不住你神妙威猛的降龍掌，是不是？」郭靖道：「弟子不敢。」這第二掌「或躍在淵」，卻再也不敢留力，吸一口氣，呼的一響，左掌前探，右掌倏地從左掌底下穿了出去，直擊他小腹。黃藥師道：「這才像個樣子。」

當日洪七公教郭靖在松樹上試掌，要他掌一著樹，立即使勁，方有摧堅破強之功，這時他依著千練萬試過的法門，指尖微微觸到黃藥師的衣緣，立時發勁，不料就在這勁已發出、力未受著的一瞬之間，對方小腹突然內陷，只聽得喀的一聲，手腕已是脫臼。他這掌若是打空，自無關礙，不過是白使了力氣，卻在明明以為擊到了受力之處而發出急勁，著勁的所在忽然變得無影無蹤，待要收勁，那裏還來得及，只感手上劇痛，忙躍開數尺，一隻手已舉不起來。

江南六怪見黃藥師果真一不閃避，二不還手，身子未動，一招之間就把郭靖的腕骨卸脫了臼，又是佩服，又是擔心。

只聽黃藥師喝道：「你也吃我一掌，教你知道是老叫化的降龍十八掌厲害，還是我桃花島的掌法厲害。」語聲方畢，掌風已聞。郭靖忍痛縱起，要向旁躲避，那知黃藥師掌未至，腿先出，一撥一勾，郭靖撲地倒了。

黃蓉驚叫：「爹爹別打！」從旁竄過，伏在郭靖身上。黃藥師變掌為抓，一把拿住女兒背心，提了起來，左掌卻直劈下去。

江南六怪知道這一掌打著，郭靖非死也必重傷，一齊搶過。全金發站得最近，秤桿上的鐵錘逕擊他左手手腕。黃藥師將女兒在身旁一放，雙手任意揮灑，便將全金發的秤桿與韓小瑩手中長劍奪下，平劍擊秤，噹啷一響，一劍一秤震為四截。

陸乘風叫道：「師父！……」想出言勸阻，但於師父積威之下，再也不敢接下口去。

黃蓉哭道：「爹，你殺他罷，我永不再見你了。」急步奔向太湖，波的一聲，躍入了湖中。黃藥師驚怒交集，雖知女兒深通水性，自小就常在東海波濤之中與魚鱉為戲，整日不上岸也不算一回事，但她這一去卻不知何日再能重見，飛身搶到湖邊，黑沉沉之中，但見一條水線筆直的通向湖心。

黃藥師呆立半晌，回過頭來，見朱聰已替郭靖接上了腕骨所脫的臼，當即遷怒於他，冷冷的道：「你們七個人快自殺罷，免得讓我出手時多吃苦頭。」

柯鎮惡橫過鐵杖，說道：「男子漢大丈夫死都不怕，還怕吃苦？」朱聰道：「江南六怪已歸故鄉，今日埋骨五湖，尚有何憾？」六人或執兵刃，或是空手，布成了迎敵的陣勢。

郭靖心想：「六位師父那裏是他的敵手，只不過是枉送了性命，豈能因我之故而害了師父？」急忙縱身上前，說道：「陳玄風是弟子殺的，與我眾位師父無干，我一人給他抵命便了。」隨又想到：「大師父、三師父、七師父都是性如烈火，倘若見我喪命，豈肯罷手？必定又起爭鬥，我須獨自了結此事。」當下挺身向黃藥師昂然說道：「只是弟子父仇未報，前輩可否寬限一個月，三十天之後，弟子親來桃花島領死？」

黃藥師這時怒氣漸消，又是記掛著女兒，已無心思再去理他，手一揮，轉身就走。

眾人不禁愕然，怎麼郭靖只憑這一句話，就輕輕易易的將他打發走了？只怕他更有厲害毒辣手段，卻見他黑暗之中身形微晃，已自不見。

陸乘風呆了半晌，才道：「請各位到後堂稍息。」梅超風哈哈一笑，雙袖揮起，已反躍出丈餘之外，轉身也沒入了黑暗之中。陸乘風叫道：「梅師姊，把你弟子帶走罷。」黑暗中沉寂無聲，梅超風早已去遠。

第十五回

神龍擺尾

只見她面前放著兩個無錫所產的泥娃娃，一男一女，都是肥肥胖胖，神態有趣。泥人面前擺著幾隻黏土捏成的小碗小盞，盛著些花草樹葉。

陸冠英扶起完顏康，見他已被點中穴道，動彈不得，只有兩顆眼珠光溜溜的轉動。陸乘風道：「我答應過你師父，放了你去。」瞧他被點中了穴道的情形不是本門手法，自己雖能替他解穴，但對點穴之人卻有不敬，正要出言詢問，朱聰過來在完顏康腰裏揑了幾把，又在他背上輕拍數掌，解開了他穴道。陸乘風心想：「這人手上功夫真是了得。完顏康武功不弱，未見他還得一招半式，就被點了穴。」其實若是當真動手，完顏康雖然不及朱聰，但不致立時就敗，只是大廳倒塌時亂成一團，完顏康又牽著那姓段的武官，朱聰最善於乘人分心之際攻人虛隙，是以出手即中。

朱聰道：「這位是甚麼官兒，你也帶了走罷。」又給那武官解了穴道。那武官自分必死，聽得竟能獲釋，喜出望外，忙躬身說道：「大……大英雄活命之恩，卑……卑職段天德終身不忘。各位若去京師耍子，小將自當盡心招待……」

郭靖聽了「段天德」三字，耳中嗡的一震，顫聲道：「你……你叫段天德？」段天德道：「正是，小英雄有何見教？」郭靖道：「十八年前，你可是在臨安當武官麼？」段天德道：「是啊，小英雄怎麼知道？」他剛才曾聽得陸乘風說陸冠英是枯木大師弟子，又向陸冠英說道：「我是枯木大師俗家的姪兒，咱們說起來還是一家人呢，哈哈！」

郭靖向段天德從上瞧到下，又從下瞧到上，始終一言不發，段天德只是陪笑。過了好半晌，郭靖轉頭向陸乘風道：「陸莊主，在下要借寶莊後廳一用。」陸乘風道：「當得，當得。」郭靖挽了段天德的手臂，大踏步向後走去。

江南六怪個個喜動顏色，心想天網恢恢，竟在這裏撞見這惡賊，若不是他自道姓名，那裏知道當年七兄妹萬里追蹤的就是此人？

陸乘風父子與完顏康卻不知郭靖的用意，都跟在他的身後，走向後廳。家丁掌上燭火。郭靖道：「煩借紙筆一用。」家丁應了取來。郭靖對朱聰道：「二師父，請你書寫先父的靈位。」朱聰提筆在白紙上寫了「郭義士嘯天之靈位」八個大字，供在桌子正中。

段天德還道來到後廳，多半是要吃消夜點心，及見到郭嘯天的名字，只嚇得魂飛天外，一轉頭，見到韓寶駒矮矮胖胖的身材，驚上加驚，把一泡尿全撒在褲襠之中。當日他帶了郭靖的母親一路逃向北方，江南六怪在後追趕，在旅店的門縫之中，他曾偷瞧過韓寶駒幾眼，這人矮胖怪異的身材最是難忘。適才在大廳上相見，只因自己心中驚魂不定，未曾留意別人，這時燭光下瞧得明白，不知如何是好，只是瑟瑟發抖。

郭靖喝道：「你要痛痛快快的死呢，還是喜歡零零碎碎的先受點折磨？」

段天德到了這個地步，那裏還敢隱瞞，只盼推委罪責，說道：「你老太爺郭義士不幸喪命，雖跟小的有一點兒干係，不過……不過小的是受了上命差遣，概不由己。」郭靖喝道：「誰差你了？誰派你來害我爹爹，快說，快說。」段天德道：「那是大金國的六太子完顏洪烈六王爺。」完顏康驚道：「你說甚麼？」

段天德只盼多拉一個人落水，把自己的罪名減輕些，於是原原本本的將當日完顏洪烈怎樣看中了楊鐵心的妻子包氏、怎樣與宋朝官府串通、命官兵到牛家村去殺害楊郭二人，怎樣假裝見義勇為、殺出來將包氏救去，自己又怎樣逃到北京，卻被金兵拉伕拉到蒙古，怎樣在亂軍中與郭靖之母失散，怎樣逃回臨安，此後一路升官等情由，詳詳細細的說了，說罷雙膝跪地，向郭靖道：「郭英雄，郭大人，這事實在不能怪小的。當年見到你老太爺威風凜凜，相貌堂堂，原是決意要手下留情，還想跟他交個朋友，只不過……只不過……小人是個小小官兒，委實自己做不了主，空有愛慕之心，好生之德……小人名叫段天德，這上天好生之德的道理，小人自幼兒就明白的……」瞥眼見到郭靖臉色鐵青，絲毫不為自己言語所動，當即跪倒，在郭嘯天靈前連連叩頭，叫道：「郭老爺，你在天之靈要明白，害你的仇人是人家六太子完顏洪烈，是他這個畜生，可不是我這螻蟻也不如的東西。你公子爺今日長得這麼英俊，你在天之靈也必歡喜，你老人家保佑，讓他饒了小人一條狗命罷……」

他還在嘮嘮叨叨的說下去，完顏康倏地躍起，雙手下擊，噗的一聲，將他打得頭骨碎裂而死。郭靖伏在桌前，放聲大哭。

陸乘風父子與江南六怪一一在郭嘯天的靈前行禮致祭。完顏康也拜在地下，磕了幾個頭，站起身來，說道：「郭兄，我今日才知我那……那完顏洪烈原來是你我的大仇人。小弟先前不知，事事倒行逆施，真是罪該萬死。」想起母親身受的苦楚，也痛哭起來。

郭靖道：「你待怎樣？」完顏康道：「小弟今日才知確是姓楊，『完顏』兩字，跟小弟全無干係，從今而後，我是叫楊康的了。」郭靖道：「好，這才是不忘本的好漢子。我明日去北京殺完顏洪烈，你去也不去？」

楊康想起完顏洪烈養育之恩，一時躊躇不答，見郭靖臉上已露不滿之色，忙道：「小弟隨同大哥，前去報仇。」郭靖大喜，說道：「好，你過世的爹爹和我母親都曾對我說過，當年先父與你爹爹有約，你我要結義為兄弟，你意下如何？」楊康道：「那是求之不得。」兩人敘起年紀，郭靖先出世兩個月，當下在郭嘯天靈前對拜了八拜，結為兄弟。

當晚各人在歸雲莊上歇了。次晨六怪及郭楊二人向陸莊主父子作別。陸莊主每人送了一份厚厚的程儀。

出得莊來，郭靖向六位師父道：「弟子和楊兄弟北上去殺完顏洪烈，要請師父指點教誨。」柯鎮惡道：「中秋之約為時尚早，我們左右無事，帶領你去幹這件大事罷。」朱聰等人均表贊同。郭靖道：「師父待弟子恩重如山，只是那完顏洪烈武藝平庸，又有楊兄弟相助，要殺他諒來也非難事。師父為了弟子，十多年未歸江南，現下數日之間就可回到故鄉，弟子不敢再勞師父大駕。」六怪心想也是實情，眼見他武藝大進，儘可放心得下，當下細細叮囑了一番，郭靖一一答應。

最後韓小瑩道：「桃花島之約，不必去了。」她知郭靖忠厚老實，言出必踐，瞧那黃藥師性子古怪殘忍，如去桃花島赴會，勢必凶多吉少。郭靖道：「弟子若是不去，豈不失信於他？」楊康插口說道：「跟這般妖邪魔道，有甚麼信義好講。大哥是太過拘泥古板了。」

柯鎮惡哼了一聲，說道：「靖兒，咱們俠義道豈能說話不算數？今日是六月初五，七月初一我們在嘉興醉仙樓相會，同赴桃花島之約。現下你騎小紅馬趕赴北京報仇。你那義弟不必同去了。你如能得遂心願，那是最好，否則咱們把殺奸之事託了全真派諸位道長，他們義重如山，必不負咱們之託。」郭靖聽大師父說要陪他赴難，感激無已，拜倒在地。

南希仁道：「你這義弟出身富貴之家，可要小心了。」韓小瑩道：「四師父這句話，你一時也不會明白，以後時時仔細想想。」郭靖應道：「是。」

朱聰笑道：「黃藥師的女兒跟她老子倒挺不同，咱們以後再犯不著生她的氣，三弟，是麼？」韓寶駒一捋鬍髭，說道：「這小女娃罵我是矮冬瓜，她自己挺美麼？」說到這裏，卻也不禁笑了出來。郭靖見眾師父對黃蓉不再心存芥蒂，甚是喜慰，但隨即想到她現下不知身在何處，又感難受。全金發道：「靖兒，你快去快回，我們在嘉興靜候好音。」

江南六怪揚鞭南去，郭靖牽著紅馬，站在路旁，等六怪走得背影不見，方才上馬，向楊康道：「賢弟，我這馬腳程極快，去北京十多天就能來回。我先陪賢弟走幾天。」兩人扣轡向北，緩緩而行。

楊康心中感慨無已，一月前命駕南來時左擁右衛，上國欽差，何等威風，這時悄然北往，榮華富貴，頓成一場春夢；郭靖不再要他同去中都行刺，固是免得他為難，但是否要設法去通知完顏洪烈防備躲避，卻又大費躊躇。郭靖卻道他思憶亡故的父母，不住相勸。

中午時分，到了溧陽，兩人正要找店打尖，忽見一名店伴迎了上來，笑道：「兩位可是郭爺、楊爺麼？酒飯早就備好了，請兩位來用罷。」

郭靖和楊康同感奇怪。楊康問道：「你怎認識我們？」那店伴笑道：「今兒早有一位爺囑咐來著，說了郭爺、楊爺的相貌，叫小店裏預備了酒飯。」說著牽了兩人坐騎去上料。楊康哼了一聲，道：「歸雲莊的陸莊主好客氣。」兩人進店坐下，店伴送上酒飯，竟是上好的花雕和精細麵點，菜餚也是十分雅緻，更有一碗郭靖最愛吃的口蘑煨鷄。兩人吃得甚是暢快，起身會帳。掌櫃的笑道：「兩位爺請自穩便，帳已會過了。」楊康一笑，給了一兩銀子賞錢，那店伴謝了又謝，直送到店門之外。

郭靖在路上說起陸莊主慷慨好客。楊康對被擒之辱猶有餘恨，說：「這人也不是甚麼好東西，只會以這般手段籠絡江湖豪傑，才做了太湖羣雄之主。」郭靖奇道：「陸莊主不是你師叔麼？」楊康道：「梅超風雖教過我武功，也算不得是甚麼師父。這些邪門外道的功夫，要是我早知道了，當日不學，也不至落到今日這步田地。」郭靖更奇，問道：「怎麼啊？」楊康自知失言，臉上一紅，強笑道：「小弟總覺九陰白骨爪之類不是正派武功。」郭靖點頭道：「賢弟說得不錯。你師父長春真人武功精湛，又是玄門正宗，你向師父說明真相，好好悔過，他必能原宥你已往之事。」楊康默然不語。

傍晚時分，到了金壇，那邊客店仍是預備好了酒飯。其後一連三日，都是如此。這日兩人過江到了高郵，客店中又有人來接。楊康冷笑道：「瞧歸雲莊送客送到那裏？」郭靖卻早已起疑，這三日來每處客店所備的飯菜之中，必有一二樣是他特別愛吃之物，如是陸冠英命人預備，怎能深知他的心意？用過飯後，郭靖道：「賢弟，我先走一步，趕上去探探。」催動小紅馬，倏忽之間已趕過三個站頭，到了寶應，果然無人來接。

郭靖投了當地最大的一家客店，揀了一間靠近帳房的上房，守到傍晚，聽得店外鸞鈴響處，一騎馬奔到店外，戛然而止，一人走進店來，吩咐帳房明日預備酒飯迎接郭楊二人。郭靖雖早料到必是黃蓉，但這時聽到她的聲音，仍不免喜悅不勝，心中突突亂跳，聽她要了店房，心想，蓉兒愛鬧著玩，我且不認她，到得晚上去作弄她一下。睡到二更時分，悄悄起來，想到黃蓉房裏去嚇她一跳，只見屋頂上人影一閃，正是黃蓉。郭靖大奇：「這半夜裏她到那裏去？」當下展開輕功，悄悄跟在她身後。

黃蓉逕自奔向郊外，並未發覺有人跟隨，跑了一陣，到了一條小溪之旁，坐在一株垂柳之下，從懷裏摸出些東西，彎了腰玩弄。其時月光斜照，涼風吹拂柳絲，黃蓉衣衫的帶子也是微微飄動，小溪流水，蟲聲唧唧，一片清幽，只聽她說道：「這個是靖哥哥，這個是蓉兒。你們兩個乖乖的坐著，這麼面對面的，是了，就是這樣。」

郭靖躡著腳步，悄沒聲的走到她身後，月光下望過去，只見她面前放著兩個無錫所產的泥娃娃，一男一女，都是肥肥胖胖，憨態可掬。郭靖在歸雲莊上曾聽黃蓉說過，無錫泥人天下馳譽，雖是玩物，卻製作精絕，當地土語叫作「大阿福」。她在桃花島上就有好幾個。這時郭靖覺得有趣，又再走近幾步。見泥人面前擺著幾隻黏土揑成的小碗小盞，盛著些花草之類，她輕聲說著：「這碗靖哥哥吃，這碗蓉兒吃。這是蓉兒煮的啊，好不好吃啊？」郭靖接口道：「好吃，好吃極啦！」

黃蓉微微一驚，回過頭來，笑生雙靨，投身入懷，兩人緊緊抱在一起。過了良久，這才分開，並肩坐在柳溪之旁，互道別來情景。雖只數日小別，倒像是幾年幾月沒見一般。黃蓉咭咭咯咯的又笑又說，郭靖怔怔的聽著，不由得癡了。

那夜黃蓉見情勢危急，父親非殺郭靖不可，任誰也勸阻不住，情急之下，說出永不相見的話來。黃藥師愛女情深，便即饒了郭靖。黃蓉在太湖中躭了大半個時辰，料想父親已去，又掛念著郭靖，又到歸雲莊來窺探，見他安然無恙，心中大慰，回想適才對父親說話太重，又自懊悔不已。次晨躲在歸雲莊外樹叢之中，眼見郭靖與楊康並轡北去，於是搶在前頭給他們安排酒飯。

兩人直說到月上中天，此時正是六月天時，靜夜風涼，黃蓉心中歡暢，漸漸眼困神倦，言語模糊，又過一會，竟在郭靖懷中沉沉睡去，玉膚微涼，吹息細細。郭靖怕驚醒了她，倚著柳樹動也不動，過了一會，竟也睡去。

也不知過了多少時候，只聽得柳梢鶯囀，郭靖睜開眼來，但見朝曦初上，鼻中聞著陣陣幽香，黃蓉兀自未醒，蛾眉斂黛，嫩臉勻紅，口角間淺笑盈盈，想是正做好夢。

郭靖心想：「讓她多睡一會，且莫吵醒她。」正在一根根數她長長的睫毛，忽聽左側兩丈餘外有人說道：「我已探明程家大小姐的樓房，在同仁當鋪後面的花園裏。」另一個蒼老的聲音道：「好，咱們今晚去幹事。」兩人說話很輕，但郭靖早已聽得清楚，不禁吃了一驚，心想這必是眾師父說過的採花淫賊，可不能容他們為非作歹。

突然黃蓉急躍起身，叫道：「靖哥哥，來捉我。」奔到一株大樹之後。郭靖一呆之下，見黃蓉連連向自己招手，這才明白，當下裝作少年人嬉戲模樣，嘻嘻哈哈的向她追去，腳步沉滯，絲毫不露身有武功。

說話的兩人本來決計想不到這大清早曠野之中就有人在，不免一驚，但見是兩個少年男女追逐鬧玩，也就不在意下，但話卻不說了，逕向前行。

黃蓉與郭靖瞧這兩人背影，衣衫襤褸，都是乞兒打扮。待得兩人走遠，黃蓉道：「靖哥哥，你說他們今晚去找那程家大小姐幹甚麼？」郭靖道：「多半不是好事。咱們出手救人，好不好？」黃蓉笑道：「那當然。但不知道這兩個叫化子是不是七公的手下。」郭靖道：「一定不是。但七公說天下叫化都歸他管？嗯，這兩個壞人定是假扮了叫化的。」黃蓉道：「天下成千成萬叫化子，一定也有不少壞叫化。七公本領雖大，也不能將每個人都管得好好地。看來這兩個定是壞叫化。七公待咱們這麼好，難以報答，咱們幫他管管壞叫化，七公一定歡喜。」郭靖點頭道：「正是。」想到能為洪七公稍效微勞，甚是高興。

黃蓉又道：「這兩人赤了腳，小腿上生滿了瘡，我瞧定是真叫化兒。旁人扮不到那麼像。」郭靖心下佩服，道：「你瞧得真仔細。」

兩人回店用了早飯，到大街閒逛，走到城西，只見好大一座當鋪，白牆上「同仁老當」四個大字，每個字比人還高。當鋪後進果有花園，園中一座樓房建構精緻，簷前垂著綠幽幽的細竹簾。兩人相視一笑，攜手自到別處玩耍。

等到用過晚飯，在房中小睡養神，一更過後，兩人逕往西城奔去，躍過花園圍牆，只見樓房中隱隱透出燈火。兩人攀到樓房頂下，以足鉤住屋簷，倒掛下來。這時天氣炎熱，樓上並未關窗，從竹簾縫中向裏張望，不禁大出意料之外。只見房中共有七人，都是女子，一個十八九歲的美貌女子正在燈下看書，想必就是那位程大小姐了，其餘六人都是丫鬟打扮，手中卻各執兵刃，勁裝結束，精神奕奕，看來都會武藝。

郭靖與黃蓉原本要來救人，卻見人家早已有備，料得中間另有別情，兩人精神一振，悄悄翻上屋頂，坐下等候，只待瞧一場熱鬧。

等不到小半個時辰，只聽得牆外喀的一聲微響，黃蓉一拉郭靖衣袖，縮在屋簷之後，只見圍牆外躍進兩條黑影，瞧身形正是日間所見的乞丐。兩丐走到樓下，口中輕聲吹哨，一名丫鬟揭開竹簾，說道：「是丐幫的英雄到了麼？請上來罷。」兩丐躍上樓房。

郭靖與黃蓉在黑暗中你瞧瞧我，我瞧瞧你，日間聽得那兩丐說話，又見樓房中那小姐嚴神戒備的情狀，料想二丐到來，立時便有一場廝殺，那知雙方竟是朋友。

只見程大小姐站起身來相迎，道了個萬福，說道：「請教兩位高姓大名。」那聲音蒼老的人道：「在下姓黎，這是我的師姪，名叫余兆興。」程大小姐道：「原來是黎前輩、余大哥。丐幫眾位英雄行俠仗義，武林中人人佩服，小女子今日得見兩位尊範，甚是榮幸。請坐。」她說的雖是江湖上的場面話，但神情靦腆，說一句話，便停頓片刻，一番話說來極是生疏，語音嬌媚，說甚麼「武林中人人佩服」云云，實是極不相稱。她勉強說完了這幾句話，已是紅暈滿臉，偷偷抬眼向那姓黎的老丐望了一眼，又低下頭去，細聲細氣的道：「老英雄可是人稱『江東蛇王』的黎生黎前輩麼？」那老丐笑道：「姑娘好眼力，在下與尊師清淨散人曾有一面之緣，雖無深交，卻是向來十分欽佩。」

郭靖聽了「清淨散人」四字，心想：「清淨散人孫不二孫仙姑是全真七子之一，這位程大小姐和兩個乞丐原來都不是外人。」

只聽程大小姐道：「承老英雄仗義援手，晚輩感激無已，一切全憑老英雄吩咐。」黎生道：「姑娘是千金之體，就是給這狂徒多瞧一眼也是褻瀆了。」程大小姐臉上一紅。黎生又道：「姑娘請到令堂房中歇宿，這幾位尊使也都帶了去，在下自有對付那狂徒的法子。」

程大小姐道：「晚輩雖然武藝低微，卻也不怕那惡棍。這事要老前輩一力承當，晚輩怎過意得去？」黎生道：「我們洪幫主與貴派老教主王真人素來交好，大家都是一家人，姑娘何必分甚麼彼此？」程大小姐本來似乎躍躍欲試，但聽黎生這麼說了，不敢違拗，行了個禮，說道：「那麼一切全仗黎老前輩和余大哥了。」說罷，帶了丫鬟盈盈下樓而去。

黎生走到小姐床邊，揭開繡被，鞋也不脫，滿身骯髒的就躺在香噴噴的被褥之上，對余兆興道：「你下樓去，和大夥兒四下守著，不得我號令，不可動手。」余兆興答應了而去。黎生蓋上綢被，放下紗帳，熄滅燈燭，翻身朝裏而臥。

黃蓉暗暗好笑：「程大小姐這床被頭鋪蓋可不能要了。他們丐幫的人想來都學幫主，喜歡滑稽胡鬧，卻不知道在這裏等誰？這件事倒也好玩得緊。」她聽得外面有人守著，與郭靖靜悄悄的藏身在屋簷之下。

約莫過了一個更次，聽得前面當鋪中的更伕「的篤、的篤、嘡嘡嘡」的打過三更，接著「拍」的一聲，花園中投進一顆石子來。過得片刻，圍牆外竄進八人，逕躍上樓，打著了火摺子，走向小姐床前，隨即又吹熄火摺。

就在這火光一閃之際，郭黃二人已看清來人的形貌，原來都是歐陽克那些女扮男裝、身穿白衣的女弟子。四名女弟子走到床前，揭開帳子，將綢被兜頭罩在黎生身上，牢牢摟住，另外兩名女弟子張開一隻大布袋，抬起黎生放入袋中，抽動繩子，已把袋口收緊。眾女抖被罩頭、張袋裝人等手法熟練異常，想是一向做慣了的，黑暗之中頃刻而就，全沒聲響。四名女弟子各執布袋一角。抬起布袋，躍下樓去。

郭靖待要跟蹤，黃蓉低聲道：「讓丐幫的人先走。」郭靖心想不錯，探頭外望，只見前面四女抬著裝載黎生的布袋，四女左右衛護，後面隔了數丈跟著十餘人，手中均執木棒竹杖，想來都是丐幫中人。

郭黃二人待眾人走遠，這才躍出花園，遠遠跟隨，走了一陣，已到郊外，只見八女抬著布袋走進一座大屋，眾乞丐四下分散，把大屋團團圍住了。

黃蓉一扯郭靖的手，急步搶到後牆，跳了進去，卻見是一所祠堂，大廳上供著無數神主牌位，樑間懸滿了大匾，寫著族中有過功名之人的名銜。廳上四五枝紅燭點得明晃晃地，居中坐著一人，摺扇輕揮，郭黃二人早就料到必是歐陽克，眼見果然是他，當下縮身窗外，不敢稍動，心想：「不知那黎生是不是他敵手？」

只見八女抬了布袋走進大廳，說道：「公子爺，程家大小姐已經接來了。」歐陽克冷笑兩聲，抬頭向著廳外說道：「眾位朋友，既蒙枉顧，何不進來相見？」

隱在牆頭屋角的羣丐知道已被他察覺，但未得黎生號令，均是默不作聲。歐陽克側頭向地下的布袋看了一眼，冷笑道：「想不到美人兒的大駕這麼容易請到。」緩步上前，摺扇輕揮，已摺成一條鐵筆模樣。

黃蓉、郭靖見了他的手勢和臉色，都吃了一驚，知他已看破布袋中藏著敵人，便要痛下毒手。黃蓉手中扣了三枚鋼針，只待他摺扇下落，立刻發針相救黎生。忽聽得颼颼兩聲，窗格中打進兩枝袖箭，疾向歐陽克背心飛去，原來丐幫中人也已看出情勢凶險，先動上了手。

歐陽克翻過左手，食指與中指挾住一箭，無名指與小指挾住另一箭，喀喀兩響，兩枝短箭折成了四截。羣丐見他如此功夫，無不駭然。余兆興叫道：「黎師叔，出來罷。」語聲未畢，嗤的一聲急響，布袋已然撕開，兩柄飛刀激射而出，刀光中黎生著地滾出，扯著布袋一抖，護在身前，隨即躍起。他早知歐陽克武功了得，與他拚鬥未必能勝，本想藏在布袋之中，出其不意的忽施襲擊，那知還是被他識穿了。

歐陽克笑道：「美人兒變了老叫化，這布袋戲法高明得緊啊！」黎生叫道：「地方上三天之中接連失了四個姑娘，都是閣下幹的好事了？」歐陽克笑道：「寶應縣並不窮啊，怎麼捕快公人變成了要飯的？」黎生說道：「我本來也不在這裏要飯，昨兒聽小叫化說，這裏忽然有四個大姑娘給人劫了去，老叫化一時興起，過來瞧瞧。」

歐陽克懶懶的道：「那幾個姑娘也沒甚麼好，你既然要，大家武林一脈，衝著你面子，便給了你罷。叫化子吃死蟹，隻隻好，多半你會把這四個姑娘當作了寶貝。」右手一揮，幾名女弟子入內去領了四個姑娘出來，個個衣衫不整，神色憔悴，眼睛哭得紅腫。

黎生見了這般模樣，怒從心起，喝道：「朋友高姓大名，是誰的門下？」歐陽克仍是滿臉漫不在乎的神氣，說道：「我複姓歐陽，你老兄有何見教？」黎生喝道：「你我比劃比劃。」歐陽克道：「那再好沒有，進招罷。」

黎生道：「好！」右手抬起，正要發招，突然眼前白影微晃，背後風聲響動，疾忙向前飛躍，頸後已被敵人拂中，幸好縱躍得快，否則頸後的要穴已被他拿住了。黎生是丐輩中的八袋弟子，行輩甚尊，武功又強，兩浙羣丐都歸他率領，是丐幫中響噹噹的腳色，那知甫出手便險些著了道兒，臉上一熱，不待回身，反手還劈一掌。黃蓉在郭靖耳邊低聲道：「他也會降龍十八掌！」郭靖點了點頭。

歐陽克見他這招來勢兇狠，不敢硬接，縱身避開。黎生這才回過身來，踏步進擊，雙手當胸虛捧，呼的轉了個圈子。郭靖在黃蓉耳畔輕聲道：「這是逍遙遊拳法中的招數罷？」黃蓉也點了點頭，只是見黎生拳勢沉重，卻少了「逍遙遊」拳法中應有的飄逸之致。

歐陽克見他步穩手沉，招數精奇，倒也不敢輕忽，將摺扇在腰間一插，閃開對方的圈擊，拳似電閃，打向黎生右肩。黎生以一招「逍遙遊」拳法中的「飯來伸手」格開。歐陽克左拳鉤擊，待得對方豎臂相擋，倏忽間已竄到他背後，雙手五指抓成尖錐，雙錐齊至，打向他背心要穴。黃蓉和郭靖都吃了一驚：「這一招難擋。」

這時守在外面的羣丐見黎生和敵人動上了手，都湧進廳來，燈影下驀見黎生遇險，要待搶上相助，已然不及。

黎生聽得背後風響，衣上也已微有所感，就在這一瞬之間，反手橫劈，仍是剛才使過的「降龍十八掌」中那一招「神龍擺尾」。這一招出自「易經」中的「履」卦，始創「降龍十八掌」的那位高人本來取名為「履虎尾」，好比攻虎之背，一腳踏在老虎尾巴上，老虎回頭反咬一口，自然厲害猛惡之至。後來的傳人嫌「易經」中這些文謅謅的卦名說來太不順口，改作了「神龍擺尾」。歐陽克不敢接他這掌，身子向後急仰，躲了開去。黎生心中暗叫：「好險！」轉身拒敵。他武功遠不及歐陽克精妙，拆了三四十招，已連遇五六次兇險，每次均仗這招「神龍擺尾」解難脫困。

黃蓉低聲對郭靖道：「七公只傳了他一掌。」郭靖點點頭，想起自己當日以一招「亢龍有悔」與梁子翁對敵之事，又想到洪七公對他丐幫中的首要人物也不過傳了一掌，自己竟連得他傳授十五掌，心中好生感激。

只見歐陽克踏步進迫，把黎生一步步逼向廳角之中。原來歐陽克已瞧出他只一招厲害，而這一招必是反身從背後發出，當下將他逼入屋角，叫他無法反身發掌。黎生明白了敵人用意，移步轉身，要從屋角搶到廳中，剛只邁出一步，歐陽克一聲長笑，掄拳直進，蓬的一拳，擊在他下頦之上。黎生吃痛，心下驚惶，伸臂待格，敵人左拳又已擊到，片刻間，頭上胸前連中了五六拳，登時頭暈身軟，晃了幾晃，跌倒在地。

丐幫諸人搶上前來救援，歐陽克轉過身來，抓起奔在最前的兩個乞丐，對著牆壁摔了出去，兩人重重撞在牆上，登時暈倒，餘人一時不敢過來。

歐陽克冷笑道：「公子爺是甚麼人，能著了你們這些臭叫化的道兒？我叫你們瞧一個人！」雙手一拍，兩名女弟子從堂內推出一個女子來，雙手反縛，神情委頓，淚水從白玉般的臉頰上不住流下，正是程大小姐。這一著大出眾人意料之外，黃蓉與郭靖也是大惑不解。

歐陽克揮了揮右手，女弟子又把程大小姐帶回內堂。他得意洋洋的道：「老叫化在樓上鑽布袋，卻不知區區在下守在樓梯之上，當即請了程大小姐，先回來等你們駕到。」羣丐面面相覷，心想這一下真是一敗塗地。

歐陽克搖了搖摺扇，說道：「丐幫的名氣倒是不小，今日一見，卻真叫人笑掉了牙，甚麼偷鷄摸狗拳、要飯捉蛇掌，都拿出現世。以後還敢不敢來礙公子爺的事？瞧在你們洪幫主的份上，便饒了這老叫化的性命，只是要借他兩個招子，作個記認。」說著伸出兩根手指，向黎生眼中插下。

忽聽得有人大叫：「且慢！」一人躍進廳來，揮掌向歐陽克推去。

歐陽克猛覺一股凌厲掌風撲向前胸，疾忙側身相避，但已被掌風帶到，身子晃了兩下，退開兩步，不由得暗暗吃驚：「自出西域以來，竟接連遭逢高手，這是何人，居然有如此功力？」定睛看時，更是詫異，只見擋在自己與黎生之間的，竟是那個在趙王府中曾同過席的少年郭靖。此人武功平平，怎麼剛才這一掌沉猛至斯？只聽他說道：「你作惡多端，不加悔改，還想傷害好人，真把天下好漢不放在眼裏了麼？」歐陽克心想剛才這一掌不過碰巧，那將他放在心上，側目斜視，笑道：「你也算得是天下好漢？」郭靖道：「我那敢稱得上『好漢』二字，只是斗膽要勸你一句，還請把程大小姐放回，自己早日回西域去罷。」歐陽克笑道：「要是我不聽你小朋友的勸呢？」

郭靖還未答話，黃蓉已在窗外叫了起來：「靖哥哥，揍這壞蛋！」

歐陽克聽到黃蓉聲音，登時心神震盪，笑道：「黃姑娘，你要我放程大小姐，那也不難，只要你跟隨我去，不但程大小姐，連我身邊所有的女子，也全都放了，而且我答應你以後不再找別的女子，好不好？」

黃蓉躍進廳來，笑道：「那很好啊，我們到西域去玩玩，倒也不錯。靖哥哥，你說好麼？」歐陽克搖頭笑道：「我只要你跟我去，要這臭小子同去幹麼？」黃蓉大怒，反手一掌，喝道：「你罵他？你才臭！」

歐陽克見黃蓉盈盈走近，又笑又說，麗容無儔，又帶著三分天真爛漫，更增嬌媚，早已神魂飄盪，那知她竟會突然反臉？這一下毫不提防，而她這掌又是「落英神劍掌」中的精妙家數，拍的一下，左頰早著，總算黃蓉功力不深，並未擊傷，但也已打得他臉上熱辣辣的甚是疼痛。

歐陽克「咥」的一聲，左手忽地伸出，往她胸口抓去。黃蓉不退不讓，雙拳猛向他頭頂擊落。歐陽克是好色之徒，見她不避，心中大喜，拚著頭上受她兩拳，也要在她胸上一碰，豈知手指剛觸到她衣服，忽覺微微刺痛，這才驚覺：「啊，她穿著軟蝟甲。」虧得他只是存心輕薄，並非要想傷人，這一抓未用勁力，急忙抬臂格開她的雙拳。黃蓉笑道：「你跟我打沒便宜，只有我打你的份兒，你卻不能打我。」

歐陽克心癢難搔，忽然遷怒郭靖，心想：「先把你這小子斃了，叫你死了這條心。」眼睛望著黃蓉，突然飛足向後踢出，足踭猛向郭靖胸口撞去。這一腳既快且狠，陰毒異常，正是「西毒」歐陽鋒的家傳絕技，對方難閃難擋，只要踢中了，立時骨折肺碎。

郭靖避讓不及，急忙轉身，同時反手猛劈。只聽得蓬的一聲，郭靖臀上中腳，歐陽克腿上中掌，兩人都痛到了骨裏，各自轉身，怒目相向，隨即鬥在一起。

丐幫中的高手均感驚訝：「這一掌明明是黎老的救命絕技『神龍擺尾』，怎麼這個少年也會使？而且出手又快又狠，似乎尚在黎老之上？」

這時丐幫中人已將黎生扶在一旁。他見郭靖掌力沉猛，招數精妙。他只會得一招『神龍擺尾』，見郭靖其餘掌法與這一招拳理極為相近，不禁駭然：「降龍十八掌是洪幫主的秘技，我不顧性命，為本幫立了大功，他才傳我一掌，作為重賞，這個少年卻又從那裏去把這十八掌都學全了？」

歐陽克手上與郭靖對招，心中也是暗暗稱奇：「怎麼只兩月之間，這小子的武功竟會忽然大進？」

轉眼間兩人拆了四十餘招，郭靖已把十五掌招數反覆使用了幾遍，足夠自保，但歐陽克武功實高出他甚多，要想取勝，卻也不能。再鬥十餘招，歐陽克拳法斗變，前竄後躍，聲東擊西，身法迅捷之極。郭靖一個招架不及，左胯上中了一腳，登時舉步蹣跚，幸好他主要武功是在掌上，當下把十五掌從尾打到頭，倒轉來使。歐陽克見他掌法顛倒，一時不敢逼近，準擬再拆數十招，摸熟了他掌法變化的大致路子，再乘隙攻擊。

郭靖從尾使到頭一遍打完，再從頭使到尾。第十五掌「見龍在田」使過，如接第一掌，那是「亢龍有悔」；若從尾倒打，那麼是再發一掌「見龍在田」。他腦筋轉得不快，心想：「從頭打下來好，還是再倒轉打上去？」就這麼稍一遲疑，歐陽克立時看出破綻，伸手向他肩上拿去。郭靖形格勢禁，不論用十五掌中那一掌都無法解救，順勢翻過手掌，撲地往敵人手背上拍下。這一招是他在危急之中胡亂打出，全無章法理路可言。歐陽克已看熟了他的掌法，決計想不到對方竟會忽出新招，這一掌竟然拍的一聲，被他擊中了手腕。歐陽克吃了一驚，向後縱出，揮手抖了幾抖，幸好雖然疼痛，腕骨未被擊斷。

郭靖胡打亂擊，居然奏功，心想：「我現下肩後，左胯，右腰尚有空隙，且再杜撰兩掌，把這三處都補滿了。」心念甫畢，歐陽克又已打來。郭靖心思遲鈍，就是苦思十天半月，也未必創得出半招新招，何況激戰之際，那容他思索鑽研，只得依著降龍掌法的理路，老老實實的加多三掌，守住肩後、左胯、右腰三處。

歐陽克暗暗叫苦：「他掌法本來有限，時刻一久，料得定必能勝他，怎麼忽然又多了三招出來？」他不知郭靖這三招其實全然無用，只是先前手腕被擊，再也不敢冒進，當下漸漸放慢拳法，要以遊鬥耗他氣力，忽然發覺郭靖有一掌的出手與上一次略有不同，心念一轉：「是了，這一掌他還沒學到家，是以初時不用。」斗然飛身而起，左手作勢擒拿郭靖頂心，右足飛出，直踢他左胯。

郭靖自創這三掌畢竟管不了用，突見敵人全力攻己弱點，心中登時怯了，一掌剛打到半路，立即收回，側身要避開他這一腳。

黃蓉暗叫不妙，心念電轉：「臨敵猶豫，最是武學大忌，靖哥哥這一掌亂七八糟的打出去，倒也罷了，縱然不能傷敵，卻也足以自守，現下卻收掌回身，破綻更大。」眼見歐陽克這一腳使上了十成力，郭靖其勢已無可解救，當即右手一揚，七八枚鋼針激射而出。

歐陽克拔出插在後頸中的摺扇，鐵扇入手即張，輕輕兩揮，將鋼針盡數擋開，踢出這一腳卻未因此而有絲毫窒滯，眼見這腳定可踢得郭靖重傷倒地，驀地足踝上一麻，被甚麼東西撞中了穴道，這一腳雖然仍是踢中了對方，卻已全無勁力。歐陽克大驚之下，立時躍開，喝道：「鼠輩暗算公子爺，有種的光明正大出來……」

語音未畢，突聽得頭頂風聲微響，想要閃避，但那物來得好快，不知怎樣，口中忽然多了一物，舌頭上覺得有些鮮味，又驚又恐，慌忙吐出，似是一塊鷄骨。歐陽克驚惶中抬頭察看，只見樑上一把灰塵當頭罩落，忙向旁躍開，噗的一聲，口中又多了一塊鷄骨。這次卻是一塊鷄腿骨，只撞得牙齒隱隱生疼。

歐陽克狂怒之下，見樑上人影閃動，當即飛身而起，發掌凌空向那人影擊去。斗然間只覺掌中多了甚麼物事，當即彎指抓住，落地一瞧，更是惱怒，卻是兩隻嚼碎了的鷄爪，只聽得樑上有人哈哈大笑，說道：「叫化子的偷鷄摸狗拳怎樣？」

黃蓉與郭靖一聽到這聲音心中大喜，齊叫：「七公！」眾人都抬起頭來，只見洪七公坐在樑上，兩隻腳前後搖盪，手裏抓著半隻鷄，正吃得起勁。丐幫幫眾一齊躬身行禮，同聲說道：「幫主！您老人家好。」

歐陽克眼見是他，全身涼了半截，暗想：「此人連擲兩塊鷄骨入我口中，倘若擲的不是鷄骨而是暗器，我此刻早已沒命了。好漢不吃眼前虧，還是溜之大吉。」當下躬身唱喏，說道：「又見到洪世伯了，姪子向您老磕頭。」口中說是磕頭，卻不屈膝下跪。

洪七公嚼著鷄肉，含含糊糊的道：「你還不回西域去？在這裏胡作非為，想把一條小命送在中原麼？」歐陽克道：「中原也只您老世伯英雄無敵。只要您老世伯手下留情，不來以大欺小，跟晚輩為難，小姪這條性命只怕也保得住。我叔叔吩咐小姪，只消見到洪世伯時恭恭敬敬，他老人家顧全身分，決不能跟晚輩動手，以致自墮威名，為天下好漢恥笑。」

洪七公哈哈大笑，說道：「你先用言語擠兌我，想叫老叫化不便跟你動手。中原能殺你之人甚多，也未必非老叫化出手不可。剛才聽你言中之意，對我的偷鷄摸狗拳、要飯捉蛇掌小覷得緊，是也不是？」歐陽克忙道：「小姪實不知這位老英雄是世伯門下，狂妄放肆之言，請世伯與這位老英雄恕罪。」

洪七公落下樑來，說道：「你稱他做英雄，可是他打你不過，那麼你更是大英雄了，哈哈，不害臊麼？」歐陽克好生著惱，只是自知武功與他差得太遠，不敢出言衝撞，只得強忍怒氣，不敢作聲。洪七公道：「你仗著得了老毒物的傳授，便想在中原橫行，哼哼，放著老叫化沒死，須容你不得。」歐陽克道：「世伯與家叔齊名，晚輩只好一切全憑世伯吩咐。」洪七公道：「好哇，你說我以大壓小，欺侮你後輩了？」歐陽克不語，給他來個默認。

洪七公道：「老叫化手下，雖然大叫化、小叫化、不大不小中叫化有這麼一大幫，但都不是我的徒弟。這姓黎的只學了我一招粗淺功夫，那能算得是我的傳人？他使的『逍遙拳』沒學得到家，可不是老叫化傳的。你瞧不起我的偷鷄摸狗拳，哼哼，老叫化要是真的傳了一人，未必就及不上你。」歐陽克道：「這個自然。洪世伯的傳人定比小姪強得多了。只不過您老人家武功太高，您的徒兒便要學到您老人家的一成功夫，只怕也不容易。」洪七公道：「你嘴裏說得好聽，心中定在罵我。」歐陽克道：「小姪不敢。」

黃蓉插口道：「七公，您別信他撒謊，他心裏罵你，而且罵得甚是惡毒。他罵你自己武功雖然不錯，但只會自己使，不會教徒弟，教來教去，卻只教些鷄零狗碎的招數，沒一個能學得了全套。」

洪七公向她瞪了一眼，哼了一聲，說道：「女娃娃又來使激將計了。」轉頭說道：「好哇，這小子膽敢罵我。」手一伸，已快如閃電的把歐陽克手中的摺扇搶了過來，一揮之下打開摺扇，見一面畫著幾朵牡丹，題款是「徐熙」兩字。他也不知徐熙是北宋大家，雖見幾朵牡丹畫得鮮艷欲滴，仍道：「不好！」扇子一面寫著幾行字，下款署著「白駝山少主」五字，自是歐陽克自己寫的了。洪七公問黃蓉道：「這幾個字寫得怎樣？」黃蓉眉毛一揚，道：「俗氣得緊。不過料他也不會寫字，定是去請同仁當鋪的朝奉代寫的。」

歐陽克風流自賞，自負文才武學，兩臻佳妙，聽黃蓉這麼一說，甚是惱怒，向她橫了一眼，燭光下但見她眉梢眼角似笑非笑，嬌癡無那，不禁一呆。

洪七公把摺扇攤在掌上，在嘴上擦了幾擦。他剛才吃雞，嘴邊全是油膩，這一擦之下，扇上字畫自然一塌胡塗，跟著順手一揑，就像常人拋棄沒用的紙張一般，把扇子揑成一團，拋在地下。旁人還不怎麼在意，歐陽克卻知自己這柄摺扇扇骨係以鑌鐵鑄，他這樣隨手便將扇骨搓揑成團，手上勁力實是非同小可，心下更是惶恐。

洪七公道：「我若親自跟你動手，諒你死了也不心服，我這就收個徒弟跟你打打。」歐陽克向郭靖一指道：「這位世兄適才與小姪拆了數十招，若非世伯出手，小姪僥倖已佔上風。郭世兄，你沒贏了我罷？」郭靖搖頭道：「我打你不過。」歐陽克甚是得意。

洪七公仰天一笑，道：「靖兒，你是我徒弟麼？」郭靖想起當日向七公磕頭而他定要磕還，忙道：「晚輩沒福做您老人家的徒弟。」洪七公向歐陽克道：「聽見了麼？」歐陽克心中甚是奇怪：「這老叫化說話當然不會騙人，那麼這小子的精妙掌法又從何處學來？」

洪七公向郭靖道：「我若不收你做徒弟，那女娃兒定是死不了心，鬼計百出，終於讓老叫化非收你為徒不可。老叫化不耐煩跟小姑娘們磨個沒了沒完，算是認輸，現下我收你做徒兒。」郭靖大喜，忙撲翻在地，磕了幾個響頭，口稱：「師父！」日前在歸雲莊上，他向六位師父詳述洪七公傳授「降龍十八掌」之事，江南六怪十分欣喜，都說可惜這位武林高人生性奇特，不肯收他為徒，吩咐他日後如見洪七公露出有收徒之意，可即拜師。

黃蓉只樂得心花怒放，笑吟吟的道：「七公，我幫你收了個好徒兒，功勞不小，你從今而後，可有了傳人啦。你謝我甚麼？」

洪七公板起了臉，道：「打一頓屁股。」對郭靖道：「傻小子，我先傳你三掌。」當下把降龍十八掌餘下的三掌，當著眾人之面教了他，比之郭靖剛才狗急跳牆，胡亂湊乎出來的三記笨招，自是不可同日而語。

歐陽克心想：「老叫化武功卓絕，可是腦筋不大靈，只顧得傳授徒兒爭面子，卻忘了我便在旁邊觀看。」當下凝神看他傳授郭靖掌法，但看他比劃的招數，卻覺平平無奇；又見洪七公在郭靖耳邊低聲說話，料是教導這三招的精義，郭靖思索良久，有時點點頭，大半時候卻總是茫然搖頭，要洪七公再說幾遍，才勉強點頭，顯然也未必便當真領會了，心想：「這人笨得要命，一時三刻之間定然學不到家。我卻反可乘機學招。」

洪七公等郭靖練了六七遍，說道：「好，乖徒兒，你已學會了這三招的半成功夫，給我揍這為非作歹的淫賊。」郭靖道：「是！」踏上兩步，呼的一掌向歐陽克打去。歐陽克斜身繞步，回拳打出，兩人又鬥在一起。

「降龍十八掌」的精要之處，全在運勁發力，至於掌法變化卻極簡明，否則以梁子翁、梅超風、歐陽克三人武功之強，何以讓郭靖將一招掌法連使許多遍，卻仍無法破解？剛才歐陽克眼睜睜瞧著洪七公傳授三記掌法，郭靖尚未領悟一成，他早已了然於胸，可是一到對敵，於郭靖新學的三掌竟是應付為難。

郭靖把十八掌一學全，首尾貫通，原先的十五掌威力更是大增。歐陽克連變四套拳法，始終也只打了個平手，又拆了數十招，歐陽克心下焦躁：「今日不顯我家傳絕技，終難取勝。我自幼得叔叔教導，卻勝不了老叫化一個新收弟子，老叫化豈不是把叔叔比了下去？」斗然間揮拳打出，郭靖舉手擋格，那知歐陽克的手臂猶似忽然沒了骨頭，順勢轉彎，拍得一聲，郭靖頸上竟是中了一拳。

郭靖一驚，低頭竄出，回身發掌，歐陽克斜步讓開，還了一拳。郭靖不敢再格，側身閃避，那知對方手臂忽然間就如變了一根軟鞭，打出後能在空中任意拐彎，明明見他拳頭打向左方，驀地裏轉彎向右，蓬的一聲，又在郭靖肩頭擊了一拳。郭靖防不勝防，接連吃了三拳，這三下都是十分沉重，登時心下慌亂，不知如何應付。

洪七公叫道：「靖兒，住手，咱們就算暫且輸了這一陣。」

郭靖躍出丈餘，只覺身上被他擊中的三處甚是疼痛，對歐陽克道：「你果然拳法高明，手臂轉彎，轉得古怪。」歐陽克得意洋洋的向黃蓉望了幾眼。

洪七公道：「老毒物天天養蛇，這套軟皮蛇拳法，必是從毒蛇身上悟出來的了。這套拳法高明得很，老叫化一時之間想不出破法，算你運氣，給我乖乖的走罷。」

歐陽克心中一凜：「叔叔傳我這套『靈蛇拳』時，千叮萬囑，不到生死關頭，決不可使，今日一用就被老叫化看破，如給叔叔知道了，必受重責。」想到此處，滿腔得意之情登時消了大半，向洪七公一揖，轉身出祠。

黃蓉叫道：「且慢，我有話說。」歐陽克停步回身，心中怦然而動。

黃蓉卻不理他，向洪七公盈盈拜了下去，說道：「七公，你今日收兩個徒兒罷。好事成雙，你只收男徒，不收女徒，我可不依。」洪七公搖頭笑道：「我收一個徒兒已大大破例，老叫化今日太不成話。何況你爹爹這麼大的本事，怎能讓你拜老叫化為師？」黃蓉裝作恍然大悟，道：「啊，你怕我爹爹！」洪七公被她一激，加之對她本就十分喜愛，臉孔一板，說道：「怕甚麼？就收你做徒兒，難道黃老邪還能把我吃了？」

黃蓉笑道：「咱們一言為定，不能反悔。我爹爹常說，天下武學高明之士，自王重陽一死，就只賸下他與你二人，南帝也還罷了，餘下的都不在他眼裏。我拜你為師，爹爹一定喜歡。師父，你們叫化子捉蛇是怎樣捉的，就先教我這門本事。」洪七公一時不明她用意，但知小姑娘鬼靈精，必有古怪，說道：「捉蛇捉七寸，兩指這樣鉗去，只要剛好鉗住蛇的七寸，憑他再厲害的毒蛇，也就動彈不得。」黃蓉道：「若是很粗很大的蛇呢？」洪七公道：「左手搖指引牠咬你，右手打牠七寸。」黃蓉道：「這手法可要極快。」洪七公道：「當然。左手搽上些藥，那就更加穩當，真的咬中了也不怕。」黃蓉點點頭，向洪七公霎了霎眼，道：「師父，那你就給我手上搽些藥。」捉蛇弄蛇是丐幫小叫化的事，洪七公以幫主之尊，身邊那有甚麼捉蛇用的藥物，但見黃蓉連使眼色，就在背上大紅葫蘆裏倒出些酒來，給她擦在雙掌之上。

黃蓉提手聞了聞，扮個鬼臉，對歐陽克道：「喂，我是天下叫化子頭兒洪老英雄的徒兒，現下來領教領教你的軟皮蛇拳法。先對你說明白了，我手上已搽了專門剋制你的毒藥，可要小心了。」歐陽克心想：「與你對敵，還不是手到擒來。不管你手上搗甚麼鬼，我抱定宗旨不碰就是。」當下笑了一笑，說道：「死在你手下，也是甘願。」黃蓉道：「你其他的武功也稀鬆平常，我只領教你的臭蛇拳，你若用其他拳法掌法，可就算輸了。」歐陽克道：「姑娘怎麼說就怎麼著，在下無不從命。」黃蓉嫣然一笑，說道：「瞧不出你這壞蛋，對我倒好說話得很。看招！」呼地一拳打出，正是洪七公所傳的「逍遙遊」拳法。

歐陽克側身讓過，黃蓉左腳橫踢，右手鉤拿，卻已是家傳「落英神劍掌」中的招數。她年紀幼小，功夫所學有限，這時但求取勝，那管所使的功夫是何人所傳了。

歐陽克見她掌法精妙，倒也不敢怠慢，右臂疾伸，忽地彎轉，打向她的肩頭。這「靈蛇拳」去勢極快，倏忽之間已打到黃蓉肩上，猛地想起，她身上穿有軟蝟甲，這一拳下去，豈不將自己的拳頭撞得鮮血淋漓？匆忙收招，黃蓉颼颼兩掌，已拍到面門。歐陽克袍袖拂動，倒捲上來，擋開了她這兩掌。黃蓉身上穿甲，手上塗藥，除了臉部之外，周身無可受招之處，這樣一來，歐陽克已處於只挨打不還手的局面，「靈蛇拳」拳法再奇，卻也奈何她不得，只得東躲西閃，在黃蓉掌影中竄高縱低，心想：「我若打她臉蛋取勝，未免唐突佳人，若是抓她頭髮，更是鹵莽，但除此之外，實在無所措手。」靈機一動，忽地撕下衣袖，扯成兩截，於晃身躲閃來掌之際，將袖子分別纏上雙掌，翻掌鉤抓，逕用擒拿手來拿她手腕。

黃蓉托地跳出圈子，叫道：「你輸啦，這不是臭蛇拳。」歐陽克道：「啊喲，我倒忘了。」黃蓉道：「你的臭蛇拳奈何不了洪七公的弟子，那也沒甚麼出奇。在趙王府中，我就曾跟你劃地比武，那時你邀集了梁子翁、沙通天、彭連虎、靈智和尚，還有那個頭上生角的侯通海，七八個人打我一個，我當時寡不敵眾，又懶得費力，便認輸了事。現下咱們各贏一場，未分勝敗，不妨再比一場以定輸贏。」

黎生等都想：「這小姑娘雖然武藝得自真傳，但終究不是此人敵手，剛才胡賴勝了，豈不是好？何必畫蛇添足，再比甚麼？」洪七公卻深知此女詭計百出，必是仗著自己在旁，要設法戲弄敵人，當下笑吟吟的不作聲，一隻鷄啃得只賸下幾根骨頭，還是拿在手裏不住嗑嘴嗒舌的舐著，似乎其味無窮。

歐陽克笑道：「咱倆又何必認真，你贏我贏都是一樣。姑娘既有興致，就再陪姑娘玩玩。」黃蓉道：「在趙王府裏，旁邊都是你的朋友，我打贏了你，他們必定救你，因此我也不願跟你真打。現今這裏有你的朋友，」說著向歐陽克那些白衣姬妾一指，又道：「也有我的朋友。雖然你的朋友多些，但這一點兒虧我還吃得起。這樣罷，你再在地下劃個圈子，咱們仍是一般比法，誰先出圈子誰輸。現下我已拜了七公他老人家為師，明師門下出高徒，就再讓你這小子一步，不用將你雙手縛起來了。」歐陽克聽她句句強辭奪理，卻又說得句句大方無比，不禁又是好氣又是好笑，當下以左足為軸，右足伸出三尺，一轉身，右足足尖已在地下劃了一個徑長六尺的圓圈。丐幫羣雄都不由得暗暗喝采。

黃蓉走進圈子，道：「咱們是文打還是武打？」歐陽克心道：「偏你就有這許多古怪。」問道：「文打怎樣？武打怎樣？」黃蓉道：「文打是我發三招，你不許還手；你還三招，我也不許還手。武打是亂打一氣，你用死蛇拳也好，活耗子拳也好，都是誰先出圈子誰輸。」

歐陽克道：「當然文打，免得傷了和氣。」

黃蓉道：「武打你是輸定了的，文打嘛，倒還有點指望，好罷，這就又再讓你一步，咱們文打。你先發招還是我先？」歐陽克那能佔她的先，說道：「當然是姑娘先。」黃蓉笑道：「你倒狡猾，老是揀好的，知道先發招吃虧，就讓我先動手。也罷，我索性大方些，讓你讓到底。」歐陽克正想說：「那麼我先發招也無不可。」只聽得黃蓉叫道：「看招。」揮掌打來，突見銀光閃動，點點射來，她掌中竟是挾有暗器。

歐陽克見暗器眾多，平時擋擊暗器的摺扇已被洪七公捏壞，而本可用以拂撲的衣袖也已撕下，這數十枚鋼針打成六七尺方圓，雖然只須向旁縱躍，立可避開，但那便是出了圈子，百忙中不暇細想，一點足躍起丈餘，這一把鋼針都在他足底飛過。

黃蓉一把鋼針發出，雙手各又扣了一把，待他上縱之勢已衰，將落未落之際，喝道：「第二招來啦！」兩手鋼針齊發，上下左右，無異一百餘枚，那正是洪七公所授她的「滿天花雨擲金針」絕技，這時也不取甚麼準頭，只是使勁擲出。歐陽克本領再高，但身在半空，全無著力之處，心道：「我命休矣！這丫頭好毒！」

就在這一瞬之間，忽覺後領一緊，身子騰空，足下嗤嗤嗤一陣響過，點點鋼針都落在地下。歐陽克剛知有人相救，身子已被那人擲出，這一擲力道不大，但運勁十分古怪，饒是他武藝高強，還是左肩先著了地，重重摔了一交，方再躍起站定。他料知除洪七公外更無旁人有此功力，心中又驚又惱，頭也不回的出祠去了。眾姬妾跟著一擁而出。

黃蓉道：「師父，幹麼救這壞傢伙？」洪七公笑道：「我跟他叔父是老相識。這小子專做傷天害理之事，死有餘辜，只是傷在我徒兒手裏，於他叔父臉上須不好看。」拍拍黃蓉的肩膀道：「乖徒兒，今日給師父圓了面子，我賞你些甚麼好呢？」

黃蓉伸伸舌頭道：「我可不要你的竹棒。」洪七公道：「你就是想要，也不能給。我有心傳你一兩套功夫，只是這幾天懶勁大發，提不起興致。」黃蓉道：「我給你做幾個好菜提提神。」洪七公登時眉飛色舞，隨即長嘆一聲，說道：「現下我沒空吃，可惜，可惜！」向黎生等一指道：「我們叫化幫裏還有許多事情要商量。」

黎生等過來向郭靖、黃蓉見禮，稱謝相救之德。黃蓉去割斷了程大小姐手足上的綁縛。程大小姐甚是靦腆，拉著黃蓉的手悄悄相謝。黃蓉指著郭靖道：「你大師伯馬道長傳過他的功夫，你丘師伯、王師伯也都很瞧得起他，說起來大家是一家人。」程大小姐轉頭向郭靖望了一眼，突然間滿臉通紅，低下頭去，過了一會，才偷眼向郭靖悄悄打量。

黎生等又向洪七公、郭靖、黃蓉三人道賀。他們知道七公向來不收徒弟，幫中乞丐再得他的歡心，也難得逢他高興指點一招兩式，不知郭黃二人怎能與他如此有緣，心中都是羨慕萬分。黎生道：「咱們明晚想擺個席，恭賀幫主收了兩位好弟子。」洪七公笑道：「只怕他們嫌髒，不吃咱們叫化子的東西。」郭靖忙道：「我們明兒準到。黎大哥是前輩俠義，小弟正想多親近親近。」黎生蒙他相救，保全了一雙眼睛，本已十分感激，又聽他說得謙遜，心中甚是高興，言下與郭靖著實結納。

洪七公道：「你們一見如故，可別勸我的大弟子做叫化子啊。小徒兒，你送程小姐回家去，咱們叫化兒也要偷雞討飯去啦。」說著各人出門。黎生說好明日就在這祠堂中設宴。

郭靖陪著黃蓉，一起將程大小姐送回。程大小姐悄悄將閨名對黃蓉說了，原來名叫程瑤迦。她雖跟清淨散人孫不二學了一身武藝，只是生於大富之家，嬌生慣養，說話神態，無一不是忸忸怩怩，與黃蓉神采飛揚的模樣大不相同。她不敢跟郭靖說半句話，偶爾偷瞧他一眼，便即雙頰紅暈。

第十六回

九陰真經

棺蓋應聲而起，原來竟未釘實。
棺材中那裏是殭屍，竟是個美貌少女，
一雙點漆般眼珠睜得大大的，卻是穆念慈。
楊康驚喜交集，忙伸手將她扶起。

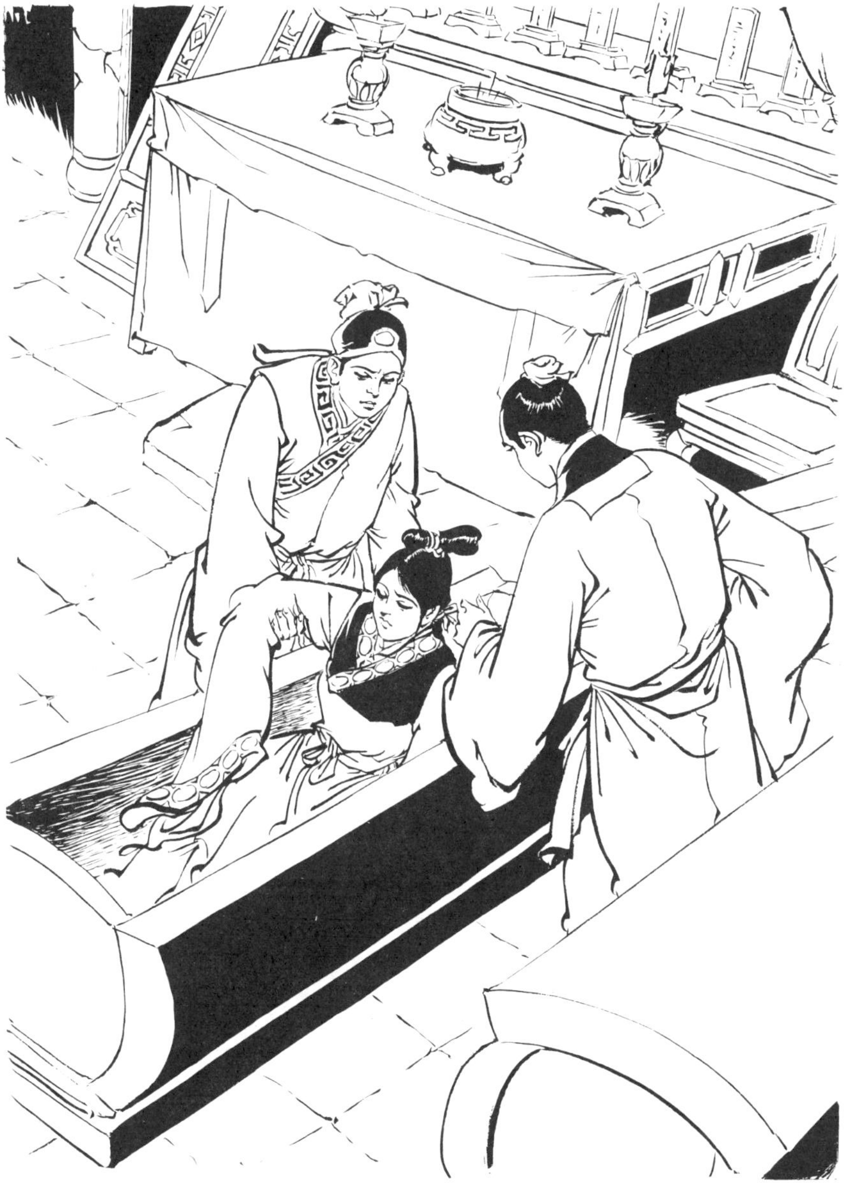

郭黃二人自程府出來，累了半夜，正想回客店安歇，忽聽馬蹄聲響，一騎馬自南而北奔來，正漸漸馳近，蹄聲斗然停息。黃蓉心道：「又有了甚麼奇事？倒也熱鬧。」當即展開輕功，過去要瞧個究竟，郭靖也就跟在身後。走到臨近，都頗出於意外，只見楊康牽著一匹馬，站在路旁和歐陽克說話。兩人不敢再走近前。黃蓉想聽他說些甚麼，但隔得遠了，兩人說話聲音又低，只聽到歐陽克說甚麼「岳飛」「臨安府」，楊康說「我爹爹」，再想聽得仔細些，只見歐陽克一拱手，帶著眾姬投東去了。

楊康站在當地呆呆出了一會神，嘆了一口長氣，翻身上馬。郭靖叫道：「賢弟，我在這裏。」楊康忽聽得郭靖叫喚，吃了一驚，忙下馬過來，叫道：「大哥，你也在這兒？」郭靖道：「我在這兒遇到黃姑娘，又跟那歐陽克打了一架，是以耽擱了。」楊康臉上一陣熱，心中忐忑不安，不知自己適才與歐陽克說話，是否已給兩人聽到，瞧郭靖臉色無異，心下稍安，尋思：「這人不會裝假，若是聽見了我說話，不會仍然這般對我。」於是問道：「大哥，今晚咱們再趕路呢，還是投宿？黃姑娘也跟咱們同上北京去嗎？」

黃蓉道：「不是我跟你們，是你跟我們。」郭靖笑道：「那又有甚麼分別？咱們同到那祠堂去歇歇，明兒晚上要吃了丐幫的酒才走。」黃蓉在他耳邊悄聲道：「你別問他跟歐陽克說些甚麼，假裝沒瞧見便是。」郭靖點了點頭。

三人回到祠堂，點亮了蠟燭。黃蓉手持燭台，把剛才發出的鋼針一枚枚撿起。

此時天氣炎熱，三人各自卸下門板，放在庭前廊下睡了。剛要入夢，遠處一陣馬蹄聲隱隱傳來，側耳傾聽。只聽得奔馳的非止一騎。又過一陣，蹄聲漸響，黃蓉道：「前面三人，後面似有十多人在追趕。」郭靖自小在馬背上長大，馬匹多少一聽便知，說道：「追的共有一十六人，咦，這倒奇了！」黃蓉忙問：「怎麼？」郭靖道：「前面三騎是蒙古馬，後面追的卻又不是。怎麼大漠中的蒙古馬跑到了這裏？」

黃蓉拉著郭靖的手走到祠堂門外，只聽得颼的一聲，一枝箭從兩人頭頂飛過，三騎馬已奔到祠前。

忽然後面追兵一箭飛來，射中了最後一騎的馬臀，那馬長聲悲嘶，前腿跪倒。馬上乘客騎術極精，縱躍下馬，身手甚是矯健，只是落地步重，卻不會輕功。其餘二人勒馬相詢。落地的那人道：「我沒事，你們快走，我在這裏擋住追兵。」另一人道：「我助你擋敵，四王爺快走。」那四王爺道：「那怎麼成？」三人說的都是蒙古話。

郭靖聽著聲音好熟，似是拖雷、哲別和博爾朮的口音，大是詫異：「他們到這裏幹甚麼？」正想出聲招呼，追騎已圍將上來。

三個蒙古人發箭阻敵，出箭勁急，追兵不敢十分逼近，只是遠遠放箭。一個蒙古人叫道：「上去！」手向旗桿一指。三人爬入旗斗，居高臨下，頗佔形勢。追兵紛紛下馬，四面圍住。只聽得有人發令，便有四名追兵高舉盾牌護身，著地滾去，揮刀砍斬旗桿。

黃蓉低聲道：「你錯啦，只有十五人。」郭靖道：「錯不了，有一個給射死了。」語音甫畢，只見一匹馬慢慢踱過來，一人左足嵌在馬鐙之中，被馬匹在地下拖曳而行，一枝長箭插在那人胸口。郭靖伏在地下爬近屍身，拔出羽箭，在箭桿上一摸，果然摸到包著一圈熟鐵，鐵上刻了一個豹頭，正是神箭手哲別所用的硬箭，比尋常羽箭要重二兩。郭靖再無懷疑，叫道：「上面是哲別師傅、拖雷義弟、博爾朮師傅嗎？我是郭靖。」

旗斗中三人歡聲叫道：「是啊，你怎麼在這裏？」郭靖叫道：「甚麼人追你們？」拖雷道：「金兵！」郭靖舉起那金兵屍身，搶上幾步，用力向旗桿腳下擲去。那屍體撞倒了兩兵，餘下兩兵不敢再砍旗桿，逃了回來。

突然半空中白影閃動，兩頭白色大鳥直撲下來。郭靖聽得翅翼撲風之聲，抬起頭來，見到正是自己在蒙古與華箏所養的兩頭白鵰，鵰兒的眼光銳敏之極，雖在黑夜之中也已認出主人，歡聲啼叫，撲下來停在郭靖肩上。

黃蓉初與郭靖相識，即曾聽他說起過射鵰、養鵰之事，心中好生羨慕，常想他日必當到大漠去，也養一對鵰兒玩玩，這時忽見白鵰，也不顧追兵已迫近身前，叫道：「給我玩！」伸手就去撫摸白鵰的羽毛。那頭白鵰見黃蓉的手摸近，突然低頭，一口啄將下來，若非她手縮得快，手背已然受傷。郭靖急忙喝止。黃蓉笑罵：「你這扁毛畜生好壞！」但心中究竟喜歡，側了頭觀看。忽聽郭靖叫道：「蓉兒，留神！」便有兩枝勁箭當胸射來，黃蓉不加理會，伸手去搜那被箭射死的金兵身邊。兩枝箭射在她身上，那裏透得入軟蝟甲去，斜斜跌在腳旁。黃蓉在金兵懷裏摸出幾塊乾肉，去餵那鵰兒。

郭靖道：「蓉兒，你玩鵰兒吧，我去殺散金兵！」縱身出去，接住向他射來的一箭，左掌翻處，喀喇一聲，已打折了身旁一名金兵的胳膊。黑暗中一人叫道：「那裏來的狗賊在這裏撒野？」說的竟是漢語。郭靖一呆，心想：「這聲音好熟。」金刃劈風，兩柄短斧已砍到面前，一斬前胸，一斬小腹。

郭靖見來勢兇狠，不是尋常軍士，矮身反手出掌，正是一招「神龍擺尾」。那人肩頭中掌，肩胛骨立時碎成數塊，身子向後直飛出去，只聽他大聲慘叫，郭靖登時想起：「這是黃河四鬼中的喪門斧錢青健。」他雖自知近數月來功力大進，與從前在蒙古對戰黃河四鬼時已大不相同，但也想不到這一掌出去，竟能將對方擊得飛出丈許，剛自愕然，左右金刃之聲齊作，一刀一槍同時砍將過來。

郭靖原料斷魂刀沈青剛、追命槍吳青烈必在左近，右手反鉤，已抓住刺向脅下的槍頭，用力一扯，吳青烈立足不定，向前直跌過來。郭靖稍向後縮，沈青剛這一刀正好要砍在師弟的腦門。郭靖飛起左腿，踢中沈青剛右腕，黑夜中青光閃動，一柄長刀直飛起來。郭靖救了吳青烈一命，順手在他背上按落。吳青烈本已站立不穩，再被他借勁按捺，咚的一聲，師兄弟相互猛撞，都暈了過去。

黃河四鬼中的奪魄鞭馬青雄混入太湖盜幫，已被陸冠英用重手震死，餘下這三鬼正是這一隊追兵中的好手。黑暗之中，眾金兵沒見到三個首領俱已倒地，尚在與拖雷、哲別、博爾朮箭戰。郭靖喝道：「還不快走，都想死在這裏麼？」搶上去拳打腳踢，又提人丟擲，片刻之間，把眾金兵打得魂飛魄散，四下裏亂逃。沈青剛與吳青烈先後醒來，也沒看清對頭是誰，只覺得頭痛欲裂，眼前金星飛舞，撒腿就跑。兩人竟然背道而馳，那喪門斧錢青健口中哼哼唧唧，腳下倒是飛快，奔的卻又是另一個方向。

哲別與博爾朮箭法厲害，從旗斗之中颼颼射將下來，又射死了三名金兵。拖雷俯身下望，見義兄郭靖趕散追兵，威不可當，心中十分歡喜，叫道：「安答，你好！」抱著旗桿溜下地來。兩人執手相視，一時都高興得說不出話。接著哲別與博爾朮也從旗斗中溜下。哲別道：「那三個漢人以盾牌擋箭，傷他們不得。若非靖兒相救，我們再也喝不到斡難河的清水了。」

郭靖拉著黃蓉的手過來與拖雷等相見，道：「這是我的義妹。」黃蓉笑道：「這對白鵰送給我，行不行？」拖雷不懂漢語，帶來的通譯又在奔逃時給金兵殺了，只覺黃蓉聲音清脆，說得好聽，卻不知其意。

郭靖問拖雷道：「安答，你怎麼帶了白鵰來？」拖雷道：「爹爹命我去見宋朝皇帝，相約南北出兵，夾攻金國。妹子說或許我能和你遇上，要我帶了鵰兒來給你。她猜得對，這可不是遇上了嗎？」郭靖聽他提到華箏，不禁一呆。他自與黃蓉傾心相愛，有時想起華箏，心頭自覺不妥，只是此事不知如何相處才是，索性不敢多想，這時聽了拖雷之言，登時茫然，隨即心想：「一月之內，我有桃花島之約，蓉兒的父親非殺我不可，這一切都顧不得了。」向黃蓉道：「這對白鵰是我的，你拿去玩罷。」黃蓉大喜，轉身又去用肉餵鵰。

拖雷說起緣由。原來成吉思汗攻打金國獲勝，可是金國地大兵眾，多年經營，基業甚固，死守住數處要塞，一時倒也奈何他不得。於是成吉思汗派遣拖雷南來，要聯合宋朝出兵夾攻，途中遇到大隊金兵阻攔，從人衛兵都被殺盡，只賸下三人逃到這裏。

郭靖想起當日在歸雲莊中，曾聽楊康要穆念慈到臨安去見史彌遠丞相，請他殺害蒙古使者，當時不明其中緣故，這時才知金國得到了訊息，命楊康為大金欽使南來，便是為了阻止宋朝與蒙古結盟聯兵。

拖雷又道：「金國說甚麼都要殺了我，免得蒙古與宋朝結盟成功，這次竟是六王爺親自領人阻攔。」郭靖忙問：「完顏洪烈？」拖雷道：「是啊，他頭戴金盔，我瞧得甚是清楚，可惜向他射了三箭，都被他的衛士用盾牌擋開了。」

郭靖大喜，叫道：「蓉兒、康弟，完顏洪烈到了這裏，快找他去。」黃蓉應聲過來，卻不見楊康的影蹤。郭靖心急，叫道：「蓉兒，你向東，我向西。」兩人展開輕功，如飛趕將下去。郭靖追出數里，趕上了幾名敗逃的金兵，抓住一問，果然是六王爺完顏洪烈親自率隊，卻不知他這時在那裏。一名金兵道：「我們丟了王爺私逃，回去也是殺頭的份兒，大夥只好逃到四鄉，躲起來做老百姓了。」

郭靖回頭再尋，天色漸明，那裏有完顏洪烈的影子？明知殺父仇人便在左近，卻是找尋不到，好生焦躁，一路急奔，突見前面林子中白影閃動，正是黃蓉。兩人見了面，眼瞧對方神色，自是無功，只得同回祠堂。

拖雷道：「完顏洪烈帶的人馬本來不少，他快馬追趕我們，離了大隊，這時必是回去帶領人馬再來。安答，我有父王將令在身，不能延擱，咱們就此別過。我妹子叫我帶話給你，要你儘早回蒙古去。」

郭靖心想這番分別，只怕日後難再相見，心下淒然，與拖雷、哲別、博爾朮三人逐一擁抱作別，眼看著他們上馬而去，蹄聲漸遠，人馬的背影終於在黃塵中隱沒。

黃蓉道：「咱們躲將起來，等完顏洪烈領了人馬趕到，就可碰到他了。要是他人馬眾多，咱倆悄悄躡著，到晚上再去結果他性命，豈不是好？」郭靖大喜，連稱妙策。黃蓉甚是得意，笑道：「這是個『移岸就船』之計，也只尋常。」

郭靖道：「我去將馬匹牽到樹林子中隱藏起來。」走到祠堂後院，忽見青草中有件金光燦爛之物，在朝陽照射下閃閃發光，俯身看時，卻是一頂金盔，盔上還鑲著三粒龍眼般大的寶石。郭靖伸手拾起，飛步回來，悄聲對黃蓉道：「你瞧這是甚麼？」黃蓉喜道：「完顏洪烈的金盔？」郭靖道：「正是！多半他還躲在這祠堂裏，咱們快搜。」

黃蓉回身反手，在短牆牆頭上一按，輕飄飄的騰空而起，叫道：「我在上面瞧著，你在底下搜。」郭靖應聲入內。黃蓉在屋頂上叫道：「剛才我這一下輕功好不好？」郭靖一呆，停步道：「好得很！怎樣？」黃蓉笑道：「怎麼你不稱讚？」郭靖跺腳道：「唉，你這頑皮孩子，這當口還鬧著玩。」黃蓉咭的一聲笑，手一揚，奔向後院。

楊康當郭靖與金兵相鬥之際，黑暗中已看出了完顏洪烈的身形，這時雖然已知自己非他親生，但受他養育十餘載，一直當他父親，眼見郭靖殺散金兵，完顏洪烈只要被他瞧見，那裏還有性命？情勢緊急，不暇多想，縱身出去要設法相救，正在此時，郭靖提起一名金兵擲了過來。完顏洪烈忙勒馬閃避，卻未讓開，被金兵撞下馬來。楊康躍過去一把抱起，在完顏洪烈耳邊輕聲道：「父王，是康兒，別作聲。」郭靖正鬥得性起，黃蓉又在調弄白鵰，黑夜之中竟無人看到他抱著完顏洪烈走向祠堂後院。

楊康推開西廂房的房門，兩人悄悄躲著。耳聽得殺聲漸隱，眾金兵四下逃散，又聽得三個蒙古人嘰哩咕嚕的與郭靖說話。完顏洪烈如在夢中，低聲道：「康兒，你怎麼在這裏？」

楊康道：「那也當真湊巧，唉，都是給這姓郭的壞了大事。」

過了一會，完顏洪烈聽得郭靖與黃蓉分頭出去找尋自己，剛才他見到郭靖空手擊打黃河三鬼與眾金兵，出手凌厲，若是給他發現，那還得了？思之不寒而慄。楊康道：「父王，這時出去，只怕給他們撞見了。咱們躲在這裏，這幾人必然料想不到。待他們走遠，再慢慢出去。」完顏洪烈道：「不錯……康兒，你怎麼叫我『父王』，不叫『爹』了？」楊康默然不語，想起故世的母親，心中思潮起伏。完顏洪烈緩緩的道：「你在想你媽，是不是？」伸手去握住他的手，只覺他掌上冰涼，全是冷汗。

楊康輕輕掙脫了，道：「這郭靖武功了得，他要報殺父之仇，決意要來害您。他結識的高手很多，您實在防不勝防。在這半年之內，您別回北京罷。」完顏洪烈想起十九年前臨安牛家村的往事，不由得一陣心酸，一陣內疚，一時說不出話來，過了良久才道：「唔，避一避也好。你到臨安去過了麼？史丞相怎麼說？」楊康冷冷的道：「我還沒去過。」

完顏洪烈聽了他的語氣，料他必是已知自己身世，可是這次又是他出手相救，不知他有何打算。兩人十八年來父慈子孝，親愛無比，這時同處斗室之中，忽然想到相互間卻有深恨血仇。楊康更是心中交戰，思量：「這時只須反手幾拳，立時就報了我父母之仇，但怎麼下得了手？那楊鐵心雖是我的生父，但他給我過甚麼好處？媽媽平時待父王也很不錯，我若此時殺他，媽媽在九泉之下，也不會喜歡。再說，難道我真的就此不做王子，和郭靖一般的流落草莽麼？」正自思潮起伏，只聽得完顏洪烈道：「康兒，你我父子一場，不管如何，你永遠是我的愛兒。大金國不出十年，必可滅了南朝。那時我大權在手，富貴不可限量，這錦繡江山，花花世界，日後終究盡都是你的了。」

楊康聽他言下之意，竟是有篡位之意，想到「富貴不可限量」這六個字，心中怦怦亂跳，暗想：「以大金國兵威，滅宋非難。蒙古只一時之患，這些只會騎馬射箭的蠻子終究成不了氣候。父王精明強幹，當今金主那能及他？大事若成，我豈不成了天下的共主？」想到此處，不禁熱血沸騰，伸手握住了完顏洪烈的手，說道：「爹，孩兒必當輔你以成大業。」完顏洪烈覺得他手掌發熱，心中大喜，道：「我做李淵，你做李世民罷。」

楊康正要答話，忽聽得身後喀的一響。兩人嚇了一跳，急忙轉身，這時天色已明，窗格子中透進亮光來，只見房中擺著七八具棺材，原來這是祠堂中停厝族人未曾下葬的棺木之所。聽適才的聲音，竟像是從棺材中發出來的。

完顏洪烈驚道：「甚麼聲音？」楊康道：「準是老鼠。」只聽得郭靖與黃蓉一面笑語，搜尋進來。楊康暗叫：「不妙！原來爹爹的金盔落在外面！這一下可要糟。」低聲道：「我去引開他們。」輕輕推開了門，縱身上屋。

黃蓉一路搜來，忽見屋角邊人影一閃，喜道：「好啊，在這裏了！」撲將下去。那人身法好快，在牆角邊一鑽，已不見了蹤影。郭靖聞聲趕來，黃蓉道：「他逃不了，必定躲在樹叢裏。」兩人正要趕入樹叢中搜尋，突然忽喇一聲，小樹分開，竄出一人來，卻是楊康。

郭靖又驚又喜，道：「賢弟，你到那裏去了？見到完顏洪烈麼？」楊康奇道：「完顏洪烈怎麼在這裏？」郭靖道：「是他領兵來的，這頂金盔就是他的。」楊康道：「啊，原來如此。」黃蓉見他神色有異，又想起先前他跟歐陽克鬼鬼祟祟的說話，登時起了疑心，問道：

「咱們剛才到處找你不著，你到那裏去了？」楊康道：「昨天我吃壞了東西，忽然肚子痛，內急起來。」說著向小樹叢一指。黃蓉雖然疑心未消，但也不便再問。

郭靖道：「賢弟，快搜。」楊康心中著急，不知完顏洪烈已否逃走，臉上卻是不動聲色，說道：「他自己來送死，真是再好也沒有了。你和黃姑娘搜東邊，我搜西邊。」郭靖道：「好！」當即去推東邊「節孝堂」的門。黃蓉道：「楊大哥，我瞧那人必定躲在西邊，我跟著你去搜罷。」楊康暗暗叫苦，只得假裝欣然，說道：「快來，別讓他逃了。」當下兩人一間間屋子挨著搜去。

寶應劉氏在宋代原是大族，這所祠堂起得規模甚是宏大，自金兵數次渡江，戰火橫燒，鐵蹄踐踏，劉氏式微，祠堂也就破敗了。黃蓉冷眼相覷，見楊康專揀門口塵封蛛結的房間進去慢慢搜檢，更是明白了幾分，待到西廂房前，只見地下灰塵中有許多足跡，門上原本積塵甚厚，也看得出有人新近推門關門的手印，立時叫道：「在這裏了！」

這四字一呼出，郭靖與楊康同時聽見，一個大喜，一個大驚，同時奔到。黃蓉飛腳將門踢開，卻是一怔，只見屋裏放著不少棺材，那裏有完顏洪烈的影子？楊康見完顏洪烈已經逃走，心中大慰，搶在前面，大聲喝道：「完顏洪烈你這奸賊躲在那裏？快給我滾出來。」黃蓉笑道：「楊大哥，他早聽見咱們啦，您不必好心給他報訊。」楊康給她說中心事，臉上一紅，怒道：「黃姑娘何必開這玩笑？」

郭靖笑道：「賢弟不必介意，蓉兒最愛鬧著玩。」向地下一指，說道：「你瞧，這裏有人坐過的痕跡，他果真來過。」黃蓉道：「快追！」剛自轉身，忽然後面喀的一聲響，三人嚇了一跳，一齊回頭，只見一具棺材正自微微晃動。黃蓉向來最怕棺材，在這房中本已周身不自在，忽見棺材晃動，「啊」的一聲叫，緊緊拉住郭靖的手臂。她心中雖怕，腦子卻轉得快，顫聲道：「那奸賊……奸賊躲在棺材裏。」

楊康突然向外一指，道：「啊，他在那邊！」搶步出去。黃蓉反手一把抓住了他脈門，冷笑道：「你別弄鬼。」楊康只感半身酸麻，動彈不得，急道：「你……你幹甚麼？」

郭靖喜道：「不錯，那奸賊定是躲在棺材裏。」大踏步上去，要開棺揪完顏洪烈出來。楊康叫道：「大哥小心，莫要是殭屍作怪。」黃蓉將抓著他的手重重一摔，恨道：「你還要嚇我！」她料知棺中必是完顏洪烈躲著，但她總是膽小，生怕萬一真是殭屍，那可怎麼辦？顫聲道：「靖哥哥，慢著。」郭靖停步回頭，說道：「怎麼？」黃蓉道：「你快按住棺材蓋，別讓裏面……裏面的東西出來。」郭靖笑道：「那裏會有甚麼殭屍？」眼見黃蓉嚇得玉容失色，便縱身躍上棺材，安慰她道：「他爬不出來了！」

黃蓉惴惴不安，微一沉吟，說道：「靖哥哥，我試一手劈空掌給你瞧瞧。是殭屍也好，完顏洪烈也好，我隔著棺材劈他幾掌，且聽他是人叫還是鬼哭！」說著一運勁，踏上兩步，發掌就要往棺上劈去。她這劈空掌並未練成，論功夫遠不及陸乘風，因此上這一掌逕擊棺木，卻非凌空虛劈。楊康大急，叫道：「使不得，你劈爛了棺材，殭屍探頭出來，咬住你的手，那可糟了！」

黃蓉給他嚇得打個寒噤，凝掌不發，忽聽得棺中「嚶」的一聲，卻是女人聲音。黃蓉更是毛骨悚然，驚叫：「是女鬼！」忙不迭的收掌，躍出房外，叫道：「快出來！」

郭靖膽大，叫道：「楊賢弟，咱們掀開棺蓋瞧瞧。」楊康本來手心中捏著一把冷汗，要想出手相救，卻又自知不敵郭黃二人，正自為難，忽聽棺中發出女人聲音，不禁又驚又喜，搶上伸手去掀棺材蓋，格格兩聲，二人也未使力，棺蓋便應聲而起，原來竟未釘實。

郭靖早已運勁於臂，只待殭屍暴起，當頭就是一拳，打她個頭骨碎裂，一低頭，大吃一驚，棺中那裏是殭屍，竟是個美貌少女，一雙點漆般眼珠睜得大大的望著自己，再定睛看時，卻是穆念慈。

楊康更是驚喜交集，忙伸手將他扶起。

郭靖叫道：「蓉兒，快來，你瞧是誰？」黃蓉轉身閉眼，叫道：「我才不來瞧呢！」郭靖叫道：「是穆家姊姊啊！」黃蓉左眼仍是閉著，只睜開右眼，遙遙望去，果見楊康抱著一個女子，身形正是穆念慈，當即放心，一步一頓的走進屋去。那女子卻不是穆念慈是誰？只見她神色憔悴，淚水似兩條線般滾了下來，卻是動彈不得。

黃蓉忙給她解開穴道，問道：「姊姊，你怎麼在這裏？」穆念慈穴道閉得久了，全身酸麻，慢慢調勻呼吸，黃蓉幫她在關節之處按摩。過了一盞茶時分，穆念慈才道：「我給壞人拿住了。」黃蓉見她被點的主穴是足底心的「湧泉穴」，中土武林人物極少出手點閉如此怪異的穴道，已自猜到了八九分，問道：「是那個壞蛋歐陽克麼？」穆念慈點了點頭。

原來那日她替楊康去向梅超風傳訊，在骷髏頭骨旁被歐陽克擒住，點了穴道。其後黃藥師吹奏玉簫為梅超風解圍，歐陽克的眾姬妾和三名蛇奴在簫聲下暈倒，歐陽克狼狽逃走。次晨眾姬與蛇奴先後醒轉，見穆念慈兀自臥在一旁動彈不得，於是帶了她來見主人。歐陽克數次相逼，她始終誓死不從。歐陽克自負才調，心想以自己之風流俊雅，絕世武功，時候一久，再貞烈的女子也會傾心，若是用武動蠻，未免有失白駝山少主的身分了。幸而他這一自負，穆念慈才得保清白。來到寶應後，歐陽克將她藏在劉氏宗祠的空棺之中，派出眾姬妾到各處大戶人家探訪美色，相準了程大小姐，卻被丐幫識破，至有一番爭鬥。歐陽克匆匆而去，不及將穆念慈從空棺中放出，他劫掠的女子甚多，於這些事也不加理會。若非郭靖等搜尋完顏洪烈，她是要活生生餓死在這空棺之中了。

楊康乍見意中人在此，實是意想不到之喜，神情著實親熱，說道：「妹子，你歇歇，我去燒水給你喝。」黃蓉笑道：「你會燒甚麼水？我去。靖哥哥，跟我來。」她有心讓兩人私下一傾相思之苦。那知穆念慈板起了一張俏臉，竟是毫無笑容，說道：「慢著。姓楊的，恭喜你日後富貴不可限量啊。」楊康登時滿臉通紅，背脊上卻感到一陣涼意：「原來我和父王在這裏說的話，都教她聽見啦。」一時不知如何是好。

穆念慈看到他一副狼狽失措的神態，心腸登時軟了，不忍立時將他放走完顏洪烈之事說出，只怕郭黃一怒，後果難料，只冷冷的道：「你叫他『爹』不是挺好的麼？這可親熱得多，幹麼要叫『父王』？」楊康無地自容，低下了頭不說話。

黃蓉不明就裏，只道這對小情人鬧別扭，定是穆念慈心中怪責楊康沒來及早相救，累得她如此狼狽，當即拉拉郭靖的衣襟，低聲道：「咱們出去，保管他倆馬上就好。」郭靖一笑，隨她走出。黃蓉走到前院，悄聲道：「去聽聽他們說些甚麼。」郭靖笑道：「別胡鬧啦，我才不去。」黃蓉道：「好，你不去別後悔，有好聽的笑話兒，回頭我可不對你說。」

躍上屋頂，悄悄走到西廂房頂上，只聽得穆念慈在厲聲斥責：「你認賊作父，還可說是顧念舊情，一時心裏轉不過來。那知你竟存非份之想，還要滅了自己的父母之邦，這……這……」說到這裏，氣憤填膺，再也說不下去。楊康柔聲笑道：「妹子，我……」穆念慈喝道：「誰是你的妹子？別碰我！」拍的一聲，想是楊康臉上吃了一記。

黃蓉一愣：「打起架來啦，可得勸勸。」翻身穿窗而入，笑道：「啊喲，有話好說，別動蠻。」只見穆念慈雙頰脹得通紅，楊康卻是臉色蒼白。黃蓉正要開口說話，楊康叫道：「好哇，你喜新棄舊，心中有了別人，因此對我這樣。」穆念慈怒道：「你……你說甚麼？」楊康道：「你跟了那姓歐陽的，人家文才武功，無不勝我十倍，你那裏還把我放在心上？」穆念慈氣得手足冰冷，險些暈去。

黃蓉插口道：「楊大哥，你別胡言亂道，穆姊姊要是喜歡他，那壞蛋怎會將她點了穴道，又放在棺材裏？」

楊康這時已然老羞成怒，說道：「真情也好，假意也好，她給那人擒去，失了貞節，我豈能再和她重圓？」穆念慈怒道：「我……我……我失了甚麼貞節？」楊康道：「你落入那人手中這許多天，給他摟也摟過了，抱也抱過了，還能是玉潔冰清麼？」穆念慈本已委頓不堪，此時急怒攻心，「哇」的一聲，一口鮮血噴了出來，向後便倒。

楊康自覺出言太重，見她如此，心中柔情一動，要想上前相慰，但想起自己隱私被她得知，黃蓉先前又早已有見疑之意，若給穆念慈洩露了真相，只怕自己性命難保，又記掛著父王，當即轉身出房，奔到後院，躍出圍牆，逕自去了。

黃蓉在穆念慈胸口推揉了好一陣子，她才悠悠醒來，定一定神，也不哭泣，竟似若無其事，道：「妹子，上次我給你的那柄匕首，相煩借我一用。」黃蓉高聲叫道：「靖哥哥，你來！」郭靖聞聲奔進屋來。黃蓉道：「你把楊大哥那柄匕首給穆姊姊罷。」郭靖道：「正是。」從懷中掏出那柄朱聰從梅超風身上取來的匕首，見外面包著一張薄革，革上用針刺滿了細字，他不知便是下卷九陰真陰的秘要，隨手放在懷內，將匕首交給了穆念慈。

黃蓉也從懷中取出匕首，低聲道：「靖哥哥的匕首在我這裏，楊大哥的現下交給了你。姊姊，這是命中注定的緣份，一時吵鬧算不了甚麼，你可別傷心，我和爹爹也常吵架呢。我和靖哥哥要上北京去找完顏洪烈。姊姊，你如閒著沒事，跟我們一起去散散心，楊大哥必會跟來。」郭靖奇道：「楊兄弟呢？」黃蓉伸了伸舌頭，道：「他惹得姊姊生氣，姊姊一巴掌將他打跑了。穆姊姊，楊大哥倘若不是喜歡你得要命，你打了他，他怎會不還手？他武功可強過你啊。這比武……」她本想說「這比武招親的事，你兩個本就是玩慣了的」，但見穆念慈神色酸楚，這句玩笑就縮住了。

穆念慈道：「我不上北京，你們也不用去。半年之內，完顏洪烈那奸賊不會在北京，他害怕你們去報仇。郭大哥，妹妹，你們倆人好，命也好……」說到後來聲音哽住，掩面奔出房門，雙足一頓，上屋而去。

黃蓉低頭見到穆念慈噴在地下的那口鮮血，沉吟片刻，終不放心，越過圍牆，追了出去，只見穆念慈的背影正在遠處一棵大柳樹之下，日光在白刃上一閃，她已將那柄匕首舉在頭頂。黃蓉大急，只道她要自盡，大叫：「姊姊使不得！」只是相距甚遠，阻止不得，卻見她左手拉起頭上青絲，右手持匕向後一揮，已將一大叢頭髮割了下來，拋在地下，頭也不回的去了。黃蓉叫了幾聲：「姊姊，姊姊！」穆念慈充耳不聞，愈走愈遠。

黃蓉怔怔的出了一回神，只見一團柔髮在風中飛舞，再過一陣，分別散入了田間溪心、路旁樹梢，或委塵土、或隨流水。

她自小嬌憨頑皮，高興時大笑一場，不快活時哭哭鬧鬧，從來不知「愁」之為物，這時見到這副情景，不禁悲從中來，初次識得了一些人間的愁苦。她慢慢回去，將這事對郭靖說了。郭靖不知兩人因何爭鬧，只道：「穆世姊何苦如此，她氣性也忒大了些。」

黃蓉心想：「難道一個女人給壞人摟了抱了，就是失了貞節？本來愛她敬她的意中人就要瞧她不起？不再理她？」她想不通其中緣由，只道世事該是如此，走到祠堂後院，倚柱而坐，癡癡的想了一陣，合眼睡了。

當晚黎生等丐幫羣雄設宴向洪七公及郭黃二人道賀，等到深夜，洪七公仍是不來。黎生知道幫主脾氣古怪，也不以為意，與郭靖、黃蓉二人歡呼暢飲。丐幫羣雄對郭黃二人甚是敬重，言談相投。程大小姐也親自燒了菜肴，又備了四大罈好酒，命僕役送來。

宴會盡歡散後，郭靖與黃蓉商議，完顏洪烈既然不回北京，一時必難找到，桃花島約會之期轉眼即屆，只好先到嘉興，與六位師父商量赴約之事。黃蓉點頭稱是，又道：「最好請你六位師父別去桃花島了。你向我爹爹陪個不是，向他磕幾個頭也不打緊，是不是？你若心中不服氣，我加倍磕還你就是了。你六位師父跟我爹爹會面，卻不會有甚麼好事。」郭靖道：「正是。我也不用你向我磕還甚麼頭。」次晨兩人並騎南去。

時當六月上旬，天時炎熱，江南民諺云：「六月六，晒得鴨蛋熟。」火傘高張下行路，尤為煩苦。兩人只在清晨傍晚趕路，中午休息。

不一日，到了嘉興，郭靖寫了一封書信，交與醉仙樓掌櫃，請他於七月初江南六俠來時面交。信中說道：弟子道中與黃蓉相遇，已偕赴桃花島應約，有黃藥師愛女相伴，必當無礙，請六位師父放心，不必同來桃花島云云。他信內雖如此說，心中卻不無惴惴，暗想黃藥師為人古怪，此去只怕凶多吉少。他恐黃蓉擔心，也不說起此事，想到六位師父不必干冒奇險，心下又自欣慰。

兩人轉行向東，到了舟山後，僱了一艘海船。黃蓉知道海邊之人畏桃花島有如蛇蝎，相戒不敢近島四十里以內，如說出桃花島的名字，任憑出多少金錢，也無海船漁船敢去。她僱船時說是到蝦峙島，出畸頭洋後，卻逼著舟子向北，那舟子十分害怕，但見黃蓉將一柄寒光閃閃的匕首指在胸前，不得不從。

船將近島，郭靖已聞到海風中夾著撲鼻花香，遠遠望去，島上鬱鬱蔥蔥，一團綠、一團紅、一團黃、一團紫，端的是繁花似錦。黃蓉笑道：「這裏的景緻好麼？」郭靖嘆道：「我一生從未見過這麼多，這麼好看的花。」黃蓉甚是得意，笑道：「若在陽春三月，島上桃花盛開，那才教好看呢。師父不肯說我爹爹的武功是天下第一，但爹爹種花的本事蓋世無雙，師父必是口服心服的。只不過師父只是愛吃愛喝，未必懂得甚麼才是好花好木，當真俗氣得緊。」郭靖道：「你背後指摘師父，好沒規矩。」黃蓉伸伸舌頭，扮了個鬼臉。

兩人待船駛近，躍上岸去，小紅馬跟著也跳上島來。那舟子聽到過不少關於桃花島的傳言，說島主殺人不眨眼，最愛挖人心肝肺腸，一見兩人上岸，疾忙把舵迴船，便欲遠逃。黃蓉取出一錠十兩重的銀子擲去，噹的一聲，落在船頭。那舟子想不到有此重賞，喜出望外，卻仍是不敢在島邊稍停。

黃蓉重來故地，說不出的喜歡，高聲大叫：「爹，爹，蓉兒回來啦！」向郭靖招招手，便即向前飛奔。郭靖見她在花叢中東一轉西一晃，霎時不見了影蹤，急忙追去，只奔出十餘丈遠，立時就迷失了方向，只見東南西北都有小徑，卻不知走向那一處好。

他走了一陣，似覺又回到了原地，想起在歸雲莊之時，黃蓉曾說那莊子布置雖奇，卻那及桃花島陰陽開闔、乾坤倒置之妙，這一迷路，若是亂闖，定然只有越走越糟，於是坐在一株桃樹之下，只待黃蓉來接。那知等了一個多時辰，黃蓉固然始終不來，四下裏寂靜無聲，竟不見半個人影。

他焦急起來，躍上樹顛，四下眺望，南邊是海，向西是光禿禿的岩石，東面北面都是花樹，五色繽紛，不見盡頭，只看得頭暈眼花。花樹之間既無白牆黑瓦，亦無炊煙犬吠，靜悄悄的情狀怪異之極。他心中忽感害怕，下樹一陣狂奔，更深入了樹叢之中，一轉念間，暗叫：「不好！我胡闖亂走，別連蓉兒也找我不到了。」只想覓路退回，那知起初是轉來轉去離不開原地，現下卻是越想回去，似乎離原地越遠了。

小紅馬本來緊跟在後，但他上樹一陣奔跑，落下地來，連小紅馬也已不知去向。眼見天色漸暗，郭靖無可奈何，只得坐在地下，靜候黃蓉到來，好在遍地綠草似茵，就如軟軟的墊子一般，坐了一陣，甚感飢餓，想起黃蓉替洪七公所做的諸般美食，更是餓得厲害，突然想起：「若是蓉兒給她爹爹關了起來，不能前來相救，我豈不是要活活餓死在這樹林子裏？」又想到父仇未復，師恩未報，母親孤身一人在大漠苦寒之地，將來依靠何人？想了一陣，終於沉沉睡去。

睡到中夜，正夢到與黃蓉在北京遊湖，共進美點，黃蓉低聲唱曲，忽聽得有人吹簫拍和，一驚醒來，簫聲兀自縈繞耳際，他定了定神，一抬頭，只見皓月中天，花香草氣在黑夜中更加濃烈，簫聲遠遠傳來，卻非夢境。

郭靖大喜，跟著簫聲曲曲折折的走去，有時路徑已斷，但簫聲仍是在前。他在歸雲莊中曾走過這種盤旋往復的怪路，當下不理道路是否通行，只是跟隨簫聲，遇著無路可走時，就上樹而行，果然越走簫聲越是明徹。他愈走愈快，一轉彎，眼前忽然出現了一片白色花叢，重重疊疊，月光下宛似一座白花堆成的小湖，白花之中有一塊東西高高隆起。

這時那簫聲忽高忽低，忽前忽後。他聽著聲音奔向東時，簫聲忽焉在西，循聲往北時，簫聲倏爾在南發出，似乎有十多人伏在四周，此起彼伏的吹簫戲弄他一般。

他奔得幾轉，頭也昏了，不再理會簫聲，奔向那隆起的高處，原來是座石墳，墳前墓碑上刻著「桃花島女主馮氏埋香之塚」十一個大字。郭靖心想：「這必是蓉兒的母親了。蓉兒自幼喪母，真是可憐。」當下在墳前跪倒，恭恭敬敬的拜了四拜。當他跪拜之時，簫聲忽停，四下闃無聲息，待他一站起身，簫聲又在前面響起。郭靖心想：「管他是吉是凶，我總是跟去。」當下又進了樹叢之中，再行一會，簫聲調子斗變，似淺笑，似低訴，柔靡萬端。

郭靖心中一蕩，呆了一呆：「這調子怎麼如此好聽？」

只聽得簫聲漸漸急促，似是催人起舞。郭靖又聽得一陣，只感面紅耳赤，百脈賁張，當下坐在地上，依照馬鈺所授的內功秘訣運轉內息。初時只感心旌搖動，數次想躍起身來手舞足蹈一番，但用了一會功，心神漸漸寧定，到後來意與神會，心中一片空明，不著片塵，任他簫聲再蕩，他聽來只與海中波濤、樹梢風響一般無異，只覺得丹田中活潑潑地，全身舒泰，腹中也不再感到饑餓。他到了這個境界，已知外邪不侵，緩緩睜開眼來，黑暗之中，忽見前面兩丈遠處一對眼睛碧瑩瑩的閃閃發光。

他吃了一驚，心想：「那是甚麼猛獸？」向後躍開幾步，忽然那對眼睛一閃就不見了，心想：「這桃花島上真是古怪，就算是再快捷的豹子狸貓，也不能這樣一霎之間就沒了蹤影。」正自沉吟，忽聽得前面發出一陣急促喘氣之聲，聽聲音卻是人的呼吸。他恍然而悟：「這是人！閃閃發光的正是他的眼睛，他雙眼一閉，我自然瞧不見他了，其實此人並未走開。」想到此處，不禁自覺愚蠢，但不知對方是友是敵，當下不敢作聲，靜觀其變。

這時那洞簫聲情致飄忽，纏綿宛轉，便似一個女子一會兒嘆息，一會兒呻吟，一會兒又軟語溫存、柔聲叫喚。郭靖年紀尚小，自幼勤習武功，對男女之事不甚了了，聽到簫聲時感應甚淡，簫中曲調雖比適才更加勾魂引魄，他聽了也不以為意，但對面那人卻是氣喘愈急，聽他呼吸聲直是痛苦難當，正拚了全力來抵禦簫聲的誘惑。

郭靖對那人暗生同情，慢慢走過去。那地方花樹繁密，天上雖有明月，但月光都被枝葉密密的擋住了，透不進來，直走到相距那人數尺之地，才依稀看清他的面目。只見這人盤膝而坐，滿頭長髮，直垂至地，長眉長鬚，鼻子嘴巴都被遮掩住了。他左手撫胸，右手放在背後。郭靖知道這是修練內功的姿式，丹陽子馬鈺曾在蒙古懸崖之頂傳過他的，這是收斂心神的要訣，只要練到了家，任你雷轟電閃，水決山崩，全然不聞不見。這人既會玄門正宗的上乘內功，怎麼反而不如自己，對簫聲如此害怕？

簫聲愈來愈急，那人身不由主的一震一跳，數次身子已伸起尺許，終於還是以極大定力坐了下來。郭靖見他寧靜片刻，便即歡躍，間歇越來越短，知道事情要糟，暗暗代他著急。只聽得簫聲輕輕細細的耍了兩個花腔，那人叫道：「算了，算了！」作勢便待躍起。

郭靖見情勢危急，不及細想，當即搶上，伸手牢牢按住他右肩，右手已拍在他的頸後「大椎穴」上。郭靖在蒙古懸崖上練功之時，每當胡思亂想、心神無法寧靜，馬鈺常在他大椎穴上輕輕撫摸，以掌心一股熱氣助他鎮定，而免走火入魔。郭靖內功尚淺，不能以內力助這老人抵拒簫聲，但因按拍的部位恰到好處，那長髮老人心中一靜，便自閉目運功。

郭靖暗暗心喜，忽聽身後有人罵了一聲：「小畜生，壞我大事！」簫聲突止。

郭靖嚇了一跳，回頭過來，不見人影，聽語音似是黃藥師的說話，轉念之間，不禁大為憂急：「不知這長鬚老人是好是壞？我胡亂出手救他，必定更增蓉兒她爹爹的怒氣。倘若這老人是個妖邪魔頭，豈非鑄成了大錯？」只聽長鬚老人氣喘漸緩，呼吸漸勻，郭靖不便出言相詢，只得坐在他的對面，閉目內視，也用起功來，不久便即思止慮息，物我兩忘，直到晨星漸隱，清露沾衣，才睜開眼睛。

日光從花樹中照射下來，映得那老人滿臉花影，這時他面容看得更加清楚了，鬚髮蒼然，並未全白，只是不知有多少年不剃，就如野人一般毛茸茸地甚是嚇人。突然間那老人眼光閃爍，微微笑了笑，說道：「你是全真七子中那一人的門下？」

郭靖見他臉色溫和，略覺放心，站起來躬身答道：「弟子郭靖參見前輩，弟子的受業恩師是江南七俠。」那老人似乎不信，說道：「江南七俠？是柯鎮惡一夥麼？他們怎能傳你全真派的內功？」郭靖道：「丹陽真人馬道長傳過弟子兩年內功，不過未曾令弟子列入全真派門牆。」

那老人哈哈一笑，裝個鬼臉，神色甚是滑稽，猶如孩童與人鬧著玩一般，說道：「這就是了。你怎麼會到桃花島來？」郭靖道：「黃島主命弟子來的。」那老人臉色忽變，問道：「來幹甚麼？」郭靖道：「弟子得罪了黃島主，特來領死。」那老人道：「你不打誑麼？」郭靖恭恭敬敬的道：「弟子不敢欺瞞。」那老人點點頭道：「很好，坐下罷。」郭靖依言坐在一塊石上，這時看清楚那老人是坐在山壁的一個岩洞之中。

那老人又問：「此外還有誰傳過你功夫？」郭靖道：「九指神丐洪恩師……」那老人臉上神情特異，似笑非笑，搶著問道：「洪七公也傳過你功夫？」郭靖道：「是的。洪恩師傳過弟子一套降龍十八掌。」那老人臉上登現欣羡無已的神色，說道：「你會降龍十八掌？這套功夫可了不起哪。你傳給我好不好？我拜你為師。」隨即搖頭道：「不成，不成！做洪老叫化的徒孫，不大對勁。洪老叫化沒傳過你內功？」郭靖道：「沒有。」

那老人仰頭向天，自言自語：「瞧他小小年紀，就算在娘肚子裏起始修練，也不過十八九年道行，怎麼我抵擋不了簫聲，他卻能抵擋？」一時想不透其中原因，雙目從上至下，又自下至上的向郭靖望了兩遍，右手伸出，道：「你在我掌上推一下，我試試你的功夫。」

郭靖依言伸掌與他右掌相抵。那老人道：「氣沉丹田，發勁罷。」郭靖凝力發勁。那老人手掌略縮，隨即反推，叫道：「小心了！」郭靖只覺一股強勁之極的內力湧到，實是抵擋不住，左掌向上疾穿，要待去格他手腕，那知那老人轉手反撥，四指已搭上他腕背，只以四根手指之力，便將他直揮出去。郭靖站立不住，跌出了七八步，背心在一棵樹上一撞，這才站定。那老人喃喃自語：「武功雖然不錯，可也不算甚麼了不起，卻怎麼能擋得住黃老邪的『碧海潮生曲』？」

郭靖深深吸了口氣，才凝定了胸腹間氣血翻湧，向那老人望去，甚是訝異：「此人的武功幾與洪恩師、黃島主差不多了，怎麼桃花島上又有這等人物？難道是『西毒』或是『南帝』麼？」一想到「西毒」，不禁心頭一寒：「莫要著了他的道兒？」舉起手掌在日光下一照，既未紅腫，亦無黑痕，這才稍感放心。

那老人微笑問道：「你猜我是誰？」郭靖道：「弟子曾聽人言道：天下武功登峯造極的共有五位高人。全真教主王真人已經逝世，九指神丐洪恩師與桃花島主弟子都識得。前輩是歐陽前輩還是段皇爺麼？」那老人笑道：「你覺得我的武功與東邪、北丐差不多，是不是？」郭靖道：「弟子武功低微，見識粗淺，不敢妄說。但適才前輩這樣一推，弟子所拜見過的武學名家之中，除了洪恩師與黃島主之外確無第三人及得。」

那老人聽他讚揚，極是高興，一張毛髮掩蓋的臉上顯出孩童般的歡喜神色，笑道：「我既不是西毒歐陽鋒，也不是段皇爺，你再猜上一猜。」郭靖沉吟道：「弟子會過一個自稱與洪恩師等齊名的裘千仞，但此人有名無實，武功甚是平常。弟子愚蠢得緊，實在猜不到前輩的尊姓大名。」那老人呵呵笑道：「我姓周，你想得起了麼？」

郭靖衝口而出：「啊，你是周伯通！」這句話一說出口，才想起當面直呼其名，可算得大大的不敬，忙躬身下拜，說道：「弟子不敬，請周前輩恕罪。」

那老人笑道：「不錯，不錯，我正是周伯通。我名叫周伯通，你叫我周伯通，有甚麼不敬？全真教主王重陽是我師兄，馬鈺、丘處機他們都是我的師姪。你既不是全真派門下，也不用囉裏囉唆的叫我甚麼前輩不前輩的，就叫我周伯通好啦。」郭靖道：「弟子怎敢？」

周伯通在桃花島獨居已久，無聊之極，忽得郭靖與他說話解悶，大感愉悅，忽然間心中起了一個怪念頭，說道：「小朋友，你我結義為兄弟如何？」

不論他說甚麼希奇古怪的言語，都不及這句話的匪夷所思，郭靖一聽之下，登時張大了嘴合不攏來，瞧他神色儼然，實非說笑，過了一會，才道：「弟子是馬道長、丘道長的晚輩，該當尊您為師祖爺才是。」

周伯通雙手亂擺，說道：「我的武藝全是師兄所傳，馬鈺、丘處機他們見我沒點長輩樣子，也不大敬我是長輩。你不是我兒子，我也不是你兒子，又分甚麼長輩晚輩？」

正說到這裏，忽聽腳步聲響，一名老僕提了一隻食盒，走了過來。周伯通笑道：「有東西吃啦！」那老僕揭開食盒，取出四碟小菜，兩壺酒，一木桶飯，放在周伯通面前的大石之上，給兩人斟了酒，垂手在旁侍候。

郭靖忙問：「黃姑娘呢？她怎不來瞧我？」那僕人搖搖頭，指指自己耳朵，又指指自己的口，意思說又聾又啞。周伯通笑道：「這人耳朵是黃藥師刺聾的，你叫他張口來瞧瞧。」郭靖做個手勢，那人張開口來。郭靖一看，不禁嚇了一跳，原來他口中舌頭被割去了半截。周伯通道：「島上的傭僕全都如此。你既來了桃花島，若是不死，日後也與他一般。」郭靖聽了，半晌做聲不得，心道：「蓉兒的爹爹怎麼恁地殘忍？」

周伯通又道：「黃老邪晚晚折磨我，我偏不向他認輸。昨晚差點兒就折在他的手裏，若不是你助我一臂，我十多年的要強好勝，可就廢於一夕了，來來來，小兄弟，這裏有酒有菜，咱倆向天誓盟，結為兄弟，以後有福共享，有難共當。想當年我和王重陽結為兄弟之時，他也是推三阻四的……怎麼？你真的不願麼？我師哥王重陽武功比我高得多，當年他不肯和我結拜，難道你的武功也比我高得多？我看大大的不見得。」郭靖道：「晚輩的武功比你低得太多，結拜實在不配。」周伯通道：「若說武功一樣，才能結拜，那麼我去跟黃老邪、老毒物結拜？他們又嫌我打他們不過了，豈有此理！你要我跟這又聾又啞的傢伙結拜？」說著手指那老僕，雙腳亂跳，大發脾氣。

郭靖見他臉上變色，忙道：「弟子與前輩輩份差著兩輩，若是依了前輩之言，必定被人笑罵。日後若是遇到馬道長、丘道長，弟子豈不慚愧之極？」周伯通道：「偏你就有這許多顧慮。你不肯和我結拜，定是嫌我太老，嗚嗚嗚……」忽地掩面大哭，亂扯自己鬍子。

郭靖慌了手腳，忙道：「弟子依前輩吩咐就是。」周伯通哭道：「你被我逼迫，勉強答應，那也是算不了數的。他日人家問起，你又推在我的身上。我知道你是不肯稱我為義兄的了。」郭靖暗暗好笑，怎地此人如此為老不尊，只見他拿起菜碟，向外擲去，賭氣不肯吃飯了。那老僕連忙拾起，不知為了何事，甚是惶恐。郭靖無奈，只得笑道：「兄弟既然有此美意，小弟如何不遵？咱倆就在此處撮土為香，義結兄弟便是。」

周伯通破涕為笑，說道：「我向黃老邪發過誓的，除非我打贏了他，否則除了大小便，決不出洞一步。我在洞裏磕頭，你在洞外磕頭罷。」郭靖心想：「你一輩子打不過黃島主，難道一輩子就呆在這個小小的石洞裏？」當下也不多問，便跪了下去。

周伯通與他並肩而跪，朗聲說道：「老頑童周伯通，今日與郭靖義結金蘭，日後有福共享，有難共當。若是違此盟誓，教我武功全失，連小狗小貓也打不過。」

郭靖聽他自稱「老頑童」，立的誓又是這般古怪，忍不住好笑。周伯通瞪眼道：「笑甚麼？快跟著唸。」郭靖便也依式唸了一遍，兩人以酒瀝地，郭靖再行拜見兄長。

周伯通哈哈大笑，大叫：「罷了，罷了。」斟酒自飲，說道：「黃老邪小氣得緊，給人這般淡酒喝。只有那天一個小姑娘送來的美酒，喝起來才有點酒味，可惜從此她又不來了。」郭靖想起黃蓉說過，她因偷送美酒給周伯通被父親知道了責罵，一怒而離桃花島，看來周伯通尚不知此事呢。

郭靖已餓了一天，不想飲酒，一口氣吃了五大碗白飯，這才飽足。那老僕等兩人吃完，收拾了殘肴回去。

周伯通道：「兄弟，你因何得罪了黃老邪，說給哥哥聽聽。」郭靖於是將自己年幼時怎樣無意中刺死陳玄風、怎樣在歸雲莊惡鬥梅超風、怎樣黃藥師生氣要和江南六怪為難、自己怎樣答應在一月之中到桃花島領死等情由，說了一遍。周伯通最愛聽人述說故事，側過了頭，瞇著眼，聽得津津有味，只要郭靖說得稍為簡略，就必尋根究底的追問不休。

待得郭靖說完，周伯通還問：「後來怎樣？」郭靖道：「後來就到了這裏。」周伯通沉吟片刻，道：「嗯，原來那個美貌小丫頭是黃老邪的女兒。她和你好，怎麼回島之後，忽然影蹤不見？其中必有緣由，定是給黃老邪關了起來。」郭靖憂形於色，說道：「弟子也這樣想……」

周伯通臉一板，厲聲道：「你說甚麼？」郭靖知道說錯了話，忙道：「做兄弟的一時失言，大哥不要介意。」周伯通笑道：「這稱呼是萬萬弄錯不得的。若是你我假扮戲文，那麼你叫我娘子也好，媽媽也好，女兒也好，更是錯不得一點。」郭靖連聲稱是。

周伯通側過了頭，問道：「你猜我怎麼會在這裏？」郭靖道：「兄弟正要請問。」周伯通道：「說來話長，待我慢慢對你說。你知道東邪、西毒、南帝、北丐、中神通五人在華山絕頂論劍較藝的事罷？」郭靖點點頭道：「兄弟曾聽人說過。」周伯通道：「那時是在寒冬歲盡，華山絕頂，大雪封山。他們五人口中談論，手上比武，在大雪之中直比了七天七夜，東邪、西毒、南帝、北丐四個人終於拜服我師哥王重陽的武功是天下第一。你可知道五人因何在華山論劍？」郭靖道：「這個兄弟倒不曾聽說過。」周伯通道：「那是為了一部經文……」郭靖接口道：「九陰真經。」

周伯通道：「是啊！兄弟，你年紀雖小，武林中的事情倒知道得不少。那你可知道九陰真經的來歷？」郭靖道：「這個我卻不知了。」周伯通拉拉自己耳邊垂下來的長髮，神情甚是得意，說道：「剛才你說了一個很好聽的故事給我聽，現下……」郭靖插口道：「我說的都是真事，不是故事。」周伯通道：「那有甚麼分別？只要好聽就是了。有的人的一生一世便是吃飯、拉屎、睡覺，若是把他生平一件件雞毛蒜皮的真事都說給我聽，老頑童悶也給他悶死了。」郭靖點頭道：「那也說得是。那麼請大哥說九陰真經的故事給兄弟聽。」

周伯通道：「徽宗皇帝於政和年間，遍搜普天下道家之書，雕版印行，一共有五千四百八十一卷，稱為『萬壽道藏』。皇帝委派刻書之人，叫做黃裳……」郭靖道：「原來他也姓黃。」周伯通道：「呸！甚麼也姓黃？這跟黃老邪黃藥師全不相干，你可別想歪了。天下姓黃之人多得緊，黃狗也姓黃，黃貓也姓黃。」郭靖心想黃狗黃貓未必姓黃，卻也不去和他多辯，只聽他續道：「這個跟黃老邪並不相干的黃裳，是個十分聰明之人……」郭靖本想說：「原來他也是個十分聰明之人」，話到口邊，卻忍住不說出來。

周伯通說道：「他生怕這部大道藏刻錯了字，皇帝發覺之後不免要殺他的頭，因此上一卷一卷的細心校讀。不料想這麼讀得幾年，他居然便精通道學，更因此而悟得了武功中的高深道理。他無師自通，修習內功外功，竟成為一位武功大高手。兄弟，這個黃裳可比你聰明得多了。我沒他這般本事，料想你也沒有。」郭靖道：「這個自然。五千多卷道書，要我從頭至尾讀一遍，我這一輩子也就幹不了，別說領會甚麼武功了。」

周伯通嘆了口氣，說道：「世上聰明人本來是有的，不過這種人你若是遇上了，多半非倒大霉不可。」郭靖心下又不以為然，暗忖：「蓉兒聰明之極，我遇上了正是天大的福氣，怎會倒霉？」只是他素來不喜與人爭辯，當下也不言語。

周伯通道：「那黃裳練成了一身武功，還是做他的官兒。有一年他治下忽然出現了一個希奇古怪的教門，叫作甚麼『明教』，據說是西域的波斯胡人傳來的。這些明教的教徒一不拜太上老君、二不拜至聖先師，三不拜如來佛祖，卻拜外國的老魔，可是又不吃肉，只是吃菜。徽宗皇帝只信道教，他知道之後，便下了一道聖旨，要黃裳派兵去剿滅這些邪魔外道。不料明教的教徒之中，著實有不少武功高手，眾教徒打起仗來又人人不怕死，不似官兵那麼沒用，打了幾仗，黃裳帶領的官兵大敗。他心下不忿，親自去向明教的高手挑戰，一口氣殺了幾個甚麼法王、甚麼使者。那知道他所殺的人中，有幾個是武林中名門大派的弟子，於是他們的師伯、師叔、師兄、師弟、師姊、師妹、師姑、師姨、師乾爹、師乾媽，一古腦兒的出來，又約了別派的許多好手，來向他為難，罵他行事不按武林中的規矩。黃裳說道：『我是做官兒的，又不是武林中人，你們武林規矩甚麼的，我怎麼知道？』對方那些姨媽乾爹七張八嘴的吵了起來，說道：『你若非武林中人，怎麼會武？難道你師父只教你武功，不教練武的規矩麼？』黃裳說道：『我沒師父。』那些人死也不信，吵到後來，你說怎樣？」

郭靖道：「那定是動手打架了。」周伯通道：「可不是嗎？一動上手，黃裳的武功古裏古怪，對方誰都沒見過，當場又給他打死了幾人，但他寡不敵眾，也受了傷，拚命逃走了。那些人氣不過，將他家裏的父母妻兒殺了個乾乾淨淨。」郭靖聽到這裏，嘆了口氣，覺得講到練武，到後來總是不免要殺人，隱隱覺得這黃裳倘若不練武功，多半便沒這樣的慘事。

周伯通續道：「那黃裳逃到了一處窮荒絕地，躲了起來。那數十名敵手的武功招數，他一招一式都記在心裏，於是苦苦思索如何纔能破解，他要想通破解的方法，然後去殺了他們報仇。也不知過了多少時候，終於對每一個敵人所使過的招數，他都想通了破解的法子。他十分高興，料想這些敵人就算再一擁而上，他獨個兒也對付得了。於是出得山來，去報仇雪恨。不料那些敵人一個個都不見了。你猜是甚麼原因？」

郭靖道：「定是他的敵人得知他武功大進，怕了他啦，都躲了起來。」周伯通搖頭道：「不是，不是。當年我師哥說這故事給我聽的時候，也叫我猜。我猜了七八次都不中，你再猜。」郭靖道：「大哥既然七八次都猜不中，那我也不用猜了，只怕連猜七八十次也不會中。」周伯通哈哈大笑，說道：「沒出息，沒出息。好罷，你既然認輸，我便不叫你猜這啞謎兒了。原來他那幾十個仇人全都死了。」郭靖「咦」的一聲，道：「這可奇了。難道是他的朋友還是他的弟子代他報仇，將他的仇人都殺死了？」周伯通搖頭道：「不是，不是！差著這麼十萬八千里。他沒收弟子。他是文官，交的朋友也都是些文人學士，怎能代他殺人報仇？」郭靖搔搔頭，說道：「莫非忽然起了瘟疫，他的仇人都染上了疫病？」周伯通道：「也不是。他的仇人有些在山東，有些在湖廣，有些在河北、兩浙，也沒有一起都染上瘟疫之理？啊，是了，是了！對啦，有一項瘟疫，卻是人人都會染上的，不論你逃到天涯海角，都避他不了，你猜那是甚麼瘟疫？」

郭靖把傷寒、天花、痢疾猜了六七種，周伯通總是搖頭，最後郭靖說道：「口蹄疫！」一出口便知不對，急忙按住了嘴，笑了起來，左手在自己頭上拍了一下，笑道：「我真胡塗，口蹄疫是蒙古牛羊牲口的瘟疫，人可不會染上。」

周伯通哈哈大笑，說道：「你越猜越亂了。那黃裳找遍四方，終於給他找到了一個仇人。這人是個女子，當年跟他動手之時，只是個十六七歲的小姑娘，但黃裳找到她時，見她已變成了個六十來歲的老婆婆……」郭靖大為詫異，說道：「這可真希奇。啊，是了，她喬裝改扮，扮作了個老太婆，盼望別讓黃裳認出來。」

周伯通道：「不是喬裝改扮。你想，黃裳的幾十個仇人，個個都是好手，武功包含諸家各派，何等深奧，何等繁複？他要破解每一人的絕招，可得耗費多少時候心血？原來他獨自躲在深山之中鑽研武功，日思夜想的就只是武功，別的甚麼也不想，不知不覺竟已過了四十多年。」郭靖驚道：「過了四十多年？」

周伯通道：「是啊。專心鑽研武功，四十多年很容易就過去了。我在這裏已住了十五年，也不怎樣。黃裳見那小姑娘已變成了老太婆，心中很是感慨，但見那老婆婆病骨支離，躺在床上只是喘氣，也不用他動手，過不了幾天她自己就會死了。他數十年積在心底的深仇大恨，突然之間消失得無影無蹤。兄弟，每個人都要死，我說那誰也躲不了的瘟疫，便是大限到來，人人難逃。」郭靖默然點頭。周伯通又道：「我師哥和他那七個弟子天天講究修性養命，難道真又能修成不死的神仙之身？因此牛鼻子道士我是不做的。」郭靖茫然出神。

周伯通道：「他那些仇人本來都已四五十歲，再隔上這麼四十多年，到那時豈還有不一個個都死了？哈哈，哈哈，其實他壓根兒不用費心想甚麼破法，鑽研甚麼武功，只須跟這些仇人比賽長命。四十多年比下來，老天爺自會代他把仇人都收拾了。」郭靖點了點頭，心想：「那麼我要找完顏洪烈報殺父之仇，該是不該？」周伯通又道：「不過話說回來，鑽研武功自有無窮樂趣，一個人生在世上，若不鑽研武功，又有甚麼更有趣的事好幹？天下玩意兒雖多，可是玩得久了，終究沒味。只有武功，才越玩越有趣。兄弟，你說是不是？」郭靖「嗯」了一聲，不置可否，他可不覺得練武有甚麼好玩，生平練武實是吃足了苦頭，只是從小便咬緊了牙關苦挨，從來不肯貪懶而已。

周伯通見他不大起勁，說道：「你怎麼不問我後來怎樣？」郭靖道：「對，後來怎樣？」周伯通道：「你如不問後來怎樣，我講故事就不大有精神了。」郭靖道：「是，是，大哥，後來怎樣？」周伯通道：「那黃裳心想：『原來我也老了，可也沒幾年好活啦。』他花了這幾十年心血，想出了包含普天下各家各派功夫的武學，過得幾年，也染上了那誰也逃不過的瘟疫，這番心血豈不是就此湮沒？於是他將所想到的法門寫成了上下兩卷書，那是甚麼？」郭靖道：「是甚麼？」周伯通道：「唉，難道連這個也猜不到嗎？」郭靖想了一會，問道：「是不是九陰真經？」周伯通道：「咱們說了半天，說的就是九陰真經的來歷，你還問甚麼？」郭靖笑道：「兄弟就怕猜錯了。」

周伯通道：「撰述九陰真經的原由，那黃裳寫在經書的序文之中，我師哥因此得知。黃裳將經書藏於一處極秘密的所在，數十年來從未有人見到。那一年不知怎樣，此書忽在世間出現，天下學武之人自然個個都想得到，大家你搶我奪，一塌裏胡塗。我師哥說，為了爭奪這部經文而喪命的英雄好漢，前前後後已有一百多人。凡是到了手的，都想依著經中所載修習武功，但練不到一年半載，總是給人發覺，追蹤而來劫奪。搶來搶去，也不知死了多少人。得了書的千方百計躲避，但追奪的人有這麼許許多多，總是放不過他。那陰謀詭計，硬搶軟騙的花招，也不知為這部經書使了多少。」

郭靖道：「這樣說來，這部經書倒是天下第一害人的東西了。陳玄風如不得經書，那麼與梅超風在鄉間隱姓埋名，快快樂樂的過一世，黃島主也未必能找到他。梅超風若是不得經書，也不致弄到今日的地步。」

周伯通道：「兄弟你怎麼如此沒出息？九陰真經中所載的武功，奇幻奧秘，神妙之極。學武之人只要學到了一點半滴，豈能不為之神魂顛倒？縱然因此而招致殺身之禍，那又算得了甚麼？咱們剛才不說過嗎，世上又有誰是不死的？」郭靖道：「大哥那你是習武入迷了。」周伯通笑道：「那還用說？習武練功，滋味無窮。世人愚蠢得緊，有的愛讀書做官，有的愛黃金美玉，更有的愛絕色美女，但這其中的樂趣，又怎及得上習武練功的萬一？」

郭靖道：「兄弟雖也練了一點粗淺功夫，卻體會不到其中有無窮之樂。」周伯通嘆道：「傻孩子，傻孩子，那你幹麼要練武？」郭靖道：「師父要我練，我就練了。」周伯通搖頭道：「你真是笨得很。我對你說，一個人飯可以不吃，性命可以不要，功夫卻不可不練。」郭靖答應了，心想：「我這個把兄多半為了嗜武成癖，才弄得這般瘋瘋顛顛的。」說道：「我見過黑風雙煞練這九陰真經上的武功，十分陰毒邪惡，那是萬萬練不得的。」周伯通搖頭道：「那定是黑風雙煞練錯了。九陰真經正大光明，怎會陰毒邪惡？」郭靖親眼見過梅超風的武功，說甚麼也不信。

周伯通問道：「剛才咱們講故事講到了那裏？」郭靖道：「你講到天下的英雄豪傑都要搶奪九陰真經。」周伯通道：「不錯。後來事情越鬧越大，連全真教教主、桃花島主黃老邪、丐幫的洪幫主這些大高手也插上手了。他們五人約定在華山論劍，誰的武功天下第一，經書就歸誰所有。」郭靖道：「那經書終究是落在你師哥手裏了。」

周伯通眉飛色舞，說道：「是啊。我和王師哥交情大得很，他沒出家時我們已經是好朋友，後來他傳我武藝。他說我學武學得發了癡，過於執著，不是道家清靜無為的道理，因此我雖是全真派的，我師哥卻叫我不可做道士。我這正是求之不得。我那七個師姪之中，丘處機功夫最高，我師哥卻最不喜歡他，說他躭於鑽研武學，荒廢了道家的功夫。說甚麼學武的要猛進苦練，學道的卻要淡泊率性，這兩者是頗不相容的。馬鈺得了我師哥的法統，但他武功卻是不及丘處機和王處一了。」

郭靖道：「那麼全真教主王真人自己，為甚麼既是道家真人，又是武學大師？」周伯通道：「他是天生的了不起，許多武學中的道理自然而然就懂了，並非如我這般勤修苦練的。剛才咱倆講故事講到甚麼地方？怎麼你又把話題岔了開去？」

郭靖笑道：「你講到你師哥得到了九陰真經。」周伯通道：「不錯。他得到經書之後，卻不練其中功夫，把經書放入了一隻石匣，壓在他打坐的蒲團下面的石板之下。我奇怪得很，問是甚麼原因，他微笑不答。我問得急了，他叫我自己想去。你倒猜猜看，那是為了甚麼？」郭靖道：「他是怕人來偷來搶？」周伯通連連搖頭，道：「不是，不是！誰敢來偷來搶全真教主的東西？他是活得不耐煩了？」

郭靖沉思半晌，忽地跳起，叫道：「對啊！正該好好的藏起來，其實燒了更好。」

周伯通一驚，雙眼盯住郭靖，說道：「我師哥當年也這麼說，只是他說幾次要想毀去，總是下不了手。兄弟，你傻頭傻腦的，怎麼居然猜得到？」

郭靖脹紅了臉，答道：「我想，王真人的武功既已天下第一，他再練得更強，仍也不過是天下第一。我還想，他到華山論劍，倒不是為了爭天下第一的名頭，而是要得這部九陰真經。他要得到經書，也不是為了要練其中的功夫，卻是相救普天下的英雄豪傑，教他們免得互相斫殺，大家不得好死。」

周伯通抬頭向天，出了一會神，半晌不語。郭靖很是擔心，只怕說錯了話，得罪了這位脾氣古怪的把兄。

周伯通嘆了一口氣，說道：「你怎能想到這番道理？」郭靖搔頭道：「我也不知道啊。我只想這部經書既然害死了這許多人，就算它再寶貴，也該毀去才是。」

周伯通道：「這道理本來是明白不過的，可是我總想不通。師哥當年說我學武的天資聰明，又是樂此而不疲，可是一來過於著迷，二來少了一副救世濟人的胸懷，就算畢生勤修苦練，終究達不到絕頂之境。當時我聽了不信，心想學武自管學武，那是拳腳兵刃上的功夫，跟氣度識見又有甚麼干係？這十多年來，卻不由得我不信了。兄弟，你心地忠厚，胸襟博大，只可惜我師哥已經逝世，否則他見到你一定喜歡，他那一身蓋世武功，必定可以盡數傳給你了。師哥若是不死，豈不是好？」想起師兄，忽然伏在石上哀哀痛哭起來。郭靖對他的話不甚明白，只是見他哭得淒涼，也不禁戚然。

周伯通哭了一陣，忽然抬頭道：「啊，咱們故事沒說完，說完了再哭不遲。咱們說到那裏了啊？怎麼你也不勸我別哭？」郭靖笑道：「你說到王真人把那部九陰真經壓在蒲團下面的石板底下。」周伯通一拍大腿，說道：「是啊。他把經文壓在石板之下，我說可不可以給我瞧瞧，卻給他板起臉數說了一頓，我從此也就不敢再提了。武林之中倒也真的安靜了一陣子。後來師哥去世，他臨死之時卻又起了一場風波。」

郭靖聽他語音忽急，知道這場風波不小，當下凝神傾聽，只聽他道：「師哥自知壽限已到，那場誰也逃不過的瘟疫終究找上他啦，於是安排了教中大事之後，命我將九陰真經取來，生了爐火，要待將經書焚毀，但撫摸良久，長嘆一聲，說道：『前輩畢生心血，豈能毀於我手？水能載舟，亦能覆舟，要看後人如何善用此經了。只是凡我門下，決不可習練經中武功，以免旁人說我奪經是懷有私心。』他說了這幾句話後，閉目而逝。當晚停靈觀中，不到三更，就出了事兒。」

郭靖「啊」了一聲。周伯通道：「那晚我與全真教的七個大弟子守靈。半夜裏突有敵人來攻，來的個個都是高手，全真七子立即分頭迎敵。七子怕敵人傷了師父遺體，將對手都遠遠引到觀外拚鬥，只我獨自守在師哥靈前，突然觀外有人喝道：『快把九陰真經交出來，否則一把火燒了你的全真道觀。』我向外張去，不由得倒抽了一口涼氣，只見一個人站在樹枝上，順著樹枝起伏搖晃，那一身輕功，可當真了不起，當時我就想：『這門輕功我可不會，他若肯教，我不妨拜他為師。』但轉念一想：『不對，不對，此人要來搶九陰真經，不但拜不得師，這一架還非打不可。』明知不敵，也只好和他鬥一鬥了。我縱身出去，跟他在樹頂上拆了三四十招，越打越是膽寒，敵人年紀比我小著好幾歲，但出手狠辣之極，我硬接硬架，終於技遜一籌，肩頭上被他打了一掌，跌下樹來。」

郭靖奇道：「你這樣高的武功還打他不過，那是誰啊？」

周伯通反問：「你猜是誰？」郭靖沉吟良久，答道：「西毒！」周伯通奇道：「咦！你這次怎地居然猜中了？」郭靖道：「兄弟心想，並世武功能比大哥高的，也只華山論劍的五人。洪恩師為人光明磊落。那段皇爺既是皇爺，總當顧到自己身分。黃島主為人怎樣，兄弟雖不深知，但瞧他氣派很大，必非乘人之危的卑鄙小人！」

花樹外突然有人喝道：「小畜生還有眼光！」郭靖跳起身來，搶到說話之人的所在，但那人身法好快，早已影蹤全無，唯見幾棵花樹兀自晃動，花瓣紛紛跌落。周伯通叫道：「兄弟回來，那是黃老邪，他早已去得遠了。」

郭靖回到岩洞前面，周伯通道：「黃老邪精於奇門五行之術，他這些花樹都是依著諸葛亮當年八陣圖的遺法種植的。」郭靖駭然道：「諸葛亮的遺法？」周伯通嘆道：「是啊，黃老邪聰明之極，琴棋書畫、醫卜星相，以及農田水利、經濟兵略，無一不曉，無一不精，只可惜定要跟老頑童過不去，我偏偏又打他不贏。他在這些花樹之中東竄西鑽，別人再也找他不到。」

郭靖半晌不語，想著黃藥師一身本事，不禁神往，隔了一會才道：「大哥，你被西毒打下樹來，後來怎樣？」

周伯通一拍大腿，說道：「對了，這次你沒忘了提醒我說故事。我中了歐陽鋒一掌，痛入心肺，半晌動彈不得，但見他奔入靈堂，也顧不得自己已經受傷，拚命追進，只見他搶到師哥靈前，伸手就去拿供在桌上的那部經書。我暗暗叫苦，自己既敵他不過，眾師姪又都禦敵未返，正在這緊急當口，突然間喀喇一聲巨響，棺材蓋上木屑紛飛，穿了一個大洞。」

郭靖驚道：「歐陽鋒用掌力震破了王真人的靈柩？」周伯通道：「不是，不是！是我師哥自己用掌力震破了靈柩。」郭靖聽到這荒唐奇談，只驚得睜著一對圓圓的大眼，說不出話來。

第十七回

雙手互搏

老頑童周伯通和東邪黃藥師比賽打石彈，以借閱九陰真經與桃花島至寶軟蝟甲作賭注。黃藥師的新婚夫人在旁觀看。這打石彈雖是小孩兒的玩意，其中卻另有竅門。

周伯通道：「你道是我師哥死後顯靈？還是還魂復生？都不是，他是假死。」

郭靖「啊」了一聲，道：「假死？」周伯通道：「是啊。原來我師哥死前數日，已知西毒在旁躲著，只等他一死，便來搶奪經書，因此以上乘內功閉氣裝死，但若示知弟子，眾人假裝悲哀，總不大像，那西毒狡猾無比，必定會看出破綻，自將另生毒計，是以眾人都不知情。那時我師哥身隨掌起，飛出棺來，迎面一招『一陽指』向那西毒點去。歐陽鋒明明在窗外見我師哥逝世，一切看得清清楚楚，這時忽見他從棺中飛躍而出，只嚇得魂不附體。他本就對我師哥十分忌憚，這時大驚之下不及運功抵禦，我師哥一擊而中，『一陽指』正點中他的眉心，破了他多年苦練的『蛤蟆功』。歐陽鋒逃赴西域，聽說從此不履中土。我師哥一聲長笑，盤膝坐在供桌之上。我知道使『一陽指』極耗精神，師哥必是在運氣養神，當下不去驚動，逕行奔去接應眾師姪，殺退來襲的敵人。眾師姪聽說師父未死，無不大喜，一齊回到道觀，只叫得一聲苦，不知高低。」

郭靖忙問：「怎樣？」周伯通道：「只見我師哥身子歪在一邊，神情大異。我搶上去一摸，師哥全身冰涼，這次是真的仙去了。師哥遺言，要將九陰真經的上卷與下卷分置兩處，以免萬一有甚麼錯失，也不致同時落入奸人的手中。我將真經的上卷藏妥之後，身上帶了下卷經文，要送到南方雁蕩山去收藏，途中卻撞上了黃老邪。」

郭靖「啊」了一聲。周伯通道：「黃老邪為人雖然古怪，但他十分驕傲自負，決不會如西毒那麼不要臉，敢來強搶經書，可是那一次糟在他的新婚夫人正好與他同在一起。」

郭靖心想：「那是蓉兒的母親了。她與這件事不知又有甚麼干連？」只聽周伯通道：

「我見他滿面春風，說是新婚。我想黃老邪聰明一世，胡塗一時，討老婆有甚麼好，便取笑他幾句。黃老邪倒不生氣，反而請我喝酒。我說起師哥假死復活、擊中歐陽鋒的情由。黃老邪的妻子聽了，求我借經書一觀。她說她不懂半點武藝，只是心中好奇，想見見這部害死了無數武林高手的書到底是甚麼樣子。我自然不肯。黃老邪對這少年夫人寵愛得很，甚麼事都不肯拂她之意，就道：『伯通，內子當真全然不會武功。她年紀輕，愛新鮮玩意兒。你就給她瞧瞧，那又有甚麼干係？我黃藥師只要向你的經書瞟了一眼，我就挖出這對眼珠子給你。』黃老邪是當世數一數二的人物，說了話當然言出如山，但這部經書實在干係太大，我只是搖頭。黃老邪不高興了，說道：『我豈不知你有為難之處？你肯借給內人一觀，黃某人總有報答你全真派之日。若是一定不肯，那也只得由你，誰教我跟你有交情呢？我跟你全真派的弟子們可不相識。』我懂得他的意思，這人說得出做得到，他不好意思跟我動手，卻會借故去和馬鈺、丘處機他們為難。這人武功太高，惹惱了他可真不好辦。」郭靖道：「是啊，馬道長、丘道長他們是打不過他的。」

周伯通道：「那時我就說道：『黃老邪，你要出氣，儘管找我老頑童，找我的師姪們幹麼？這卻不是以大欺小麼？』他夫人聽到我『老頑童』這個渾號，格格一笑，說道：『周大哥，你愛胡鬧頑皮，大家可別說擰了淘氣，咱們一起玩玩罷。你那寶貝經書我不瞧也罷。』她轉頭對黃老邪道：『看來九陰真經是給那姓歐陽的搶去了，周大哥拿不出來，你又何必苦苦逼他，讓他失了面子？』黃老邪笑道：『是啊，伯通，還是我幫你去找老毒物算帳罷。他武功了得，你是打他不過的。』」

郭靖心想：「蓉兒的母親和她是一樣的精靈古怪。」插口道：「他們是在激你啊！」周伯通道：「我當然知道，但這口氣不肯輸。我說：『經書是在我這裏，借給嫂子看一看原也無妨。但你瞧不起老頑童守不住經書，你我先比劃比劃。』黃老邪笑道：『比武傷了和氣，你是老頑童，咱們就比比孩子們的玩意兒。』我還沒答應，他夫人已拍手叫了起來：『好好，你們兩人比賽打石彈兒。』」

郭靖微微一笑。周伯通道：「打石彈兒我最拿手，接口就道：『比就比，難道我還能怕他？』黃夫人笑道：『周大哥，要是你輸了，就把經書借給我瞧瞧。但若是你贏了，你要甚麼？』黃老邪道：『全真教有寶，難道桃花島就沒有？』他從包裹取出一件黑黝黝、滿生倒刺的衣服在桌上一放。你猜是甚麼？」郭靖道：「軟蝟甲。」

周伯通道：「是啊，原來你也知道。黃老邪道：『伯通，你武功卓絕，自然用不著這副甲護身，但他日你娶了女頑童，生下小頑童，小孩兒穿這副軟蝟甲可是妙用無窮，誰也欺他不得。你打石彈兒只要勝了我，桃花島這件鎮島之寶就是你的。』我道：『女頑童是說甚麼也不娶的，小頑童當然更加不生，不過你這副軟蝟甲武林中大大有名，我贏到手來，穿在衣服外面，在江湖上到處大搖大擺，出出風頭，倒也不錯，好讓天下豪傑都知道桃花島主栽在老頑童手裏。』黃夫人接口道：『您先別說嘴，哥兒倆比了再說。』當下三人說好，每人九粒石彈，共是十八個小洞，誰的九粒石彈先打進洞就是誰勝。」

郭靖聽到這裏，想起當年與義弟拖雷在沙漠中玩石彈的情景，不禁微笑。周伯通道：「石彈子我隨身帶著有的是，於是三人同到屋外空地上去比試。我留心瞧黃夫人的身形步法，果然沒學過武功。我在地上挖了小孔，讓黃老邪先挑石彈，他隨手拿了九顆，我們就比了起來。他暗器功夫當世獨步，『彈指神通』天下有名，他只道取準的本事遠勝過我，玩起石彈來必能佔上風。那知道這種小孩兒的玩意與暗器雖然大同，卻有小異，中間另有竅門。我挖的小洞又很特別，石彈兒打了進去會再跳出來。打彈時不但勁力必須用得不輕不重，恰到好處，而且勁力的結尾尚須一收，把反彈的力道消了，石彈兒才能留在洞內。」

郭靖想不到中原人士打石彈還有這許多講究，蒙古小孩可就不懂了，只聽周伯通得意洋洋的接著說道：「黃老邪連打三顆石彈，都是不錯毫釐的進了洞，但一進去卻又跳了出來。待得他悟到其中道理。我已有五顆彈子進了洞。他暗器的功夫果然厲害，一面把我餘下的彈子撞在最不易使力的地位，一面也打了三顆進洞。但我既佔了先，豈能讓他趕上？你來我往的爭了一陣，我又進了一顆。我暗暗得意，知道這次他輸定了，就是神仙來也幫他不了。唉，誰知道黃老邪忽然使用詭計。你猜是甚麼？」

郭靖道：「他用武功傷你的手嗎？」周伯通道：「不是，不是。黃老邪壞得很，決不用這種笨法子。打了一陣，他知道決計勝我不了，忽然手指上暗運潛力，三顆彈子出去，把我餘下的三顆彈子打得粉碎，他自己的彈子卻是完好無缺。」郭靖叫道：「啊，那你沒彈子用啦！」周伯通道：「是啊，我只好眼睜睜的瞧著他把餘下的彈子一一的打進了洞。這樣，我就算輸啦！」

郭靖道：「那不能算數。」周伯通道：「我也是這麼說。但黃老邪道：『伯通，咱們可說得明明白白，誰的九顆彈子先進了洞，誰就算贏。你混賴那可不成！別說我用彈子打碎了你的彈子，就算是我硬搶了你的，只要你少了一顆彈子入洞，終究是你輸了。』我想他雖然使奸，但總是怪我自己事先沒料到這一步。再說，要我打碎他的彈子而自己彈子不損，那時候我的確也辦不到，心中也不禁對他的功夫很是佩服，便道：『黃家嫂子，我就把經書借給你瞧瞧，今日天黑之前可得還我。』我補上了這句，那是怕他們一借不還，胡賴道：『我們又沒說借多久，這會兒可還沒瞧完，你管得著麼？』這樣一來，經書到了他們手裏，十年是借，一百年也是借。」

郭靖點頭道：「對，幸虧大哥聰明，料到了這著，倘若是我，定是上了他們的大當。」周伯通搖頭道：「說到聰明伶俐，天下又有誰及得上黃老邪的？只不知他用甚麼法子，居然找到了一個跟他一般聰明的老婆。那時候黃家嫂子微微一笑，道：『周大哥，你號稱老頑童，人可不胡塗啊，你怕我劉備借荊州是不是？我就在這裏坐著瞧瞧，看完了馬上還你，也不用到天黑，你不放心，在旁邊守著我就是。』

「我聽她這麼說，就從懷裏取出經書，遞了給她。黃家嫂子接了，走到一株樹下，坐在石上翻了起來。黃老邪見我神色之間總是有點提心吊膽，說道：『老頑童，當世之間，有幾個人的武功勝得過你我兩人？』我道：『勝得過你的未必有。勝過我的，連你在內，總有四五人罷！』黃老邪笑道：『那你太捧我啦。東邪、西毒、南帝、北丐四個人，武功各有所長，誰也勝不了誰。歐陽鋒既給你師哥破去了「蛤蟆功」，那麼十年之內，他是比兄弟要遜一籌的了。還有個鐵掌水上飄裘千仞，聽說武功也很了得，那次華山論劍他卻沒來，但他功夫再好，也未必真能出神入化。老頑童，你的武功兄弟決計不敢小看了，除了這幾個人，武林中數到你是第一。咱倆聯起手來，並世無人能敵。』我道：『那自然！』黃老邪道：『所以啊，你何必心神不定？有咱哥兒倆守在這裏，天下還有誰能來搶得了你的寶貝經書去？』

「我一想不錯，稍稍寬心，只見黃夫人一頁一頁的從頭細讀，嘴唇微微而動，我倒覺得有點好笑了。九陰真經中所錄的都是最秘奧精深的武功，她武學一竅不通，雖說書上的字個個識得，只怕半句的意思也未能領會。她從頭至尾慢慢讀了一遍，足足花了一個時辰。我等得有些不耐煩了，眼見她翻到了最後一頁，心想總算是瞧完了，那知她又從頭再瞧起。不過這次讀得很快，只一盞茶時分，也就瞧完了。

「她把書還給我，笑道：『周大哥，你上了西毒的當了啊，這部不是九陰真經！』我大吃一驚，說道：『怎麼不是？這明明是師哥遺下來的，模樣兒一點也不錯。』黃夫人道：『模樣兒不錯有甚麼用？歐陽鋒把你的經書掉包掉去啦，這是一部算命占卜用的雜書。』」

郭靖驚道：「難道歐陽鋒在王真人從棺材中出來之前，已把真經掉了去？」周伯通道：「當時我也這麼想，可是我素知黃老邪專愛做鬼靈精怪的事，他夫人的話我也不甚相信。黃夫人見我呆在當地，做聲不得，半信半疑，又問：『周大哥，九陰真經真本的經文是怎樣的，你可知道麼？』我道：『自從經書歸於先師兄之後，無人翻閱過。先師兄當年曾道，他以七日七夜之功奪得經書，是為武林中免除一大禍患，決無自利之心，是以遺言全真派弟子，任誰不得習練經中所載武功。』黃夫人道：『王真人這番仁義之心，真是令人欽佩無已，可是也正如此，才著了人家的道兒。周大哥，你翻開書來瞧瞧。』我當時頗為遲疑，記得師哥的遺訓，不敢動手。黃夫人道：『這是一本江南到處流傳的占卜之書，不值半文。再說，就算確是九陰真經，你只要不練其中武功，瞧瞧何妨？』我依言翻開一看，卻見書裏寫的正是諸般武功的練法和秘訣，何嘗是占卜星相之書？

「黃夫人道：『這部書我五歲時就讀著玩，從頭至尾背得出，我們江南的孩童，十九都曾熟讀。你若不信，我背給你聽聽。』說了這幾句話，便從頭如流水般背將下來。我對著經書瞧去，果真一字不錯。我全身都冷了，如墮冰窖。黃夫人又道：『任你從那一頁中間抽出來問我，只要你提個頭，我諒來也還背得出。這是從小讀熟了的書，到老也忘不了。』我依言從中間抽了幾段問她，她當真背得滾瓜爛熟，更無半點窒滯。黃老邪哈哈大笑。我怒從心起，隨手把那部書撕得粉碎，火摺一晃，給他燒了個乾乾淨淨。

「黃老邪忽道：『老頑童，你也不用發頑童脾氣，我這副軟蝟甲送了給你罷。』我不知是受了他的愚弄，只道他瞧著過意不去，因此想送我一件重寶消消我的氣，當時我心中煩惱異常，又想這是人家鎮島之寶，如何能夠要他？只謝了他幾句，便回到家鄉去閉門習武。那時我自知武功不是歐陽鋒的對手，決心苦練五年，練成幾門厲害功夫，再到西域去找西毒索書。我師哥交下來的東西，老頑童看管不住，怎對得住師哥？」

郭靖道：「這西毒如此奸猾，那是非跟他算帳不可的。但你和馬道長、丘道長他們一起去，聲勢不是大得多麼？」周伯通道：「唉，也只怪我好勝心盛，以致受了愚弄一直不知道，當時只要和馬鈺他們商量一下，總有人瞧出這件事裏中間的破綻來。過了幾年，江湖上忽然有人傳言，說桃花島門下黑風雙煞得了九陰真經，練就了幾種經中所載的精妙武功，到處為非作歹。起初我還不相信，但這事越傳越盛。又過一年，丘處機忽然到我家來，說他訪得實在，九陰真經的下卷確是給桃花島的門人得去了。我聽了很是生氣，說道：『黃藥師不夠朋友！』丘處機問我：『師叔，怎麼說黃藥師不夠朋友？』我道：『他去跟西毒索書，事先不對我說，要了書之後，就算不還我，也該向我知會一聲。』」

郭靖道：「黃島主把經書奪來之後，或許本是想還給你的，那知被他不肖的徒兒偷去了，我瞧他對這件事惱怒得很，連四個無辜的弟子都被他打斷腿骨，逐出師門。」

周伯通不住搖頭，說道：「你和我一樣的老實，這件事要是撞在你的手裏，你也必定受了欺還不知道。那日丘處機與我說了一陣子話，研討了幾日武功，才別我離去。過了兩個月，他忽然又來瞧我。這次他訪出陳玄風、梅超風二人確是偷了黃老邪的經書，在練『九陰白骨爪』與『摧心掌』兩門邪惡武功。他冒了大險偷聽黑風雙煞的說話，才知道黃老邪這卷經書原來並非自歐陽鋒那裏奪來，卻是從我手裏偷去的。」

郭靖奇道：「你明明將書燒毀了，難道黃夫人掉了包去，還你的是一部假經書？」周伯通道：「這一著我早防到的。黃夫人看那部經書時，我眼光沒片刻離開過她。她不會武功，手腳再快，也逃不過咱們練過暗器之人的眼睛。她不是掉包，她是硬生生的記了去啊！」

郭靖不懂，問道：「怎麼記了去？」周伯通道：「兄弟，你讀書讀幾遍才背得出？」郭靖道：「容易的，大概三四十遍；倘若是又難又長的，那麼七八十遍、一百遍也說不定。就算一百多遍，也未必準背得出。」周伯通道：「是啊，說到資質，你確是不算聰明的了。」郭靖道：「兄弟天資魯鈍，不論讀書習武，進境都慢得很。」周伯通嘆道：「讀書的事你不大懂，咱們只說學武。師父教你一套拳法掌法，只怕總得教上幾十遍，你才學會罷？」郭靖臉現慚色，說道：「正是。」又道：「有時學會了，卻記不住；有時候記倒是記住了，偏偏又不會使。」

周伯通道：「可是世間卻有人只要看了旁人打一套拳腳，立時就能記住。」郭靖叫道：「一點兒不錯！黃島主的女兒就是這樣。洪恩師教她武藝，至多教兩遍，從來不教第三遍。」周伯通緩緩的道：「這位姑娘如此聰明，可別像她母親一般短壽！那日黃夫人借了我經書去看，只看了兩遍，可是她已一字不漏的記住啦。她和我一分手，就默寫了出來給她丈夫。」郭靖不禁駭然，隔了半晌才道：「黃夫人不懂經中意義，卻能從頭至尾的記住，世上怎能有如此聰明之人？」

周伯通道：「只怕你那位小朋友黃姑娘也能夠。我聽了丘處機的話後，又驚又愧，約了全真教七名大弟子會商。大家議定去勒逼黑風雙煞交出經書來。丘處機道：『那黑風雙煞縱然武功高強，也未必勝得了全真教門下的弟子。他們是您晚輩，師叔您老人家不必親自出馬，莫被江湖上英雄知曉，說咱們以大壓小。』我一想不錯，當下命處機、處一二人去找黑風雙煞，其餘五人在旁接應監視，以防雙煞漏網。」

郭靖點頭道：「全真七子一齊出馬，黑風雙煞是打不過的。」不禁想起那日在蒙古懸崖之上馬鈺與六怪假扮全真七子的事來。周伯通道：「那知處機、處一趕到河南，雙煞卻已影蹤不見，他們一打聽，才知是被黃老邪另一個弟子陸乘風約了中原豪傑，數十條好漢圍攻他們二人，本擬將之捕獲，送去桃花島交給黃老邪，不料還是被他們逃得不知去向。」郭靖道：「陸莊主無辜被逐出師門，也真該惱恨他的師兄、師姊。」

周伯通道：「找不到黑風雙煞，當然得去找黃老邪。我把上卷九陰真經帶在身邊，以防經一離身，又給人偷盜了去，到了桃花島上，責問於他。黃老邪道：『伯通，黃藥師素來說一是一。我說過決不向你的經書瞟上一眼，我幾時瞧過了？我看過的九陰真經，是內人筆錄的，可不是你的經書。』我聽他強辭奪理，自然大發脾氣，三言兩語，跟他說僵了，要找他夫人評理。他臉現苦笑，帶我到後堂去，我一瞧之下，吃了一驚，原來黃夫人已經逝世，後堂供著她的靈位。

「我正想在靈位前行禮，黃老邪冷笑道：『老頑童，你也不必假惺惺了，若不是你炫誇甚麼狗屁真經，內人也不會離我而去。』我道：『甚麼？』他不答話，滿臉怒容的望著我，忽然眼中流下淚來，過了半晌，才說起他夫人的死因。

「原來黃夫人為了幫著丈夫，記下了經文。黃藥師以那真經只有下卷，習之有害，要設法得到上卷後才自行修習，那知卻被陳玄風與梅超風偷了去。黃夫人為了安慰丈夫，再想把經文默寫出來。她對經文的含義本來毫不明白，當日一時硬記，默了下來，到那時卻已事隔數年，怎麼還記得起？那時她懷孕已有八月，苦苦思索了幾天幾晚，寫下了七八千字，卻都是前後不能連貫，心智耗竭，忽爾流產，生下了一個女嬰，她自己可也到了油盡燈枯之境。任憑黃藥師智計絕世，終於也救不了愛妻的性命。

「黃老邪本來就愛遷怒旁人，這時愛妻逝世，心智失常，對我胡言亂語一番。我念他新喪妻子，也不跟他計較，只笑了一笑，說道：『你是習武之人，把夫妻之情瞧得這麼重，也不怕人笑話？』他道：『我這位夫人與眾不同。』我道：『你死了夫人，正好專心練功，若是換了我啊，那正是求之不得！老婆死得越早越好。恭喜，恭喜！』」

郭靖「啊喲」一聲，道：「你怎麼說這話？」周伯通雙眼一翻，道：「我想到甚麼就說甚麼？有甚麼說不得的？可是黃老邪一聽，忽然大怒，發掌向我劈來，我二人就動上手。這一架打下來，我在這裏呆了十五年。」

郭靖道：「你輸給他啦？」周伯通笑道：「若是我勝，也不在這裏了。他打得我重傷嘔血，我逃到這洞裏，他追來又打斷了我的兩條腿，逼我把九陰真經的上卷拿出來，說要火化了祭他的夫人。我把經書藏在洞內，自己坐在洞口守住，只要他一用強搶奪，我就把經書毀了。他道：『總有法子叫你離開這洞。』我道：『咱們就試試！』

「這麼一耗，就對耗了一十五年。這人自負得緊，並不餓我逼我，當然更不會在飲食之中下毒，只是千方百計的誘我出洞。我出洞大便小便，他也不乘虛而入，佔這個臭便宜。有時我假裝大便了一個時辰，他心癢難搔，居然也沉得住氣。」說著哈哈大笑。郭靖聽了也覺有趣，這位把兄竟在這種事上也跟人鬥智。

周伯通道：「一十五年來，他用盡了心智，始終奈何我不得。只是昨晚我險些著了他的道兒，若不是鬼使神差的，兄弟你忽來助我，這經書已到了黃老邪手中了。唉，黃老邪這套『碧海潮生曲』之中，含有上乘內功，果真了不起得很。」

郭靖聽他述說這番恩怨，心頭思潮起伏，問道：「大哥，今後你待怎樣？」周伯通笑道：「我跟他耗下去啊，瞧黃老邪長壽呢還是我多活幾年。剛才我跟你說過黃裳的故事，他壽命長過所有的敵人，那便贏了。」郭靖心想這總不是法子，但現下自己也不知如何是好，又問：「馬道長他們怎麼不來救你？」周伯通道：「他們多半不知我在此地，就是知道，這島上樹木山石古裏古怪，若不是黃老邪有心放人進內，旁人也休想能入得桃花島來。再說，他們就是來救，我也是不去的，跟黃老邪這場比試還沒了結呢。」

郭靖和他說了半日話，覺得此人雖然年老，卻是滿腔童心，說話天真爛漫，沒半絲機心，言談之間，甚是投緣。

眼見紅日臨空，那老僕又送飯菜來，用過飯後，周伯通道：「我在桃花島上耗了一十五年，時光可沒白費。我在這洞裏沒事分心，所練的功夫若在別處練，總得二十五年時光。只是一人悶練，雖然自知大有進境，苦在沒人拆招，只好左手和右手打架。」

郭靖奇道：「左手怎能和右手打架？」周伯通道：「我假裝右手是黃老邪，左手是老頑童。右手一掌打過去，左手拆開之後還了一拳，就這樣打了起來。」說著當真雙手出招，左攻右守的打得甚是猛烈。

郭靖起初覺得十分好笑，但看了數招，只覺得他雙手拳法詭奇奧妙，匪夷所思，不禁怔怔的出了神。天下學武之人，雙手不論揮拳使掌、掄刀動槍，不是攻敵，就是防身，但周伯通雙手卻互相攻防拆解，每一招每一式都是攻擊自己要害，同時又解開自己另一手攻來的招數，因此上左右雙手的招數截然分開，真是見所未見、聞所未聞的怪拳。

周伯通打了一陣，郭靖忽道：「大哥，你右手這招為甚麼不用足了。」周伯通停了手，笑道：「你眼光不差啊，瞧出我這招沒用足，來來來，你來試試。」說著伸出掌來，郭靖伸掌與他相抵。

周伯通道：「你小心了，我要將你推向左方。」一言方畢，勁力已發，郭靖先經他說知，心中預有提防，以降龍十八掌的功夫還了一掌，兩人掌力相抵，郭靖退出七八步去，只感手臂酸麻。

周伯通道：「這一招我用足了勁，只不過將你推開，現下我勁不用足，你再試試。」郭靖再與他對上了掌，突感他掌力陡發陡收，腳下再也站立不穩，向前直跌下去，蓬的一聲，額頭直撞在地下，一骨碌爬起來，怔怔的發獃。

周伯通笑道：「你懂了麼？」郭靖搖頭道：「不懂！」周伯通道：「這個道理，是我在洞裏苦練十年後忽然參悟出來的。我師哥在日，曾對我說過以虛擊實、以不足勝有餘的妙旨。當日我只道是道家修心養性之道，聽了也不在意。直到五年之前，才忽然在雙手拆招時豁然貫通。其中精奧之處，只能意會，我卻也說不明白。我想通之後，還不敢確信，兄弟，你來和我拆招，那是再好沒有。你別怕痛，我再摔你幾交。」眼見郭靖臉有難色，央求道：「好兄弟，我在這裏一十五年，只盼有人能來和我拆招試手。幾個月前黃老邪的女兒來和我說話解悶，我正想引她動手，那知第二天她又不來啦。好兄弟，我一定不會摔得你太重。」

郭靖見他雙手躍躍欲試，臉上一副心癢難搔的模樣，說道：「摔幾交也算不了甚麼？」發掌和他拆了幾招，斗然間覺得周伯通的掌力忽虛，一個收勢不及，又是一交跌了下去，卻被他左手揮出，自己身子在空中不由自主的翻了個觔斗，左肩著地，跌得著實疼痛。

周伯通臉現歉色，道：「好兄弟，我也不能叫你白摔了，我把摔你這一記手法說給你聽。」郭靖忍痛爬起，走近身去。

周伯通道：「老子『道德經』裏有句話道：『埏埴以為器，當其無，有器之用。鑿戶牖以為室，當其無，有室之用。』這幾句話你懂麼？」郭靖也不知那幾句話是怎麼寫，自然不懂，笑著搖頭。

周伯通順手拿起剛才盛過飯的飯碗，說道：「這隻碗只因為中間是空的，才有盛飯的功用，倘若它是實心的一塊瓷土，還能裝甚麼飯？」郭靖點點頭，心想：「這道理說來很淺，只是我從未想到過。」周伯通又道：「建造房屋，開設門窗，只因為有了四壁中間的空隙，房子才能住人。倘若房屋是實心的，倘若門窗不是有空，磚頭木材四四方方的砌上這麼一大堆，那就一點用處也沒有了。」郭靖又點頭，心中若有所悟。

周伯通道：「我這全真派最上乘的武功，要旨就在『空、柔』二字，那就是所謂『大成若缺，其用不弊。大盈若沖，其用不窮。』」跟著將這四句話的意思解釋了一遍。郭靖聽了默默思索。

周伯通又道：「你師父洪七公的功夫是外家中的頂兒尖兒，我雖懂得一些全真派的內家功夫訣竅，想來還不是他的敵手。只是外家功夫練到像他那樣，只怕已到了盡處，而全真派的武功卻是沒有止境，像做哥哥的那樣，只可說是初窺門徑而已。當年我師哥贏得『武功天下第一』的尊號，決不是碰運氣碰上的，若他今日尚在，加上這十多年的進境，再與東邪西毒他們比武，決不須再比七日七夜，我瞧半日之間，就能將他們折服了。」

郭靖道：「王真人武功通玄，兄弟只恨沒福拜見。洪恩師的降龍十八掌是天下之至剛，那麼大哥適才摔跌兄弟所用的手法，便是天下之至柔了，不知是不是？」周伯通笑道：「對啊，對啊。雖說柔能克剛，但若是你的降龍十八掌練到了洪七公那樣，我又克不了你啦。這是在於功力的深淺。我剛才摔你這一下是這樣的，你小心瞧著。」當下仔仔細細述說如何出招使勁，如何運用內力。他知郭靖領悟甚慢，是以教得甚是周到。

郭靖試了數十遍，仗著已有全真派內功的極佳根柢，慢慢也就懂了。周伯通大喜，叫道：「兄弟，你身上若是不痛了，我再摔你一交。」

郭靖笑道：「痛是不痛了，只是你教我的那手功夫我還沒記住。」當下凝神思考，默默記憶。周伯通是小孩脾性，不住催促：「行了，記住了沒有？快點，來！」這般擾亂了他的心神，郭靖記得反而更加慢了，又過了一頓飯時分，才把這一招功夫牢牢記住，再陪周伯通拆招，又被他摔跌一交。

兩人日夜不停，如此這般的拆招過拳。郭靖是少年人，非睡足不可，若非如此，周伯通就是拚著不睡，也要跟他拆招。郭靖只摔得全身都是烏青瘀腫，前前後後摔了七八百交，仗著身子硬朗，才咬牙挺住，但周伯通在洞中十五年悟出來的七十二手「空明拳」，卻也盡數傳了給他。

兩人研習武功，也不知已過了幾日。郭靖雖然朝夕想著黃蓉，但無法相尋，也只有苦等。幾次想跟著送飯的啞僕前去查探，總是給周伯通叫住。

這一天用過午飯，周伯通道：「這套空明拳你是學全的了，以後我也摔你不倒了，咱倆變個法兒玩玩。」郭靖笑道：「好啊，玩甚麼？」周伯通道：「咱們玩四個人打架。」郭靖奇道：「四個人？」周伯通道：「一點兒不錯，正是四個人。我的左手是一個人，右手是一個人，你的雙手也是兩個人。四個人誰也不幫誰，分成四面混戰一場，那一定有趣得緊。」郭靖心中一樂，笑道：「玩是一定好玩的，只可惜我不會雙手分開來打。」

周伯通道：「待會我來教你。現下咱們先玩三個人相打。」當下雙手分作兩人，和郭靖拆招比拳。他一人分作二人，每一隻手的功夫，竟是不減雙手同使，只是每當左手逼得郭靖無法抵禦之際，右手必來相救，反之左手亦然。這般以二敵一，郭靖佔了上風，他雙手又結了盟，就如三國之際反覆爭鋒一般。

兩人打了一陣，罷手休息。郭靖覺得很是好玩，忽然間又想起黃蓉來，心想若是蓉兒在此，三個人玩六國大交兵，她必定十分喜歡。周伯通興致勃勃，一等郭靖喘息已定，當即將雙手互搏的功夫教他。

這門本事可比空明拳又難了幾分。常言道：「心無二用。」又道：「左手畫方，右手畫圓，則不能成規矩。」這雙手互搏之術卻正是要人心有二用，而研習之時也正是從「左手畫方，右手畫圓」起始。郭靖初練時雙手畫出來的不是同方，就是同圓，又或是方不成方、圓不成圓。苦學良久，不知如何，竟然終於領會了訣竅，雙手能任意各成方圓。

周伯通甚是喜慰，說道：「你若不是練過我全真派的內功，能一神守內、一神遊外，這雙手各成方圓的功夫那能這般迅速練成？現下你左手打南山拳，右手使越女劍。」這是郭靖自小就由南希仁和韓小瑩傳授的武功，使起來時不用費半點心神，但要雙手分使，卻也極難。周伯通為了要和他玩「四人打架」之戲，極是心急，盡力的教他諸般訣門。

過得數日，郭靖已粗會雙手互搏。周伯通大喜，道：「來來，你的右手和我的左手算是一黨，我的右手和你的左手是他們的敵人，雙方比試一下武藝。」

郭靖正當年少，對這種玩意豈有不喜之理？當下右手與周伯通的左手聯成一氣，和自己左手及周伯通右手打了起來。這番搏擊，確是他一生之中不但從未見過、而且也是從未聽過。兩人搏擊之際，周伯通又不斷教他如何方能攻得凌厲，怎樣才會守得穩固，郭靖一一牢記在心。周伯通只是要玩得有趣，那知這樣一來，郭靖卻學到了一套千古未有之奇的怪功夫。有一日他忽然想到：「倘若雙足也能互搏，我和他二人豈不是能玩八個人打架？」但知此言一出口，勢必後患無窮，終於硬生生的忍住了不說。

又過數日，這天郭靖又與周伯通拆招，這次是分成四人，互相混戰。周伯通高興異常，一面打，一面哈哈大笑。郭靖究竟功力尚淺，兩隻手都招架不住，右手一遇險招，左手自然而然的過來救援。周伯通拳法快速之極，郭靖竟是無法回復四手互戰之局，又成為雙手合力的三國交鋒，只是這時他已通悉這套怪拳的拳路，雙手合力，可與周伯通的左手或右手打個旗鼓相當。

周伯通呵呵笑道：「你沒守規矩！」郭靖忽地跳開，呆了半晌，叫道：「大哥，我想到了一件事。」周伯通道：「怎麼？」郭靖道：「你雙手的拳路招數全然不同，豈不是就如有兩個人在各自發招？臨敵之際，要是使將這套功夫出來，那便是以兩對一，這門功夫可有用得很啊。雖然內力不能增加一倍，但招數上總是佔了大大的便宜。」

周伯通只為了在洞中長年枯坐，十分無聊，才想出這套雙手互搏的玩意兒來，從未想到這功夫竟有克敵制勝之效，這時得郭靖片言提醒，將這套功夫從頭至尾在心中想了一遍，忽地躍起，竄出洞來，在洞口走來走去，笑聲不絕。

郭靖見他突然有如中瘋著魔，心中大駭，連問：「大哥，你怎麼了？怎麼了？」周伯通不答，只是大笑，過了一會，才道：「兄弟，我出洞了！我不是要小便，也不是要大便，可是我還是出洞了。」郭靖道：「是啊！」周伯通笑道：「我現下武功已是天下第一，還怕黃藥師怎地？現下只等他來，我打他個落花流水。」

郭靖道：「你拿得定能夠勝他？」周伯通道：「我武功仍是遜他一籌，但既已練就了這套分身雙擊的功夫，以二敵一，天下無人再勝得了我。黃藥師、洪七公、歐陽鋒他們武功再強，能打得過兩個老頑童周伯通麼？」郭靖一想不錯，也很代他高興。周伯通又道：「兄弟，這分身互擊功夫的精要，你已全然領會，現下只差火候而已，數年之後，等到練成做哥哥那樣的純熟，你武功是斗然間增強一倍了。」兩人談談講講，都是喜不自勝。

以前周伯通只怕黃藥師來跟自己為難，這時卻盼他快些到來，好打他一頓，出了胸中這口惡氣。他眼睜睜的向外望著，極不耐煩，若非知道島上布置奧妙，早已前去尋他了。

到得晚飯時分，那老僕送來飯菜，周伯通一把拉住他道：「快去叫黃藥師來，我在這等他，叫他試試我的手段！」那老僕只是搖頭。

周伯通說完了話，才恍然大悟，道：「呸！我忘了你又聾又啞！」轉頭向郭靖道：「今晚咱倆要大吃一頓。」伸手揭開食盒。郭靖聞到一陣撲鼻的香氣，與往日菜肴大有不同，過來一看，見兩碟小菜之外另有一大碗冬菰燉雞，正是自己最愛吃的。

他心中一凜，拿起匙羹舀了一匙湯一嘗，鷄湯的鹹淡香味，正與黃蓉所做的一模一樣，知是黃蓉特地為己而做，一顆心不覺突突亂跳，向其他食物仔細瞧去，別無異狀，只是食盒中有十多個饅頭，其中一個皮上用指甲刻了個葫蘆模樣。印痕刻得極淡，若不留心，決然瞧不出來。郭靖心知這饅頭有異，撿了起來，雙手一拍，分成兩半，中間露出一個蠟丸。郭靖見周伯通和老僕都未在意，順手放入懷中。

這一頓飯，兩人都是食而不知其味，一個想到自己在無意之間練成了天下無敵的絕世武功，右手抓起饅頭來吃，左手就打幾拳，那也是雙手二用，一手抓饅頭，一手打拳；另一個急著要把飯吃完，好瞧黃蓉在蠟丸之中藏著甚麼消息。

好容易周伯通吃完饅頭，骨都骨都的喝乾了湯，那老僕收拾了食盒走開，郭靖急忙掏出蠟丸，揑碎蠟皮，拿出丸中所藏的紙來，果是黃蓉所書，上面寫道：「靖哥哥：你別心急，爹爹已經跟我和好，待我慢慢求他放你。」最後署著「蓉兒」兩字。

郭靖狂喜之下，將紙條給周伯通看了。周伯通笑道：「有我在此，他不放你也不能了。咱們逼他放，不用求他。他若是不答允，我把他在這洞裏關上一十五年。啊喲，不對，還是不關的為是，別讓他在洞裏也練成了分心二用、雙手互搏的奇妙武功。」

眼見天色漸漸黑了下去，郭靖盤膝坐下用功，只是心中想著黃蓉，久久不能寧定，隔了良久，才達靜虛玄默、胸無雜慮之境，把丹田之氣在周身運了幾轉，忽然心想：若要練成一人作二、左右分擊的上乘武功，內息運氣也得左右分別、各不相涉才是，當下用手指按住鼻孔，分別左呼左吸、右呼右吸的練了起來。

練了約莫一個更次，自覺略有進境，只聽得風聲虎虎，睜開眼來，但見黑暗中長鬚長髮飄飄而舞，周伯通正在練拳。郭靖睜大了眼，凝神注視，見他左手打的正是七十二路「空明拳」，右手所打的卻是另一套全真派掌法。他出掌發拳，勢道極慢，但每一招之出，仍是帶著虎虎掌風，足見柔中蓄剛，勁力非同小可。郭靖只瞧得欽佩異常。

正在這一個打得忘形、一個瞧得出神之際，忽聽周伯通一聲「啊喲」急叫，接著拍的一聲，一條黑黝黝的長形之物從他身旁飛起，撞在遠處樹幹之上，似是被他用手擲出。郭靖見他身子晃了幾晃，吃了一驚，急忙搶上，叫道：「大哥，甚麼事？」周伯通道：「我給毒蛇咬了！這可糟糕透頂！」

郭靖更驚，忙奔近身去。周伯通神色已變，扶住他的肩膀，走回岩洞，撕下一塊衣襟來紮住大腿，讓毒氣一時不致行到心中。郭靖從懷中取出火摺，晃亮了看時，心中突的一跳，只見他一隻小腿已腫得比平常粗壯倍餘。

周伯通道：「島上向來沒有這種奇毒無比的青蝮蛇，不知自何而來？本來我正在打拳，蛇兒也不能咬到我，偏生我兩隻手分打兩套拳法，這一分心……唉！」郭靖聽他語音發顫，知他受毒甚深，若非以上乘內功強行抵禦，早已昏迷而死，慌急之中，彎下腰去就在他傷口之上吮吸。周伯通急叫：「使不得，這蛇毒非比尋常，你一吸就死。」

郭靖這時只求救他性命，那裏還想到自身安危，右臂牢牢按住他的下身，不住在他創口之上吮吸。周伯通待要掙扎阻止，可是全身已然酸軟，動彈不得，再過一陣，竟自暈了過去。郭靖吸了一頓飯功夫，把毒液吸出了大半，都吐在地下。毒力既減，周伯通究竟功力深湛，暈了半個時辰，重又醒轉，低聲道：「兄弟，做哥哥的今日是要歸天了，臨死之前結交了你這位情義深重的兄弟，做哥哥的很是歡喜。」郭靖和他相交日子雖淺，但兩人都是直腸直肚的性子，肝膽相照，竟如同是數十年的知己好友一般，這時見他神情就要逝去，不由得淚水滾滾而下。

周伯通淒然一笑，道：「那九陰真經的上卷經文，放在我身下土中的石匣之內，本該給了你，但你吮吸了蝮蛇毒液，性命也不長久，咱倆在黃泉路上攜手同行，倒是不怕沒伴兒玩耍，在陰世玩玩四個人……不，四隻鬼打架，倒也有趣，哈哈，哈哈。那些大頭鬼、無常鬼一定瞧得莫名奇妙，鬼色大變。」說到後來，竟又高興起來。

郭靖聽他說自己也就要死，但自覺全身了無異狀，當下又點燃火摺，要去察看他的創口。那火摺燒了一陣，只剩下半截，眼見就要熄滅，他順手摸出黃蓉夾在饅頭中的那張字條，在火上點著了，想在洞口找些枯枝敗葉來燒，但這時正當盛暑，草木方茂，在地下一摸，濕漉漉的儘是青草。

他心中焦急，又到懷中掏摸，看有甚麼紙片木爿可以引火，右手探入衣囊，觸到了一張似布非布、似革非革的東西，原來是梅超風用以包裹匕首之物，這時也不及細想，取出來移在火上點著了，伸到周伯通臉前，要瞧瞧他面色如何。火光照映之下，只見他臉上灰撲撲的罩著一層黑氣，原本一張白髮童顏的孩兒面已全無光采。

周伯通見到火光，向他微微一笑，但見郭靖面色如常，沒絲毫中毒之象，大為不解，正自尋思，瞥眼見他手中點著了火的那張東西上寫滿了字，凝神看去，密密麻麻的竟然都是練功的秘奧和口訣，只看了十多個字，已知這是九陰真經的經文，驀地一驚，不及細問此物從何而來，立即舉手撲滅火光，吸了口氣，問道：「兄弟，你服過甚麼靈丹妙藥？為甚麼這般厲害的蛇毒不能傷你？」郭靖一怔，料想必是喝了參仙老怪的大蝮蛇血之故，說道：「我曾喝過一條大蝮蛇的血，或許因此不怕蛇毒。」周伯通指著掉在地下的那片人皮，道：「這是至寶，千萬不可毀了……」話未說完，又暈了過去。

郭靖這當兒也不理會甚麼至寶不至寶，忙著替他推宮過血，卻是全然無效，去摸他小腿時，竟是著手火燙，腫得更加粗了。只聽他喃喃的道：「四張機，鴛鴦織就欲雙飛……」郭靖問道：「你說甚麼？」周伯通嘆道：「可憐未老頭先白，可憐……」郭靖見他神智胡塗，不知所云，心中大急，奔出洞去躍上樹頂，高聲叫道：「蓉兒，蓉兒！黃島主，黃島主！救命啊，救命！」但桃花島周圍數十里，地方極大，黃藥師的住處距此甚遠，郭靖喊得再響，別人也無法聽見，過了片刻，山谷間傳來「……黃島主，救命啊，救命！」的回聲。

郭靖躍下地來，束手無策，危急中一個念頭突然在心中閃過：「蛇毒既然不能傷我，我血中或有剋制蛇毒之物。」不及細想，在地下摸到周伯通日常飲茶的一隻青瓷大碗，拔出匕首，在左臂上割了一道口子，讓血流在碗裏，流了一會，鮮血凝結，再也流不出來，他又割一刀，再流了些鮮血，扶起周伯通的頭放在自己膝上，左手撬開他牙齒，右手將小半碗血水往他口中灌了下去。

郭靖身上放去了這許多血，饒是體質健壯，也感酸軟無力，給周伯通灌完血後，靠上石壁，便即沉沉睡去，也不知過了多少時候，忽覺有人替他包紮臂上的傷口，睜開眼來，眼前白鬚垂地，正是周伯通。郭靖大喜，叫道：「你……你……好啦！」周伯通道：「我好啦，兄弟，你捨命救活了我。來索命的無常鬼大失所望，知難而退。」郭靖瞧他腿上傷勢，見黑氣已退，只是紅腫，那是全然無礙的了。

這一日早晨兩人都是靜坐運功，培養元氣。用過中飯，周伯通問起那張人皮的來歷。郭靖想了一會，方始記起，於是述說二師父朱聰如何在歸雲莊上從梅超風懷裏連匕首一起盜來。他後來見到，其上所刺的字一句也不懂，便一直放在懷中，也沒加理會。

周伯通沉吟半晌，實想不明白其中原因。郭靖問道：「大哥，你說這是至寶，那是甚麼？」周伯通道：「我要仔細瞧瞧，才能答你，也不知這是真是假。既是從梅超風處得來，想必有些道理。」接過人皮，從頭看了下去。

當日王重陽奪經絕無私心，只是要為武林中免除一個大患，因此遺訓本門中人不許研習經中武功。師兄遺言，周伯通當然說甚麼也不敢違背，但想到黃藥師夫人的話：「只瞧不練，不算違了遺言。」因此在洞中一十五年，枯坐無聊，已把上卷經文翻閱得滾瓜爛熟。這上卷經文中所載，都是道家修練內功的大道，以及拳經劍理，並非克敵制勝的真實功夫，若未學到下卷中的實用法門，徒知訣竅要旨，卻是一無用處。周伯通這十多年來，無日不在揣測下卷經文中該載著些甚麼。是以一見人皮，就知必與九陰真經有關，這時再一反覆推敲，確知正是與他一生關連至深且鉅的下卷經文。

他抬頭看著山洞洞頂，好生難以委決。他愛武如狂，見到這部天下學武之人視為至寶的經書，實在極盼研習一下其中的武功，這既不是為了爭名邀譽、報怨復仇，也非好勝逞強，欲恃此以橫行天下，純是一股難以克制的好奇愛武之念，亟欲得知經中武功練成之後到底是怎樣的厲害法。想到師哥所說的故事，當年那黃裳閱遍了五千四百八十一卷「萬壽道藏」，苦思四十餘年，終於想明了能破解各家各派招數的武學，其中所包含的奇妙法門，自是非同小可。那黑風雙煞只不過得了下卷經文，練了兩門功夫，便已如此橫行江湖，倘若上下卷盡數融會貫通，簡直是不可思議。但師兄的遺訓卻又萬萬不可違背，左思右想，嘆了一口長氣，把人皮收入懷中，閉眼睡了。

睡了一大覺醒來，他以樹枝撬開洞中泥土，要將人皮與上卷經書埋在一起，一面挖掘，一面唉聲嘆氣，突然之間，歡聲大叫：「是了，是了，這正是兩全其美的妙法！」說著哈哈大笑，高興之極。郭靖問道：「大哥，甚麼妙法？」周伯通只是大笑不答，原來他忽然想到一個主意：「郭兄弟並非我全真派門人，我把經中武功教他，讓他全數學會，然後一一演給我瞧，豈非過了這心癢難搔之癮？這可沒違了師哥遺訓。」

正要對郭靖說知，轉念一想：「他口氣中對九陰真經頗為憎惡，說道那是陰毒的邪惡武功。其實只因為黑風雙煞單看下卷經文，不知上卷所載養氣歸元等等根基法門，才把最上乘的武功練到了邪路上去。我且不跟他說知，待他練成之後，再讓他大吃一驚。那時他功夫上身，就算大發脾氣，可再也甩不脫、揮不去了，豈非有趣之極？」

他天生的胡鬧頑皮。人家罵他氣他，他並不著惱，愛他寵他，他也不放在心上，只要能夠幹些作弄旁人的惡作劇玩意，那就再也開心不過。這時心中想好了這番主意，臉上不動聲色，莊容對郭靖道：「賢弟，我在洞中躭了十五年，除了一套空明拳和雙手互搏的玩意兒之外，還想到許多旁的功夫，咱們閒著也是閒著，待我慢慢傳你如何？」郭靖道：「那再好也沒有了。只不過蓉兒說就會設法來放咱們出去……」周伯通道：「她放了咱們出去沒有？」郭靖道：「那倒還沒有。」周伯通道：「你一面等她來放你，一面學功夫不成嗎？」郭靖喜道：「那當然成。大哥教的功夫一定是妙得緊的。」

周伯通暗暗好笑，心道：「且莫高興，你是上了我的大當啦！」當下一本正經的將九陰真經上卷所載要旨，選了幾條說與他知。郭靖自然不明白，於是周伯通耐了性子解釋。傳過根源法門，周伯通又照著人皮上所記有關的拳路劍術，一招招的說給他聽。只是自己先行走在一旁，看過了記住再傳，傳功時決不向人皮瞧上一眼，以防郭靖起疑。

這番傳授武功，可與普天下古往今來的教武大不相同，所教的功夫，教的人自己竟是全然不會。他只用口講述，決不出手示範，待郭靖學會了經上的幾招武功，他就以全真派的武功與之拆招試拳，果見經上武功妙用無窮。

如此過了數日，眼見妙法收效，九陰真經中所載的武功漸漸移到了郭靖身上，而他完全給蒙在鼓裏，絲毫不覺，心中不禁大樂，連在睡夢之中也常常笑出聲來。

這數日之中，黃蓉總是為郭靖烹飪可口菜肴，只是並不露面。郭靖心中一安，練功進境更快。這日周伯通教他練「九陰神抓」之法，命他凝神運氣，以十指在石壁上撕抓拉擊。郭靖依法練了幾次，忽然起疑，道：「大哥，我見梅超風也練過這個功夫，只是她用活人來練，把五指插入活人的頭蓋骨中，殘暴得緊。」

周伯通聞言一驚，心想：「是了，梅超風不知練功正法，見到下卷文中說道『五指發勁，無堅不破，摧敵首腦，如穿腐土。』她不知經中所云『摧敵首腦』是攻敵要害之意，還道是以五指去插入敵人的頭蓋，又以為練功時也須如此。這九陰真經源自道家法天自然之旨，驅魔除邪是為葆生養命，豈能教人去練這種殘忍兇惡的武功？那婆娘當真胡塗得緊。郭兄弟既已起疑，我不可再教他練這門功夫。」於是笑道：「梅超風所學的是邪派功夫，和我這玄門正宗的武功如何能比？好罷，咱們且不練這神抓功夫，我再教你一些內家要訣。」說這話時，又已打好了主意：「我把上卷經文先教他記熟，通曉了經中所載的根本法門，那時他再見到下卷經文中所載武功，必覺順理成章，再也不會起疑。」於是一字一句，把上卷真經的經文從頭念給他聽。

經中所述句句含義深奧，字字蘊蓄玄機，郭靖一時之間那能領悟得了？周伯通見他資質太過遲鈍，便說一句，命他跟一句，反來覆去的念誦，數十遍之後，郭靖雖然不明句中意義，卻已能朗朗背誦，再念數十遍，已自牢記心頭。又過數日，周伯通已將大半部經文教了郭靖，命他用心記誦，同時照著經中所述修習內功。郭靖覺得這些內功的法門與馬鈺所傳理路一貫，只是更為玄深奧微，心想周伯通既是馬鈺的師叔，所學自然更為精深。那日梅超風在趙王府中坐在他肩頭迎敵，兀自苦苦追問道家的內功秘訣，可見她於此道全無所知，是以心中更無絲毫懷疑。雖見周伯通眉目之間常常含著嬉頑神色，也只道他是生性如此，那料到他是在與自己開一個大大的玩笑。

那真經上卷最後一段，有一千餘字全是咒語一般的怪文，嘰哩咕嚕，渾不可解。周伯通在洞中這些年來早已反覆思索了數百次，始終想不到半點端倪。這時不管三七二十一，要郭靖也一般的盡數背熟。郭靖問他這些咒語是何意思，周伯通道：「此刻天機不可洩漏，你讀熟便了。」要讀熟這千餘字全無意義的怪文，更比背誦別的經文難上百倍，若是換作了一個聰明伶俐之人，反而定然背不出，郭靖卻天生有一股毅力狠勁，讀上千餘遍之後，居然也將這一大篇詰曲詭譎的怪文牢牢記住了。

這天早晨起來，郭靖練過功夫，揭開老僕送來的早飯食盒，只見一個饅頭上又做著藏有書信的記認。他等不及吃完飯，拿了饅頭走入樹林，拍開饅頭取出蠟丸，一瞥之間，不由得大急，見信上寫道：「靖哥哥：西毒為他的姪兒向爹爹求婚，要娶我為他姪媳，爹爹已經答……」這信並未寫完，想是情勢緊急，匆匆忙忙的便封入了蠟丸，看信中語氣，「答」字之下必定是個「允」字。

郭靖心中慌亂，一等老僕收拾了食盒走開，忙將信給周伯通瞧。周伯通道：「他爹爹答允也好，這不干咱們的事。」郭靖急道：「不能啊，蓉兒自己早就許給我了，她一定要急瘋啦。」周伯通道：「娶了老婆哪，有許多好功夫不能練。這就可惜得很了。我……我就常常懊悔，那也不用說他。好兄弟，你聽我說，還是不要老婆的好。」

郭靖跟他越說越不對頭，只有空自著急。周伯通道：「當年我若不是失了童子之身，不能練師兄的幾門厲害功夫，黃老邪又怎能囚禁我在這鬼島之上？你瞧，你還只是想想老婆，已就分了心，今日的功夫是必定練不好的了。若是真的娶了黃老邪的閨女，唉，可惜啦可惜！想當年，我只不過……唉，那也不用說了，總而言之，若是有女人纏上了你，你練不好武功，固然不好，還要對不起朋友，得罪了師哥，而且你自是忘不了她，不知道她現今……總而言之，女人的面是見不得的，她身子更加碰不得，你教她點穴功夫，讓她撫摸你周身穴道，那便上了大當……要娶她為妻，更是萬萬不可……」

郭靖聽他嘮嘮叨叨，數說娶妻的諸般壞處，心中愈煩，說道：「我娶不娶她，將來再說。大哥，你先得設法救她。」周伯通笑道：「西毒為人很壞，他姪兒諒來也不是好人，黃老邪的女兒雖然生得好看，也必跟黃老邪一樣，周身邪氣，讓西毒的姪兒娶了她做媳婦，又吃苦頭，又練不成童子功，一舉兩得，不，一舉兩失，兩全其不美，豈不甚好？」

郭靖嘆了口氣，走到樹林之中，坐在地下，癡癡發獃，心想：「我就是在桃花島中迷路而死，也得去找她。」心念已決，躍起身來，忽聽空中兩聲唳叫，兩團白影急撲而下，正是拖雷從大漠帶來的兩頭白鵰。郭靖大喜，伸出手臂讓鵰兒停住，只見雄鵰腳上縛著一個竹筒，忙即解下，見筒內藏著一通書信，正是黃蓉寫給他的，略稱現下情勢已迫，西毒不日就要為姪兒前來下聘。父親管得她極為嚴緊，非但不准她走出居室半步，連給他煮菜竟也不許。事到臨頭，若是真的無法脫離，只有以死明志了。島上道路古怪，處處陷阱，千萬不可前去尋她云云。

郭靖怔怔的發了一陣呆，拔出匕首，在竹筒上刻了「一起活，一起死」六個字，將竹筒縛在白鵰腳上，振臂一揮，雙鵰升空打了幾個盤旋，投北而去。他心念既決，即便泰然，坐在地下用了一會功，又去聽周伯通傳授經義。

又過了十餘日，黃蓉音訊杳然，那上卷經文郭靖早已全然能夠背誦。周伯通暗暗心喜，將下卷經文中的武功練法也是一件件的說給了他聽，卻不教他即練，以免給他瞧出破綻，郭靖也是慢慢的一一牢記在心，前後數百遍唸將下來，已把上下卷經文都背得爛熟，連那一大篇甚麼「昂理納得」、甚麼「哈虎文缽英」的怪文，竟也背得一字無誤。周伯通只聽得暗暗佩服，心想：「這傻小子這份呆功夫，老頑童自愧不如，甘拜下風。」

這一晚晴空如洗，月華照得島上海面一片光明。周伯通與郭靖拆了一會招，見他武功在不知不覺中已自大進，心想那真經中所載果然極有道理，日後他將經中武功全數練成，只怕功夫更要在黃藥師、洪七公之上。

兩人正坐下地來閒談，忽然聽得遠處草中一陣簌簌之聲。周伯通驚叫：「有蛇！」一言甫畢，異聲斗起，似乎是羣蛇大至。

周伯通臉色大變，返奔入洞，饒是他武功已至出神入化之境，但一聽到這種蛇蟲遊動之聲，卻是嚇得魂飛魄散。

郭靖搬了幾塊巨石，攔在洞口，說道：「大哥，我去瞧瞧，你別出來。」周伯通道：「小心了，快去快回。我說那也不用去瞧了，毒蛇有甚麼好看？怎……怎麼會有這許多蛇？我在桃花島上一十五年，以前可從來沒見過一條蛇，定是甚麼事情弄錯了！黃老邪自誇神通廣大，卻連個小小桃花島也搞得不乾不淨。烏龜甲魚、毒蛇蜈蚣，甚麼都給爬了上來。」

第十八回

三道試題

黃藥師又吹了一陣，郭靖忽地舉起手來，將竹枝打了下去，空的一響，剛巧打在簫聲的兩拍之間。他跟著再打一記，仍是打在兩拍之間，他連擊四下，記記都打錯了。

郭靖循著蛇聲走去，走出數十步，月光下果見千千萬萬條青蛇排成長隊蜿蜒而前。十多名白衣男子手持長桿驅蛇，不住將逸出隊伍的青蛇挑入隊中，郭靖大吃一驚：「這些人趕來這許多蛇幹甚麼？難道是西毒到了？」當下顧不得危險，隱身樹後，隨著蛇隊向北。驅蛇的男子似乎無甚武功，並未發覺。

蛇隊之前有黃藥師手下的啞僕領路，在樹林中曲曲折折的走了數里，轉過一座山崗，前面出現一大片草地，草地之北是一排竹林。蛇羣到了草地，隨著驅蛇男子的竹哨之聲，一條條都盤在地下，昂起了頭。

郭靖知道竹林之中必有蹊蹺，卻不敢在草地上顯露身形，當下閃身穿入東邊樹林，再轉而北行，奔到竹林邊上，側身細聽，林中靜寂無聲，這才放輕腳步，在綠竹之間挨身進去。竹林內有座竹枝搭成的涼亭，亭上橫額在月光下看得分明，是「積翠亭」三字，兩旁懸著副對聯，正是「桃花影裏飛神劍，碧海潮生按玉簫」那兩句。亭中放著竹枱竹椅，全是多年之物，用得潤了，月光下現出淡淡黃光。竹亭之側並肩生著兩棵大松樹，枝幹虬盤，只怕已是數百年的古樹。蒼松翠竹，清幽無比。

郭靖再向外望，但見蛇隊仍是一排排的不斷湧來，這時來的已非青身蝮蛇，而是巨頭長尾、金鱗閃閃的怪蛇，金蛇走完，黑蛇湧至。大草坪上萬蛇晃頭，火舌亂舞。驅蛇人將蛇隊分列東西，中間留出一條通路，數十名白衣女子手持紅紗宮燈，姍姍而至，相隔數丈，兩人緩步走來，先一人身穿白緞子金線繡花的長袍，手持摺扇，正是歐陽克。只見他走近竹林，朗聲說道：「西域歐陽先生拜見桃花島黃島主。」

郭靖心道：「果然是西毒到了，怪不得這麼大的氣派。」凝神瞧歐陽克身後那人，但見他身材高大，也穿白衣，只因身子背光，面貌卻看不清楚。這兩人剛一站定，竹林中走出兩人，郭靖險些兒失聲驚呼，原來是黃藥師攜了黃蓉的手迎了出來。

歐陽鋒搶上數步，向黃藥師捧揖，黃藥師作揖還禮。歐陽克卻已跪倒在地，磕了四個頭，說道：「小婿叩見岳父大人，敬請岳父大人金安。」黃藥師道：「罷了！」伸手相扶。他二人對答，聲音均甚清朗，郭靖聽在耳中，心頭說不出的難受。

歐陽克料到黃藥師定會伸量自己武功，在叩頭時早已留神，只覺他右手在自己左臂上一抬，立即凝氣穩身，只盼不動聲色的站起，豈知終於還是身子劇晃，剛叫得一聲：「啊唷！」已頭下腳上的猛向地面直衝下去。歐陽鋒橫過手中拐杖，靠在姪兒背上輕輕一挑，歐陽克借勢翻了過來，穩穩的站在地下。

歐陽鋒笑道：「好啊，藥兄，把女婿摔個觔斗作見面禮麼？」郭靖聽他語聲之中，鏗鏗然似有金屬之音，聽來十分刺耳。黃藥師道：「他曾與人聯手欺侮過我的瞎眼徒兒，後來又擺了蛇陣欺她，倒要瞧瞧他有多大道行。」

歐陽鋒哈哈一笑，說道：「孩兒們小小誤會，藥兄不必介意。我這孩子，可還配得上你的千金小姐麼？」側頭細細看了黃蓉幾眼，嘖嘖讚道：「黃老哥，真有你的，這般美貌的小姑娘也虧你生得出來。」伸手入懷，掏出一個錦盒，打開盒蓋，只見盒內錦緞上放著一顆鴿蛋大小的黃色圓球，顏色沉暗，並不起眼，對黃蓉笑道：「這顆『通犀地龍丸』得自西域異獸之體，並經我配以藥材製煉過，佩在身上，百毒不侵，普天下就只這一顆而已。以後你做了我姪媳婦，不用害怕你叔公的諸般毒蛇毒蟲。這顆地龍丸用處是不小的，不過也算不得是甚麼奇珍異寶。你爹爹縱橫天下，甚麼珍寶沒有見過？我這點鄉下佬的見面禮，真讓他見笑了。」說著遞到她的面前。歐陽鋒擅使毒物，卻以避毒的寶物贈給黃蓉，足見求親之意甚誠，一上來就要黃藥師不起疑忌之心。

郭靖瞧著這情景，心想：「蓉兒跟我好了，再也不會變心，她定不會要你的甚麼見面禮。」不料卻聽得黃蓉笑道：「多謝您啦！」伸手去接。

歐陽克見到黃蓉的雪膚花貌，早已魂不守舍，這時見她一言一笑，更是全身如在雲端，心道：「她爹爹將她許給了我，果然她對我的神態便與前大不相同。」正自得意，突然眼前金光閃動，叫聲：「不好！」一個「鐵板橋」，仰後便倒。

黃藥師喝罵：「幹甚麼？」左袖揮出，拂開了黃蓉擲出的一把金針，右手反掌便往她肩頭拍去。黃蓉「哇」的一聲，哭了出來，叫道：「爹爹你打死我最好，反正我寧可死了，也不嫁這壞東西。」

歐陽鋒將通犀地龍丸往黃蓉手中一塞，順手擋開黃藥師拍下去的手掌，笑道：「令愛試試舍姪的功夫，你這老兒何必當真？」黃藥師擊打女兒，掌上自然不含內力，歐陽鋒也只輕輕架開。

歐陽克站直身子，只感左胸隱隱作痛，知道已中了一兩枚金針，只是要強好勝，臉上裝作沒事人一般，但神色之間已顯得頗為尷尬，心下更是沮喪：「她終究是不肯嫁我。」

歐陽鋒笑道：「藥兄，咱哥兒倆在華山一別，二十餘年沒會了。承你瞧得起，許了舍姪的婚事，今後你有甚麼差遣，做兄弟的決不敢說個不字。」黃藥師道：「誰敢來招惹你這老毒物？你在西域二十年，練了些甚麼厲害功夫啊，顯點出來瞧瞧。」

黃蓉聽父親說要他顯演功夫，大感興趣，登時收淚，靠在父親身上，一雙眼睛盯住了歐陽鋒，見他手中拿著一根彎彎曲曲的黑色粗杖，似是鋼鐵所製，杖頭鑄著個裂口而笑的人頭，人頭口中露出尖利雪白的牙齒，模樣甚是猙獰詭異，更奇的是杖上盤著兩條銀鱗閃閃的小蛇，不住的蜿蜒上下。

歐陽鋒笑道：「我當年的功夫就不及你，現今拋荒了二十餘年，跟你差得更多啦。咱們現下已是一家至親，我想在桃花島多住幾日，好好跟你討教討教。」

歐陽鋒遣人來為姪兒求婚之時，黃藥師心想，當世武功可與自己比肩的只寥寥數人而已，其中之一就是歐陽鋒了，兩家算得上門當戶對，眼見來書辭卑意誠，看了心下歡喜；又想自己女兒頑劣得緊，嫁給旁人，定然恃強欺壓丈夫，女兒自己選中的那姓郭小子他卻十分憎厭。歐陽克既得叔父親傳，武功必定不弱，當世小一輩中只怕無人及得，是以對歐陽鋒的使者竟即許婚。這時聽歐陽鋒滿口謙遜，卻不禁起疑，素知他口蜜腹劍，狡猾之極，武功上又向來不肯服人，難道他蛤蟆功被王重陽以一陽指破去後，竟是練不回來麼？當下從袖中取出玉簫，說道：「嘉賓遠來，待我吹奏一曲以娛故人。請坐了慢慢的聽罷。」

歐陽鋒知道他要以「碧海潮生曲」試探自己功力，微微一笑，左手一揮，提著紗燈的三十二名白衣女子姍姍上前，拜倒在地。歐陽鋒笑道：「這三十二名處女，是兄弟派人到各地採購來的，當作一點微禮，送給老友。她們曾由名師指點，歌舞彈唱，也都還來得。只是西域鄙女，論顏色是遠遠不及江南佳麗的了。」

黃藥師道：「兄弟素來不喜此道，自先室亡故，更視天下美女如糞土。鋒兄厚禮，不敢拜領。」歐陽鋒笑道：「聊作視聽之娛，以遣永日，亦復何傷？」

黃蓉看那些女子都是膚色白皙，身材高大，或金髮碧眼，或高鼻深目，果然和中土女子大不相同。但容貌艷麗，姿態妖媚，亦自動人。

歐陽鋒手掌擊了三下，八名女子取出樂器，彈奏了起來，餘下二十四人翩翩起舞。八件樂器非琴非瑟，樂音節奏甚是怪異。黃蓉見眾女前伏後起，左迴右旋，身子柔軟已極，每個人與前後之人緊緊相接，恍似一條長蛇，再看片刻，只見每人雙臂伸展，自左手指尖至右手指尖，扭扭曲曲，也如一條蜿蜒遊動的蛇一般。

黃蓉想起歐陽克所使的「靈蛇拳」來，向他望了一眼，只見他雙眼正緊緊的盯住自己，心想此人可惡已極，適才擲出金針被父親擋開，必當另使計謀傷他性命，那時候父親就算要再逼我嫁他，也無人可嫁了，這叫作「釜底抽薪」之計，想到得意之處，不禁臉現微笑。歐陽克還道她對自己忽然有情，心下大喜，連胸口的疼痛也忘記了。

這時眾女舞得更加急了，媚態百出，變幻多端，跟著雙手虛撫胸臀，作出寬衣解帶、投懷送抱的諸般姿態。驅蛇的男子早已緊閉雙眼，都怕看了後把持不定，心神錯亂。黃藥師只是微笑，看了一會，把玉簫放在唇邊，吹了幾聲。眾女突然間同時全身震盪，舞步頓亂，簫聲又再響了幾下，眾女已隨著簫聲而舞。

歐陽鋒見情勢不對，雙手一拍，一名侍女抱著一具鐵箏走上前來。這時歐陽克漸感心旌搖動。八女樂器中所發出的音調節奏，也已跟隨黃藥師的簫聲伴和。驅蛇的眾男子已在蛇羣中上下跳躍、前後奔馳了。歐陽鋒在箏絃上錚錚錚的撥了幾下，發出幾下金戈鐵馬的肅殺之聲，立時把簫聲中的柔媚之音沖淡了幾分。

黃藥師笑道：「來，來，咱們合奏一曲。」他玉簫一離唇邊，眾人狂亂之勢登緩。

歐陽鋒叫道：「大家把耳朵塞住了，我和黃島主要奏樂。」他隨來的眾人知道這一奏非同小可，登時臉現驚惶之色，紛撕衣襟，先在耳中緊緊塞住，再在頭上密密層層的包了，只怕漏進一點聲音入耳。連歐陽克也忙以棉花塞住雙耳。

黃蓉道：「我爹爹吹簫給你聽，給了你多大臉面，你竟塞起耳朵，也太無禮。來到桃花島上作客，膽敢侮辱主人！」黃藥師道：「這不算無禮。他不敢聽我簫聲，乃是有自知之明。先前他早聽過一次了，哈哈。你叔公鐵箏之技妙絕天下，你有多大本事敢聽？那是輕易試得的麼？」從懷裏取出一塊絲帕撕成兩半，把她兩耳掩住了。郭靖好奇心起，倒要聽聽歐陽鋒的鐵箏是如何的厲害法，反而走近了幾步。

黃藥師向歐陽鋒道：「你的蛇兒不能掩住耳朵。」轉頭向身旁的啞巴老僕打了個手勢，那老僕點點頭，向驅蛇男子的頭腦揮了揮手，要他領下屬避開。那些人巴不得溜之大吉，見歐陽鋒點頭示可，急忙驅趕蛇羣，隨著啞巴老僕指點的途徑，遠遠退去。

歐陽鋒道：「兄弟功夫不到之處。要請藥兄容讓三分。」盤膝坐在一塊大石之上，閉目運氣片刻，右手五指揮動，鏗鏗鏘鏘的彈了起來。

秦箏本就聲調酸楚激越，他這西域鐵箏聲音更是淒厲。郭靖不懂音樂，但這箏聲每一音都和他心跳相一致。鐵箏響一聲，他心一跳，箏聲越快，自己心跳也逐漸加劇，只感胸口怦怦而動，極不舒暢。再聽少時，一顆心似乎要跳出腔子來，斗然驚覺：「若他箏聲再急，我豈不是要給他引得心跳而死？」急忙坐倒，寧神屏思，運起全真派道家內功，心跳便即趨緩，過不多時，箏聲已不能帶動他心跳。

只聽得箏聲漸急，到後來猶如金鼓齊鳴、萬馬奔騰一般，驀地裏柔韻細細，一縷簫聲幽幽的混入了箏音之中，郭靖只感心中一蕩，臉上發熱，忙又鎮攝心神。鐵箏聲音雖響，始終掩沒不了簫聲，雙聲雜作，音調怪異之極。鐵箏猶似巫峽猿啼、子夜鬼哭，玉簫恰如崑崗鳳鳴，深閨私語。一個極盡慘厲悽切，一個卻是柔媚宛轉。此高彼低，彼進此退，互不相下。

黃蓉原本笑吟吟的望著二人吹奏，看到後來，只見二人神色鄭重，父親站起身來，邊走邊吹，腳下踏著八卦方位。她知這是父親平日修習上乘內功時所用的姿式，必是對手極為厲害，是以要出全力對付，再看歐陽鋒頭頂猶如蒸籠，一縷縷的熱氣直往上冒，雙手彈箏，袖子揮出陣陣風聲，看模樣也是絲毫不敢怠懈。

郭靖在竹林中聽著二人吹奏，思索這玉簫鐵箏與武功有甚麼干係，何以這兩般聲音有恁大魔力，引得人心中把持不定？當下凝守心神，不為樂聲所動，然後細辨簫聲箏韻，聽了片刻，只覺一柔一剛，相互激盪，或猱進以取勢，或緩退以待敵，正與高手比武一般無異，再想多時，終於領悟：「是了，黃島主和歐陽鋒正以上乘內功互相比拚。」一想明白了此節，當下閉目聽鬥。

他原本運氣同時抵禦簫聲箏音，甚感吃力，這時心無所滯，身在局外，靜聽雙方勝敗，樂音與他心靈已不起絲毫感應，但覺心中一片空明，諸般細微之處反而聽得更加明白。周伯通授了他七十二路「空明拳」，要旨原在「以空而明」四字，若以此拳理與黃藥師、歐陽鋒相鬥，他既內力不如，自難取勝，但若袖手靜觀，卻能因內心澄澈而明解妙詣，那正是所謂「旁觀者清」之意。他一直不明白自己內力遠遜於周伯通，何以抗禦簫聲之能反較他為強，殊不知那晚周伯通自己身在局中，又因昔年犯下的一段情孽，魔由心生，致為簫聲所乘，卻不是純由內力高低而決強弱了。

這時郭靖只聽歐陽鋒初時以雷霆萬鈞之勢要將黃藥師壓倒。簫聲東閃西避，但只要箏聲中有些微間隙，便立時透了出來。過了一陣，箏音漸緩，簫聲卻愈吹愈是迴腸盪氣。郭靖忽地想到周伯通教他背誦的「空明拳」拳訣中的兩句：「剛不可久，柔不可守。」心想：「箏聲必能反擊。」果然甫當玉簫吹到清羽之音，猛然間錚錚之聲大作，鐵箏重振聲威。

郭靖雖將拳訣讀得爛熟，但他悟性本低，周伯通又不善講解，於其中含義，十成中也懂不了一成，這時聽著黃藥師與歐陽鋒以樂聲比武，雙方攻拒進退，頗似與他所熟讀的拳訣暗合，本來不懂的所在，經過兩般樂音數度拚鬥，漸漸悟到了其中的一些關竅，不禁暗暗喜歡。九陰真經上下兩卷的經文他已背得爛熟，忽然隱隱覺得，經中有些句子似與此刻耳中所聞的箏韻簫聲也有相合之處，但經文深奧，又未經詳細講解，日後他便想上一年半載，也決計難以明白，此刻兩般樂音紛至沓來，他一想到經文，立時心中混亂，知道危機重重，立時撇開，再也不敢將思路帶到經文上去。

再聽一會，忽覺兩般樂音的消長之勢、攻合之道，卻有許多地方與所習口訣甚不相同，心下疑惑，不明其故。好幾次黃藥師明明已可獲勝，只要簫聲多幾個轉折，歐陽鋒勢必抵擋不住；而歐陽鋒卻也錯過了不少可乘之機。郭靖先前還道雙方互相謙讓，再聽一陣，卻又不像。他資質雖然遲鈍，但兩人反覆吹奏攻拒，聽了小半個時辰下來，也已明白了一些簫箏之聲中攻伐解禦的法門。再聽一會，忽然想起：「若是依照空明拳拳訣中的道理，他們雙方的攻守之中，好似各有破綻和不足之處，難道周大哥傳我的口訣，竟比黃島主和西毒的武功還要厲害麼？」轉念一想：「一定不對。若是周大哥武功真的高過黃島主，這一十五年之中他二人已不知拚鬥過多少次，豈能仍然被困在岩洞之中？」

他呆呆的想了良久，只聽得簫聲越拔越高，只須再高得少些，歐陽鋒便非敗不可，但至此為極，說甚麼也高不上去了，終於大悟，不禁啞然失笑：「我真是蠢得到了家！人力有時而窮，心中所想的事，十九不能做到。我知道一拳打出，如有萬斤之力，敵人必然粉身碎骨，可是我拳上又如何能有萬斤的力道？七師父常說：『看人挑擔不吃力，自己挑擔壓斷脊。』挑擔尚且如此，何況是這般高深的武功。」

只聽得雙方所奏樂聲愈來愈急，已到了短兵相接、白刃肉搏的關頭，再鬥片刻，必將分出高下，正自替黃藥師躭心，突然間遠處海上隱隱傳來一陣長嘯之聲。

黃藥師和歐陽鋒同時心頭一震，簫聲和箏聲登時都緩了。那嘯聲卻愈來愈近，想是有人乘船近島。歐陽鋒揮手彈箏，錚錚兩下，聲如裂帛，遠處那嘯聲忽地拔高，與他交上了手。過不多時，黃藥師的洞簫也加入戰團，簫聲有時與長嘯爭持，有時又與箏音纏鬥，三般聲音此起彼伏，鬥在一起。郭靖曾與周伯通玩過四人相搏之戲，於這三國交兵的混戰局面並不生疏，心知必是又有一位武功極高的前輩到了。

這時發嘯之人已近在身旁樹林之中，嘯聲忽高忽低，時而如龍吟獅吼，時而如狼嗥梟鳴，或若長風振林，或若微雨濕花，極盡千變萬化之致。簫聲清亮，箏聲淒厲，卻也各呈妙音，絲毫不落下風。三般聲音糾纏在一起，鬥得難解難分。

郭靖聽到精妙之處，不覺情不自禁的張口高喝：「好啊！」他一聲喝出便即驚覺，知道不妙，待要逃走，突然青影閃動，黃藥師已站在面前。這時三般樂音齊歇，黃藥師低聲喝道：「好小子，隨我來。」郭靖只得叫了聲：「黃島主。」硬起頭皮，隨他走入竹亭。

黃蓉耳中塞了絲巾，並未聽到他這一聲喝采，突然見他進來，驚喜交集，奔上來握住他的雙手，叫道：「靖哥哥，你終於來了……」又是喜悅，又是悲苦，一言未畢，眼淚已流了下來，跟著撲入他的懷中。郭靖伸臂摟住了她。

歐陽克見到郭靖本已心頭火起，見黃蓉和他這般親熱，更是惱怒，晃身搶前，揮拳向郭靖迎面猛擊過去，一拳打出，這才喝道：「臭小子，你也來啦！」

他自忖武功本就高過郭靖，這一拳又帶了三分偷襲之意，突然間攻敵不備，料想必可打得對方目腫鼻裂，出一口心中悶氣。不料郭靖此時身上的功夫，較之在寶應劉氏宗祠中與他比拳時已頗不相同，眼見拳到，身子略側，便已避過，跟著左手發「鴻漸於陸」，右手發「亢龍有悔」，雙手各使一招降龍十八掌中的絕招。這降龍十八掌掌法之妙，天下無雙，一招已難抵擋，何況他以周伯通雙手互搏，一人化二的奇法分進合擊？以黃藥師、歐陽鋒眼界之寬，腹笥之廣，卻也是從所未見，都不禁吃了一驚。

歐陽克方覺他左掌按到自己右脅，已知這是降龍十八掌中的厲害家數，只可讓，不可擋，忙向左急閃，郭靖那一招「亢龍有悔」剛好湊上，蓬的一聲，正擊在他左胸之上，喀喇聲響，打斷了一根肋骨。他當對方掌力及胸之際，已知若是以硬碰硬，自己心肺都有被掌力震碎之虞，急忙順勢後縱，郭靖一掌之力，再加上他向後飛縱，身子直飛上竹亭，在竹亭頂上踉蹌數步，這才落下地來，心中羞慚，胸口劇痛，慢慢走回。

郭靖這下出手，不但東邪西毒齊感詫異，歐陽克驚怒交迸，黃蓉拍手大喜，連他自己也是大出意料之外，不知自己武功已然大進，還道歐陽克忽爾疏神，以致被自己打了個措手不及，只怕他要使厲害殺手反擊，退後兩步，凝神待敵。

歐陽鋒怒目向他斜視一眼，高聲叫道：「洪老叫化，恭喜你收的好徒兒啊。」

這時黃蓉早已將耳上絲巾除去，聽得歐陽鋒這聲呼叫，知道是洪七公到了，真是天上送下來的救星，發足向竹林外奔去，大聲叫道：「師父，師父。」

黃藥師一怔：「怎地蓉兒叫老叫化作師父？」只見洪七公背負大紅葫蘆，右手拿著竹杖，左手牽著黃蓉的手，笑吟吟的走進竹林。黃藥師與洪七公見過了禮，寒暄數語，便問女兒：「蓉兒，你叫七公作甚麼？」黃蓉道：「我拜了七公他老人家為師。」黃藥師大喜，向洪七公道：「七兄青眼有加，兄弟感激不盡，只是小女胡鬧頑皮，還盼七兄多加管教。」說著深深一揖。洪七公笑道：「藥兄家傳武學，博大精深，這小妮子一輩子也學不了，又怎用得著我來多事？不瞞你說，我收她為徒，其志在於吃白食，騙她時時燒些好菜給我吃，你也不用謝我。」說著兩人相對大笑。

黃蓉指著歐陽克道：「爹爹，這壞人欺侮我，若不是七公他老人家瞧在你的面上出手相救，你早見不到蓉兒啦。」黃藥師斥道：「胡說八道！好端端的他怎會欺侮你？」

黃蓉道：「爹爹你不信，我來問他。」轉頭向著歐陽克道：「你先罰個誓，若是回答我爹爹的問話中有半句謊言，日後便給你叔叔杖頭上的毒蛇咬死。」她此言一出，歐陽鋒與歐陽克均是臉色大變。

原來歐陽鋒杖頭雙蛇是花了十多年的功夫養育而成，以數種最毒之蛇相互雜交，才產下這兩條毒中之毒的怪蛇下來。歐陽鋒懲罰手下叛徒或是心中最憎惡之人，常使杖頭毒蛇咬他一口，被咬了的人渾身奇癢難當，頃刻斃命。歐陽鋒雖有解藥，但蛇毒入體之後，縱然服藥救得性命，也不免武功全失，終身殘廢。黃蓉見到他杖頭盤旋上下的雙蛇形狀怪異，順口一句，那知恰正說到西毒叔姪最犯忌之事。

歐陽克道：「岳父大人問話，我焉敢打誑。」黃蓉啐道：「你再胡言亂語，我先打你老大幾個耳括子。我問你，我跟你在北京趙王府中見過面，是不是？」

歐陽克肋骨折斷，胸口又中了她的金針，實是疼痛難當，只是要強好勝，拚命運內功忍住，不說話時還可運氣強行抵擋，剛才說了那兩句話，已痛得額頭冷汗直冒，聽黃蓉又問，再也不敢開口回答，只得點了點頭。

黃蓉又道：「那時你與沙通天、彭連虎、梁子翁、靈智和尚他們聯了手來打我一個人，是不是？」歐陽克待要分辯，說明並非自己約了這許多好手來欺侮她，但只說了一句：

「我……我不是和他們聯手……」胸口已痛得不能再吐一字。

黃蓉道：「好罷，我也不用你答話，你聽了我的問話，只須點頭或搖頭便是。我問你：沙通天、彭連虎、梁子翁、靈智和尚這干人都跟我作對，是不是？」歐陽克點了點頭。黃蓉道：「他們都想抓住我，都沒能成功，後來你就出馬了，是不是？」歐陽克只得又點了點頭。黃蓉又道：「那時我在趙王府的大廳之中，並沒誰來幫我，孤零零的好不可憐。我爹爹又不知道，沒來救我，是不是？」歐陽克明知她是要激起父親憐惜之情，因而對他厭恨，但事實確是如此，難以抵賴，只得又再點頭。

黃蓉牽著父親的手，說道：「爹，你瞧，你一點也不可憐蓉兒，要是媽媽還在，你一定不會這樣待我……」黃藥師聽她提到過世了的愛妻，心中一酸，伸出左手摟住了她。

歐陽鋒見形勢不對，接口道：「黃姑娘，這許多成名的武林人物要留住你，但你身有家傳的絕世武藝，他們都奈何你不得，是也不是？」黃蓉笑著點頭。黃藥師聽歐陽鋒讚她家傳武功，微微一笑。歐陽鋒轉頭向他道：「藥兄，舍姪見了令愛如此身手，傾倒不已，這才飛鴿傳書，一站接一站的將訊息自中原傳到白駝山，求兄弟萬里迢迢的趕到桃花島親來相求，以附婚姻。兄弟雖然不肖，但要令我這般馬不停蹄的兼程趕來，當世除了藥兄而外，也沒第二人了。」黃藥師笑道：「有勞大駕，可不敢當。」想到歐陽鋒以如此身分，竟遠道來見，卻也不禁得意。

歐陽鋒轉身向洪七公道：「七兄，我叔姪傾慕桃花島的武功人才，你怎麼又瞧不順眼了，跟小輩當起真來？不是舍姪命長，早已喪生在你老哥滿天花雨擲金針的絕技之下了。」

洪七公當日出手相救歐陽克逃脫黃蓉所擲的金針，這時聽歐陽鋒反以此相責，知道若非歐陽克謊言欺叔，便是歐陽鋒故意顛倒黑白，他也不願置辯，哈哈一笑，拔下葫蘆塞子，喝了一大口酒。

郭靖卻已忍耐不住，叫道：「是七公他老人家救了你姪兒的性命，你怎麼反恁地說？」黃藥師喝道：「我們說話，怎容得你這小子來插嘴？」郭靖急道：「蓉兒，你把他……強搶程大小姐的事說給你爹爹聽。」

黃蓉深悉父親性子，知他素來厭憎世俗之見，常道：「禮法豈為吾輩而設？」平素思慕晉人的率性放誕，行事但求心之所適，常人以為是的，他或以為非，常人以為非的，他卻又以為是，因此上得了個「東邪」的渾號。這時她想：「這歐陽克所作所為十分討厭，但爹爹或許反說他風流瀟灑。」見父親對郭靖橫眼斜睨，一臉不以為然的神色，計上心來，又向歐陽克道：「我問你的話還沒完呢！那日你和我在趙王府比武，你兩隻手縛在背後，說道不用手、不還招便能勝我，是不是？」歐陽克點頭承認。

黃蓉又問：「後來我拜了七公他老人家為師，在寶應第二次和你比武，你說任憑我用爹爹或是七公所傳的多少武功，你都只須用你叔叔所傳的一門拳法，就能將我打敗，是麼？」歐陽克心想：「那是你定下來的法子，可不是我定的。」黃蓉見他神色猶疑，追問道：「你在地下用腳尖畫了個圈子，說道只消我用爹爹所傳的武功將你逼出這圈子，你便算輸了，是不是？」歐陽克點了點頭。

黃蓉對父親道：「爹，你聽，他既瞧不起七公公，也瞧不起你，說你們兩人的武藝就是加在一起，也遠不及他叔叔的。那不是說你們兩人聯起手來，也打不過他叔叔嗎？我可不信了。」黃藥師道：「小丫頭別搬嘴弄舌。天下武學之士，誰不知東邪、西毒、南帝、北丐的武功是銖兩悉稱，功力悉敵。」他口中雖如此說，但對歐陽克的狂妄已頗感不滿，對這事不願再提，轉頭向洪七公道：「七兄，大駕光臨桃花島，不知有何貴幹。」洪七公道：「我來向你求一件事。」

洪七公雖然滑稽玩世，但為人正直，行俠仗義，武功又是極高，黃藥師對他向來甚是欽佩，又知他就有天大事情，也只是和屬下丐幫中人自行料理，這時聽他說有求於己，不禁十分高興，忙道：「咱們數十年的交情，七兄有命，小弟敢不遵從？」

洪七公道：「你別答應得太快，只怕這件事不易辦。」黃藥師笑道：「若是易辦之事，七兄也想不到小弟了。」洪七公拍手笑道：「是啊，這才是知己的好兄弟呢！那你是答應定了？」黃藥師道：「一言為定！火裏火裏去，水裏水裏去！」

歐陽鋒蛇杖一擺，插口道：「藥兄且慢，咱們先問問七兄是甚麼事？」洪七公笑道：「老毒物，這不干你的事，你別來橫裏囉唆，你打疊好肚腸喝喜酒罷。」歐陽鋒奇道：「喝喜酒？」洪七公道：「不錯，正是喝喜酒。」指著郭靖與黃蓉道：「這兩個都是我徒兒，我已答允他們，要向藥兄懇求，讓他們成親。現下藥兄已經答允了。」

郭靖與黃蓉又驚又喜，對望了一眼。歐陽鋒叔姪與黃藥師卻都吃了一驚。歐陽鋒道：「七兄，你此言差矣！藥兄的千金早已許配舍姪，今日兄弟就是到桃花島來行納幣文定之禮的。」洪七公道：「藥兄，有這等事麼？」黃藥師道：「是啊，七兄別開小弟的玩笑。」洪七公沉臉道：「誰跟你們開玩笑？現今你一女許配兩家，父母之命是大家都有了。」轉頭向歐陽鋒道：「我是郭家的大媒，你的媒妁之言在那裏？」

歐陽鋒料不到他有此一問，一時倒答不上來，愕然道：「藥兄答允了，我也答允了，還要甚麼媒妁之言？」洪七公道：「你可知道還有一人不答允？」歐陽鋒道：「誰啊？」洪七公道：「哈哈不敢，就是老叫化！」歐陽鋒聽了此言，素知洪七公性情剛硬，行事堅毅，今日勢不免要和他一鬥，但臉上神色無異，只沉吟不答。

洪七公笑道：「你這姪兒人品不端，那配得上藥兄這個花朵般的閨女？就算你們二老硬逼成親，他夫婦兩人不和，天天動刀動槍，你砍我殺，又有甚麼味兒？」

黃藥師聽了這話，心中一動，向女兒望去，只見她正含情脈脈的凝視郭靖，瞥眼之下，只覺得這楞小子實是說不出的可厭。他絕頂聰明，文事武略，琴棋書畫，無一不曉，無一不精，自來交遊的不是才子，就是雅士，他夫人與女兒也都智慧過人，想到要將獨生愛女許配給這傻頭傻腦的渾小子，當真是一朵鮮花插在牛糞上了。瞧他站在歐陽克身旁，相比之下，歐陽克之俊雅才調無不勝他百倍，於是許婚歐陽之心更是堅決，只是洪七公面上須不好看，當下想到一策，說道：「鋒兄，令姪受了點微傷，你先給他治了，咱們從長計議。」

歐陽鋒一直在擔心姪兒的傷勢，巴不得有他這句話，當即向姪兒一招手，兩人走入竹林之中。黃藥師自與洪七公說些別來之情。過了一頓飯時分，叔姪二人回到亭中。歐陽鋒已替姪兒吸出金針，接妥了折斷的肋骨。

黃藥師道：「小女蒲柳弱質，性又頑劣，原難侍奉君子，不意七兄與鋒兄瞧得起兄弟，各來求親，兄弟至感榮寵。小女原已先許配了歐陽氏，但七兄之命，實也難卻，兄弟有個計較在此，請兩兄瞧著是否可行？」

洪七公道：「快說，快說。老叫化不愛聽你文謅謅的鬧虛文。」

黃藥師微微一笑，說道：「兄弟這個女兒，甚麼德容言工，那是一點兒也說不上的，但兄弟總是盼她嫁個好郎君。歐陽世兄是鋒兄的賢阮，郭世兄是七兄的高徒，身世人品都是沒得說的。取捨之間，倒教兄弟好生為難，只得出三個題目，考兩位世兄一考。那一位高才捷學，小女就許配於他，兄弟決不偏袒。兩個老友瞧著好也不好？」

歐陽鋒拍掌叫道：「妙極，妙極！只是舍姪身上有傷，若要比試武功，只有等他傷好之後。」他見郭靖只一招便打傷了姪兒，若是比武，姪兒必輸無疑，適才姪兒受傷，倒成了推托的最佳藉口。黃藥師道：「正是。何況比武動手，傷了兩家和氣。」

洪七公心想：「你這黃老邪好壞。大夥兒都是武林中人，要考試居然考文不考武，你幹麼又不去招個狀元郎做女婿？你出些詩詞歌賦的題目，我這傻徒弟就再投胎轉世，也比他不過。嘴裏說不偏袒，明明是偏袒了個十足十。如此考較，我的傻徒兒必輸。直娘賊，先跟老毒物打一架再說。」當下仰天一笑，瞪眼直視歐陽鋒，說道：「咱們都是學武之人，不比武難道還比吃飯拉屎？你姪兒受了傷，你可沒傷，來來來，咱倆代他們上考場罷。」也不等歐陽鋒回答，揮掌便向他肩頭拍去。

歐陽鋒沉肩迴臂，倒退數尺。洪七公將竹棒在身旁竹几上一放，喝道：「還招罷。」語音甫畢，雙手已發了七招，端的是快速無倫。歐陽鋒左擋右閃，把這七招全都讓了開去，右手將蛇杖插入亭中方磚，在這一瞬之間，左手也已還了七招。

黃藥師喝一聲采，並不勸阻，有心要瞧瞧這兩位與他齊名的武林高手，這二十年來功夫進境到如何地步。

洪七公與歐陽鋒都是一派宗主，武功在二十年前就均已登峯造極，華山論劍之後，更是潛心苦練，功夫愈益精純。這次在桃花島上重逢比武，與在華山論劍時又自大不相同。兩人先是各發快招，未曾點到，即已收勢，互相試探對方虛實。兩人的拳勢掌影在竹葉之間飛舞來去，雖是試招，出手之中卻盡是包藏了極精深的武學。

郭靖在旁看得出神，只見兩人或攻或守，無一招不是出人意表的極妙之作。那九陰真經中所載原是天下武學的要旨，不論內家外家、拳法劍術，諸般最根基的法門訣竅，都包含在真經的上卷之內。郭靖背熟之後，雖於其中至理並不明曉，但不知不覺之間，識見卻已大大不同，這時見到兩人每一次攻合似乎都與經中所述法門隱然若合符節，又都是自己做夢也未曾想到過的奇法巧招，待欲深究，兩人拳招早變，只在他心頭模模糊糊的留下一個影子。先前他聽黃藥師與歐陽鋒簫箏相鬥，那是無形的內力，畢竟極難與經文印證，這有形的拳腳可就易明得多了。只看得他眉飛色舞，心癢難搔。

轉眼之間，兩人已拆了三百餘招，洪七公與歐陽鋒都不覺心驚，欽服對方了得。

黃藥師旁觀之下，不禁暗暗嘆氣，心道：「我在桃花島勤修苦練，只道王重陽一死，我武功已是天下第一，那知老叫化、老毒物各走別徑，又都練就了這般可敬可畏的功夫！」

歐陽克和黃蓉各有關心，只盼兩人中的一人快些得勝，但於兩人拳招中的精妙之處，卻是不能領會。黃蓉一斜眼間，忽見身旁地下有個黑影在手舞足蹈的不住亂動，抬頭看時，正是郭靖，只見他臉色怪異，似乎是陷入了狂喜極樂之境，心下驚詫，低低的叫了聲：「靖哥哥！」郭靖並未聽見，仍是在拳打足踢。黃蓉大異，仔細瞧去，才知他是在模擬洪七公與歐陽鋒的拳招。

這時相鬥的二人拳路已變，一招一式，全是緩緩發出。有時一人凝思片刻，打出一拳，對手避過之後，坐下地來休息一陣，再站起來還了一拳。這那裏是比武鬥拳，較之師徒授武還要迂緩鬆懈得多。但看兩人模樣，卻又比適才快鬥更是鄭重。

黃蓉側頭去看父親，見他望著二人呆呆出神，臉上神情也很奇特，只有歐陽克卻不住的向她眉目傳情，手中摺扇輕揮，顯得十分的倜儻風流。

郭靖看到忘形處，忍不住大聲喝采叫好。歐陽克怒道：「你渾小子又不懂，亂叫亂嚷甚麼？」黃蓉道：「你自己不懂，怎知旁人也不懂？」歐陽克笑道：「他是在裝腔作勢發傻，諒他小小年紀，怎識得我叔父的神妙功夫。」黃蓉道：「你不是他，怎知他不識得？」兩人在一旁鬥口，黃藥師與郭靖卻充耳不聞，只是凝神觀鬥。

這時洪七公與歐陽鋒都蹲在地下，一個以左手中指輕彈自己腦門，另一個捧住雙耳，都閉了眼苦苦思索，突然間發一聲喊，同時躍起來交換了一拳一腳，然後分開再想。他兩人功夫到了這境界，各家各派的武術無一不通，世間已有招數都已不必使用，知道不論如何厲害的殺手，對方都能輕易化解，必得另創神奇新招，方能克敵制勝。

兩人二十年前論劍之後，一處中原，一在西域，自來不通音問，互相不知對方新練武功的路子，這時一交手，兩人武功俱已大進，但相互對比竟然仍與二十年前無異，各有所長，各有所忌，誰也剋制不了誰。眼見月光隱去，紅日東昇，兩人窮智竭思，想出了無數新招，拳法掌力，極盡千變萬化之致，但功力悉敵，始終難分高低。

郭靖目睹當世武功最強的二人拚鬥，奇招巧法，端的是層出不窮。這些招數他看來都在似懂非懂之間，有時看到幾招，似乎與周伯通所授的拳理有些相近，跟著便模擬照學。可是剛學到一半，洪七公與歐陽鋒又有新招出來，他先前所記得的又早忘了。

黃蓉見他如此，暗暗驚奇，想道：「十餘日不見，難道他忽然得了神授天傳，武功斗進？我看得莫名其妙，怎麼他能如此的驚喜讚嘆？」轉念忽想：「莫非我這傻哥哥想我想得瘋了？」她與郭靖暌別多日，無法相見，見面後卻又不得親近，於是上前想拉住他的手。這時郭靖正在模仿歐陽鋒反身推出的掌法，這一掌看來平平無奇，內中卻是暗藏極大潛力。黃蓉剛捏住他手掌，卻不料他掌中勁力忽發，只感一股強力把自己猛推，登時身不由主的向半空飛去。郭靖手掌推出，這才知覺，叫聲：「啊喲！」縱身上去待接，黃蓉纖腰一扭，已站在竹亭頂上。郭靖落地後跟著躍起，左手拉住亭角的飛簷，借勢翻上。兩人並肩坐在竹亭頂上，居高臨下的觀戰。

此時場上相鬥的情勢，又已生變，只見歐陽鋒蹲在地下，雙手彎與肩齊，宛似一隻大青蛙般作勢相撲，口中發出老牛嘶鳴般的咕咕之聲，時歇時作。

黃蓉見他形相滑稽，低聲笑道：「靖哥哥，他在幹甚麼？」郭靖剛說得一句：「我也不知道啊！」忽然想起周伯通所說王重陽以「一陽指」破歐陽鋒「蛤蟆功」之事，點頭道：「是了，這是他一門極厲害的功夫，叫做蛤蟆功。」黃蓉拍手笑道：「真像一隻癩蛤蟆！」

歐陽克見兩人偎倚在一起，指指點點，又說又笑，不覺醋心大起，待要躍上去與郭靖拚鬥，卻是胸痛仍劇，使不出氣力，又自料非他之敵，隱隱聽得黃蓉說：「真像一隻癩蛤蟆。」還道兩人譏嘲他癩蛤蟆想吃天鵝肉，更是怒火中燒，右手扣了三枚飛燕銀梭，悄悄繞到竹亭後面，咬牙揚手，三枚銀梭齊往郭靖背心飛去。

這時洪七公前一掌，後一掌，正繞著歐陽鋒身周轉動，以降龍十八掌和他的蛤蟆功拚鬥。這都是兩人最精純的功夫，打到此處，已不是適才那般慢吞吞的鬥智炫巧、賭奇爭勝，而是各以數十年功力相拚，到了生死決於俄頃之際。郭靖的武功原以降龍十八掌學得最精，見師父把這路掌法使將開來，神威凜凜，妙用無窮，比之自己所學實是不可同日而語，只看得他心神俱醉，怎料得到背後有人倏施暗算？

黃蓉不知這兩位當世最強的高手已鬥到了最緊切的關頭，尚在指點笑語，瞥眼忽見竹亭外少了一人。她立時想到歐陽克怕要弄鬼，正待查察，只聽得背後風聲勁急，有暗器射向郭靖後心，斜眼見他兀自未覺，急忙縱身伏在他背上，噗噗噗三聲，三枚飛燕銀梭都打正她的背心。她穿著軟蝟甲，銀梭只打得她一陣疼痛，卻是傷害不得，反手把三枚銀梭抄在手裏，笑道：「你給我背上搔癢是不是？謝謝你啦，還給你罷。」

歐陽克見她代擋了三枚銀梭，醋意更盛，聽她這麼說，只待她還擲過來，等了片刻，卻見她把銀梭托在手裏，並不擲出，只伸出了手等他來取。

歐陽克左足一點，躍上竹亭，他有意賣弄輕功，輕飄飄的在亭角上一立，白袍在風中微微擺動，果然丰神儁美，飄逸若仙。黃蓉喝一聲采，叫道：「你輕功真好！」走上一步，伸手把銀梭還給他。

歐陽克看到她皎若白雪的手腕，心中一陣迷糊，正想在接銀梭時順便在她手腕上一摸，突然間眼前金光閃動，他吃過兩次苦頭，一個觔斗翻下竹亭，長袖舞處，把金針紛紛打落。黃蓉格格一聲笑，三枚銀梭向蹲在地下的歐陽鋒頂門猛擲下去。

郭靖驚叫：「使不得！」攔腰一把將她抱起，躍下地來，雙足尚未著地，只聽得黃藥師急叫：「鋒兄留情！」郭靖只感一股極大力量排山倒海般推至，忙將黃蓉在身旁一放，急運勁力，雙手同使降龍十八掌中的「見龍在田」，平推出去，砰的一聲響，登時被歐陽鋒的蛤蟆功震得倒退了七八步。他胸口氣血翻湧，難過之極，只是生怕歐陽鋒這股凌厲無儔的掌力傷了黃蓉，硬生生的站定腳步，深深吸一口氣，待要再行抵擋歐陽鋒攻來的招數，只見洪七公與黃藥師已雙雙擋在面前。

歐陽鋒長身直立，叫道：「慚愧，慚愧，一個收勢不及，沒傷到了姑娘麼？」

黃蓉本已嚇得花容失色，聽他這麼說，強自笑道：「我爹爹在這裏，你怎傷得了我？」

黃藥師甚是擔心，拉著她的手，悄聲問道：「身上覺得有甚麼異樣？快呼吸幾口。」黃蓉依言緩吸急吐，覺得無甚不適，笑著搖了搖頭。黃藥師這才放心，斥道：「兩位伯伯在這裏印證功夫，要你這丫頭來多手多腳？歐陽伯伯的蛤蟆功非同小可，若不是他手下留情，你這條小命還在麼？」

原來歐陽鋒這蛤蟆功純係以靜制動，他全身涵勁蓄勢，蘊力不吐，只要敵人一施攻擊，立時便有猛烈無比的勁道反擊出來，他正以全力與洪七公周旋，猶如一張弓拉得滿滿地，張機待發，黃蓉貿然碰了上去，直是自行尋死。待得歐陽鋒得知向他遞招的竟是黃蓉，自己勁力早已發出，不由得大吃一驚，心想這一下闖下了禍，這個如花似玉般的小姑娘活生生的要斃於自己掌下，耳聽得黃藥師叫道：「鋒兄留情！」急收掌力，那裏還來得及，突然間一股掌力與自己一抵，他乘勢急收，看清楚救了黃蓉的竟是郭靖，心中對洪七公更是欽服：「老叫化子果然了得，連這個少年弟子也調教得如此功夫！」

黃藥師在歸雲莊上試過郭靖的武功，心想：「你這小子不知天高地厚，竟敢出手抵擋歐陽鋒的生平絕技蛤蟆功，若不是他瞧在我臉上手下留情，你早給打得骨斷筋折了。」他不知郭靖功力與在歸雲莊時已自不同，適才這一下確是他救了黃蓉的性命，但見這傻小子為了自己女兒奮不顧身，對他的惡感登時消去了大半，心想：「這小子性格誠篤，對蓉兒確是一片癡情，蓉兒是不能許他的，可得好好賞他些甚麼。」眼見這小子雖是傻不楞登，但這個「癡」字，卻大合自己脾胃。洪七公又叫了起來：「老毒物，真有你的！咱倆勝敗未分，再來打啊！」歐陽鋒叫道：「好，我是捨命陪君子。」洪七公笑道：「我不是君子，你捨命陪叫化罷！」身子一晃，又已躍到了場中。

歐陽鋒正要跟出，黃藥師伸出左手一攔，朗聲說道：「且慢，七兄、鋒兄，你們兩位拆了千餘招，兀自不分高下。今日兩位都是桃花島的嘉賓，不如多飲幾杯兄弟自釀的美酒。華山論劍之期，轉眼即屆，那時不但二位要決高低，兄弟與段皇爺也要出手。今天的較量，就到此為止如何？」

歐陽鋒笑道：「好啊，再比下去，我是甘拜下風的了。」洪七公轉身回來，笑道：「西域老毒物口是心非，天下聞名。你說甘拜下風，那就是必佔上風。老叫化倒不大相信。」歐陽鋒道：「那我再領教七兄的高招。」洪七公袖子一揮，說道：「再好也沒有。」

黃藥師笑道：「兩位今日駕臨桃花島，原來是顯功夫來了。」洪七公哈哈笑道：「藥兄責備得是，咱們是來求親，可不是來打架。」

黃藥師道：「兄弟原說要出三個題目，考較考較兩位世兄的才學。中選的，兄弟就認他為女婿；不中的，兄弟也不讓他空手而回。」洪七公道：「怎麼？你還有一個女兒？」黃藥師笑道：「現今還沒有，就是趕著娶妻生女，那也來不及啦。兄弟九流三教、醫卜星相的雜學，都還粗識一些。那一位不中選的世兄，若是不嫌鄙陋，願意學的，任選一項功夫，兄弟必當盡心傳授，不教他白走桃花島這一遭。」

洪七公素知黃藥師之能，心想郭靖若不能為他之婿，得他傳授一門功夫，那也是終身受用不盡，只是說到考較甚麼的，郭靖必輸無疑，又未免太也吃虧。

歐陽鋒見洪七公沉吟未答，搶著說道：「好，就是這麼著！藥兄本已答允了舍姪的親事，但衝著七兄的大面子，就讓兩個孩子再考上一考。這是不傷和氣的妙法。」轉頭向歐陽克道：「待會若是你及不上郭世兄，那可是你自己無能，怨不得旁人，咱們喜喜歡歡的喝郭世兄一杯喜酒就是。要是你再有三心兩意，旁生枝節，那可太不成話了，不但這兩位前輩容你不得，我也不能輕易饒恕。」

洪七公仰天打個哈哈，說道：「老毒物，你是十拿九穩的能勝了，這番話是說給我師徒聽的，叫我們考不上就乖乖的認輸。」歐陽鋒笑道：「誰輸誰贏，豈能預知？只不過以你我身分，輸了自當大大方方的認輸，難道還能撒賴胡纏麼？藥兄，便請出題。」

黃藥師存心要將女兒許給歐陽克，決意出三個他必能取勝的題目，可是如明擺著偏袒，既有失自己的高人身分，又不免得罪了洪七公，正自尋思，洪七公道：「咱們都是打拳踢腿之人，藥兄你出的題目可得都須是武功上的事兒。若是考甚麼詩詞歌賦、念經畫符的勞什子，那我們師徒乾脆認栽，拍拍屁股走路，也不用丟醜現眼啦。」

黃藥師道：「這個自然。第一道題目就是比試武藝。」歐陽鋒道：「那不成，舍姪眼下身上有傷。」黃藥師笑道：「這個我知道。我也不會讓兩位世兄在桃花島上比武，傷了兩家和氣。」歐陽鋒道：「不是他們兩人比？」黃藥師道：「不錯。」歐陽鋒笑道：「是啦！那是主考官出手考試，每個人試這麼幾招。」

黃藥師搖頭道：「也不是。如此試招，難保沒人說我存心偏袒，出手之中，有輕重之別。鋒兄，你與七兄的功夫同是練到了登峯造極、爐火純青的地步，剛才拆了千餘招不分高低，現下你試郭世兄，七兄試歐陽世兄。」

洪七公心想：「這倒公平得很，黃老邪果真聰明，單是這個法子，老叫化便想不出。」笑道：「這法兒倒不壞，來來來，咱們幹幹。」說著便向歐陽克招手。

黃藥師道：「且慢，咱們可得約法三章。第一，歐陽世兄身上有傷，不能運氣用勁，因此大家只試武藝招數，不考功力深淺。第二，你們四位在這兩棵松樹上試招，那一個小輩先落地，就是輸了。」說著向竹亭旁兩棵高大粗壯的松樹一指，又道：「第三，鋒兄七兄那一位若是出手太重，不慎誤傷了小輩，也就算輸。」

洪七公奇道：「傷了小輩算輸？」黃藥師道：「那當然。你們兩位這麼高的功夫，假如不定下這一條，只要一出手，兩位世兄還有命麼？七兄，你只要碰傷歐陽世兄一塊油皮，你就算輸，鋒兄也是這般。兩個小輩之中，總有一個是我女婿，豈能一招之間，就傷在你兩位手下。」洪七公搔頭笑道：「黃老邪刁鑽古怪，果然名不虛傳。打傷了對方反而算輸，這規矩可算得是千古奇聞。好罷，就這麼著。只要公平，老叫化便幹。」

黃藥師一擺手，四人都躍上了松樹，分成兩對。洪七公與歐陽克在右，歐陽鋒與郭靖在左。洪七公仍是嬉皮笑臉，餘下三人卻都是神色肅然。

黃蓉知道歐陽克武功原比郭靖為高，幸而他身上受了傷，但現下這般比試，他輕功了得，顯然仍比郭靖佔了便宜，不禁甚是擔憂，只聽得父親朗聲道：「我叫一二三，大家便即動手。歐陽世兄、郭世兄，你們兩人誰先掉下地來就是輸了！」黃蓉暗自籌思相助郭靖之法，但想歐陽鋒功夫如此厲害，自己如何插得下手去？

黃藥師叫道：「一、二、三！」松樹上人影飛舞，四人動上了手。

黃蓉關心郭靖，單瞧他與歐陽鋒對招，但見兩人轉瞬之間已拆了十餘招。她和黃藥師都不禁暗暗驚奇：「怎麼他的武功忽然之間突飛猛進，拆了這許多招還不露敗象？」歐陽鋒更是焦躁，掌力漸放，著著進逼，可是又怕打傷了他，忽然間靈機一動，雙足猶如車輪般交互橫掃，要將他踢下松樹。郭靖使出降龍十八掌中「飛龍在天」的功夫，不住高躍，雙掌如刀似剪，掌掌往對方腿上削去。

黃蓉心中怦怦亂跳，斜眼往洪七公望去，只見兩人打法又自不同。歐陽克使出輕功，在松枝上東奔西逃，始終不與洪七公交拆一招半式。洪七公逼上前去，歐陽克不待他近身，早已逃開。洪七公心想：「這廝鳥一味逃閃，拖延時刻。郭靖那傻小子卻和老毒物貨真價實的動手，當然是先落地。哼，憑你這點兒小小奸計，老叫化就能折在你手下？」忽地躍在空中，十指猶如鋼爪，往歐陽克頭頂撲擊下來。

歐陽克見他來勢凌厲，顯非比武，而是要取自己性命，心下大驚，急忙向右竄去。那知洪七公這一撲卻是虛招，料定他必會向右閃避，當即在半空中腰身一扭，已先落上了右邊樹梢，雙手往前疾探，喝道：「輸就算我輸，今日先斃了你這臭小子！」歐陽克見他竟能在空中轉身，已自嚇得目瞪口呆，聽他這麼呼喝，那敢接他招數，腳下踏空，身子便即下落，正想第一道考試我是輸啦，忽聽風聲響動，郭靖也正自他身旁落下。

原來歐陽鋒久戰不下，心想：「若讓這小子拆到五十招以上，西毒的威名何在？」忽地欺進，左手快如閃電，來扭郭靖領口，口中喝道：「下去罷！」郭靖低頭讓過，也是伸出左手，反手上格。歐陽鋒突然發勁，郭靖叫道：「你……你……」正想說他不守黃藥師所定的規約，同時急忙運勁抵禦。那知歐陽鋒笑道：「我怎樣？」勁力忽收。

郭靖這一格用足了平生之力，生怕他以蛤蟆功傷害自己內臟，豈料在這全力發勁之際，對方的勁力忽然無影無蹤。他究竟功力尚淺，那能如歐陽鋒般在倏忽之間收發自如，幸好他跟周伯通練過七十二路空明拳，武功之中已然剛中有柔，否則又必如在歸雲莊上與黃藥師過招時那樣，這一下胳臂的臼也會脫了。雖然如此，卻也是立足不穩，一個倒栽葱，頭下腳上的撞下地來。

歐陽克是順勢落下，郭靖卻是倒著下來，兩人在空中一順一倒的跌落，眼見要同時著地。歐陽克見郭靖正在他的身邊，大有便宜可撿，當即伸出雙手，順手在郭靖雙腳腳底心一按，自己便即借勢上躍。郭靖受了這一按，下墮之勢更加快了。

黃蓉眼見郭靖輸了，叫了一聲：「啊喲！」斗然間只見郭靖身子躍在空中，砰的一聲，歐陽克橫跌在地，郭靖卻已站在一根松枝之上，借著松枝的彈力，在半空上下起伏。黃蓉這一下喜出望外，卻沒看清楚郭靖如何在這離地只有數尺的緊急當口，竟然能反敗為勝，情不自禁的又叫了一聲：「啊喲！」兩聲同是「啊喲」，心情卻是大異了。

歐陽鋒與洪七公這時都已躍下地來。洪七公哈哈大笑，連呼：「妙極！」歐陽鋒鐵青了臉，陰森森的道：「七兄，你這位高徒武功好雜，連蒙古人的摔跤玩意兒也用上了。」洪七公笑道：「這個連我也不會，可不是我教的。你別尋老叫化晦氣。」

原來郭靖腳底被歐陽克一按，直向下墮，只見歐陽克雙腿正在自己面前，危急中想也不想，當即雙手合抱，已扭住了他的小腿，用力往下摔去，自身借勢上縱，這一下使的正是蒙古人盤打扭跌的法門。蒙古人摔跤之技，世代相傳，天下無對。郭靖自小長於大漠，於得江南六怪傳授武功之前，即已與拖雷等小友每日裏扭打相撲，這摔跤的法門於他便如吃飯走路一般，早已熟習而流。否則以他腦筋之鈍，當此自空墮地的一瞬之間，縱然身有此技，也萬萬萬不及想到使用，只怕要等騰的一聲摔在地下，過得良久，這才想到：「啊喲，我怎地不扭他小腿？」這次無意中演了一場空中摔跤，以此取勝，勝了之後，一時兀自還不大明白如何竟會勝了。

黃藥師微微搖頭，心想：「郭靖這小子笨頭笨腦，這一場獲勝，顯然是僥倖碰上的。」說道：「這一場是郭賢姪勝了。鋒兄也別煩惱，但教令姪胸有真才實學，安知第二三場不能取勝。」歐陽鋒道：「那麼就請藥兄出第二道題目。」黃藥師道：「咱們第二三場是文考……」黃蓉撅嘴道：「爹，你明明是偏心。剛才說好是只考武藝，怎麼又文考了？靖哥哥，你乾脆別比了。」黃藥師道：「你知道甚麼？武功練到了上乘境界，難道還是一味蠻打的麼？憑咱們這些人，豈能如世俗武人一般，還玩甚麼打擂台招親這等大煞風景之事……」黃蓉聽到這句話，向郭靖望了一眼，郭靖的眼光也正向她瞧來，兩人心中，同時想到了穆念慈與楊康在中都的「比武招親」，只聽黃藥師續道：「……我這第二道題目，是要請兩位賢姪品題品題老朽吹奏的一首樂曲。」

歐陽克大喜，心想這傻小子懂甚麼管絃絲竹，那自是我得勝無疑。歐陽鋒卻猜想黃藥師要以簫聲考較二人內力，適才竹梢過招，他已知郭靖內力渾厚，姪兒未必勝得過他，又怕姪兒受傷之餘，再為黃藥師的簫聲所傷，說道：「小輩們定力甚淺，只怕不能聆聽藥兄的雅奏。是否可請藥兄……」黃藥師不待他說完，便接口道：「我奏的曲子平常得緊，不是考較內力，鋒兄放心。」向歐陽克和郭靖道：「兩位賢姪各折一根竹枝，敲擊我簫聲的節拍，瞧誰打得好，誰就勝這第二場。」

郭靖上前一揖，說道：「黃島主，弟子愚蠢得緊，對音律是一竅不通，這一場弟子認輸就是。」洪七公道：「別忙，別忙，反正是輸，試一試又怎地？還怕人家笑話麼？」郭靖聽師父如此說，見歐陽克已折了一根竹枝在手，只得也折了一根。

黃藥師笑道：「七兄、鋒兄在此，小弟貽笑方家了。」玉簫就唇，幽幽咽咽的吹了起來。這次吹奏不含絲毫內力，便與常人吹簫無異。

歐陽克辨音審律，按宮引商，一拍一擊，打得絲毫無誤。郭靖茫無頭緒，只是把竹枝舉在空中，始終不敢下擊，黃藥師吹了一盞茶時分，他竟然未打一記節拍。歐陽叔姪甚是得意，均想這一場是贏定了，第三場既然也是文考，自必十拿九穩。

黃蓉好不焦急，將右手手指在左手腕上一拍一拍的輕扣，盼郭靖依樣葫蘆的跟著擊打，那知他抬頭望天，呆呆出神，並沒瞧見她的手勢。

黃藥師又吹了一陣，郭靖忽地舉起手來，將竹枝打了下去，空的一響，剛巧打在兩拍之間。歐陽克登時哈的一聲笑了出來，心想這渾小子一動便錯。郭靖跟著再打了一記，仍是打在兩拍之間，他連擊四下，記記都打錯了。

黃蓉搖了搖頭，心道：「我這傻哥哥本就不懂音律，爹爹不該硬要考他。」心中怨懟，待要想個甚麼法兒攪亂局面，叫這場比試比不成功，就算和局了事，轉頭望父親時，卻見他臉有詫異之色。

只聽得郭靖又是連擊數下，簫聲忽地微有窒滯，但隨即回歸原來的曲調。郭靖竹枝連打，記記都打在節拍前後，時而快時而慢，或搶先或墮後，玉簫聲數次幾乎被他打得走腔亂板。這一來，不但黃藥師留上了神，洪七公與歐陽鋒也是甚為詫異。

原來郭靖適才聽了三人以簫聲、箏聲、嘯聲相鬥，悟到了在樂音中攻合拒戰的法門，他又絲毫不懂音律節拍，聽到黃藥師的簫聲，只道考較的便是如何與簫聲相抗，當下以竹枝的擊打擾亂他的曲調。他以竹枝打在枯竹之上，發出「空、空」之聲，饒是黃藥師的定力已然爐火純青，竟也有數次險些兒把簫聲去跟隨這陣極難聽、極嘈雜的節拍。黃藥師精神一振，心想你這小子居然還有這一手，曲調突轉，緩緩的變得柔靡萬端。

歐陽克只聽了片刻，不由自主的舉起手中竹枝婆娑起舞。歐陽鋒嘆了口氣，搶過去扣住他腕上脈門，取出絲巾塞住了他的雙耳，待他心神寧定，方始放手。

黃蓉自幼聽慣了父親吹奏這「碧海潮生曲」，又曾得他詳細講解，盡知曲中諸般變化，父女倆心神如一，自是不受危害，但知父親的簫聲具有極大魔力，擔心郭靖抵擋不住。這套曲子模擬大海浩淼，萬里無波，遠處潮水緩緩推近，漸近漸快，其後洪濤洶湧，白浪連山，而潮水中魚躍鯨浮，海面上風嘯鷗飛，再加上水妖海怪，羣魔弄潮，忽而冰山飄至，忽而熱海如沸，極盡變幻之能事，而潮退後水平如鏡，海底卻又是暗流湍急，於無聲處隱伏凶險，更令聆曲者不知不覺而入伏，尤為防不勝防。

郭靖盤膝坐在地下，一面運起全真派內功，摒慮寧神，抵禦簫聲的引誘，一面以竹枝相擊，擾亂簫聲。黃藥師、洪七公、歐陽鋒三人以音律較藝之時，各自有攻有守，本身固須抱元守一，靜心凝志，尚不斷乘瑕抵隙，攻擊旁人心神。郭靖功力遠遜三人，但守不攻，只是一味防護周密，雖無反擊之能，但黃藥師連變數調，卻也不能將他降服。

又吹得半晌，簫聲愈來愈細，幾乎難以聽聞。郭靖停竹凝聽。那知這正是黃藥師的厲害之處，簫聲愈輕，誘力愈大。郭靖凝神傾聽，心中的韻律節拍漸漸與簫聲相合。若是換作旁人，此時已陷絕境，再也無法脫身，但郭靖練過雙手互搏之術，心有二用，驚悉凶險，當下硬生生分開心神，左手除下左腳上的鞋子，在空竹上「禿、禿、禿」的敲將起來。

黃藥師吃了一驚，心想：「這小子身懷異術，倒是不可小覷了。」腳下踏著八卦方位，邊行邊吹。郭靖雙手分打節拍，記記都是與簫聲的韻律格格不入，他這一雙手分打，就如兩人合力與黃藥師相拒一般，空空空，禿禿禿，力道登時強了一倍。洪七公和歐陽鋒暗暗凝神守一，以他二人內力，專守不攻，對這簫聲自是應付裕如，卻也不敢有絲毫怠忽，倘若顯出了行功相抗之態，可不免讓對方及黃藥師小覷了。

那簫聲忽高忽低，愈變愈奇。郭靖再支持了一陣，忽聽得簫聲中飛出陣陣寒意，霎時間便似玄冰裹身，不禁簌簌發抖。洞簫本以柔和宛轉見長，這時的音調卻極具峻峭肅殺之致。郭靖漸感冷氣侵骨，知道不妙，忙分心思念那炎日臨空、盛暑鍛鐵、手執巨炭、身入洪爐種種苦熱的情狀，果然寒氣大減。

黃藥師見他左半邊身子凜有寒意，右半邊身子卻騰騰冒汗，不禁暗暗稱奇，曲調便轉，恰如嚴冬方逝，盛夏立至。郭靖剛待分心抵擋，手中節拍卻已跟上了簫聲。黃藥師心想：「此人若要勉強抵擋，還可支撐得少時，只是忽冷忽熱，日後必當害一場大病。」一音嬝嬝，散入林間，忽地曲終音歇。

郭靖呼了一口長氣，站起身來幾個踉蹌，險些又再坐倒，凝氣調息後，知道黃藥師有意容讓，上前稱謝，說道：「多謝黃島主眷顧，弟子深感大德。」

黃蓉見他左手兀自提著一隻鞋子，不禁好笑，叫道：「靖哥哥，你穿上了鞋子。」郭靖道：「是！」這才穿鞋。

黃藥師忽然想起：「這小子年紀幼小，武功卻練得如此之純，難道他是裝傻作獃，其實卻是個絕頂聰明之人？若真如此，我把女兒許給了他，又有何妨？」於是微微一笑，說道：「你很好呀，你還叫我黃島主麼？」這話明明是說三場比試，你已勝了兩場，已可改稱「岳父大人」了。

那知郭靖不懂這話中含意，只道：「我……我……」卻說不下去了，雙眼望著黃蓉求助。黃蓉芳心暗喜，右手大拇指不住彎曲，示意要他磕頭。郭靖懂得這是磕頭，當下爬翻在地，向黃藥師磕了四個頭，口中卻不說話。黃藥師笑道：「你向我磕頭幹麼啊？」郭靖道：「蓉兒叫我磕的。」

黃藥師暗嘆：「傻小子終究是傻小子。」伸手拉開了歐陽克耳上蒙著的絲巾，說道：「論內功是郭賢姪強些，但我剛才考的是音律，那卻是歐陽賢姪高明得多了……這樣罷，這一場兩人算是平手。我再出一道題目，讓兩位賢姪一決勝負。」

歐陽鋒眼見姪兒已經輸了，知他心存偏袒，忙道：「對，對，再比一場。」

洪七公含怒不語，心道：「女兒是你生的，你愛許給那風流浪子，別人也管不著。老叫化有心跟你打一架，只是雙拳難敵四手，待我去邀段皇爺助拳，再來打個明白。」

只見黃藥師從懷中取出一本紅綾面的冊子來，說道：「我和拙荊就只生了這一個女兒。拙荊不幸在生她的時候去世。今承蒙鋒兄、七兄兩位瞧得起，同來求親，拙荊若是在世，也必十分歡喜……」黃蓉聽父親說到這裏，眼圈早已紅了。黃藥師接著道：「這本冊子是拙荊當年所手書，乃她心血所寄，現下請兩位賢姪同時閱讀一遍，然後背誦出來，誰背得又多又不錯，我就把女兒許配於他。」他頓了一頓，見洪七公在旁微微冷笑，又道：「照說，郭賢姪已多勝了一場，但這書與兄弟一生大有關連，拙荊又因此書而死，現下我默祝她在天之靈親自挑選女婿，庇佑那一位賢姪獲勝。」

洪七公再也忍耐不住，喝道：「黃老邪，誰聽你鬼話連篇？你明知我徒兒傻氣，不通詩書，卻來考他背書，還把死了的婆娘搬出來嚇人，好不識害臊！」大袖一拂，轉身便走。

黃藥師冷笑一聲，說道：「七兄，你要到桃花島來逞威，還得再學幾年功夫。」

洪七公停步轉身，雙眉上揚，道：「怎麼？講打麼？你要扣住我？」黃藥師道：「你不通奇門五行之術，若不得我允可，休想出得島去。」洪七公怒道：「我一把火燒光你的臭花臭樹。」黃藥師冷笑道：「你有本事就燒著瞧瞧。」

郭靖眼見兩人說僵了要動手，心知桃花島上的布置艱深無比，別要讓師父也失陷在島上，忙搶上一步，說道：「黃島主，師父，弟子與歐陽大哥比試一下背書就是。弟子資質魯鈍，輸了也是該的。」心想：「讓師父脫身而去，我和蓉兒一起跳入大海，游到筋疲力盡，一起死在海中便是。」洪七公道：「好哇！你愛丟醜，只管現眼就是，請啊，請啊！」他想必輸之事，何必去比，師徒三人奪路便走，到海邊搶了船隻離島再說，豈知這傻徒兒全然的不會隨機應變，可當真無可奈何了。

黃藥師向女兒道：「你給我乖乖的坐著，可別弄鬼。」

黃蓉不語，料想這一場郭靖必輸，父親說過這是讓自己過世了的母親挑女婿，那麼以前兩場比試郭靖雖勝，卻也不算了。就算三場通計，其中第二場郭靖明明贏了，卻硬算是平手，餘下兩場互有勝敗，那麼父親又會再出一道題目，總之是要歐陽克勝了為止，心中暗暗盤算和郭靖一同逃出桃花島之策。

黃藥師命歐陽克和郭靖兩人並肩坐在石上，自己拿著那本冊子，放在兩人眼前。歐陽克見冊子面上用篆文書著「九陰真經下卷」六字，登時大喜，心想：「這九陰真經是天下武功的絕學，岳父大人有心眷顧，讓我得閱奇書。」郭靖見了這六個篆字，卻一字不識，心道：「他故意為難，這彎彎曲曲的蝌蚪字我那裏識得？反正認輸就是了。」

黃藥師揭開首頁，冊內文字卻是用楷書繕寫，字跡娟秀，果是女子手筆。郭靖只望了一行，心中便怦的一跳，只見第一行寫道：「天之道，損有餘而補不足，是故虛勝實，不足勝有餘。」正是周伯通教他背誦的句子，再看下去，句句都是心中熟極而流的。

黃藥師隔了片刻，算來兩人該讀完了，便揭過一頁。到得第二頁，詞句已略有脫漏，愈到後面，文句愈是散亂顛倒，筆致也愈是軟弱無力。

郭靖心中一震，想起周伯通所說黃夫人硬默九陰真經，因而心智虛耗、小產逝世之事，那麼這本冊子正是她臨終時所默寫的了。「難道周大哥教我背誦的，竟就是九陰真經麼？不對，不對，那真經下卷已被梅超風失落，怎會在他手中？」黃藥師見他呆呆出神，只道他早已瞧得頭昏腦脹，也不理他，仍是緩緩的一頁頁揭過。

歐陽克起初幾行尚記得住，到後來看到練功的實在法門之際，見文字亂七八糟，無一句可解，再看到後來，滿頁都是跳行脫字，不禁廢然暗嘆，心想：「原來他還是不肯以真經全文示人。」但轉念一想：「我雖不得目睹真經全文，但總比這傻小子記得多些。這一場考試，我卻是勝定了。」言念及此，登時心花怒放，忍不住向黃蓉瞧去。

卻見她伸伸舌頭，向自己做個鬼臉，忽然說道：「歐陽世兄，你把我穆姊姊捉了去，放在那祠堂的棺材裏，活生生的悶死了她。她昨晚托夢給我，披頭散髮，滿臉是血，說要找你索命。」歐陽克早已把這件事忘了，忽聽她提起，微微一驚，失聲道：「啊喲，我忘了放她出來！」心想：「悶死了這小妞兒，倒是可惜。」但見黃蓉笑吟吟地，便知她說的是假話，問道：「你怎知她在棺材裏？是你救了她麼？」

歐陽鋒料知黃蓉有意要分姪兒心神，好教他記不住書上文字，說道：「克兒，別理旁的事，留神記書。」歐陽克一凜，道：「是。」忙轉過頭來眼望冊頁。

郭靖見冊中所書，每句都是周伯通曾經教自己背過的，只是冊中脫漏跳文極多，遠不及自己心中所記的完整。他抬頭望著樹梢，始終想不通其中原由。

過了一會，黃藥師揭完冊頁，問道：「那一位先背？」歐陽克心想：「冊中文字顛三倒四，難記之極。我乘著記憶猶新，必可多背一些。」便搶著道：「我先背罷。」黃藥師點了點頭，向郭靖道：「你到竹林邊上去，別聽他背書。」郭靖依言走出數十步。

黃蓉見此良機，心想咱倆正好溜之大吉，便悄悄向郭靖走去。黃藥師叫道：「蓉兒，過來。你來聽他們背書，莫要說我偏心。」黃蓉道：「你本就偏心，用不著人家說。」黃藥師笑罵：「沒點規矩。過來！」黃蓉口中說：「我偏不過來。」但知父親精明之極，他既已留心，那就難以脫身，必當另想別計，於是慢慢的走了過去，向歐陽克嫣然一笑，道：「歐陽世兄，我有甚麼好，你幹麼這般喜歡我？」

歐陽克只感一陣迷糊，笑嘻嘻的道：「妹子，你……你……」一時卻說不出話來。黃蓉又道：「你且別忙回西域去，在桃花島多住幾天。西域很冷，是不是？」歐陽克道：「西域地方大得緊，冷的處所固然很多，但有些地方風和日暖，就如江南一般。」黃蓉笑道：「我不信！你就愛騙人。」歐陽克待要辯說，歐陽鋒冷冷的道：「孩子，不相干的話慢慢再說不遲，快背書罷！」

歐陽克一怔，給黃蓉這麼一打岔，適才強記硬背的雜亂文字，果然忘記了好些，當下定一定神，慢慢的背了起來：「天之道，損有餘而補不足，是故虛勝實，不足勝有餘……」他果真聰穎過人，前面幾句開場的總綱，背得一字不錯。但後面實用的練功法門，黃夫人不懂武功，本來就只記得一鱗半爪，文字雜亂無序，他十成中只背出一成；再加黃蓉在旁不住打岔，連說：「不對，背錯了！」到後來連半成也背不上來了。黃藥師笑道：「背出了這許多，那可真難為你了。」提高嗓子叫道：「郭賢姪，你過來背罷！」

郭靖走了過來，見歐陽克面有得色，心想：「這人真有本事，只讀一遍就把這些顛七八倒的句子都記得了。我可不成，只好照周大哥教我的背。那定然不對，卻也沒法。」洪七公道：「傻小子，他們存心要咱們好看，爺兒倆認栽了罷。」

黃蓉忽地頓足躍上竹亭，手腕翻處，把一柄匕首抵在胸口，叫道：「爹，你若是硬要叫我跟那個臭小子上西域去，女兒今日就死給你看罷。」黃藥師知道這個寶貝女兒說得出做得到，叫道：「放下匕首，有話慢慢好說。」歐陽鋒將拐杖在地下一頓，嗚的一聲怪響，杖頭中飛出一件奇形暗器，筆直往黃蓉射去。那暗器去得好快，黃蓉尚未看清來路，只聽噹的一聲，手中匕首已被打落在地。

黃藥師飛身躍上竹亭，伸手摟住女兒肩頭，柔聲道：「你當真不嫁人，那也好，在桃花島上一輩子陪著爹爹就是。」黃蓉雙足亂頓，哭道：「爹，你不疼蓉兒，你不疼蓉兒。」洪七公見黃藥師這個當年縱橫湖海、殺人不眨眼的大魔頭，竟被一個小女兒纏得沒做手腳處，不禁哈哈大笑。

歐陽鋒心道：「待先定下名分，打發了老叫化和那姓郭的小子，以後的事，就容易辦了。女孩兒家撒嬌撒癡，理她怎地？」於是說道：「郭賢姪武藝高強，真乃年少英雄，記誦之學，也必是好的。藥兒就請他背誦一遍罷。」黃藥師道：「正是。蓉兒你再吵，郭賢姪的心思都給你攪亂啦。」黃蓉當即住口。歐陽鋒一心要郭靖出醜，道：「郭賢姪請背罷，我們大夥兒在這兒恭聽。」

郭靖羞得滿臉通紅，心道：「說不得，只好把周大哥教我的胡亂背背。」於是背道：「天之道，損有餘而補不足……」這部九陰真經的經文，他反來覆去無慮已念了數百遍，這時背將出來，當真是滾瓜爛熟，再沒半點窒滯。他只背了半頁，眾人已都驚得呆了，心中都道：

「此人大智若愚，原來聰明至斯。」轉眼之間，郭靖一口氣已背到第四頁上。洪七公和黃蓉深知他決無這等才智，更是大惑不解，滿臉喜容之中，又都帶著萬分驚奇詫異。

黃藥師聽他所背經文，比之冊頁上所書幾乎多了十倍，而且句句順理成章，確似原來經文，心中一凜，不覺出了一身冷汗：「難道我那故世的娘子當真顯靈，在陰世間把經文想了出來，傳了給這少年？」只聽郭靖猶在流水般背將下去，心想此事千真萬確，抬頭望天，喃喃說道：「阿衡，阿衡，你對我如此情重，借這少年之口來把真經授我，怎麼不讓我見你一面？我晚晚吹簫給你聽，你可聽見麼！」那「阿衡」是黃夫人的小字，旁人自然不知。眾人見他臉色有異，目含淚光，口中不知說些甚麼，都感奇怪。

黃藥師出了一會神，忽地想起一事，揮手止住郭靖再背，臉上猶似罩了一層嚴霜，厲聲問道：「梅超風失落的九陰真經，可是到了你的手中？」

郭靖見他眼露殺氣，甚是驚懼，說道：「弟子不知梅……梅前輩的經文落在何處，若是知曉，自當相助找來，歸還島主。」

黃藥師見他臉上沒絲毫狡詐作偽神態，更信定是亡妻在冥中所授，又是歡喜，又是酸楚，朗聲說道：「好，七兄、鋒兄，這是先室選中了的女婿，兄弟再無話說。孩子，我將蓉兒許配於你，你可要好好待她。蓉兒被我嬌縱壞了，你須得容讓三分。」

黃蓉聽得心花怒放，笑道：「我可不是好好地，誰說我被你嬌縱壞了？」

郭靖就算再傻，這時也不再待黃蓉指點，當即跪下磕頭，口稱：「岳父！」

他尚未站起，歐陽克忽然喝道：「且慢！」

第十九回

洪濤羣鯊

——

她獨處地下斗室，望著父親手繪的亡母遺像，心中思潮起伏：「我從來沒見過媽，我死了之後是不是能見到她呢？她是不是還像畫上這麼年輕美麗？她現下卻在那裏？在天上，在地府，還是就在這壙室之中？」

洪七公萬萬想不到這場背書比賽竟會如此收場，較之郭靖將歐陽克連摔十七八個觔斗都更令他驚詫十倍，只喜得咧開了一張大口合不攏來，聽歐陽克一聲喝，忙道：「怎麼？你不服氣麼？」歐陽克道：「郭兄所背誦的，遠比這冊頁上所載為多，必是他得了九陰真經。晚輩斗膽，要放肆在他身上搜一搜。」洪七公道：「黃島主都已許了婚，卻又另生枝節作甚？適才你叔叔說了甚麼來著？」歐陽鋒怪眼上翻，說道：「我姓歐陽的豈能任人欺蒙？」他聽了姪兒之言，料定郭靖身上必然懷有九陰真經，此時一心要想奪取經文，相較之下，黃藥師許婚與否，倒是次等之事了。

郭靖解了衣帶，敞開大襟，說道：「歐陽前輩請搜便是。」跟著將懷中物事一件件的拿了出來，放在石上，是些銀兩、汗巾、火石之類。歐陽鋒哼了一聲，伸手到他身上去摸。

黃藥師素知歐陽鋒為人極是歹毒，別要惱怒之中暗施毒手，他功力深湛，下手之後可是解救不得，當下咳嗽一聲，伸出左手放在歐陽克頸後脊骨之上。那是人身要害，只要他手勁發出，立時震斷脊骨，歐陽克休想活命。

洪七公知道他的用意，暗暗好笑：「黃老邪偏心得緊，這時愛女及婿，反過來一心維護我這傻徒兒了。唉，他背書的本領如此了得，卻也不能算傻。」

歐陽鋒原想以蛤蟆功在郭靖小腹上偷按一掌，叫他三年後傷發而死，但見黃藥師預有提防，也就不敢下手，細摸郭靖身上果無別物，沉吟了半晌。他可不信黃夫人死後選婿這等說話，忽地想起，這小子傻裏傻氣，看來不會說謊，或能從他嘴裏套問出真經的下落，當下蛇杖一抖，杖上金環噹啷啷一陣亂響，兩條怪蛇從杖底直盤上來。黃蓉和郭靖見了這等怪狀，都退後了一步。歐陽鋒尖著嗓子問道：「郭賢姪，這九陰真經的經文，你是從何處學來的？」眼中精光大盛，目不轉睛的瞪視著他。

郭靖道：「我知道有一部九陰真經，可是從未見過。上卷是在周伯通周大哥那裏……」洪七公奇道：「你怎地叫周伯通作周大哥？你遇見過老頑童周伯通？」郭靖道：「是！周大哥和弟子結義為把兄弟了。」洪七公笑罵：「一老一小，荒唐荒唐！」

歐陽鋒問道：「那下卷呢？」郭靖道：「那被梅超風……梅……梅師姊在太湖邊上失落了，現下她正奉了岳父之命，四下尋訪。弟子稟明岳父之後，便想去助她一臂之力。」歐陽鋒厲聲道：「你既未見過九陰真經，怎能背得如是純熟？」郭靖奇道：「我背的是九陰真經？不對，不是的。那是周大哥教我背的，是他自創的武功秘訣。」

黃藥師暗暗嘆氣，好生失望，心道：「周伯通奉師兄遺命看管九陰真經。他打石彈輸了給我，這才受騙毀經，在此之前，自然早就讀了個熟透。那是半點不奇。原來鬼神之說，終屬渺茫。想來我女與他確有姻緣之分，是以如此湊巧。」

黃藥師黯然神傷，歐陽鋒卻緊問一句：「那周伯通今在何處？」郭靖正待回答，黃藥師喝道：「靖兒，不必多言。」轉頭向歐陽鋒道：「此等俗事，理他作甚？鋒兄，七兄，你我二十年不見，且在桃花島痛飲三日！」

黃蓉道：「師父，我去給您做幾樣菜，這兒島上的荷花極好，荷花瓣兒蒸鷄、鮮菱荷葉羹，您一定喜歡。」洪七公笑道：「今兒遂了你的心意，瞧小娘們樂成這個樣子！」黃蓉微微一笑，說道：「師父，歐陽伯伯、歐陽世兄，請罷。」她既與郭靖姻緣得諧，喜樂不勝，對歐陽克也就消了憎恨之心，此時此刻，天下個個都是好人。

歐陽鋒向黃藥師一揖，說道：「藥兄，你的盛情兄弟心領了，今日就此別過。」黃藥師道：「鋒兄遠道駕臨，兄弟一點地主之誼也沒盡，那如何過意得去？」

歐陽鋒萬里迢迢的趕來，除了替姪兒聯姻之外，原本另有重大圖謀。他得到姪兒飛鴿傳書，得悉九陰真經重現人世，現下是在黃藥師一個盲了雙眼的女棄徒手中，便想與黃藥師結成姻親之後，兩人合力，將天下奇書九陰真經弄到手中。現下婚事不就，落得一場失意，心情甚是沮喪，堅辭要走。歐陽克忽道：「叔叔，姪兒沒用，丟了您老人家的臉。但黃伯父有言在先，他要傳授一樣功夫給姪兒。」歐陽鋒哼了一聲，心知姪兒對黃家這小妮子仍不死心，要想藉口學藝，與黃蓉多所親近，然後施展風流解數，將她弄到手中。

黃藥師本以為歐陽克比武定然得勝，所答允下的一門功夫是要傳給郭靖的，不料歐陽克竟致連敗三場，也覺歉然，說道：「歐陽賢姪，令叔武功妙絕天下，旁人望塵莫及，你是家傳的武學，不必求諸外人的了。只是左道旁門之學，老朽差幸尚有一日之長。賢姪若是不嫌鄙陋，但教老朽會的，定必傾囊相授。」

歐陽克心想：「我要選一樣學起來最費時日的本事。久聞桃花島主五行奇門之術，天下無雙，這個必非朝夕之間可以學會。」於是躬身下拜，說道：「小姪素來心儀伯父的五行奇門之術，求伯父恩賜教導。」

黃藥師沉吟不答，心中好生為難，這是他生平最得意的學問，除了盡通先賢所學之外，尚有不少獨特的創見，發前人之所未發，端的非同小可，連親生女兒亦以年紀幼小，尚未盡數傳授，豈能傳諸外人？但言已出口，難以反悔，只得說道：「奇門之術，包羅甚廣，你要學那一門？」

歐陽克一心要留在桃花島上，道：「小姪見桃花島上道路盤旋，花樹繁複，心中仰慕之極。求伯父許小姪在島上居住數月，細細研習這中間的生剋變化之道。」黃藥師臉色微變，向歐陽鋒望了一眼，心想：「你們要查究桃花島上的機巧布置，到底是何用意？」歐陽鋒見了他神色，知他起疑，向姪兒斥道：「你太也不知天高地厚！桃花島花了黃伯父半生心血，島上布置何等奧妙，外敵不敢入侵，全仗於此，怎能對你說知？」

黃藥師一聲冷笑，說道：「桃花島就算只是光禿禿一座石山，也未必就有人能來傷得了黃某人去。」歐陽鋒陪笑道：「小弟魯莽失言，藥兄萬勿見怪。」洪七公笑道：「老毒物！你這激將之計，使得可不高明呀！」黃藥師將玉簫在衣領中一插，道：「各位請隨我來。」

歐陽克見黃藥師臉有怒色，眼望叔父請示。歐陽鋒點點頭，跟在黃藥師後面，眾人隨後跟去。

曲曲折折的轉出竹林，眼前出現一大片荷塘。塘中白蓮盛放，清香陣陣，蓮葉田田，一條小石堤穿過荷塘中央。黃藥師踏過小堤，將眾人領入一座精舍。那屋子全是以不刨皮的松樹搭成，屋外攀滿了青藤。此時雖當炎夏，但眾人一見到這間屋子，都是突感一陣清涼。黃藥師將四人讓入書房，啞僕送上茶來。那茶顏色碧綠，冷若雪水，入口涼沁心脾。

洪七公笑道：「世人言道：做了三年叫化，連官也不願做。藥兄，我若是在你這清涼世界中住上三年，可連叫化也不願做啦！」黃藥師道：「七兄若肯在此間盤桓，咱哥兒倆飲酒談心，小弟真是求之不得。」洪七公聽他說得誠懇，心下感動，說道：「多謝了。就可惜老叫化生就了一副勞碌命，不能如藥兄這般消受清福。」

歐陽鋒道：「你們兩位在一起，只要不打架，不到兩個月，必有幾套新奇的拳法劍術創了出來。」洪七公笑道：「你眼熱麼？」歐陽鋒道：「這是光大武學之舉，那是再妙也沒有了。」洪七公笑道：「哈哈，又來口是心非那一套了。」他二人雖無深仇大怨，卻素來心存嫌隙，只是歐陽鋒城府極深，未到一舉而能將洪七公致於死地之時，始終不與他破臉，這時聽他如此說，笑笑不語。

黃藥師在桌邊一按，西邊壁上掛著的一幅淡墨山水忽地徐徐升起，露出一道暗門。他走過去揭開了門，取出一卷卷軸，捧在手中輕輕撫摸了幾下，對歐陽克道：「這是桃花島的總圖，島上所有五行生剋、陰陽八卦的變化，全記在內，你拿去好好研習罷。」

歐陽克好生失望，原盼在桃花島多住一時，那知他卻拿出一張圖來，所謀眼見是難成的了，也只得躬身去接。黃藥師忽道：「且慢！」歐陽克一怔，雙手縮了回去。黃藥師道：「你拿了這圖，到臨安府找一家客店或是寺觀住下，三月之後，我派人前來取回。圖中一切，只許心記，不得另行抄錄印摹。」歐陽克心道：「你既不許我在桃花島居住，這邪門兒的功夫我也懶得理會。這三月之中，還得給你守著這幅圖兒，若是一個不小心有甚麼損壞失落，尚須擔待干係。這件事不幹也罷！」正待婉言謝卻，忽然轉念：「他說派人前來取回，必是派他女兒的了，這可是大好的親近機會。」心中一喜，當即稱謝，接過圖來。

黃蓉取出那隻藏有「通犀地龍丸」的小盒，遞給歐陽鋒道：「歐陽伯伯，這是辟毒奇寶，姪女不敢拜領。」歐陽鋒心想：「此物落在黃老邪手中，他對我的奇毒便少了一層顧忌。雖然送出的物事又再收回，未免小氣，卻也顧不得了。」於是接過收起，舉手向黃藥師告辭。黃藥師也不再留，送了出來。

走到門口，洪七公道：「毒兄，明年歲盡，又是華山論劍之期，你好生將養氣力，咱們再打一場大架。」

歐陽鋒淡淡一笑，說道：「我瞧你我也不必枉費心力來爭了。武功天下第一的名號，早已有了主兒。」洪七公奇道：「有了主兒？莫非你毒兄已練成了舉世無雙的絕招？」歐陽鋒微微一笑，說道：「想歐陽鋒這點兒微末功夫，怎敢覬覦『武功天下第一』的尊號？我說的是傳授過這位郭賢姪功夫的那人。」洪七公笑道：「你說老叫化？這個嘛，兄弟想是想的，但藥兄的功夫日益精進，你毒兄又是越活越命長，段皇爺的武功只怕也沒擱下，這就挨不到老叫化啦。」

歐陽鋒冷冷的道：「傳授過郭賢姪功夫的諸人中，未必就數七兄武功最精。」洪七公剛說了句：「甚麼？」黃藥師已接口道：「嗯，你是說老頑童周伯通？」歐陽鋒道：「是啊！老頑童既然熟習九陰真經，咱們東邪、西毒、南帝、北丐，就都遠不是他的敵手了。」黃藥師道：「那也未必盡然，經是死的，武功是活的。」

歐陽鋒先前見黃藥師岔開他的問話，不讓郭靖說出周伯通的所在，心知必有蹊蹺，是以臨別之時又再提及，聽黃藥師如此說，正合心意，臉上卻是不動聲色，淡淡的道：「全真派的武功非同小可，這個咱們都是領教過的。老頑童再加上九陰真經，就算王重陽復生，也未見得是他師弟對手，更不必說咱們了。唉，全真派該當興旺，你我三人辛勤一世，到頭來總還是棋差一著。」

黃藥師道：「老頑童功夫就算比兄弟好些，可也決計及不上鋒兄、七兄，這一節我倒深知。」歐陽鋒道：「藥兄不必過謙，你我向來是半斤八兩。你既如此說，那是拿得定周伯通的功夫準不及你。這個，只怕……」說著不住搖頭。黃藥師微笑道：「明歲華山論劍之時，鋒兄自然知道。」歐陽鋒正色道：「藥兄，你的功夫兄弟素來欽服，但你說能勝過老頑童，兄弟確是疑信參半，你可別小覷了他。」以黃藥師之智，如何不知對方又在故意以言語相激，只是他心高氣傲，再也按捺不下這一口氣，說道：「那老頑童就在桃花島上，已被兄弟囚禁了一十五年。」

此言一出，歐陽鋒與洪七公都吃了一驚。洪七公揚眉差愕，歐陽鋒卻哈哈大笑，說道：「藥兄好會說笑話！」

黃藥師更不打話，手一指，當先領路，他足下加勁，登時如飛般穿入竹林。洪七公左手攜著郭靖，右手攜著黃蓉，歐陽鋒也拉著姪兒手臂，兩人各自展開上乘輕功，片刻間到了周伯通的岩洞之外。

黃藥師遠遠望見洞中無人，低呼一聲：「咦！」身子輕飄飄的縱起，猶似憑虛臨空一般，幾個起落，便已躍到了洞口。

他左足剛一著地，突覺腳下一輕，踏到了空處。他猝遇變故，毫不驚慌，右足在空中虛踢一腳，身子已借勢躍起，反向裏竄，落下時左足在地下輕輕一點，那知落腳處仍是一個空洞。此時足下已無可借力，反手從領口中拔出玉簫，橫裏在洞壁上一撐，身子如箭般倒射出來。拔簫撐壁、反身倒躍，實只一瞬間之事。

洪七公與歐陽鋒見他身法佳妙，齊聲喝采，卻聽得「波」的一聲，只見黃藥師雙足已陷入洞外地下一個深孔之中。

他剛感到腳下濕漉漉、軟膩膩，腳已著地，足尖微一用勁，身子躍在半空，見洪七公等已走到洞前，地下卻無異狀，這才落在女兒身旁，忽覺臭氣沖鼻，低頭看時，雙腳鞋上都沾滿了大糞。眾人暗暗納罕，心想以黃藥師武功之高強，生性之機伶，怎會著了旁人的道兒？

黃藥師氣惱之極，折了根樹枝在地下試探虛實，東敲西打，除了自己陷入過的三個洞孔之外，其餘均是實地。顯然周伯通料到他奔到洞前之時必會陷入第一個洞孔，又料到他輕身功夫了得，第一孔陷他不得，定會向裏縱躍，便又在洞內挖第二孔；又料知第二孔仍然奈何他不得，算準了他退躍出來之處，再挖第三孔，並在這孔裏撒了一堆糞。

黃藥師走進洞內，四下一望，洞內除了幾隻瓦罐瓦碗，更無別物，洞壁上依稀寫著幾行字。

歐陽鋒先見黃藥師中了機關，心中暗笑，這時見他走近洞壁細看，心想這裏一針一線之微，都會干連到能否取得九陰真經的大事，萬萬忽略不得，忙也上前湊近去看，只見洞壁上用尖利之物刻著字道：「黃老邪，我給你打斷雙腿，在這裏關了一十五年，本當也打斷你的雙腿，出口惡氣。後來想想，饒了你算了。奉上大糞成堆，臭尿數罐，請啊請啊……」在這

「請啊請啊」四字之下，黏著一張樹葉，把下面的字蓋沒了。

黃藥師伸手揭起樹葉，卻見葉上連著一根細線，隨手一扯，猛聽得頭頂忽喇喇聲響，立時醒悟，忙向左躍開。歐陽鋒見機也快，一見黃藥師身形晃動，立時躍向右邊，那知乒乒乓乓一陣響亮，左邊右邊山洞頂上同時掉下幾隻瓦罐，兩人滿頭滿腦都淋滿了臭尿。

洪七公大叫：「好香，好香！」哈哈大笑。

黃藥師氣極，破口大罵。歐陽鋒喜怒不形於色，卻只笑了笑。黃蓉飛奔回去，取了衣履給父親換過，又將父親的一件長袍給歐陽鋒換了。

黃藥師重入岩洞，上下左右仔細檢視，再無機關，到那先前樹葉遮沒之處看時，見寫著兩行極細之字：「樹葉決不可扯，上有臭尿淋下，千萬千萬，莫謂言之不預也。」黃藥師又好氣又好笑，猛然間想起，適才臭尿淋頭之時，那尿尚有微溫，當下返身出洞，說道：「老頑童離去不久，咱們追他去。」

郭靖心想：「兩人碰上了面，必有一番惡鬥。」待要出言勸阻，黃藥師早已向東而去。眾人知道島上道路古怪，不敢落後，緊緊跟隨，追不多時，果見周伯通在前緩步而行。黃藥師足下發勁，身子如箭離弦，倏忽間已追到他身後，伸手往他頸中抓下。

周伯通向左一讓，轉過身來，叫道：「香噴噴的黃老邪啊！」

黃藥師這一抓是他數十年勤修苦練之功，端的是快捷異常，威猛無倫，他踏糞淋尿，心下惱怒之極，這一抓更是使上了十成勁力，那知周伯通只隨隨便便的一個側身就避了開去，當真是舉重若輕。黃藥師心中一凜，不再進擊，定神瞧時，只見他左手與右手用繩索縛在胸前，臉含微笑，神情得意之極。

郭靖搶上幾步，說道：「大哥，黃島主成了我岳父啦，大家是一家人。」周伯通嘆道：「岳甚麼父？你怎地不聽我勸？黃老邪刁鑽古怪，他女兒會是好相與的麼？你這一生一世之中，苦頭是有得吃的了。好兄弟，我跟你說，天下甚麼事都幹得，頭上天天給人淋幾罐臭尿也不打緊，就是媳婦兒娶不得。好在你還沒跟她拜堂成親，這就趕快溜之大吉罷。你遠遠的躲了起來，叫她一輩子找你不到……」

他兀自嘮叨不休，黃蓉走上前來，笑道：「周大哥，你後面是誰來了？」周伯通回頭一看，並不見人。黃蓉揚手將父親身上換下來的一包臭衣向他後心擲去。周伯通聽到風聲，側身讓過，拍的一聲，那包衣服落地散開，臭氣四溢。

周伯通笑得前仰後合，說道：「黃老邪，你關了我一十五年，打斷了我兩條腿，我只叫你踩兩腳尿，淋一頭尿，兩下就此罷手，總算對得起你罷？」

黃藥師尋思這話倒也有理，心意登平，問道：「你為甚麼把雙手縛在一起？」

周伯通道：「這個山人自有道理，天機不可洩漏。」說著連連搖頭，神色黯然。

原來當日周伯通困在洞中，數次忍耐不住，要衝出洞來與黃藥師拚鬥，但轉念一想，總歸不是他的敵手，若是給他打死或是點了穴道，洞中所藏的上半部九陰真經非給他搜去不可，是以始終隱忍，這日得郭靖提醒，才想到自己無意之中練就了分心合擊的無上武功，黃藥師武功再高，也打不過兩個周伯通，一直不住盤算，要如何報復這一十五年中苦受折磨之仇。郭靖走後，他坐在洞中，過去數十年的恩怨愛憎，一幕幕在心中湧現，忽然遠遠聽到玉簫、鐵箏、長嘯三般聲音互鬥，一時心猿意馬，又是按勒不住，正自煩躁，斗然想起：「我那把弟功夫遠不及我，何以黃老邪的簫聲引不動他？」

當日他想不通其中原因，現下與郭靖相處日子長了，明白了他的性情，這時稍加思索，立即恍然：「是了，是了！他年紀幼小，不懂得男女之間那些又好玩、又麻煩的怪事，何況他天性純樸，正所謂無欲則剛，乃是不失赤子之心的人。我這麼一大把年紀，怎麼還在苦思復仇？如此心地狹窄，想想也真好笑！」

他雖然不是全真道士，但自來深受全真教清靜無為、淡泊玄默教旨的陶冶，這時豁然貫通，一聲長笑，站起身來。只見洞外晴空萬里，白雲在天，心中一片空明，黃藥師對他十五年的折磨，登時成為雞蟲之爭般的小事，再也無所縈懷。

轉念卻想：「我這一番振衣而去，桃花島是永遠不來的了，若不留一點東西給黃老邪，何以供他來日之思？」於是興致勃勃的挖孔拉屎、吊罐撒尿，忙了一番之後，這才離洞而去。他走出數步，忽又想起：「這桃花島道路古怪，不知如何覓路出去。郭兄弟留在島上，凶多吉少，我非帶他同去不可。黃老邪若要阻攔，哈哈，黃老邪，若要打架，一個黃老邪可不是兩個老頑童的敵手啦！」

想到得意之處，順手揮出，喀喇一聲，打折了路旁一株小樹，驀地驚覺：「怎麼我功力精進如此？這可與雙手互搏的功夫無關。」手扶花樹，呆呆想了一陣，兩手連揮，喀喀喀喀，一連打斷了七八株樹，不由得心中大震：「這是九陰真經中的功夫啊，我……我……我幾時練過了？」霎時間只驚得全身冷汗，連叫：「有鬼，有鬼！」

他牢牢記住師兄王重陽的遺訓，決不敢修習經中所載武功，那知為了教導郭靖，每日裏口中解釋、手上比劃，不知不覺的已把經文深印腦中，睡夢之間，竟然意與神會，奇功自成，這時把拳腳施展出來，卻是無不與經中所載的拳理法門相合。他武功深湛，武學上的悟心又是極高，兼之九陰真經中所載純是道家之學，與他畢生所學本是一理相通，他不想學武功，武功卻自行撲上身來。他縱聲大叫：「糟了，糟了，這叫做惹鬼上身，揮之不去了。我要開郭兄弟一個大大的玩笑，那知道是搬起石頭，砸了自己的腳。」

懊喪了半日，伸手連敲自己腦袋，忽發奇想，於是剝下幾條樹皮，搓成繩索，靠著牙齒之助，將雙手縛在一起，喃喃念道：「從今而後，若是我不能把經中武功忘得一乾二淨，只好終生不與人動武了。縱然黃老邪追到，我也決不出手，以免違了師兄遺訓。唉，老頑童啊老頑童，你自作自受，這番可上了大當啦。」

黃藥師那猜得其中緣由，只道又是他一番頑皮古怪，說道：「老頑童，這位歐陽兄你是見過的，這位……」他話未說完，周伯通已繞著眾人轉了個圈，在每人身邊嗅了幾下，笑道：「這位必是老叫化洪七公，我猜也猜得出。他是好人。正是天網恢恢，臭尿就只淋了東邪西毒二人。歐陽鋒，當年你打我一掌，今日我還你一泡尿，大家扯直，兩不吃虧。」

歐陽鋒微笑不答，在黃藥師耳邊低聲道：「藥兄，此人身法快極，功夫確已在你我之上，還是別惹他為是。」黃藥師心道：「你我已二十年不見，你怎知我功夫就必不如他？」向周伯通道：「伯通，我早說過，但教你把九陰真經留下，我焚燒了祭告先室，馬上放你走路，現下你要到那裏去？」周伯通道：「這島上我住得膩了，要到外面逛逛去。」

黃藥師伸手道：「那麼經呢？」周伯通道：「我早給了你啦。」黃藥師道：「別瞎說八道，幾時給過我？」周伯通笑道：「郭靖是你女婿是不是？他的就是你的，是不是？我把九陰真經從頭至尾傳了給他，不就是傳給了你？」

郭靖大吃一驚，叫道：「大哥，這……這……你教我的當真便是九陰真經？」周伯通哈哈大笑，說道：「難道還是假的麼？」郭靖目瞪口呆，登時傻了。周伯通見到他這副獃樣，心中直樂出來，他花了無數心力要郭靖背誦九陰真經，正是要見他於真相大白之際驚得暈頭轉向，此刻心願得償，如何不大喜若狂？

黃藥師道：「上卷經文原在你處，下卷經文你卻從何處得來？」周伯通笑道：「還不是你那個好女婿親手交與我的。」郭靖道：「我……我沒有啊。」黃藥師怒極，心道：「郭靖你這小子竟敢對我弄鬼，那瞎子梅超風這時還在拚命的找尋呢。」怒目向郭靖橫了一眼，轉頭對周伯通道：「我要真經的原書。」

周伯通道：「兄弟，你把我懷裏那本書摸出來。」郭靖走上前去，探手到他懷中，拿出一本厚約半寸的冊子。周伯通伸手接過，對黃藥師道：「這是真經的上卷，下卷經文也夾在其中，你有本事就來拿去。」黃藥師道：「要怎樣的本事？」

周伯通雙手挾住經書，側過了頭，道：「待我想一想。」過了半晌，笑道：「裱糊匠的本事。」黃藥師道：「甚麼？」周伯通雙手高舉過頂，往上一送，但見千千萬萬片碎紙斗然散開，有如成羣蝴蝶，隨著海風四下飛舞，霎時間東飄西揚，無可追尋。

黃藥師又驚又怒，想不到他內功如此深湛，就在這片刻之間，把一部經書以內力壓成了碎片，想起亡妻，心中又是一酸，怒喝：「老頑童，你戲弄於我，今日休想出得島去！」飛步上前，撲面就是一掌。周伯通身子微晃，接著左搖右擺，只聽得風聲颼颼，黃藥師的掌影在他身旁飛舞，卻始終掃不到他半點。這路「落英神劍掌」是黃藥師的得意武功，豈知此刻連出二十餘招，竟然無功。

黃藥師見他並不還手，正待催動掌力，逼得他非招架不可，驀地驚覺：「我黃藥師豈能與縛住雙手之人過招。」當即躍後三步，叫道：「老頑童，你腿傷已經好了，我可又要對你不起啦。快把手上的繩子崩斷了，待我見識見識你九陰真經的功夫。」

周伯通愁眉苦臉，連連搖頭，說道：「不瞞你說，我是有苦難言。這手上的繩子，說甚麼都是不能崩斷的。」黃藥師道：「我給你弄斷了罷。」上前拿他手腕。周伯通大叫：「啊喲，救命，救命！」翻身撲地，連滾幾轉。

郭靖吃了一驚，叫道：「岳父！」待要上前勸阻，洪七公拉住他的手臂，低聲道：「別傻！」郭靖停步看時，只見周伯通在地下滾來滾去，靈便之極，黃藥師手抓足踢，那裏碰得到他的身子？洪七公低聲道：「留神瞧他身法。」郭靖見周伯通這一路功夫正便是真經上所說的「蛇行狸翻」之術，當下凝神觀看，看到精妙之處，情不自禁的叫了聲：「好！」

黃藥師愈益惱怒，拳鋒到處，猶如斧劈刀削一般，周伯通的衣袖袍角一塊塊的裂下，再鬥片刻，他長鬚長髮也一叢叢的被黃藥師掌力震斷。

周伯通雖未受傷，也知道再鬥下去必然無倖，只要受了他一招半式，不死也得重傷，眼見黃藥師左掌橫掃過來，右掌同時斜劈，每一掌中都暗藏三招後繼毒招，自己身法再快，也難躲閃，只得雙膀運勁，蓬的一聲，繩索崩斷，左手架開了他襲來的攻勢，右手卻伸到自己背上去抓了抓癢，說道：「啊喲，癢得我可受不了啦。」

黃藥師見他在劇鬥之際，居然還能好整以暇的抓癢，心中暗驚，猛發三招，都是生平絕學。周伯通道：「我一隻手是打你不過的，唉，不過沒有法子。我說甚麼也不能對不起師哥。」右手運力抵擋，左手垂在身側，他本身武功原不及黃藥師精純，右手上架，被黃藥師內勁震開，一個踉蹌，向後跌出數步。

黃藥師飛身下撲，雙掌起處，已把周伯通罩在掌力之下，叫道：「雙手齊上！一隻手你擋不住。」周伯通道：「不行，我還是一隻手。」黃藥師怒道：「好，那你就試試。」雙掌與他單掌一交，勁力送出，騰的一響，周伯通一交坐在地下，閉上雙目。黃藥師不再進擊，只見周伯通哇的一聲，吐出一口鮮血，臉色登時慘白如紙。

眾人心中都感奇怪，他如好好與黃藥師對敵，就算不勝，也決不致落敗，何以堅決不肯雙手齊用？

只見周伯通慢慢站起身來，說道：「老頑童上了自己的大當，無意之中竟學到了九陰奇功，違背師兄遺訓。若是雙手齊上，黃老邪，你是打我不過的。」

黃藥師知他所言非虛，默默不語，心想自己無緣無故將他在島上囚了十五年，現下又將他打傷，實在說不過去，從懷裏取出一隻玉匣，揭開匣蓋，取出三顆猩紅如血的丹藥，交給他道：「伯通，天下傷藥，只怕無出我桃花島無常丹之右。每隔七天服一顆，你的內傷可以無礙。現下我送你出島。」

周伯通點了點頭，接過丹藥，服下了一顆，自行調氣護傷，過了一會，吐出一口瘀血，說道：「黃老邪，你的丹藥很靈，無怪你名字叫作『藥師』。咦，奇怪，奇怪，我名叫『伯通』，那又是甚麼意思？」他凝思半晌，搖了搖頭，說道：「黃老邪，我要去了，你還留我不留？」黃藥師道：「不敢，任你自來自去。伯通兄此後如再有興枉顧，兄弟倒履相迎。我這就派船送你離島。」

郭靖蹲下地來，負起周伯通，跟著黃藥師走到海旁，只見港灣中大大小小的停泊著六七艘船。

歐陽鋒道：「藥兄，你不必另派船隻送周大哥出島，請他乘坐小弟的船去便了。」黃藥師道：「那麼費鋒兄的心了。」向船旁啞僕打了幾個手勢，那啞僕從一艘大船中托出一盤金元寶來。黃藥師道：「伯通，這點兒金子，你拿去頑皮胡用罷。你武功確比黃老邪強，我佩服得很。」周伯通眼睛一霎，臉上做了個頑皮的鬼臉。向歐陽鋒那艘大船瞧去，見船頭扯著一面大白旗，旗上繡著一條張口吐舌的雙頭怪蛇，心中甚是不喜。

歐陽鋒取出一管木笛，噓溜溜的吹了幾聲，過不多時，林中異聲大作。桃花島上兩名啞僕領了白駝山的蛇奴驅趕蛇羣出來，順著幾條跳板，一排排的遊入大船底艙。

周伯通道：「我不坐西毒的船，我怕蛇！」黃藥師微微一笑，道：「那也好，你坐那艘船罷。」向一艘小船一指。周伯通搖搖頭道：「我不坐小船，我要坐那邊那艘大船。」黃藥師臉色微變，道：「伯通，這船壞了沒修好，坐不得的。」眾人瞧那船船尾高聳，形相華美，船身漆得金碧輝煌，卻是新打造好的，那有絲毫破損之象？周伯通道：「我非坐那艘新船不可！黃老邪，你幹麼這樣小氣？」黃藥師道：「這船最不吉利，坐了的人非病即災，是以停泊在這裏向來不用的。我那裏是小氣了？你若不信，我馬上把船燒了給你看。」做了幾個手勢，四名啞僕點燃了柴片，奔過去就要燒船。

周伯通突然間在地下一坐，亂扯鬍子，放聲大哭。眾人見他如此，都是一怔，只有郭靖知道他的脾氣，肚裏暗暗好笑。周伯通扯了一陣鬍子，忽然亂翻亂滾，哭叫：「我要坐新船，我要坐新船。」黃蓉奔上前去，阻住四名啞僕。

洪七公笑道：「藥兄，老叫化一生不吉利，就陪老頑童坐坐這艘凶船，咱們來個以毒攻毒，鬥它一鬥，瞧是老叫化的晦氣重些呢，還是你這艘凶船厲害。」黃藥師道：「七兄，你再在島上盤桓數日，何必這麼快就去？」洪七公道：「天下的大叫化、中叫化、小叫化不日就要在湖南岳陽聚會，聽老叫化指派丐幫頭腦的繼承人。老叫化若是有個三長兩短要歸天，不先派定誰繼承，天下的叫化豈非無人統領？因此老叫化非趕著走不可。藥兄厚意，兄弟甚是感激，待你的女兒女婿成婚，我再來叨擾罷。」黃藥師嘆道：「七兄你真是熱心人，一生就是為了旁人勞勞碌碌，馬不停蹄的奔波。」洪七公笑道：「老叫化不騎馬，我這是腳不停蹄。啊喲，不對，你繞了彎子罵人，腳上生蹄，那可不成了牲口？」

黃蓉笑道：「師父，這是您自己說的，我爹可沒罵您。」洪七公道：「究竟師父不如親父，趕明兒我娶個叫化婆，也生個叫化女兒給你瞧瞧。」黃蓉拍手笑道：「那再好也沒有。我有個小叫化師妹，可不知有多好玩。」

歐陽克斜眼相望，只見日光淡淡的射在她臉頰之上，真是艷如春花，麗若朝霞，不禁看得癡了。但隨即見她的眼光望向郭靖，脈脈之意，一見而知，又不禁怒氣勃發，心下暗暗立誓：「總有一日，非殺了這臭小子不可。」

洪七公伸手扶起周伯通，道：「伯通，我陪你坐新船。黃老邪古怪最多，咱哥兒倆可不上他的當。」周伯通大喜，說道：「老叫化，你人很好，咱倆拜個把子。」洪七公尚未回答，郭靖搶著道：「周大哥，你我已拜了把子，你怎能和我師父結拜？」周伯通笑道：「那有甚麼干係？你岳父若是肯給新船我坐，我心裏一樂，也跟他拜個把子。」黃蓉笑道：「那麼我呢？」周伯通眼睛一瞪，道：「我不上女娃子的當。美貌女人，多見一次便倒一分霉。」勾住洪七公的手臂，就往那艘新船走去。

黃藥師快步搶在兩人前面，伸開雙手攔住，說到：「黃某不敢相欺，坐這艘船實在凶多吉少。兩位實不必干冒奇險。只是此中原由，不便明言。」

洪七公哈哈笑道：「你已一再有言在先，老叫化若是暈船歸天，仍是讚你藥兄夠朋友。」他雖行事說話十分滑稽，內心卻頗精明，見黃藥師三番兩次的阻止，知道船上必有蹊蹺，周伯通堅執要坐，眼見拗他不得，若是真有奇變，他孤掌難鳴，兼之身上有傷，只怕應付不來，是以決意陪他同乘。

黃藥師哼了一聲，道：「兩位功夫高強，想來必能逢凶化吉，黃某倒是多慮了。姓郭的小子，你也去罷。」郭靖聽他認了自己為婿之後，本已稱作「靖兒」，這時忽然改口，而且語氣甚是嚴峻，望了他一眼，說道：「岳父……」

黃藥師厲聲道：「你這狡詐貪得的小子，誰是你的岳父？今後你再踏上桃花島一步，休怪黃某無情。」反手一掌，擊在一名啞僕的背心，喝道：「這就是你的榜樣！」這啞僕舌頭早被割去，只是喉間發出一聲低沉的嘶叫，身子直飛出去。他五臟已被黃藥師一掌擊碎，飛墮海心，沒在波濤之中，霎時間無影無蹤。眾啞僕嚇得心驚膽戰，一齊跪下。

這些啞僕個個都是忘恩負義的奸惡之徒，黃藥師事先查訪確實，才一一擒至島上，割啞刺聾，以供役使，他曾言道：「黃某並非正人君子，江湖上號稱『東邪』，自然也不屑與正人君子為伍。手下僕役，越是邪惡，越是稱我心意。」那啞僕雖然死有餘辜，但突然間無緣無故被他揮掌打入海心，眾人心中都是暗嘆：「黃老邪確是邪得可以。」郭靖更是驚懼莫名，屈膝跪倒。

洪七公道：「他甚麼事又不稱你的心啦？」黃藥師不答，厲聲問郭靖道：「那九陰真經的下卷，是不是你給周伯通的？」郭靖道：「有一張東西是我交給周大哥的，不過我的確不知就是經文，若是知道……」

周伯通向來不理事情的輕重緩急，越見旁人疾言厲色，越愛大開玩笑，不等郭靖說完，搶著便道：「你怎麼不知？你說親手從梅超風那裏搶來，幸虧黃藥師那老頭兒不知道。你還說學通了經書之後，從此天下無敵。」郭靖大驚，顫聲道：「大哥，我……我幾時說過？」周伯通霎霎眼睛，正色道：「你當然說過。」

郭靖將經文背得爛熟而不知便是九陰真經，本就極難令人入信，這時周伯通又這般說，黃藥師盛怒之下，那想得到這是老頑童在開玩笑？只道周伯通一片童心，天真爛漫，不會替郭靖圓謊，信口吐露了真相。他狂怒不可抑制，深怕立時出手斃了郭靖，未免有失身分，拱手向周伯通、洪七公、歐陽鋒道：「請了！」牽著黃蓉的手，轉身便走。

黃蓉待要和郭靖說幾句話，只叫得一聲：「靖哥哥……」已被父親牽著縱出數丈外，頃刻間沒入了林中。

周伯通哈哈大笑，突覺胸口傷處劇痛，忙忍住了笑，但終於還是笑出聲來，說道：「黃老邪又上了我的當。我說頑話騙他，他老兒果然當了真。有趣，有趣！」洪七公驚道：「那麼靖兒事先當真不知？」周伯通笑道：「他當然不知。他還說九陰奇功邪氣呢，若是先知道了，怎肯跟著我學？兄弟，現下你已牢牢記住，忘也忘不了，是麼？」說著又是捧腹狂笑，既須忍痛，又要大笑，神情尷尬無比。

洪七公跌足道：「唉，老頑童，這玩笑也開得的？我跟藥兄說去。」拔足奔向林邊，卻見林內道路縱橫，不知黃藥師去了何方。眾啞僕見主人一走，早已盡數隨去。

洪七公無人領路，只得廢然而返，忽然想起歐陽克有桃花島的詳圖，忙道：「歐陽賢姪，桃花島的圖譜請借我一觀。」歐陽克搖頭道：「未得黃伯父允可，小姪不敢借予旁人，洪伯父莫怪。」洪七公哼了一聲，心中暗罵：「我真老糊塗了，怎麼向這小子借圖？他是巴不得黃老邪惱恨我這傻徒兒。」

只見林中白衣閃動，歐陽鋒那三十二名白衣舞女走了出來。當先一名女子走到歐陽鋒面前，曲膝行禮道：「黃老爺叫我們跟老爺回去。」歐陽鋒向她們一眼不瞧，只擺擺手令她們上船，向洪七公與周伯通道：「藥兄這船中只怕真有甚麼巧妙機關。兩位寬心，兄弟坐船緊跟在後，若有緩急，自當稍效微勞。」

周伯通怒道：「誰要你討好？我就是要試試黃老邪的船有甚麼古怪。你跟在後面，變成了有驚無險，那還有甚麼味兒？你跟我搗蛋，老頑童再淋你一頭臭尿！」歐陽鋒笑道：「好，那麼後會有期。」一拱手，逕自帶了姪兒上船。

郭靖望著黃蓉的去路，呆呆出神。周伯通笑道：「兄弟，咱們上船去。瞧他一艘死船，能把咱們三個活人怎生奈何了？」左手牽著洪七公，右手牽著郭靖，奔上新船。只見船中已有七八名船夫侍僕站著侍候，都是默不作聲。周伯通笑道：「那一日黃老邪邪氣發作，把他寶貝女兒的舌頭也割掉了，我才佩服他真有本事。」郭靖聽了，不由得打個寒噤，周伯通哈哈笑道：「你怕了麼？」向船夫做了個手勢。眾船夫起錨揚帆，乘著南風駛出海去。

洪七公道：「來，咱們瞧瞧船上到底有甚麼古怪。」三人從船首巡到船尾，又從甲板一路看到艙底，到處仔細查察，只見這船前後上下都油漆得晶光燦亮，艙中食水白米、酒肉蔬菜，貯備俱足，並無一件惹眼的異物。周伯通恨恨的道：「黃老邪騙人！說有古怪，卻沒古怪，好沒興頭。」

洪七公心中疑惑，躍上桅桿，將桅桿與帆布用力搖了幾搖，亦無異狀，放眼遠望，但見鷗鳥翻飛，波濤接天，船上三帆吃飽了風，逕向北駛。他披襟當風，胸懷為之一爽，回過頭來，只見歐陽鋒的坐船跟在約莫二里之後。

洪七公躍下桅桿，向船夫打個手勢，命他駕船偏向西北，過了一會，再向船尾望去，只見歐陽鋒的船也轉了方向，仍是跟在後面。洪七公心下嘀咕：「他跟來幹麼？難道當真還會安著好心？老毒物發善心，太陽可要從西邊出來了。」他怕周伯通知道了亂發脾氣，也不和他說知，吩咐轉舵東駛。船上各帆齊側，只吃到一半風，駛得慢了。果然不到半盞茶時分，歐陽鋒的船也向東跟來。

洪七公心道：「咱們在海裏鬥鬥法也好。」走回艙內，只見郭靖鬱鬱不樂，呆坐出神。洪七公道：「徒兒，我傳你一個叫化子討飯的法門：主人家不給，你在門口纏他三日三夜，瞧他給是不給？」周伯通笑道：「若是主人家養有惡狗，你不走，他叫惡狗咬你，那怎麼辨？」洪七公笑道：「這般為富不仁的人家，你晚上去大大偷他一筆，那也不傷陰騭。」周伯通向郭靖道：「兄弟，懂得你師父的話麼？那是叫你跟岳父纏到底，他若不把女兒給你，反要打人，你到晚上就去偷她出來。只不過你所要偷的，卻是生腳的活寶，你只須叫道：『寶貝兒，來！』她自己就跟著你走了。」

郭靖聽著，也不禁笑了。他見周伯通在艙中走來走去，沒一刻安靜，忽然想起了一件事，問道：「大哥，現下你要到那裏去？」周伯通道：「我沒準兒，到處去閒逛散心。我在桃花島這許多年，可悶也悶壞了。」郭靖道：「我求大哥一件事。」周伯通搖手道：「你要我回桃花島幫你偷婆娘，我可不幹。」

郭靖臉上一紅，道：「不是這個。我想煩勞大哥去太湖邊上宜興的歸雲莊走一遭。」周伯通道：「那幹甚麼？」郭靖道：「歸雲莊的陸莊主陸乘風是一位豪傑，他原是我岳父的弟子，受了黑風雙煞之累，雙腿被我岳父打折了，不得復原。我見大哥的腿傷卻好得十足，是以想請大哥傳授他一點門道。」周伯通道：「這個容易。黃老邪倘若再打斷我兩腿，我仍有本事復元。你如不信，不妨打斷了我兩條腿試試。」說著坐在椅上，伸出腿來，一副「不妨打而斷之」的模樣。郭靖笑道：「那也不用試了，大哥自有這個本事。」

正說到此處，突然豁喇一聲，艙門開處，一名船夫闖了進來，臉如土色，驚恐異常，指手劃腳，就是說不出話。三人知道必有變故，躍起身來，奔出船艙。

黃蓉被父親拉進屋內，臨別時要和郭靖說一句話，也是不得其便，十分惱怒傷心，回到自己房中，關上了門，放聲大哭。黃藥師盛怒之下將郭靖趕走，這時知他已陷入死地，心中對女兒頗感歉仄，想去安慰她幾句，但連敲了幾次門，黃蓉不理不睬，儘不開門，到了晚飯時分，也不出來吃飯。黃藥師命僕人將飯送去，卻被她連菜帶碗摔在地下，還將啞僕踢了幾個觔斗。

黃蓉心想：「爹爹說得出做得到，靖哥哥若是再來桃花島，定會被他打死。我如偷出島去尋他，留著爹孤零零一人，豈不寂寞難過？」左思右想，柔腸百結。數月之前，黃藥師罵了她一場，她想也不想的就逃出島去，後來再與父親見面，見他鬢邊白髮驟增，數月之間猶如老了十年，心下甚是難過，發誓以後再不令老父傷心，那知此刻又遇上了這等為難之事。

她伏在床上哭了一場，心想：「若是媽媽在世，必能給我做主，那會讓我如此受苦？」一想到母親，便起身出房，走到廳上。桃花島上房屋的門戶有如虛設，若無風雨，大門日夜洞開。黃蓉走出門外，繁星在天，花香沉沉，心想：「靖哥哥這時早已在數十里之外了。不知何日再得重見。」嘆了一口氣，舉袖抹抹眼淚，走入花樹深處。

傍花拂葉，來到母親墓前。佳木蘢葱，異卉爛縵，那墓前四時鮮花常開，每本都是黃藥師精選的天下名種，溶溶月色之下，各自分香吐艷。黃蓉將墓碑向左推了三下，又向右推三下，然後用力向前扳動，墓碑緩緩移開，露出一條石砌的地道，她走入地道，轉了三個彎，又開了機括，打開一道石門，進入墓中壙室，亮火摺把母親靈前的琉璃燈點著了。

她獨處地下斗室，望著父親手繪的亡母遺像，心中思潮起伏：「我從來沒見過媽，我死了之後，是不是能見到她呢？她是不是還像畫上這麼年輕、這麼美麗？她現下卻在那裏？在天上，在地府，還是就在這壙室之中？我永遠在這裏陪著媽媽算了。」

壙室中壁間案頭盡是古物珍玩、名畫法書，沒一件不是價值連城的精品。黃藥師當年縱橫湖海，不論是皇宮內院、巨宦富室，還是大盜山寨之中，只要有甚麼奇珍異寶，他不是明搶硬索，就是暗偷潛盜，必當取到手中方罷。他武功既強，眼力又高，搜羅的珍寶不計其數，這時都供在亡妻的壙室之中。黃蓉見那些明珠美玉、翡翠瑪瑙之屬在燈光下發出淡淡光芒，心想：「這些珍寶雖無知覺，卻是歷千百年而不朽。今日我在這裏看著它們，將來我身子化為塵土，珍珠寶玉卻仍然好好的留在人間。世上之物，是不是愈有靈性，愈不長久？只因為我媽媽絕頂聰明，是以只活到二十歲就亡故了麼？」

望著母親的畫像怔怔的出了一會神，吹熄燈火，走到氈帷後母親的玉棺之旁，撫摸了一陣，坐在地下，靠著玉棺，心中自憐自傷，似乎是倚偎在母親身上，有了些依靠。這日大喜大愁之餘，到此時已疲累不堪，過不多時，竟自沉沉睡去。

她在睡夢之中忽覺是到了北京趙王府中，正在獨鬥羣雄，卻在塞北道上與郭靖邂逅相遇，剛說了幾句話，忽爾見到了母親，要想極目看她容顏，卻總是瞧不明白。忽然之間，母親向天空飛去，自己在地下急追，只見母親漸飛漸高，心中惶急，忽然父親的聲音響了起來，是在叫著母親的名字，這聲音愈來愈是明晰。

黃蓉從夢中醒來，卻聽得父親的聲音還是隔著氈帷在喃喃說話。她一定神間，才知並非做夢，父親也已來到了壙室之中。她幼小之時，父親常抱著她來到母親靈前，絮絮述說父女倆的生活瑣事，近年來雖較少來，但這時聽到父親聲音，卻也不以為怪。

她正與父親賭氣，不肯出去叫他，要等他走了方才出去，只聽父親說道：「我向你許過心願，要找了九陰真經來，燒了給你，好讓你在天之靈知道，當年你苦思不得的經文到底是寫著些甚麼。一十五年來始終無法可施，直到今日，才完了這番心願。」

黃蓉大奇：「爹爹從何處得了九陰真經？」只聽他又道：「我卻不是故意要殺你女婿，這是他們自己強要坐那艘船的。」黃蓉猛吃一驚：「媽媽的女婿？難道是說靖哥哥？坐了那船便怎樣？」當下凝神傾聽，黃藥師卻反來覆去述說妻子逝世之後，自己是怎樣的孤寂難受。黃蓉聽父親吐露真情，不禁悽然，心想：「靖哥哥和我都是十多歲的孩子，兩情堅貞，將來何患無重見之日？我總是不離開爹爹的了。」正想到此處，卻聽父親說道：「老頑童把真經上下卷都用掌力毀了，我只道許給你的心願再無得償之日，那知鬼使神差，他堅要乘坐我造來和你相會的花船……」黃蓉心想：「每次我要到那船上去玩，爹爹總是厲色不許，怎麼是他造來和媽媽相會的？」

原來黃藥師對妻子情深義重，兼之愛妻為他而死，當時一意便要以死相殉。他自知武功深湛，上吊服毒，一時都不得便死，死了之後，屍身又不免受島上啞僕蹧蹋，於是去大陸捕拿造船巧匠，打造了這艘花船。這船的龍骨和尋常船隻無異，但船底木材卻並非用鐵釘釘結，而是以生膠繩索膠纏在一起，泊在港中之時固是一艘極為華麗的花船，但如駛入大海，給浪濤一打，必致沉沒。他本擬將妻子遺體放入船中，駕船出海，當波湧舟碎之際，按玉簫吹起「碧海潮生曲」，與妻子一齊葬身萬丈洪濤之中，如此瀟灑倜儻以終此一生，方不辱沒了當世武學大宗匠的身分，但每次臨到出海，總是既不忍攜女同行，又不忍將她拋下不顧，終於造了墓室，先將妻子的棺木厝下。這艘船卻是每年油漆，歷時常新。要待女兒長大，有了妥善歸宿，再行此事。

黃蓉不明其中原由，聽了父親的話茫然不解，只聽他又道：「老頑童將九陰真經背得滾瓜爛熟，姓郭的小子也背得一絲不錯，我將這兩人沉入大海，正如焚燒兩部活的真經一般，你在天之靈，那也可以心安了。只是洪老叫化平白無端的陪送了老命，未免太冤。我在一日之中，為了你而殺死三個高手，償了當日許你之願，他日重逢，你必會說你丈夫言出必踐，對愛妻答允下之事，可沒一件不做。哈哈！」

黃蓉只聽得毛骨悚然，一股涼意從心底直冒上來。她雖不明端的，但料知花船中必定安排著極奇妙極毒辣的機關，她素知父親之能，只怕郭靖等三人這時都已遭了毒手，心中又驚又痛，立時就要搶出去求父親搭救三人性命，只是嚇得腳都軟了，一時不能舉步，口中也叫不出聲來。只聽得父親淒然長笑，似歌似哭，出了墓道。

黃蓉定了定神，更無別念：「我要去救靖哥哥，若是救他不得，就陪他死了。」她知父親脾氣古怪，對亡妻又已愛到發癡，求他必然無用，當下奔出墓道，直至海邊，跳上小船，拍醒船中的啞船夫，命他們立時揚帆出海。忽聽得馬蹄聲響，一匹馬急馳而來，同時父親的玉簫之聲，也隱隱響起。

黃蓉向岸上望去，只見郭靖那匹小紅馬正在月光下來回奔馳，想是牠局處島上，不得施展駿足，是以夜中出來馳騁。心想：「這茫茫大海之中，那裏找靖哥哥去？小紅馬縱然神駿，一離陸地，卻是全然無能為力的了。」

洪七公、周伯通、郭靖三人搶出船艙，都是腳下一軟，水已沒脛，不由得大驚，一齊躍上船桅，洪七公還順手提上了兩名啞子船夫，俯首看時，但見甲板上波濤洶湧，海水滾滾灌入船來。這變故突如其來，三人一時都感茫然失措。

周伯通道：「老叫化，黃老邪真有幾下子，這船他是怎麼弄的？」洪七公道：「我也不知道啊。靖兒，抱住桅桿，別放手……」郭靖還沒答應，只聽得豁喇喇幾聲響亮，船身從中裂為兩半。兩名船夫大驚，抱著帆桁的手一鬆，直跌入海中去了。

周伯通一個觔斗，倒躍入海。洪七公叫道：「老頑童，你會水性不會？」周伯通從水中鑽出頭來，笑道：「勉強對付著試試……」後面幾句話被海風迎面一吹，已聽不清楚。此時桅桿漸漸傾側，眼見便要橫墮入海。洪七公叫道：「靖兒，桅桿與船身相連，合力震斷它。來！」兩人掌力齊發，同時擊在主桅的腰心。桅桿雖然堅牢，卻怎禁得起洪七公與郭靖合力齊施？只擊得幾掌，轟的一聲，攔腰折斷，兩人抱住了桅桿，跌入海中。

當地離桃花島已遠，四下裏波濤山立，沒半點陸地的影子，洪七公暗暗叫苦，心想在這大海之中飄流，若是無人救援，無飲無食，武功再高，也支持不到十天半月，回頭眺望，連歐陽鋒的坐船也沒了影蹤。遠遠聽得南邊一人哈哈大笑，正是周伯通。

洪七公道：「靖兒，咱們過去接他。」兩人一手扶著斷桅，一手划水，循聲游去。海中浪頭極高，划了數丈，又給波浪打了回來。洪七公朗聲笑道：「老頑童，我們在這裏。」他內力深厚，雖是海風呼嘯，浪聲澎湃，但叫聲還是遠遠的傳了出去。只聽周伯通叫道：「老頑童變了落水狗啦，這是鹹湯泡老狗啊。」

郭靖忍不住好笑，心想在這危急當中他還有心情說笑，「老頑童」三字果是名不虛傳。三人先後從船桅墮下，被波浪一送，片刻間已相隔數十丈之遙，這時撥水靠攏，過了良久，才好容易湊在一起。

洪七公與郭靖一見周伯通，都不禁失笑，只見他雙足底下都用帆索縛著一塊船板，正施展輕功在海面踏波而行。只是海浪太大，雖然身子隨波起伏，似乎逍遙自在，但要前進後退，卻也不易任意而行。他正玩得起勁，毫沒理會眼前的危險。

郭靖放眼四望，坐船早為波濤吞沒，眾船夫自也已盡數葬身海底，忽聽周伯通大聲驚呼：「啊喲，乖乖不得了！老頑童這一下可得粉身碎骨。」洪七公與郭靖聽他叫聲惶急，齊問：「怎麼？」周伯通手指遠處，說道：「鯊魚，大隊鯊魚。」郭靖生長沙漠，不知鯊魚的厲害，一回頭，見洪七公神色有異，心想不知那鯊魚是何等樣的怪物，連師父和周大哥平素那樣泰然自若之人，竟也不能鎮定。

洪七公運起掌力，在桅桿盡頭處連劈兩掌，把桅桿劈下了半截，只見海面的白霧中忽喇一聲，一個巴斗大的魚頭鑽出水面，兩排尖利如刀的白牙在陽光中一閃，魚頭又沒入了水中。洪七公將木棒擲給郭靖，叫道：「照準魚頭打！」郭靖探手入懷，摸出匕首，叫道：「弟子有匕首。」一將木棒遠遠擲去，周伯通伸手接住。

這時已有四五頭虎鯊圍住了周伯通團團兜圈，只是沒看清情勢，不敢攻擊。周伯通彎下腰來，通的一聲，揮棒將一條虎鯊打得腦漿迸裂，羣鯊聞到血腥，紛紛湧上。

郭靖見海面上翻翻滾滾，不知有幾千幾萬條鯊魚，又見鯊魚一口就把死鯊身上的肉扯下一大塊來，牙齒尖利之極，不禁大感惶恐，突覺腳上有物微微碰撞，他疾忙縮腳，身底水波晃動，一條大鯊魚猛竄上來。郭靖左手在桅桿上一推，身子借力向右，順手揮匕首刺落。這匕首鋒銳無比，嗤的一聲輕響，已在鯊魚頭上刺了個窟窿，鮮血從海水中翻滾而上。羣鯊圍上，亂搶亂奪的咬嚙。

三人武功卓絕，在羣鯊圍攻之中，東閃西避，身上竟未受傷，每次出手，總有一條鯊魚或死或傷。那鯊魚只要身上出血，轉瞬間就給同伴扯食得賸下一堆白骨。饒是三人藝高人膽大，見了這情景也不禁慄慄危懼。眼見四周鯊魚難計其數，殺之不盡，到得後來，總歸無倖，但在酣鬥之際，全力施為，也不暇想及其他。三人掌劈劍刺，拳打棒擊，不到一個時辰，已打死二百餘條鯊魚，但見海上煙霧四起，太陽慢慢落向西方海面。

周伯通叫道：「老叫化，郭兄弟，天一黑，咱三個就一塊一塊的鑽到鯊魚肚裏去啦。咱們來個賭賽，瞧是誰先給鯊魚吃了。」洪七公道：「先給魚吃了算輸還是算贏？」周伯通道：「當然算贏。」洪七公道：「啊喲，這個我寧可認輸。」反手一掌「神龍擺尾」，打在一條大鯊身側，那條大鯊總有二百餘斤，被他掌力帶動，飛出海面，在空中翻了兩個觔斗，這才落下，只震得海面水花四濺，那魚白肚向天，已然斃命。

周伯通讚道：「好掌法！我拜你為師，你教我這『降龍十八掌』。就可惜沒時候學了，老叫化，你到底比是不比？」洪七公笑道：「恕不奉陪。」周伯通哈哈一笑，問郭靖道：「兄弟，你怕不怕？」郭靖心中實在極是害怕，但見兩人越打越是寧定，生死大事，卻也拿來說笑，精神為之一振，說道：「先前很怕，現下好些啦。」忽見一條巨鯊張鰭鼓尾，猛然衝將過來。

他見那巨鯊來勢兇惡，側過身子，左手向上一引，這是個誘敵的虛招，那巨鯊果然上當，半身躍出水面，疾似飛梭般向他左手咬來。郭靖右手匕首刺去，插中巨鯊口下的咽喉之處。那巨鯊正向上躍，這急升之勢，剛好使匕首在牠腹上劃了一條長縫，登時血如泉湧，臟腑都翻了出來。

這時周伯通與洪七公也各殺了一條鯊魚。周伯通中了黃藥師的掌力，原本未痊，酣鬥良久，胸口又劇痛起來，他大笑叫道：「老叫化，郭兄弟，我失陪了，要先走一步到鯊魚肚子裏去啦！唉，你們不肯賭賽，我雖然贏了，卻也不算。」郭靖聽他說話之時雖然大笑，語音中頗有失望之意，便道：「好，我跟你賭！」

周伯通喜道：「這才死得有趣！」轉身避開兩條鯊魚的同時夾攻，忽見遠處白帆高張，暮靄蒼茫中一艘大船破浪而來。洪七公也即見到，正是歐陽鋒所乘的座船。三人見有救援，盡皆大喜。郭靖靠近周伯通身邊，助他抵擋鯊魚。

只一頓飯功夫，大船駛近，放下兩艘小舢舨，把三人救上船去，周伯通口中吐血，還在不斷說笑，指著海中羣鯊咒罵。

歐陽鋒和歐陽克站在大船頭上迎接，極目遠望，見海上鼓鰭來去的盡是鯊魚，心下也不禁駭然。周伯通不肯認輸，說道：「老毒物，是你來救我們的，我可沒出聲求救，因此不算你對我有救命之恩。」歐陽鋒道：「那自然不算。今日阻了三位海中殺鯊的雅興，兄弟好生過意不去。」周伯通笑道：「那也罷了，你阻了我們的雅興，卻免得我們鑽入鯊魚肚中玩耍，兩下就此扯直，誰也沒虧負了誰。」

歐陽克和蛇奴用大塊牛肉作餌，掛在鐵鉤上垂釣，片刻之間，釣起了七八條大鯊。洪七公指著鯊魚笑道：「好，你吃不到我們，這可得讓我們吃了。」歐陽克笑道：「小姪有個法子，給洪伯父報仇。」命人削了幾根兩端尖利的粗木棍，用鐵槍撬開鯊魚嘴唇，將木棍撐在上下兩唇之間，然後將一條條活鯊又拋入海裏。周伯通笑道：「這叫它永遠吃不得東西，可是十天八日又死不了。」

郭靖心道：「如此毒計，虧他想得出來。這饞嘴之極的鯊魚在海裏活活餓死，那滋味可真夠受的。」周伯通見他臉有不愉之色，笑道：「兄弟，這惡毒的法子你瞧著不順眼，是不是？這叫做毒叔自有毒姪啊！」

西毒歐陽鋒聽旁人說他手段毒辣，向來不以為忤，反有沾沾自喜之感，聽周伯通如此說，微微一笑，說道：「老頑童，這一點小小玩意兒，跟老毒物的本事比起來，可還差得遠啦。你們三位給這小小的鯊魚困得上氣不接下氣，在區區看來，鯊魚雖多，卻也算不了甚麼。」說著伸出右手，朝著海面自左而右的在胸前劃過，說道：「海中鯊魚就算再多上十倍，老毒物要一鼓將之殲滅，也不過舉手之勞而已。」

周伯通道：「啊！老毒物吹得好大的氣，你若能大顯神通，真把海上鯊魚盡數殺了，老頑童向你磕頭，叫你三百聲親爺爺。」歐陽鋒道：「那可不敢當。你若不信，咱倆不妨打個賭。」周伯通大叫：「好好，賭人頭也敢。」

洪七公心中起疑：「憑他有天大本事，也不能把成千成萬條鯊魚盡皆殺了，只怕他另有異謀。」只聽歐陽鋒笑道：「賭人頭卻也不必。倘若我勝了，我要請你做一件事，你可不能推辭。要是我輸，也任憑你差遣做一件難事。你瞧好也不好？」周伯通大叫：「任你愛賭甚麼就賭甚麼！」歐陽鋒向洪七公道：「這就相煩七兄做個中證。」洪七公點頭道：「好！但若勝方說出來的事，輸了的人或是做不到，或是不願做，卻又怎地？」周伯通道：「那就自己跳在海裏餵鯊魚。」

歐陽鋒微微一笑，不再說話，命手下人拿過一隻小酒杯。他右手伸出兩指，捏住他杖頭一條怪蛇的頭頸，蛇口張開，牙齒尖端毒液登時湧出。歐陽鋒將酒杯伸過去接住，片刻之間，黑如漆、濃如墨的毒液流了半杯。他放下怪蛇，抓起另一條蛇如法炮製，盛滿了一杯毒液。兩條怪蛇吐出毒液後盤在杖頭，不再遊動，似已筋疲力盡。

歐陽鋒命人釣起一條鯊魚，放在甲板之上，左手揪住魚吻向上提起，右足踏在鯊魚下唇，兩下一分。那條鯊魚幾有兩丈來長，給他這麼一分，巨口不由得張了開來，露出兩排匕首般的牙齒。歐陽鋒將那杯毒液倒在魚口被鐵鉤鉤破之處，左手倏地變掌，在魚腹下托起，隨手揮出，一條兩百來斤的鯊魚登時飛起，水花四濺，落入海中。

周伯通笑道：「啊哈，我懂啦，這是老和尚治臭蟲的妙法。」郭靖道：「大哥，甚麼老和尚治臭蟲？」

周伯通道：「從前有個老和尚，在汴梁街上叫賣殺臭蟲的靈藥，他道這藥靈驗無比，臭蟲吃了必死，若不把臭蟲殺得乾乾淨淨，就賠還買主十倍的錢。這樣一叫，可就生意興隆啦。買了靈藥的主兒回去往床上一撒，嘿嘿，半夜裏臭蟲還是成羣結隊的出來，咬了他個半死。那人可就急了，第二天一早找到了老和尚，要他賠錢。那老和尚道：『我的藥非靈不可，若是不靈，準是你的用法不對。』那人問道：『該怎麼用？』」他說到這裏，笑吟吟的只是搖頭晃腦，卻不再說下去。

郭靖問道：「該怎麼用才好？」周伯通一本正經的道：「那老和尚道：『你把臭蟲捉來，撬開嘴巴，把這藥餵牠這麼幾分幾錢，若是不死，你再來問老和尚。』那人惱了，說道：『要是我把臭蟲捉到，這一揑不就死了，又何必再餵你的甚麼靈藥？』老和尚道：『本來嘛，我又沒說不許揑？』」

郭靖、洪七公、和歐陽鋒叔姪聽了都哈哈大笑。歐陽鋒笑道：「我的臭蟲藥跟那老和尚的可略略有些兒不同。」周伯通道：「我看也差不多。」歐陽鋒向海中一指，道：「你瞧著罷。」

只見那條喝過蛇毒的巨鯊一跌入海中，肚腹向天，早已斃命，七八條鯊魚圍上來一陣咬嚙，片刻之間，巨鯊變成一堆白骨，沉入海底。說也奇怪，吃了那巨鯊之肉的七八條鯊魚，不到半盞茶時分，也都肚皮翻轉，從海心浮了上來。羣鯊一陣搶食，又是盡皆中毒而死。一而十、十而百、百而千，只小半個時辰功夫，海面上盡是浮著鯊魚的屍體，餘下的活鯊魚為數已經不多，仍在爭食魚屍，轉瞬之間，眼見要盡數中毒。

洪七公、周伯通、郭靖三人見了這等異景，盡皆變色。

洪七公嘆道：「老毒物，老毒物，你這毒計固然毒極，這兩條怪蛇毒汁，可也忒厲害了些。」歐陽鋒望著周伯通嘻嘻而笑，得意已極。周伯通搓手頓足，亂拉鬍子。

眾人放眼望去，滿海盡是翻轉了肚皮的死鯊，隨著波浪起伏上下。周伯通道：「這許多大白肚子，瞧著叫人作嘔。想到這許多鯊魚都中了老毒物的毒，更是叫人作嘔。老毒物，你小心看，海龍王這就點起巡海夜叉、蝦兵蟹將，跟你算帳來啦。」歐陽鋒只是微笑不語。

洪七公道：「鋒兄，小弟有一事不明，倒要請教。」歐陽鋒道：「不敢當。」洪七公道：「你這小小一杯毒汁，憑它毒性厲害無比，又怎能毒得死這成千成萬條巨鯊？」歐陽鋒笑道：「這蛇毒甚是奇特，鮮血一遇上就化成毒藥。毒液雖只小小一杯，但一條鯊魚的傷口碰到之後，魚身上成百斤的鮮血就都化成了毒汁，第二條鯊魚碰上了，又多了百來斤毒汁，如此愈傳愈廣，永無止歇。」洪七公道：「這就叫做流毒無窮了。」歐陽鋒道：「正是。兄弟既有了西毒這個名號，若非在這『毒』字功夫上稍有獨得之秘，未免愧對諸賢。」

說話之間，大隊鯊魚已盡數死滅，其餘的小魚在鯊羣到來時不是葬身鯊腹，便早逃得乾乾淨淨，海上一時靜悄悄的無聲無息。

洪七公道：「快走，快走，這裏毒氣太重。」歐陽鋒傳下令去，船上前帆、主帆、三角帆一齊升起，乘著南風，向西北而行。

周伯通道：「老毒物果然賣的好臭蟲藥。你要我做甚麼，說出來罷。」歐陽鋒道：「三位先請到艙中換了乾衣，用食休息。賭賽之事，慢慢再說不遲。」

周伯通甚是性急，叫道：「不成，不成，你得馬上說出來。慢吞吞的又賣甚麼關子？你若把老頑童悶死了，那是你自己吃虧，可不關我事。」歐陽鋒笑道：「既是如此，伯通兄請隨我來。」

第二十回

竄改經文

——

那桅桿隔在二人之間，熊熊燃燒。
歐陽鋒蛇杖一擺，在桅桿上戳將過來。
洪七公也從腰間拔出竹棒，揮棒還擊。
兩人這時各使器械，攻拒拚鬥，更是猛惡。

洪七公與郭靖見歐陽鋒叔姪領周伯通走入後艙，逕行到前艙換衣。四名白衣少女過來服侍。洪七公笑道：「老叫化可從來沒享過這個福。」把上下衣服脫個精光，一名少女替他用乾布揩拭。郭靖脹紅了臉，不敢脫衣。洪七公笑道：「怕甚麼？還能吃了你麼？」兩名少女上來要替他脫靴解帶，郭靖忙除下靴襪外衫，鑽入被窩，換了小衣。洪七公哈哈大笑，那四名少女也是格格直笑。

換衣方畢，兩名少女走進艙來，手托盤子，盛著酒菜白飯。說道：「請兩位爺胡亂用些。」洪七公揮手道：「你們出去罷，老叫化見了美貌的娘兒們吃不下飯。」眾少女笑著走出，帶上艙門。洪七公拿起酒菜在鼻邊嗅了幾嗅，輕聲道：「別吃的好，老毒物鬼計多端，只吃白飯無礙。」拔開背上葫蘆的塞子，骨都骨都喝了兩口酒，和郭靖各自扒了三大碗飯，把幾碗菜都倒在船板之下。郭靖低聲道：「不知他要周大哥做甚麼事。」洪七公道：「決不能是好事。這一下老頑童實在是大大的不妙。」

艙門緩緩推開，一名少女走到門口，說道：「周老爺子請郭爺到後艙說話。」郭靖向師父望了一眼，隨著那少女走出艙門，從左舷走到後梢。那少女在後艙門上輕擊三下，待了片刻，推開艙門，輕聲道：「郭爺到。」

郭靖走進船艙，艙門就在他身後關了，艙內卻是無人。他正覺奇怪，左邊一扇小門忽地推開，歐陽鋒叔姪走了進來。郭靖道：「周大哥呢？」歐陽鋒反手關上小門，踏上兩步，一伸手，已抓住了郭靖左腕脈門。這一抓快捷無比，郭靖又萬料不到他竟會突然動武，登時腕上就如上了一道鐵箍，動彈不得。歐陽克袖中鐵扇伸出，抵在郭靖後心要穴。

郭靖登時胡塗了，呆在當地，不知他叔姪是何用意。歐陽鋒冷笑道：「老頑童跟我打賭輸了，我叫他做事，他卻不肯。」郭靖道：「嗯？」歐陽鋒道：「我叫他把九陰真經默寫出來給我瞧瞧，那老頑童竟然說話不算數。」郭靖心想：「周大哥怎肯把真經傳給你？」問道：「周大哥呢？」歐陽鋒冷笑一聲，道：「他曾言道，若是不願依我的話辦事，這就跳在大海裏餵鯊魚。哼，總算他也是個響噹噹的人物，這句話倒是沒賴。」郭靖大吃一驚，叫道：「他……他……」拔足要待奔向艙門。歐陽鋒手上一緊，郭靖便即停步。歐陽克微微使勁，扇端觸得郭靖背上「至陽穴」一陣酸麻。

歐陽鋒向桌上的紙墨筆硯一指，說道：「當今之世，已只有你一人知道真經全文，快寫下來罷。」郭靖搖了搖頭。歐陽克笑道：「你和老叫化剛才所吃的酒菜之中，都已下了毒藥，若不服我叔父的獨門解藥，六個時辰後毒性發作，就像海裏的那些鯊魚般死了。只要你好好寫將出來，自然饒了你師徒二人性命。」郭靖暗暗心驚：「若非師父機警，已自著了他們道兒。」瞪眼瞧著歐陽鋒，心想：「你是武學大宗師，竟使這些卑鄙勾當。」

歐陽鋒見他仍是沉吟不語，說道：「你已把經文牢牢記在心中，寫了出來，於你絲毫無損，又有甚麼遲疑？」郭靖凜然道：「你害了我義兄性命，我和你仇深似海！你要殺便殺，想要我屈從，那叫做癡心妄想！」歐陽鋒哼了一聲，道：「好小子，倒有骨氣！你不怕死，連你師父的性命也不救麼？」

郭靖尚未答話，忽聽得身後艙門喀喇一聲巨響，木板碎片紛飛。歐陽鋒回過頭來，只見洪七公雙手各提木桶，正把兩桶海水猛潑過來，眼見兩股碧綠透明的水柱筆直飛至，勁力著實淩厲，歐陽鋒雙足一登，提了郭靖向左躍開，左手仍是緊緊握住他腕上脈門。

只聽得劈劈兩聲，艙中水花四濺，歐陽克大聲驚呼，已被洪七公抓住後領，提了過去。洪七公哈哈大笑，說道：「老毒物，你千方百計要佔我上風，老天爺總是不許！」歐陽鋒見姪兒落入他手，當即笑道：「七兄，又要來伸量兄弟的功夫麼？咱們到了岸上再打不遲。」洪七公笑道：「你跟我徒兒這般親熱幹甚麼？拉著他的手不放。」

歐陽鋒道：「我跟老頑童賭賽，是我贏了不是？你是中證不是？老頑童不守約言，我只有唯你是問，可不是？」洪七公連連點頭，道：「那不錯。老頑童呢？」郭靖心中甚是難受，搶著道：「周大哥給他……給他逼著跳海死了。」洪七公一驚，提著歐陽克躍出船艙，四下眺望，海中波濤起伏，不見周伯通的蹤影。

歐陽鋒牽著郭靖的手，也一起走上甲板，鬆開了手，說道：「郭賢姪，你功夫還差得遠呢！人家這麼一伸手，你就聽人擺佈。去跟師父練上十年，再出來闖江湖罷。」郭靖記掛周伯通的安危，也不理會他的譏嘲，爬上桅桿，四面瞭望。

洪七公提起歐陽克向歐陽鋒擲去，喝道：「老毒物，你逼死老頑童，自有全真教的人跟你算帳。你武功再強，也未必擋得住全真七子的圍攻。」歐陽克不等身子落地，右手一撐，已站直身子，暗罵：「臭叫化，明天這時刻，你身上毒發，就要在我跟前爬著叫救命啦。」歐陽鋒微微一笑，道：「那時你這中證可也脫不了干係。」洪七公道：「好啊，到時候我打狗棒棒打落水狗。」歐陽鋒雙手一拱，進了船艙。

郭靖望了良久，一無所見，只得落到甲板，把歐陽鋒逼他寫經的事對師父說了。洪七公點了點頭，並不言語，尋思：「老毒物做事向來鍥而不捨，不得真經，決計不肯罷休，我這徒兒可要給他纏上了。」郭靖想起周伯通喪命，放聲大哭。洪七公也是心中淒然，眼見坐船向西疾駛，再過兩天，就可望得到陸地。他怕歐陽鋒又在飲食中下毒，逕到廚房中去搶奪了一批飯菜，與郭靖飽餐一頓，倒頭呼呼大睡。

歐陽鋒叔姪守到次日下午，眼見已過了八九個時辰，洪七公師徒仍是並無動靜。歐陽鋒倒擔心起來，只怕兩人毒發之後要強不肯聲張，毒死老叫化那是正合心意，毒死了郭靖可就糟了，九陰真經從此失傳，到門縫中偷偷張望，只見兩人好好地坐著閒談，洪七公話聲響亮，中氣充沛，心道：「定是老叫化機警，沒中到毒。」他毒物雖然眾多，但要只毒到洪七公而不及郭靖，一時倒也苦無善策。

洪七公正向郭靖談論丐幫的所作所為，說到丐幫的幫眾雖以乞討為生，卻是行俠仗義，救苦解難，為善決不後人，只是做了好事，卻儘量不為人知。他又說到選立丐幫幫主繼承人的規矩，說道：「可惜你不愛做叫化，否則似你這般人品，我幫中倒還沒人及得上，我這根打狗棒非傳給你不可。」正說得高興，忽聽得船艙壁上錚錚錚，傳來一陣斧鑿之聲。

洪七公跳起身來，叫道：「不好，賊廝鳥要把船鑿沉。」搶到艙口，向郭靖叫道：「快搶船後的小舢舨。」一言甫畢，通的一聲，板壁已被鐵椎椎破，只聽得嗤嗤嗤一陣響，湧進來的不是海水，卻是數十條蝮蛇。洪七公笑罵：「老毒物用蛇攻！」右手連揚，擲出鋼針，數十條蝮蛇都被釘在船板之上，痛得吱吱亂叫，身子扭曲，卻已遊動不得。郭靖心想：「蓉兒雖然也會這滿天花雨擲金針之技，比起師父來，卻是差得遠了。」跟著缺口中又湧了數十條蝮蛇進來。洪七公射出鋼針，進來的蝮蛇又盡數釘死在地。卻聽得驅蛇的木笛聲嘘嘘不絕，蛇頭晃動，愈來愈多。

洪七公殺得性起，大叫：「老毒物給我這許多練功的靶子，真是再好也沒有。」探手入囊，又抓了一把鋼針，卻覺所賸的鋼針已寥寥無幾，心中一驚，眼見毒蛇源源不絕，正自思索抵禦之法，忽聽喀喇猛響，兩扇門板直跌進艙，一股掌風襲向後心。

郭靖站在師父身側，但覺掌風凌厲，不及回身，先自雙掌併攏，回了一招，只覺來勢猛惡，竭盡平生之力，這才抵住。歐陽鋒見這一掌居然推不倒他，咦了一聲，微感驚訝，上步反掌橫劈。郭靖知道再也難以硬架擋開，當下左掌引帶，右手欺進，逕攻歐陽鋒的左脅。歐陽鋒這掌不敢用老了，沉肩回掌，往他手腕斬落。郭靖眼見處境危急，只要給歐陽鋒守住艙門，毒蛇便不斷的湧進來，自己與師父必致無倖，於是左手奮力抵擋來招，右手著著搶攻。他左擋右進，左虛右實，使出周伯通所授的功夫來。歐陽鋒從未見過這般左右分心搏擊的拳路，不禁一呆，竟被郭靖連搶數招。講到真實功夫，就是當真有兩個郭靖，以二敵一，也不是歐陽鋒的對手，只是他這套武功實在太奇，竟爾出敵不意，數招間居然佔了上風。西毒歐陽鋒享大名數十年，究是武學的大師，一怔之下，便已想到應付的法門，「咕」的一聲大叫，雙掌齊推而出。郭靖單憑左手，萬萬抵擋不住，眼見要被他逼得向後疾退，而身後蛇羣已嘶嘶大至。

洪七公大叫：「妙極，妙極！老毒物，你連我小徒兒也打不過，還逞甚麼英雄豪強？」縱身「飛龍在天」，從兩人頭頂飛躍而過，飛腳把擋在前面的歐陽克踢了個觔斗，回臂一個肘槌，撞向歐陽鋒的後心。歐陽鋒斜身還招，逼迫郭靖的掌力卻因而消解。

郭靖心想：「師父與他功力悉敵，他姪兒現下已非我對手，何況他傷勢未愈，以二敵二，我方必贏無疑。」精神一振，拳腳如狂風暴雨般往歐陽鋒攻去。洪七公激鬥之際眼觀六路，見十餘條蝮蛇已遊至郭靖身後，轉瞬間就要躍上咬人，急叫：「靖兒，快出來！」手上加緊，把歐陽鋒的招數盡數接了過去。

歐陽鋒腹背受敵，頗感吃力，側過身子，放了郭靖出艙，與洪七公再拆數招，成百條蝮蛇已遊上甲板。洪七公罵道：「打架要畜生做幫手，不要臉。」可是見蝮蛇愈湧愈多，心中也是發毛，右手舞起打狗棒，打死了十餘條蝮蛇，一拉郭靖，奔向主桅。

歐陽鋒暗叫：「不好！這兩人躍上了桅桿，一時就奈何他們不得。」飛奔過去阻攔。洪七公猛劈兩掌，風聲虎虎，歐陽鋒橫拳接過。郭靖又待上前相助。洪七公叫道：「快上桅桿。」郭靖道：「我打死他姪兒，給周大哥報仇。」洪七公急道：「蛇！蛇！」郭靖見前後左右都已有毒蛇遊動，不敢戀戰，反手接住歐陽克擲來的一枚飛燕銀梭，高縱丈餘，左手已抱住了桅桿，只聽得身後暗器風響，順手將接來的銀梭擲出。噹的一聲，兩枚銀梭在空中相碰，飛出船舷，都落入海中去了。郭靖雙手交互攀援，頃刻間已爬到了桅桿中段。

歐陽鋒知道洪七公也要上桅，出招越來越緊。洪七公雖然仍是穩持平手，但要抽身上桅，卻也不能。郭靖見蛇羣已逼至師父腳下，情勢已急，大叫一聲，雙足抱住桅桿，身子直溜下來。洪七公左足一點，人已躍起，右足踢向歐陽鋒面前。郭靖抓住師父手中竹棒，向上力甩，洪七公的身子直飛起來，長笑聲中，左手已抓住了帆桁，掛在半空，反而在郭靖之上。這一來，兩人居高臨下，頗佔優勢。歐陽鋒眼見若是爬上仰攻，必定吃虧，大聲叫道：「好呀，咱們耗上啦。轉舵向東！」只見風帆側過，座船向東而駛。主桅腳下放眼皆青，密密麻麻的都是毒蛇。

洪七公坐在帆桁之上，口裏大聲唱著乞兒討錢的「蓮花落」，神態甚是得意，心中卻大為發愁：「在這桅桿之上又躲得幾時？縱使老毒物不把桅桿砍倒，只要蛇陣不撤，就不能下去，他爺兒倆在下面飲酒睡覺，我爺兒倆卻在這裏喝風撒尿！不錯！」他一想到撒尿，立時拉開褲子，往下直撒下去，口中還叫：「靖兒，淋尿給直娘賊喝個飽。」郭靖是小孩性子，正合心意，跟著師父大叫：「請啊，請啊！」師徒二人同時向下射尿。

歐陽鋒急叫：「快將蛇撤開。」同時向後躍開數步。他身法快捷，洪郭二人的尿自然淋不到他。歐陽克聽叔父語聲甚急，一怔之際，臉上頸中卻已濺著了數點。他最是愛潔，勃然大怒，猛地想到：「我們的蛇兒怕尿。」

木笛聲中，蛇羣緩緩後撤，但桅桿下已有數十條蝮蛇被尿淋到。這些蝮蛇都是在西域白駝山蛇谷中雜交培養而得，毒性猛烈，歐陽鋒裝在大竹簍中，用數百匹大駱駝萬里迢迢的運來中原，原欲仗此威震武林，只是蝮蛇害怕人獸糞尿。旗桿下數十條毒蛇被淋到熱尿，痛得亂翻亂滾，張口互咬，眾蛇奴一時那裏約束得住。

洪七公和郭靖見諸人大為忙亂，樂得哈哈大笑。郭靖心想：「若是周大哥在此，必定更加高興。唉！他絕世武功，卻喪生於大海之中。黃島主和老毒物這般本事，周大哥的尿卻能淋到他二人頭上，我和師父的尿便淋不到老毒物了。」

過了兩個時辰，天色漸黑。歐陽鋒命船上眾人都坐在甲板上歡呼暢飲，酒氣肉香，一陣陣衝了上來。歐陽鋒這記絕招當真厲害，洪七公是個極饞之人，如何抵受得了？片刻之間，就把背上葫蘆裏盛的酒都喝乾了。當晚兩人輪流守夜，但見甲板上數十人手執燈籠火把，押著蛇羣將桅桿團團圍住，實是無隙可乘，何況連尿也撒乾了。洪七公把歐陽鋒祖宗十八代罵了個遍，還憑空揑造無數醜事，加油添醬，罵得惡毒異常。歐陽鋒卻在艙中始終不出來。洪七公罵到後來，唇疲舌倦，也就合眼睡了。

次日清晨，歐陽鋒派人在桅桿下大叫：「洪幫主、郭小爺，歐陽老爺整治了上等酒席，請兩位下來飲用。」洪七公叫道：「你叫歐陽鋒來，咱們請他吃尿。」過不多時，桅桿下開了一桌酒席，飯菜熱騰騰的直冒熱氣。席邊放了兩張坐椅，似是專等洪郭二人下來食用。洪七公幾次想要溜下桅桿去搶奪，但想酒食之中定有毒藥，只得強自忍耐，無可奈何之餘，又是「直娘賊，狗廝鳥」的胡罵一通。

到得第三日上，兩人又餓又渴，頭腦發暈。洪七公道：「但教我那個女徒兒在此，她聰明伶俐，定有對付老毒物的法子。咱爺兒倆可只有乾瞪眼、流饞涎的份兒。」郭靖嘆了口氣。挨到將近午時，陽光正烈，突見遠處有兩點白影。他只當是白雲，也不以為意，那知白影移近甚速，越飛越大，啾啾啼鳴，卻是兩頭白鵰。

郭靖大喜，曲了左手食指放在口中，連聲長哨。兩頭白鵰飛到船頂，打了兩個盤旋，俯衝下來，停在郭靖肩上，正是他在大漠中養伏了的那兩頭猛禽。郭靖喜道：「師父，莫非蓉兒也乘了船出來？」洪七公道：「那妙極了。只可惜鵰兒太小，負不起咱師徒二人。咱們困在這裏無計可施，你快叫她來作個計較。」郭靖拔出匕首，割了兩塊五寸見方的船帆，用匕首在布上劃了「有難」兩字，下角劃了一個葫蘆的圖形，每隻白鵰腳上縛了一塊，對白鵰說道：「快快飛回，領蓉姑娘來此。」兩頭白鵰在郭靖身上挨擠了一陣，齊聲長鳴，振翼高飛，在空中盤旋一轉，向西沒入雲中。

白鵰飛走之後不到一個時辰，歐陽鋒又在桅桿下布列酒菜，勸誘洪七公與郭靖下來享用。洪七公怒道：「老叫化最愛的就是吃喝，老毒物偏生瞧準了來折磨人。我一生只練外功，定力可就差了一點。靖兒，咱們下去打他個落花流水再上來，好不好？」郭靖道：「白鵰既已帶了信去，情勢必致有變。您老人家且再等一等。」

洪七公一笑，過了一會，道：「天下味道最不好的東西，你道是甚麼？」郭靖道：「我不知道，是甚麼？」洪七公道：「有一次我到極北苦寒之地，大雪中餓了八天，松鼠固然找不到，到後來連樹皮也尋不著了。我在雪地泥中亂挖亂掘，忽然掘到了五條活的東西，老叫化幸虧這五條東西救了一命，多挨了一天。第二日就打到了一隻黃狼，飽啖了一頓。」郭靖道：「那五條東西是甚麼？」洪七公道：「是蚯蚓，肥得很。生吞下肚，不敢咬嚼。」郭靖想起蚯蚓蠕蠕而動的情狀，不禁一陣噁心。

洪七公哈哈大笑，儘揀天下最髒最臭的東西來說，要抵禦桅桿底下噴上來的酒肉香氣。他說一陣，罵一陣，最後道：「靖兒，現下若有蚯蚓，我也吃了，但有一件最髒最臭之物，老叫化寧可吃自己的腳趾頭，卻也不肯吃它，你道是甚麼？」郭靖笑道：「我知道啦，是臭屎！」洪七公搖頭道：「還要髒。」他聽郭靖猜了幾樣，都未猜中，大聲說道：「我對你說，天下最髒的東西，是西毒歐陽鋒。」郭靖大笑，連說：「對，對！」

挨到傍晚，實在挨不下去了，只見歐陽克站在蛇羣之中，笑道：「洪伯父、郭世兄，家叔但求相借九陰真經一觀，別無他意。」洪七公低聲怒罵：「直娘賊，就是不安好心！」急怒之中，忽生奇策，臉上不動聲色，朗聲罵道：「小賊種，老子中了你狗叔父的詭計，認輸便了。快拿酒肉來吃，明天再說。」歐陽克大喜，知他言出如山，當即撤去蛇陣。洪七公和郭靖溜下桅桿，走進艙中。歐陽克命人整治精美菜肴，送進船艙。

洪七公關上艙門，骨都骨都喝了半壺酒，撕了半隻鷄便咬。郭靖低聲道：「這次酒菜裏沒毒麼？」洪七公道：「傻小子，那廝鳥要你寫經與他，怎能害你性命？快吃得飽飽地，咱們另有計較。」郭靖心想不錯，一口氣扒了四大碗飯。

洪七公酒酣飯飽，伸袖抹了嘴上油膩，湊到郭靖耳邊輕輕道：「老毒物要九陰真經，你寫一部九陰假經與他。」郭靖不解，低聲問道：「九陰假經？」洪七公笑道：「是啊。當今之世，只有你一人知道真經的經文，你愛怎麼寫就怎麼寫，誰也不知是對是錯。你把經中文句任意顛倒竄改，教他照著練功，那就練一百年只練成個屁！」郭靖心中一樂，暗道：「這一著真損，老毒物要上大當。」但轉念一想，說道：「歐陽鋒武學湛深，又機警狡猾，弟子胡書亂寫，必定被他識破，這便如何？」

洪七公道：「你可要寫得似是而非，三句真話，夾半句假話，逢到練功的秘訣，卻給他增增減減，經上說吐納八次，你改成六次或是十次，老毒物再機靈，也決不能瞧出來。我寧可七日七夜不飲酒不吃飯，也要瞧瞧他老毒物練九陰假經的模樣。」說到這裏，不覺吃吃的笑了出來。郭靖笑道：「他若是照著假經練功，不但虛耗時日，勞而無功，只怕反而身子受害。」洪七公笑道：「你快好好想一下如何竄改，只要他起了絲毫疑心，那就大事不成了。」又道：「那下卷經文的前幾頁，黃藥師的老婆默寫過的，歐陽克這小畜生在桃花島上讀過背過，那就不可多改。然而稍稍加上幾個錯字，諒那小畜生也分辨不出。」

郭靖默想真經的經文，思忖何處可以顛倒黑白，淆亂是非，何處又可以改靜成動，移上為下，那也不是要他自作文章，只不過是依照師父所傳的訣竅，將經文倒亂一番而已，經中說「手心向天」，他想可以改成「腳底向天」，「腳踏實地」不妨改為「手撐實地」，經中說是「氣凝丹田」，心想大可改成「氣凝胸口」，想到得意之處，不禁嘆了一口長氣，心道：「這般捉弄人的事，蓉兒和周大哥都最是喜愛，只可惜一則生離，一則死別，和蓉兒尚有重聚之日，周大哥卻永遠聽不到我這促狹之事了。」

次日早晨，洪七公大聲對歐陽克道：「老叫化武功自成一家，九陰真經就是放在面前，也不屑瞧它一眼。只有不成材的廝鳥，自己功夫不成，才巴巴的想偷甚麼真金真銀，對你狗叔父說，真經就寫與他，叫他去閉門苦練，練成後再來跟老叫化打架。真經自然是好東西，可是我就偏偏不放在眼裏。瞧他得了真經，能不能奈何得了老叫化。他去苦練九陰真經上的武功，本門功夫自然便荒廢了，一加一減，到頭來還不是跟老叫化半斤八兩？這叫作脫褲子放屁，多此一舉。」

歐陽鋒站在艙門之側，這幾句話聽得清清楚楚，心中大喜，暗想：「老叫化向來自負，果然不錯，正因如此，才答允把經給我，否則以他寧死不屈的性兒，蛇陣雖毒，肚子雖餓，卻也難以逼得他就範。」

歐陽克道：「洪伯父此言錯矣！家叔武功已至化境，洪伯父如此本領，卻也贏不了家叔一招半式，他又何必再學九陰真經？家叔常對小姪言道，他深信九陰真經浪得虛名，譁眾欺人，否則王重陽當年得了九陰真經，為甚麼又不見有甚麼驚世駭俗的武功顯示出來？家叔發願要指出經中的虛妄浮誇之處，好教天下武學之士盡皆知曉，這真經有名無實，謬誤極多。這豈非造福武林的一件盛舉麼？」

洪七公哈哈大笑，道：「你瞎吹甚麼牛皮！靖兒，把經文默寫給他瞧。若是老毒物真能指得出九陰真經中有甚麼錯處，老叫化給他磕頭。」

郭靖應聲而出。歐陽克將他帶到大艙之中，取出紙筆，自己在旁研墨，供他默寫。

郭靖沒讀過幾年書，書法甚是拙劣，又須思索如何竄改經中文字，是以寫得極為緩慢，時時不知一個字如何寫法，要請歐陽克指點，寫到午時，上卷經書還只寫了一小半。歐陽鋒始終沒出來，郭靖寫一張，歐陽克就拿一張去交給叔父。

歐陽鋒看了，每一段文義都難以索解，但見經文言辭古樸，料知含意深遠，日後回到西域去慢慢參研，以自己之聰明才智，必能推詳透徹，數十年心願一旦得償，不由得心花怒放。他見郭靖傻頭傻腦，寫出來的字又是彎來扭去，十分拙劣，自然揑造不出如此深奧的經文；又聽姪兒言道，有許多字郭靖只知其音，不知寫法，還是姪兒教了他的，那自是真經無疑。卻那裏想得到這傻小子受了師父之囑，竟已把大部經文默得不是顛倒脫漏，就是胡改亂刪？至於上卷經文中那段咒語般的怪文，郭靖更將之抖亂得不成模樣。

郭靖筆不停揮的寫到天黑，下卷經文已寫了大半。歐陽鋒不敢放他回艙，生怕洪七公忽爾改變主意，突起留難，縱然大半部經文已然到手，總是殘缺不全，於是安排了豐盛酒飯，留郭靖繼續書寫。

洪七公等到戌末亥時，未見郭靖回來，頗不放心，生怕偽造經文被歐陽鋒發覺，傻徒弟可要吃虧，這時甲板上的蛇陣早已撤去，他悄悄溜出艙門，見兩名蛇奴站在門旁守望。洪七公向左虛劈一掌，呼的一響，掌風帶動帆索。兩名蛇奴齊向有聲處張望，洪七公早已在右邊竄出。他身法何等快捷，真是人不知，鬼不覺，早已撲向右舷。

大艙窗中隱隱透出燈光，洪七公到窗縫中張望，見郭靖正伏案書寫，兩名白衣少女在旁沖茶添香，研墨拂紙，服侍得甚是周至。

洪七公放下了心，只覺酒香撲鼻，定睛看時，見郭靖面前放著一杯琥珀色的陳酒，艷若胭脂，芳香襲人。洪七公暗罵：「老毒物好不勢利，我徒兒寫經與他，他便以上佳美酒款待，給老叫化喝的卻是尋常水酒。」他是天下第一饞人，世間無雙酒徒，既見有此美酒，不飲豈肯罷休？心道：「老毒物的美酒必是藏在艙底，我且去喝他個痛快，再在酒桶裏撒一泡尿，叫他嘗嘗老叫化的臊味。就算我那傻徒兒慘受池魚之殃，誤飲了老叫化的臭尿，那也毒不死他。」

想到此處，不禁得意微笑。偷酒竊食，原是他的拿手本領，當年在臨安皇宮御廚樑上一住三月，皇帝所吃的酒饌每一件都由他先行嘗過。皇宮中警衛何等森嚴，他都來去自如，旁若無人，到艙底偷些酒吃，真是何足道哉。當下躡步走到後甲板，眼望四下無人，輕輕揭開下艙的蓋板，溜了下去，將艙板托回原位，嗅得幾嗅，早知貯藏食物的所在。

船艙中一團漆黑，他憑著菜香肉氣，摸進糧艙，晃亮火摺，果見壁角豎立著六七隻大木桶。洪七公大喜，找到一隻缺口破碗，吹滅火摺，放回懷裏，這才走到桶前，伸手搖了搖，甚是沉重，桶中裝得滿滿地。他左手拿住桶上木塞，右手伸碗去接，待要拔去塞子，忽聽得腳步聲響，有兩人來到了糧艙之外。

那兩人腳步輕捷，洪七公知道若非歐陽鋒叔姪，別人無此功夫，心想他倆深夜到糧艙中來，必有鬼計，多半要在食物中下毒害人，當下縮在木桶之後，蜷成一團。只聽得艙門輕輕開了，火光閃動，兩人走了進來。

洪七公聽兩人走到木桶之前站定，心道：「他們要在酒裏下毒？」只聽歐陽鋒道：「各處艙裏的油柴硫磺都安排齊備了？」歐陽克笑道：「都齊備了，只要一引火，這艘大船轉眼就化灰燼，這次可要把臭叫化烤焦啦。」洪七公大吃一驚：「他們要燒船？」只聽歐陽鋒又道：「咱們再等片刻，待那姓郭的小子睡熟了，你先下小艇去，千萬小心，別讓老叫化知覺。我到這裏來點火。」歐陽克道：「那些姬人和蛇奴怎麼安排？」歐陽鋒冷冷的道：「臭叫化是一代武學大師，總得有些人殉葬，才合他身分。」

兩人說著即行動手，拔去桶上木塞，洪七公只覺油氣衝鼻，原來桶裏盛的都是桐油菜油。歐陽叔姪又從木箱裏取出一包包硫磺，將木柴架在上面，大袋的木屑刨花，也都倒了出來。過不多時，艙中油已沒脛，兩人轉身走出，只聽歐陽克笑道：「叔叔，再過一個時辰，那姓郭的小子葬身海底，世上知曉九陰真經的，就只你老人家一個啦。」歐陽鋒道：「不，有兩個。難道我不傳你麼？」歐陽克大喜，反手帶上了艙門。

洪七公驚怒交集，心想若不是鬼使神差的下艙偷酒，怎能知曉這二人的毒計？烈火驟發，又怎能逃脫劫難？聽得二人走遠，於是悄悄摸出，回到自己艙中，見郭靖已經躺在床上睡著，正想叫醒他共商應付之策，忽聽門外微微一響，知道歐陽鋒來察看自己有否睡熟，便大聲叫道：「好酒啊好酒！再來十壺！」

歐陽鋒一怔，心想老叫化還在飲酒，只聽洪七公又叫：「老毒物，你我再拆一千招，分個高下。唔，唔，好小子，行行！」歐陽鋒站了一陣，聽他胡言亂語，前後不貫，才知是說夢話，心道：「臭叫化死到臨頭，還在夢中喝酒打架。」

洪七公嘴裏瞎說八道，側耳傾聽艙外的動靜，歐陽鋒輕功雖高，但走向左舷的腳步聲仍被他聽了出來。他湊到郭靖耳邊，輕推他肩膀，低聲道：「靖兒！」郭靖驚醒，「嗯」了一聲。洪七公道：「你跟著我行事，別問原因。現下悄悄出去，別讓人瞧見。」

郭靖一骨碌爬起。洪七公緩緩推開艙門，一拉郭靖衣袖，走向右舷。他怕給歐陽鋒發覺，不敢逕往後梢，左手攀住船邊，右手向郭靖招了招，身子掛到了船外。郭靖心中奇怪，不敢出聲相詢，也如他一般掛了出去。洪七公十指抓住船邊，慢慢往下遊動，眼注郭靖，只怕船邊滑溜，他失手跌入海中，可就會發出聲響。

船邊本就油漆光滑，何況一來濡濕，二來向內傾側，三來正在波濤之中起伏晃動，如此向下遊動，實非易事。幸好郭靖曾跟馬鈺日夜上落懸崖，近來功力又已大進，手指抓住船邊的鐵釘木材，或是插入船身上填塞裂縫的油灰絲筋之中，竟然穩穩溜了下來。洪七公半身入水，慢慢摸向後梢，郭靖緊跟在後。

洪七公到了船梢，果見船後用繩索繫著一艘小艇，對郭靖道：「上小艇去！」手一鬆，身子已與大船分離。那船行駛正快，向前一衝，洪七公已抓住小艇的船邊，翻身入艇，悄無聲息，等到郭靖也入艇來，說道：「割斷繩索。」

郭靖拔出匕首一劃，割斷了艇頭的繫索，那小艇登時在海中亂兜圈子。洪七公扳槳穩住，只見大船漸漸沒入前面黑暗之中。突然間大船船尾火光一閃，歐陽鋒手中提燈，大叫了一聲，發現小艇已自不見，喊聲中又是憤怒，又是驚懼。洪七公氣吐丹田，縱聲長笑。

忽然間右舷處一艘輕舟衝浪而至，迅速異常的靠向大船，洪七公奇道：「咦，那是甚麼船？」語聲未畢，只見半空中兩頭白鵰撲將下來，在大船的主帆邊盤旋來去。輕舟中一個白衣人影一晃，已躍上大船。星光熹微中遙見那人頭頂心的束髮金環閃了兩閃，郭靖低聲驚呼：「蓉兒！」

這輕舟中來的正是黃蓉。她將離桃花島時見到小紅馬在林中奔馳來去，忽地想起：「海中馬匹無用，那對白鵰卻可助我找尋靖哥哥。」於是吹唇作聲，召來了白鵰。鵰眼最是銳敏，飛行又極迅捷，在這茫茫大海之中，居然發見了郭靖的坐船。黃蓉在鵰足上見到郭靖寫的「有難」二字，又驚又喜，駕船由雙鵰高飛引路，鼓足了風帆趕來，但終究來遲了一步，洪七公與郭靖已然離船。

她心中念念不忘的是「有難」二字，只怕遲了相救不及，眼見雙鵰在大船頂上盤旋，等不及兩船靠攏，但見相距不遠，便手提蛾眉鋼刺，躍上大船，正見歐陽克猶如熱鍋上螞蟻般團團亂轉。黃蓉喝道：「郭靖呢？你把他怎麼了？」

歐陽鋒已在艙底生了火，卻發見船尾小艇影蹤全無，不禁連珠價叫起苦來，只聽得洪七公的笑聲遠遠傳來，心想這回害人不成反而害己，正自惶急無計，忽然見到黃蓉的輕舟，急忙搶出，叫道：「快上那船！」豈知那輕舟上的啞巴船夫個個是奸惡之徒，當黃蓉在船之時，受她威懾，不敢不聽差遣，一見她離船，正是天賜良機，立即轉舵揚帆，遠遠逃開。

洪七公與郭靖望見黃蓉躍上大船，就在此時，大船後梢的火頭已然冒起。郭靖尚未明白，驚叫：「火，火！」洪七公道：「不錯，老毒物放火燒船，要燒死咱爺兒倆！」郭靖一呆，忙道：「快去救蓉兒。」洪七公道：「划近去！」郭靖猛力扳槳。那大船轉舵追趕輕舟，與小艇也是近了，甲板上男女亂竄亂闖，一片喧擾之聲。洪七公大聲叫道：「蓉兒，我和靖兒都在這兒，游水過來！游過來！」大海中波濤洶湧，又在黑夜，游水本極危險，但洪七公知道黃蓉水性甚好，事在緊急，不得不冒此險。

黃蓉聽到師父聲音，心中大喜，不再理會歐陽鋒叔姪，轉身奔向船舷，縱身往海中躍去。突覺手腕上一緊，身子本已躍出，卻又被硬生生的拉了回來，黃蓉大驚回頭，只見抓住自己右腕的正是歐陽鋒，大叫：「放開我！」左手揮拳打出。歐陽鋒出手如電，又是一把抓住。他眼見那輕舟駛得遠了，再也追趕不上，座船大火沖天，船面上帆飛檣舞，亂成一團，轉眼就要沉沒，眼下唯一救星是那艘在洪七公掌握之中的小艇，高聲叫道：「臭叫化，黃姑娘在我這裏，你瞧見了麼？」雙手挺起，將黃蓉舉在半空。

這時船上大火照得海面通紅，洪七公與郭靖看得清清楚楚，洪七公怒道：「他以此要挾，想上咱們小艇，哼！我去奪蓉兒回來。」郭靖見大船上火盛，道：「我也去。」洪七公道：「不，你守著小艇，莫讓老毒物奪去了。」郭靖應道：「是！」用力扳槳，此時大船已自不動，不多時小艇划近。洪七公雙足在艇首力登，向前飛出，左手探出，在大船邊上插了五個指孔，借力翻身，躍上大船甲板。

歐陽鋒抓著黃蓉雙腕，獰笑道：「臭叫化，你待怎地？」洪七公罵道：「來來，再拆一千招。」颼颼颼三掌，向歐陽鋒劈去。歐陽鋒迴過黃蓉的身子擋架，洪七公只得收招。歐陽鋒順手在黃蓉脅下穴道中一點。她登時身子軟垂，動彈不得。洪七公喝道：「老毒物好不要臉，快把她放下艇去，我和你在這裏決個勝負。」

當此之際，歐陽鋒怎肯輕易放人，但見姪兒被火逼得不住退避，提起黃蓉向他拋去，叫道：「你們先下小艇！」歐陽克接住了黃蓉，見郭靖駕著小艇守候在下，心想小艇實在太小，自己手裏又抱著一個人，這一躍下去，小艇非翻不可，於是扯了一根粗索縛住桅桿，左手抱著黃蓉，右手拉著繩索，溜入小艇。

郭靖見黃蓉落艇，心中大慰，卻不知她已被點了穴道，但見火光中師父與歐陽鋒打得激烈異常，掛念師父安危，也不及與黃蓉說話，只是抬起了頭凝神觀鬥。

洪七公與歐陽鋒各自施展上乘武功，在烈燄中一面閃避紛紛跌落的木桿繩索，一面拆解對方來招。這中間洪七公卻佔了便宜，他曾入海游往小艇，全身濕透，不如歐陽鋒那麼衣髮易於著火。二人武功本是難分軒輊，一方既佔便宜，登處上風。歐陽鋒不久便鬚髮俱焦，衣角著火，被逼得一步步退向烈燄飛騰的船艙，他要待躍入海中，但被洪七公著著進迫，緩不出一步手腳，若是硬要入海，身上必至受招。洪七公的拳勢掌風何等厲害，只要中了一招，受傷必然不輕，他奮力拆解，心下籌思脫身之策。

洪七公穩操勝算，愈打愈是得意，忽然想起：「我若將他打入火窟，送了他的性命，卻也無甚意味。他得了靖兒的九陰假經，若不修練一番，縱死也不甘心，這個大當豈可不讓他上？」於是哈哈一笑，說道：「老毒物，今日我就饒了你，上艇罷。」

歐陽鋒怪眼一翻，飛身躍入海中。洪七公跟著正要躍下，忽聽歐陽鋒叫道：「慢著，現下我身上也濕了，咱倆公公平平的決個勝敗。」拉住船舷旁垂下的鐵鍊，借力躍起，又上了甲板。洪七公道：「妙極，妙極！今日這一戰打得當真痛快。」拳來掌往，兩人越鬥越狠。

郭靖道：「蓉兒，你瞧那西毒好兇。」黃蓉被點中了穴道，做聲不得。郭靖又道：「我去請師父下來，好不好？那船轉眼便要沉啦。」黃蓉仍是不答。郭靖轉過頭來，卻見歐陽克正抓住她手腕，心中大怒，喝道：「放手！」

歐陽克好容易得以一握黃蓉的手腕，豈肯放下，笑道：「你一動，我就一掌劈碎她腦袋。」郭靖不暇思索，橫槳直揮過去。歐陽克低頭避過。郭靖雙掌齊發，呼呼兩響，往他面門劈去。歐陽克只得放下黃蓉，擺頭閃開來拳。郭靖雙拳直上直下，沒頭沒腦的打將過去。歐陽克見在小艇中施展不開手腳，敵人又是一味猛攻，當即站起，第一拳便是一招「靈蛇拳」，橫臂掃去。郭靖伸左臂擋格，歐陽克手臂忽彎，騰的一拳，正打在郭靖面頰之上。這拳甚是沉重，郭靖眼前金星亂冒，心想這當兒刻刻都是危機，必當疾下殺手，眼見他第二拳跟著打到，仍是舉左臂擋架。歐陽克依樣葫蘆，手臂又彎擊過來，郭靖頭向後仰，右臂猛地向前推出。本來他既向後避讓，就不能同時施展攻擊，但他得了周伯通傳授，雙手能分別搏擊，左架右推，同時施為。歐陽克的右臂恰好夾在他雙臂之中，被他左臂回收，右臂外推，這般急絞之下，喀的一聲，臂骨登時折斷。

歐陽克的武藝本不在馬鈺、王處一、沙通天等人之下，不論功力招數，都高出郭靖甚多，只是郭靖的雙手分擊功夫是武學中從所未見的異術，是以兩次動手，都傷在這奇異招數之下。他一交跌在艇首，郭靖也不去理他死活，忙扶起黃蓉，見她身子軟軟的動彈不得，當即解開她被點中了的穴道。幸好歐陽鋒點她穴道之時，洪七公正出招攻擊，歐陽鋒全力提防，點穴的手指上不敢運上內力，否則以西毒獨門的點穴手法，郭靖無法解開。黃蓉叫道：「快去幫師父！」

郭靖抬頭仰望大船，只見師父與歐陽鋒正在火燄中飛舞來去，肉搏而鬥，木材焚燒的劈拍之聲，挾著二人的拳風掌聲，更是顯得聲勢驚人，猛聽得喀喇喇一聲巨響，大船龍骨燒斷，折為兩截，船尾給波濤衝得幾下，慢慢沉入海中，激起了老大漩渦。眼見餘下半截大船也將沉沒，郭靖提起木槳，使力將小艇划近，要待上去相助。

洪七公落水在先，衣服已大半被火烤乾，歐陽鋒身上卻尚是濕淋淋地，這一來，西毒卻又佔了北丐的上風。洪七公奮力拒戰，絲毫不讓，斗然間一根著了火的桅桿從半空中墮將下來，二人急忙後躍。那桅桿隔在二人中間，熊熊燃燒。

歐陽鋒蛇杖擺動，在桅桿上遞了過來，洪七公也從腰間拔出竹棒，還了一招。二人初時空手相鬥，這時各使器械，攻拒之間，更是猛惡。郭靖用力扳槳，心中掛懷師父的安危，但見到二人器械上神妙的家數，又不禁為之神往，讚嘆不已。

武學中有言道：「百日練刀、千日練槍、萬日練劍」，劍法原最難精。武學之士功夫練至頂峯，往往精研劍術，那時各有各的絕招，不免難分軒輊。二十年前華山論劍，洪七公與歐陽鋒對餘人的武功都甚欽佩，知道若憑劍術，難以勝過旁人，此後便均捨劍不用。洪七公改用隨身攜帶的竹棒，這是丐幫中歷代幫主相傳之物，質地柔韌，比單劍長了一尺。他是外家高手，武功純走剛猛的路子，使上這兵器卻是剛中有柔，威力更增。

歐陽鋒使動那蛇杖時含有棒法、棍法、杖法的路子，招數繁複，自不待言，杖頭彫著個裂嘴而笑的人頭，面目猙獰，口中兩排利齒，上餵劇毒，舞動時宛如個見人即噬的厲鬼，只要一按杖上機括，人頭中便有歹毒暗器激射而出。更厲害的是纏杖盤旋的兩條毒蛇，吞吐伸縮，令人難防。

二人雙杖相交，各展絕招。歐陽鋒在兵刃上雖佔便宜，但洪七公是天下乞丐之首，自是打蛇的好手，竹棒使將開來，攻敵之餘，還乘隙擊打杖上毒蛇的要害。歐陽鋒蛇杖急舞，令對方無法取得準頭，料知洪七公這等身手，杖頭暗器也奈何他不得，不如不發，免惹恥笑。洪七公另有一套丐幫號稱鎮幫之寶的「打狗棒法」，變化精微奇妙，心想此時未落下風，卻也不必便掏摸這份看家本領出來，免得他得窺棒法精要，明年華山二次論劍，便佔不到出其不意之利。

郭靖站在艇首，數度要想躍上相助師父，但見二人越鬥越緊，自己功力相差太遠，決計難以近身，空自焦急，卻是無法可施。

金庸作品集 6

射鵰英雄傳

2 九陰真經

The Eagle-shooting Heroes, Vol. 2

作者／金庸

副總編輯／鄭祥琳
特約編輯／李麗玲、沈維君
封面與內頁設計／林秦華
內頁插畫／姜雲行
排版／連紫吟、曹任華
行銷企劃／廖宏霖

發行人／王榮文
出版發行／遠流出版事業股份有限公司
地址／臺北市中山北路一段 11 號 13 樓
電話／（02）2571-0297 傳真／（02）2571-0197 郵撥／0189456-1
著作權顧問／蕭雄淋律師

1987 年 2 月 1 日 初版一刷
2023 年 1 月 1 日 五版二刷
平裝版 每冊 380 元（本作品全四冊，共 1520 元）

ISBN 978-957-32-9805-2（套：平裝）
ISBN 978-957-32-9802-1（第 2 冊：平裝）
Printed in Taiwan

YL 遠流博識網 http://www.ylib.com E-mail: ylib@ylib.com
金庸茶館粉絲團 https://www.facebook.com/jinyongteahouse

射鵰英雄傳 . 2, 九陰真經 = The eagle-shooting heroes. vol.2／金庸著 . – 五版 . -- 臺北市：遠流 , 2022.11
面； 公分 --（金庸作品集；6）
ISBN 978-957-32-9802-1（平裝）

857.9 111015846